ANTON BERG
Achtzehn

ANTON BERG

THRILLER

Übersetzung aus dem Schwedischen
von Thorsten Alms

LÜBBE

Dieser Titel ist auch als E-Book erschienen

MIX
Papier aus verantwortungsvollen Quellen
FSC www.fsc.org FSC® C019821

Titel der schwedischen Originalausgabe:
»De Aderton«

Published by arrangement with Anton Berg

Dieses Werk wurde vermittelt durch die Literarische Agentur
Thomas Schlück GmbH, 30161 Hannover.

Textredaktion: Anja Lademacher, Bonn
Umschlaggestaltung: Massimo Peter-Bille
Einband-/Umschlagmotiv: © BPfoto/shutterstock;
© Krasovski Dimitri/shutterstock; © Malivan_luliia/shutterstock;
© Taigi/shutterstock
Satz: Dörlemann Satz, Lemförde
Gesetzt aus der Adobe Caslon Pro
Druck und Einband: C. H. Beck, Nördlingen

Printed in Germany
ISBN 978-3-7857-2677-8

5 4 3 2 1

Sie finden uns im Internet unter www.luebbe.de
Bitte beachten Sie auch: www.lesejury.de

Zur Erinnerung an meine Mutter,
die Bibliothekarin Eva Berg

Diese Geschichte beruht auf einer Reihe dramatischer Ereignisse, die wirklich stattgefunden haben. Dennoch ist das Meiste, was auf den kommenden Seiten beschrieben wird, nichts als Fiktion – aber manchmal mag es schwer zu beurteilen sein, was genau was ist. In dem Punkt unterscheidet sich diese Geschichte nicht vom Leben im Allgemeinen.
Sicher können wir uns nur sein, dass es nicht so zugegangen ist, wie Axel Skölds Theorie andeutet.
Diesen Umstand habe ich, nicht zuletzt, indem ich dreitausend Stunden Nachrichtensendungen gesichtet habe, sehr sorgfältig überprüft.

Stockholm, September 2018
Anton Berg

PROLOG

Ragnar von Scheele wartete auf seine Strafe. So sehr er es auch versuchte, anders konnte er es nicht betrachten.

Die Wanduhr, eine Augustine Bourdillon, die seine Frau Marianne ausgesucht hatte, zeigte Viertel vor sieben. Noch fünfzehn Minuten, bis der Besuch eintreffen würde.

Sein Magen fühlte sich an wie die fallende Börsenkurve im Jahr 1929. Der bereits leicht ergraute Börsenmakler befeuchtete sich die Lippen, erhob sich von seinem Schreibtisch, um ein Glas Wasser zu holen. Dann änderte er seine Meinung und drückte auf die eingearbeitete Klappe in der linken Seite des Barschranks. Aus dem versteckten Fach holte von Scheele eine Flasche mit dreißig Jahre altem Rum, ein Geschenk seines Kontakts in Colón, und goss sich einen guten Doppelten ein, änderte erneut seine Meinung und füllte das Glas bis zum Rand.

Dreizehn Minuten vor sieben. Die Börsenkurse in seinem Magen befanden sich weiter im freien Fall.

Zum Teufel mit diesen Idioten bei Mossack Fonseca und ihrem verdammten Sicherheitskollaps. Von Scheele betrachtete Selbstmitleid als eine der größten Schwächen des Menschen, und trotzdem suhlte er sich in den Gedanken daran, was in Panama schiefgelaufen war. Seine Arbeit war meistens einträglich, manchmal aber auch mit Verlusten verbunden. Die meisten Investoren akzeptierten die Spielregeln. So gut wie immer war es von Scheele, der dem Investor erklärte, wie man Steuern vermied, nicht nur um reich zu werden, sondern wirklich *vermögend*. Die Klienten hörten ihm zu, ließen sich beeindrucken, ließen sich von der Atmosphäre und seiner Rhetorik umschmeicheln. Von Scheele erwähnte manchmal in einem Nebensatz seinen Schreibtisch, ein prächtiges Stück aus Walnuss, Eiche und geschwärztem Holz, das früher im Besitz von Königin Hedwig Eleonora gewesen war. »Ein zufriedener Klient hat ihn mir geschenkt. Er stand lange auf Schloss Tre Kronor und wird auf null Komma sechs bis null Komma sieben geschätzt.

Mit Kommazeichen über Millionen zu sprechen, machte oft einen größeren Eindruck auf die Anleger als die Herkunft des Schreibtischs.

Aber es gab auch andere Investoren. Die Sorte, die *wirklich* steuerte und entschied. Die keine Verluste akzeptierte.

Und es war ein Vertreter der letztgenannten Kategorie, der sich in elf Minuten in den Stuhl gegenüber setzen würde.

Er verleibte sich den Rum in einem einzigen 8-cl-Schluck ein.

Denn Ragnar von Scheele saß nicht nur in seinem exklusiven Büro, umgeben von teuren Möbeln und edlen Spirituosen. Nein, mittlerweile saß Ragnar von Scheele auch – anders konnte er es nicht formulieren – richtig tief in der Scheiße.

Er hatte zu verantworten, dass sein mit Abstand wichtigster Kunde Geld verloren hatte.

Bei dem Verlust handelte es sich um Vermögenswerte, die bis zu eins Komma zwei Milliarden wert sein konnten. Dollar. Deshalb war eine einfache Zurechtweisung ausgeschlossen. Es würde eine Strafe geben.

Ein diskretes Klopfen riss von Scheele aus seinen Gedanken. Der Besuch kam früh. Die Sekretärin hatte er nach Hause geschickt, das andere Personal hatte seit sechs Uhr Feierabend. Dieses Treffen sollte ohne Zeugen stattfinden. Bevor er antworten konnte, wurde die Tür geöffnet, und ein Mann kam herein.

»Guten Abend, Herr *Bankier* von Scheele.«

Ragnar von Scheele legte Wert darauf, sich nicht Börsenmakler zu nennen oder – noch schlimmer – Broker, wozu seine Kollegen immer mehr übergingen. Bankier signalisierte Stabilität, Bodenhaftung und ein Gefühl für die Sicherheit der guten alten Zeit. Von Scheele war davon überzeugt, dass sein an die traditionelle Finanzwelt angelehnter Stil eine Rolle gespielt hatte, als sich dieser Klient für ihn entschieden hatte. Aber das Gefühl, geschätzt zu werden, war verflogen. Der Mann, der auf dem Stuhl gegenüber Platz nahm, gehörte zu den niederen Bediensteten des Klienten.

»Guten Abend«, erwiderte von Scheele. »Kann ich Ihnen etwas zu trinken anbieten? Ich habe einen Ron Abuelo, den ich …«

»Nein danke, aber eine Tasse Tee wäre ausgezeichnet. Sie leisten mir bestimmt dabei Gesellschaft.«

»Natürlich. Eine gute Idee.«

Der Mann war schwer zu beschreiben. Das Haar war kreideweiß, aber unter seinem Anzug spannten sich die Muskeln, die Schultern waren imponierend breit. Von Scheele vermutete, dass er zwischen fünfundfünfzig und siebzig war, aber er schien noch nichts von seiner Athletik verloren zu haben. Ein leichter Geruch nach altem Tabak umgab den Mann und erreichte von Scheele, als er an dem Besucher vorbeiging, um Tee und Tassen zu holen.

»Bleiben Sie sitzen, verehrter Herr Bankier! Sie werden mich, einen einfachen Boten, doch nicht bedienen wollen!«

Der Mann lächelte und zeigte auf von Scheeles Stuhl. Der Inhalt der Nachricht war eindeutig. Sitz!

Von Scheele gehorchte wortlos. Der Weg zurück vom Samowar neben dem Barschrank dauerte nur wenige Sekunden, fühlte sich aber an wie der Gang nach Golgatha.

»Ein großartiger Samowar, er macht einen vorzüglichen Tee. Bitte sehr«, sagte er.

Der Besucher lächelte immer noch, aber das Lächeln erreichte die Augen nicht. Von Scheele konnte in ihnen nur grauen, toten Winter erkennen.

Sachte und mit ausgesuchter Langsamkeit schenkte der Mann sich einen Tee ein. Nahm Milch und Zitrone. Der Teelöffel wirkte in seiner groben Hand wie ein Spielzeug. Von Scheele folgte der kreisenden Bewegung des Löffels, während er auf sein Urteil wartete.

»Das sind ja traurige Nachrichten, die uns aus Ihrem Büro erreicht haben. Ich dachte, wir wären uns über die Abmachung einig gewesen. Ihre Tätigkeit sollte unsere Tätigkeit gegen das gerade Eingetroffene absichern.«

Der freundliche Ton war verschwunden.

»Selbstverständlich. Das war die Abmachung«, erwiderte von Scheele, bevor er mit einer scharfen Bemerkung unterbrochen wurde.

»Und warum halten Sie sich dann nicht an die Abmachung?«

Stille. Beide wussten, dass nichts, was von Scheele sagte, irgendeine Bedeutung haben würde.

Der Besucher änderte seine Sitzposition, legte ein Bein über das andere, nahm eine etwas versöhnlichere Haltung ein. Oder bildete sich von Scheele das nur ein? Wunschdenken?

»Allerdings …«

Erneut Stille. Der Mann führte seine Tasse zum Mund. Trank vorsichtig. Von Scheele folgte seinem Beispiel. Dasselbe zu tun wie sein Gastgeber war tief in sein Verhaltensmuster einprogrammiert. Obwohl es sein Büro war, konnte kein Zweifel daran herrschen, dass er hier zur Audienz einbestellt worden war. Also trank er exakt genauso lang wie sein als Gast verkleideter Gastgeber. Und wartete, was auf dieses hoffnungsvolle Wort, das gerade geäußert worden war, folgen würde.

»Allerdings gibt es mildernde Umstände. Das ist uns allen bewusst.«

»Dass diese undichte Stelle einen solchen Schaden anrichten würde, war ja ebenso unglücklich wie unvorhersagbar ...«

Von Scheele bereute seine schnelle Antwort sofort. Er wirkte wie ein plappernder Amateur, weit entfernt von seinem üblichen selbstsicheren Auftreten.

Der Mann betrachtete ihn mit einem ausdruckslosen Blick.

»Wir haben Sie nicht zuletzt deswegen so gut bezahlt, damit Sie Ereignisse wie diese vorhersehen. Dass ein Anwaltsbüro in Panama eine undichte Stelle und ein angreifbares IT-System hat, ist unwahrscheinlich, ja, sogar sehr unwahrscheinlich, aber es ist nicht unmöglich. Berichtigen Sie mich gerne, wenn ich mich irre.«

Von Scheele beging nicht den Fehler, darauf zu antworten.

Der Mann fuhr fort, während er in seine Teetasse blickte und erneut mit dem Silberlöffel umrührte.

»Unsere Honorare haben Sie ... wie würden Sie selbst es ausdrücken ... unanständig reich gemacht, nicht wahr?«

Ragnar von Scheele räusperte sich und nickte.

»*Wir* dagegen ...« Der Mann legte eine Pause ein und trank noch einen großen Schluck Tee. Von Scheele spiegelte das Verhalten des Mannes automatisch. Er hatte es nicht gewagt, um Milch zu bitten, der Tee schmeckte bitter. Außergewöhnlich bitter.

»Wie groß ist der Verlust, den Sie uns zugefügt haben, denn genau?«

In gewisser Weise war es angenehm, diese Frage gestellt zu bekommen, denn selbst wenn die Antwort alles andere als erfreulich war, drehte sich das Gespräch jetzt um Geld. Ziffern, Kommastellen, Währungen. Hier fühlte sich von Scheele zu Hause. Er sah auf das Dokument, das vor ihm lag.

»Er beträgt eins Komma zwo eins Milliarden Dollar laut

der letzten Mitteilung aus Panama. Wir haben Grund zu der Annahme, dass der Boden jetzt erreicht ist und kein weiterer Schaden mehr entsteht.«

Der Mann sah ihn an. Stellte seine leere Teetasse ab. Er beugte sich vor, die Beine jetzt breit gespreizt. Er flüsterte beinahe.

»Der Schaden ist schon längst eingetreten. Was Sie über unsere Tätigkeit wissen und über den Verlust, den Sie verursacht haben, sollte Ihnen für alle Zukunft den Nachtschlaf rauben.«

Der Blick war grau, eisenhart. Es roch nach altem Tabak.

»Unsere Geschäftsbeziehungen sind ab sofort und für alle Zukunft beendet. Trinken Sie aus.«

In einem betäubten, traumgleichen Zustand führte der Börsenmakler von Scheele seine Tasse an den Mund und leerte den bitteren Inhalt in einem Zug. Als er die Tasse wieder hinstellte, hatte der Mann das Büro verlassen. Von Scheele glaubte keinen Augenblick, dass dies schon alles war. So billig würde er niemals davonkommen.

Die Wanduhr schlug sieben.

TEIL 1

KAPITEL 1

Axel Sköld eilte den Kiesweg zur Königlichen Bibliothek hinauf. Er warf einen Blick auf die Uhr. Mist. Schon wieder zu spät. Er musste wirklich etwas gegen seine Unpünktlichkeit tun. Hastig kaute er auf dem Rest des warmen Bagels herum. Er hörte das aktuelle *Eko-Journal*, eine Nachrichtensendung des Schwedischen Rundfunks, auf dem Handy:

»Nur wenige Beobachter hatten damit gerechnet, dass dieser Skandal noch einmal Fahrt aufnehmen könnte. Anfang April war er noch in aller Munde, schien dann aber ziemlich schnell wieder in Vergessenheit zu geraten.«

Der Sprecher im Studio übernahm das Wort.

»So weit der Kommentar unseres Wirtschaftsredakteurs zu den neuesten Entwicklungen im Skandal um die Panama Papers, jene elf Millionen Dokumente, die aus dem Anwaltsbüro Mossack Fonseca geleakt wurden, sodass über zweihunderttausend Briefkastenfirmen enttarnt werden konnten. Die Dokumente enthalten Informationen über mehr als vierhundert schwedische Firmen, die versucht hatten, Steuern zu hinterziehen, indem sie ihre Einkünfte auf panamaische Konten überwiesen.«

Axel runzelte die Stirn. Das alles war doch schon längst bekannt. Wo waren die Neuigkeiten?

»Jetzt wird bekannt, dass über ein neues Leck weitere hundertdreißig bislang unbekannte schwedische Unternehmen aufgedeckt wurden.«

Axel lächelte. Es gab also eine schwedische Verbindung.

»Es handelt sich um Informationen, die bislang nur in der *Süddeutschen Zeitung* veröffentlicht wurden, laut unserer Quellen wird dies aber von anderen Medien in Großbritannien und Frankreich bestätigt, die ebenfalls eine baldige Veröffentlichung planen.«

Axel notierte kurz ein paar Worte in seinem Handy. Das schien sich immer mehr für ein zukünftiges Feature im Radiosender P3 anzubieten. Vielleicht sein nächstes. Er steckte das Handy in die Tasche und betrat die Königliche Bibliothek. Die Recherchen zu einer neuen Geschichte begann er jedes Mal im Fernseh- und Radioarchiv der Bibliothek. Dort war alles zu finden, was seit Juli 1978 jemals in Schweden gesendet wurde.

Er war mit seiner Chefin Åsa Rakell an Arbeitsbox 4 verabredet, die er sich für den Tag reserviert hatte, und er war drei Minuten zu spät. Er wusste, dass sie schon dort stand, auf ihn wartete und sich darüber ärgerte, dass er nicht pünktlich sein konnte.

Er hatte nur zur Hälfte recht.

Åsa stand tatsächlich an Arbeitsbox 4, aber sie war nicht verärgert. Eher nachdenklich.

»Hallo Axel. Jetzt muss ich mir aber wirklich Sorgen machen.«

Åsa zeigte auf die Wände der kleinen Arbeitsbox.

»Was ist *das* denn?«

Axel musste selber zugeben, dass es chaotisch aussah.

»Ja, es ist vielleicht ein bisschen unordentlich.«

Ausgedruckte DIN-A3-Bögen mit Artikeln aus *Aftonbladet*, *Expressen*, *Dagens Nyheter* und *Svenska Dagbladet* waren an die Wände geheftet. Sie datierten aus den Achtzigerjahren, und manche Überschriften waren mit rosa, neongrünen oder fluoreszierend gelben Strichen markiert. Vollgekritzelte Notizzettel klebten auf den DIN-A3-Bögen, und Post-its füllten effektiv den kleinen Rest der grauen Fläche.

»Großer Gott, Axel, da fehlen ja nur noch die roten Bindfäden! Bist du unter die Privatdetektive gegangen?«

»Ich werde es wieder herunternehmen, aber vorher wollte ich es dir zeigen.«

»Okay …«

Åsa hielt inne, als wollte sie sichergehen, dass er ihr zuhörte.

»Das ist das Feature für P3 über die Enthüllungen zur Waffenfabrik in Saudi-Arabien, an dem du immer noch arbeitest, oder?«

Axel lächelte ihr kurz zu.

»Na klar.«

»Gut. Ich wollte mich nur vergewissern, nachdem ich das Ganze hier gesehen habe.«

Åsa deutete mit einem Nicken auf die Schlagzeilen. »Palme erschossen«, »Der rätselhafte Tod des Waffeninspektors«, »Der Bofors-Skandal weitet sich aus«, »Die Südafrika-Spur ist wieder heiß«, »Der tragische Unfall der Fernsehjournalistin«. Er wusste, dass sie die Geschichte hinter all diesen Geschehnissen besser kannte als die meisten anderen.

Åsa Rakell hatte die herausragendsten Features produziert, die jemals im schwedischen Rundfunk gesendet worden waren. Als die Idee zu Beginn der 2000er Jahre geboren wurde, war sie eigentlich zum Scheitern verurteilt, Features im Radio waren verstaubte, oft eher künstlerische Projekte, die nur im anspruchsvollen Schwesterkanal P1 gehört wurden. Niemand hatte geglaubt, das junge Publikum von P3 könnte sich für so etwas interessieren. Außerdem waren sie teuer in der Herstellung. Die Lohnkosten waren ziemlich hoch für wenige Stunden Programm. Aber das Publikum ließ sich von der Begeisterung der Autoren anstecken, und der Start der Reihe fiel zufällig mit dem Beginn der Smartphone-Revolution zusammen. Nach wenigen Jahren war sie ein Erfolg, der selbst im internationalen Zusammenhang seinesgleichen suchte. Die Features von P3 waren in aller Munde. Und sie wurden von jungen Menschen gehört, dieser so schwer zu erreichenden

Zielgruppe von P3. Die Chefs schlugen sich darum, mit dem Goldenen Kalb zu posieren, und Åsa Rakell war am Ende die Glückliche, sie wurde Redakteurin für den Bereich Features. Aber sie machte auch wirklich einen guten Job, sie stellte sich immer vor ihre Reporter und wusste, wie eine gute Story zu erzählen war.

»Ist dir inzwischen ein besserer Titel eingefallen?«, fragte Axel.

»Als das unglaublich süffige ›Der militärisch-industrielle Komplex‹? Nein, leider nicht.«

»Dann kann ich dir zwei Sachen versprechen. Dein Kopf wird nach unserem Gespräch ziemlich schwirren.«

»Aha. Und das andere?«

»Der Titel des Features wird die kleinste deiner Sorgen sein.«

KAPITEL 2

Axel setzte sich und schob Åsa einen Stuhl hin.

»Erinnerst du dich daran, wie das *Aftonbladet* vor ein paar Jahren die Südafrikaspur wieder ins Spiel gebracht hat?«

»Ja, da gab es doch diesen Killer aus Südafrika auf dem Flughafen Arlanda, aber hör zu … Ich bin wirklich gestresst, und ich hoffe, du hast mich nicht aus dem Büro geholt, nur um mir zu erzählen, dass du dich auf eine neue Theorie zum Palme-Mord eingeschossen hast?«

Axel antwortete nicht. Stattdessen öffnete er ein neues Fenster auf seinem Bildschirm. Im Browser tauchte ein *Aftonbladet*-Artikel aus dem April 2015 mit der Überschrift »Killer im Fernsehen erkannt – einen Tag nach dem Mord an Palme«. Auf der Seite gab es einen Link zu einem Fernsehbeitrag. Axel startete das Video, und auf dem Bildschirm erschien ein Mann mit einem marineblauen Mantel und einer dunklen Schirmmütze. Der Mann wurde schräg von hinten gefilmt, und der Beitrag hob hervor, dass er einen Tag, nachdem Schwedens Ministerpräsident Olof Palme ermordet worden war, über Arlanda ausgereist war. Der Reporter vom *Aftonbladet* berichtete, dass der Film aus der Nachrichtensendung *Aktuellt* stammte und eigentlich die verschärften Grenzkontrollen nach dem Mord am Ministerpräsidenten zum Thema hatte.

»Das ist ja der Gipfel der Ironie«, sagte Åsa. »In einem Beitrag darüber, wie wir unsere Grenzen sicherer machen, sieht man, wie ein internationaler Killer das Land verlässt!«

»Ja, falls ihre Story stimmt, ist das wirklich krass«, sagte Axel und übersprang eine Minute in dem Video.

Der Sprecher erläuterte, dass die Person mit der dunkelblauen Schirmmütze aus reinem Zufall 1986 in dem Beitrag für *Aktuellt* eingefangen worden sei und dass der Zusammenhang erst jetzt einem Redakteur aufgefallen sei, der das Material noch einmal gesichtet habe.

Anschließend wurde der Mann mit der dunklen Schirmmütze herangezoomt.

Aftonbladet verglich ihn mit Aufnahmen von einer Person namens Eugene de Kock. Laut dem Beitrag sei de Kock ein bekannter Auftragsmörder, der vor allem für den südafrikanischen Geheimdienst gearbeitet habe.

»Oh Mann, die sind einander wirklich verdammt ähnlich.«

Åsa saugte die Unterlippe ein und nahm Axel die Maus aus der Hand. Sie spulte den Videoclip zurück und schaute ihn noch einmal an. Axel wusste, dass dies ein gutes Zeichen war. Åsa begann, sich für die Story zu interessieren.

Axel machte einen Screenshot, als der Mann mit der dunklen Kappe ganz dicht herangezoomt war. Er wollte gerade durch die Sicherheitskontrolle gehen. Einen halben Schritt vor ihm stand ein anderer Mann mit einem ähnlichen Mantel, und einer roten Schirmmütze.

»Okay, Arlanda, Palme und de Kock. Du siehst den Zusammenhang?«

»Was für einen Zusammenhang? Dass das *Aftonbladet* vor einem halben Jahr ein Bild von jemandem gefunden hat, der vielleicht de Kock war?«

»Ich liebe deine kritische Haltung, Åsa, das ist genau das, was ich jetzt brauche.«

Axel wandte sich wieder dem Computer zu, der der Königlichen Bibliothek gehörte, und rief einen Mediaplayer auf.

»Erinnerst du dich an 1987, an Refaat El-Sayed und seine Firma Fermenta?«

»Wie könnte ich das vergessen, wir haben ja ein Feature darüber gemacht.«

Der gestresste Ton war in Åsa Rakells Stimme zurückgekehrt.

»Gut, dann weißt du ja, dass El-Sayed schon 1986 am Ende war, als enthüllt wurde, dass sein Doktortitel gefälscht war. Sofort war die Kacke am Dampfen, und die Aktie ging auf Sturzflug. In diesem Beitrag aus dem Januar 1987 ging es darum, wie Fermentas Aufsichtsrat zu retten versuchte, was zu retten war, nachdem man Refaat rausgeschmissen hatte.«

Axel ließ den Beitrag laufen. Das jazzige Intro der Nachrichtensendung *Rapport* füllte den kleinen Raum, und Bengt Östes Gesicht füllte den Bildschirm. Die Hauptnachricht des Abends war die Rekordkälte, die nicht nachzulassen schien, der *Krieg der Sterne* zwischen den USA und der UdSSR, der zu eskalieren drohte, eine neue Sifo-Studie, die zeigte, dass die Besserverdiener 1986 mehr Geld verdient hatten als 1985, während die Einkommen der Geringverdiener gesunken waren. Und Fermenta.

»Das ist die späte Abendausgabe. Das Interview wurde am Abend des 15. Januar 1987 geführt.«

Im Video wurde von Bengt Öste zu einer Kamera in Stockholms Straßen geschaltet. Im Hintergrund waren die Fassade des NK-Kaufhauses und Neonreklame zu sehen. Bengt Söderberg äußerte sich zurückhaltend zu der späten Sitzung, in der über Fermentas Zukunft entschieden werden sollte.

»Okay, was hat der Aufsichtsratsvorsitzende von Fermenta mit der Sache zu tun? Raus mit der Sprache, Axel.«

»Überhaupt nichts. Ignorier ihn einfach.«

»Na, Gott sei Dank, und ich dachte schon, ich wäre komplett verblödet.«

»Aber jetzt achte mal auf den Bürgersteig …«

Åsa beugte sich näher an den Bildschirm heran. Vereinzelte pelzbekleidete Stockholmer eilten durch die Hamngatan. Sie bewegten sich mühsam und ruckartig durch die Schneewehen, manchmal wurden sie von Taxis verdeckt oder vorbeifahrenden Bussen. Dann hielt Axel das Bild an und zeigte auf einen Mann.

»Da! Kommt der dir bekannt vor?«

»Warte mal …« Åsas Gesicht klebte so dicht vor dem Bildschirm, dass die Nase beinahe daran stieß. »Willst du mir sagen, dass das auch Eugene de Kock ist?«

»Nein …«

Axel rief den Screenshot auf, den er von der Aufnahme in Arlanda gemacht hatte, stellte die beiden Fenster nebeneinander und zoomte so weit heran, wie es die Auflösung zuließ.

»Ich denke, dass der Mann, der in Arlanda vor Eugene in der Schlange steht, also der Mann mit der *roten* Kappe, diesem Mann vor dem NK verdammt ähnlich sieht.«

Åsa starrte konzentriert auf den Bildschirm, dann wandte sie sich Axel zu.

»Verdammt ähnlich? Das eine Bild zeigt, wie ein Typ durch die Sicherheitskontrolle geht. Wir sehen ein Ohr, den Nacken, ein bisschen weißes Haar unter einer roten Schirmmütze.«

»Und eine Brille, siehst du?«

Axel zeigte auf einen Brillenbügel aus Stahl, der kaum zu erkennen war.

»Und auf dem anderen Bild«, fuhr Åsa mit lauter werdender Stimme fort, »sieht man einen Mann mit einer schwarzen Kappe, der *möglicherweise* dem ersten Mann ähnelt, vor dem NK durch den Schnee stapfen.«

»Er trägt genau dieselben Sachen, die Körpergröße stimmt, die Haarfarbe, und er trägt auch eine Brille. Auch vom Alter her kommt es hin!«

»Kommt hin? Was faselst du da, Axel?«

Åsa ließ den Kopf in ihre Hände sinken und stöhnte.

»Mir ist schon klar, dass du …«

Axel suchte nach den richtigen Worten.

»… zweifelst, oder meinen Gedanken nicht folgen kannst,

aber lass uns einfach mal annehmen, dass es derselbe Mann ist?«

»Ooookay.«

Åsa zog den ersten Vokal in die Länge, ließ den Kopf weiter in den Handflächen ruhen.

»Dann schau dir das an.«

Axel klickte auf einen Start-Button, und ein neuer Beitrag wurde auf dem Computer der Königlichen Bibliothek abgespielt.

Die Sprecherin Ewonne Winblad übernahm mit einer Stimme und einer Erscheinung den Bildschirm, die das ganze Wesen der Nachrichtensendungen in den Achtzigerjahren auf den Punkt brachte: »Rüstungskontrollinspekteur Carl-Fredrik Algernon ist am gestrigen Abend einem mutmaßlichen Unfall in der Stockholmer U-Bahn zum Opfer gefallen. Algernon spielte eine Schlüsselrolle im sogenannten Bofors-Skandal, weshalb die Polizei Ermittlungen aufgenommen hat, um zu klären, ob es sich bei dem Vorfall möglicherweise um ein Verbrechen gehandelt hat.«

»Algernon? Das haben wir doch in dem Feature über Bofors schon gebracht.«

Åsa musterte Axel immer noch skeptisch.

»Ganz beiläufig, ja. Der U-Bahn-Fahrer hatte ausgesagt, dass Algernon vor ihm auf die Gleise fiel. *Rückwärts*, was das entscheidende Detail für die Polizei war, um den Vorfall als Mord zu einzustufen.«

»Aber letzten Endes haben sie die Ermittlungen doch eingestellt.«

»Ja, und dafür sind sie auch kritisiert worden. Carl-Fredrik Algernon hatte eine wichtige Rolle gespielt, bevor er starb. Er sollte den Waffenschmuggel in verschiedene Länder am Persischen Golf untersuchen, der Bofors seinerzeit vorgeworfen wurde, obwohl er ein Freund von Ardbo war.«

»Ardbo, das war doch der Vorstandsvorsitzende?«

»Ja, und es kommt noch besser! An dem Tag, als er starb, hatte er ein Treffen mit dem Chef des Mutterkonzerns Nobel Industries, von dem er erfuhr, dass an den Vorwürfen tatsächlich etwas dran war. Algernon hätte es also schon viel früher wissen können. Und jetzt sah es so aus, als hätte er die Waffenindustrie möglicherweise geschützt, nicht zuletzt, weil gleichzeitig Gerüchte aufkamen, dass er mit Ardbo befreundet war.«

»Aber das stützt ja eher die Selbstmordtheorie als die Mordtheorie«, warf Åsa ein.

»Stimmt, aber jetzt pass auf. Das alles passierte spät abends am Donnerstag, dem 15. Januar 1987. Am selben Abend sehen wir den Mann mit der schwarzen Schirmmütze am NK vorbeieilen. Er befindet sich in der Stadt und sogar in der Nähe der U-Bahn-Station, in der das Verbrechen begangen wurde.«

»Du weißt ja noch nicht einmal, ob es überhaupt ein Verbrechen war. Es kann Selbstmord gewesen sein, oder ein Unfall. Algernon könnte gestolpert sein. Zu dem Ergebnis ist jedenfalls die Polizei gekommen.«

Åsa betrachtete ihn skeptisch. Ihm wurde klar, dass er zu eifrig wirkte. Geradezu manisch. Aber er konnte sich nicht zügeln.

»Die Polizei! Das war nicht gerade die allein selig machende Wahrheit, mit der sie hausieren gingen, das hast du doch gerade selbst gesagt.«

Er sah sie mit einem Blick an, der hoffentlich vernünftig wirkte und nicht fanatisch.

»Klar, aber in diesem Fall steht die Wahrheit, mit der du daherkommst, auf ziemlich wackeligen Beinen, findest du nicht?«

»Komm schon, alle großen Entdeckungen beginnen damit, dass jemand einen Gedanken hat, den vorher noch niemand gedacht hat.«

Åsa schien eine Antwort auf den Lippen zu haben, schluckte sie aber herunter. Sie schloss die Augen, und Axel meinte zu sehen, wie ihr Gehirn und ihre Gedanken einen Neustart vollzogen.

»Dein Gedanke, soweit ich ihn richtig verstehe ... ist, dass eine Person, die auf dem Flughafen Arlanda neben einer anderen Person steht, bei der es sich möglicherweise um einen südafrikanischen Profikiller handelt ...«

»Am Tag nach dem Palme-Mord, auf der Flucht aus Schweden!«

»Dass diese Person also mit jener Person identisch ist, die später erneut in Stockholm auftaucht und das außergewöhnliche Pech hat, zum zweiten Mal im Hintergrund eines Fernsehberichts aufzutauchen, diesmal an genau dem Abend, an dem der Rüstungskontrollinspekteur Algernon stirbt.«

»Ermordet wird.«

Axel atmete tief ein und lehnte sich in seinem Stuhl zurück, wandte sich Åsa zu.

»Es ist mir schon klar, dass dieses Zusammentreffen verschiedener Umstände sehr unwahrscheinlich ist, aber es ist nicht *unmöglich*. Können wir uns zumindest darauf einigen?«

Åsa warf ihm einen forschenden Blick zu.

»Wie oft hast du hier gesessen und dir alte Nachrichtensendungen angeschaut?«

Axel dachte kurz nach, bevor er antwortete. Er hatte über zwanzig Features für P3 produziert, etwa zehn für die Sportredaktion und eine Handvoll für P1. Zu Beginn eines jeden Features hatte er eine Woche lang nur im Archiv gearbeitet und am Schluss eine weitere.

»Tja, ich habe wohl gut dreitausend Stunden Nachrichtensendungen gesehen, aus den Achtzigerjahren und jünger«, sagte er zögernd.

»Das sind ja Zahlen, die man kaum glauben kann«, sagte

Åsa nachdenklich. »Du hast also dreitausend Stunden *Aktuellt* und *Rapport* aus den letzten dreißig Jahren gesehen?«

»Ja, natürlich bleibt man da hin und wieder auch an anderen Sachen hängen. Ich habe auch eine ganze Folge einer Quizsendung aus dem Jahr 1988 gesehen, bei der das Siegerpaar ein Auto gewinnen konnte … Aber das mit der Anzahl Stunden stimmt so ungefähr.«

Axel hob seine Tasche vom Boden auf und fuhr fort.

»Ich habe da noch eine Sache.«

KAPITEL 3

Ioan mochte den Kies, der unter seinen Schuhen knirschte, wenn sie über die sorgfältig geharkten Wege im Hagapark gingen. Es klang nach Recht und Ordnung. Das war das Beste an Schweden. Die nachmittägliche Septembersonne brannte vom Himmel. Jedes Mal, wenn er diesem Mann begegnete, ahmte er sein Verhalten nach. So machte man es eben, wenn man sein Herrchen traf. Beide hatten ihre Jacketts über den rechten Arm gelegt. Sie verließen das Schmetterlingshaus, das voller Familien mit Kindern war, und gingen in östliche Richtung. Als sie allein waren, brach der Mann, der sich C nannte, das Schweigen.

»Du hast also unsere Geschäftsverbindungen beendet?«

»Vollständig.«

»Und der Bankier?«

»Ist bald kein Problem mehr.«

Ioan wusste, dass C sich nicht mit dieser Antwort begnügen würde. Wie erwartet blieb der Mann stehen. Er war untadelig gekleidet: marineblaue Hose, schwarze Schuhe und ein cremeweißes Hemd. Er wandte sich Ioan zu und zog die kräftigen grauen Augenbrauen unmerklich hoch.

»Was heißt bald?«

»Das lässt sich nicht exakt bestimmen, aber seriös geschätzt hat er noch drei Wochen, höchstens vier.«

»Und Spuren?«

Ioan, der mit hellen Chinos und einem Hemd in diskretem Rosa legerer gekleidet war, zog ein Feuerzeug und eine Schachtel Carpati aus der Tasche.

»Sie gestatten?«

Ohne die Antwort abzuwarten, zündete er sich eine Zigarette an, nahm einen tiefen Zug und blies den Rauch aus.

»Keine Methode ist perfekt, aber eventuelle Spuren enden in jedem Fall bei mir.«

»Gut so.«

C rümpfte missbilligend die Nase. Er ging weiter, und Ioan folgte ihm.

»Man konnte sich schon immer auf dich verlassen, Ioan. Du sollst wissen, dass wir zufrieden mit dir sind. Ich hatte zuerst meine Zweifel, wegen deiner Herkunft und allem, was damit verbunden ist, das hatte ich ja schon einmal erwähnt, aber insgesamt hat es sich als Vorteil herausgestellt.«

»Danke, ich bin ebenfalls sehr zufrieden mit unserem Arrangement.«

»Wir müssen die Vorgehensweise überdenken, wie wir die Mittel in eure Sonderabteilung transferieren, jetzt wo dieser sogenannte Anwalt in Panama Mist gebaut hat.«

Er verstummte, fügte dann aber knapp hinzu:

»Du wirst dein Honorar selbstverständlich bekommen. Wir müssen nur den Umweg über die Technische Abteilung nehmen.«

»Natürlich.«

Ioan zog intensiv an seiner Zigarette, nahm ansonsten aber eine abwartende Haltung ein.

Sie näherten sich der Stelle, an der ein Weg hinunter zum Brunnsviken abzweigte, hielten sich aber rechts und gingen auf das Tor und die Wachhäuschen nördlich des Schlosses Haga zu.

»Diese Panama-Geschichte ist wirklich sehr unglücklich gelaufen. Es gibt Spuren. Verbindungen. Überweisungen. Ein einziger Scheiß, um es ungeschminkt zu sagen.«

»Aber ist es nicht so, wie sagt man bei euch, als würde man nach einer Nadel im Heuballen suchen?«

»In einem Heuhaufen. Natürlich. Es geht um enorme Summen und unzählige Konten. Und die Transaktionen, die wir getätigt haben, sind ebenfalls enorm. Groß genug, um darauf zu stoßen, wenn man sich die Zeit nimmt, danach zu suchen …«

C hielt erneut inne. Ioan fiel der Vogelgesang auf, der sie umgab, als sie auf dem Kiesweg standen und vor sich das Schloss Haga sahen.

»Apropos schwedische Redewendungen, Ioan. Wir haben noch eine. Wir haben den Ausdruck ›Bauernopfer‹. Weißt du, was damit gemeint ist?«

Ioan ließ seine Zigarettenkippe fallen, trat sie in den Kies und lächelte, als er wieder aufsah.

»Ja, so etwas wie Nebelkerzen werfen oder die Aufmerksamkeit in eine andere Richtung lenken, um etwas zu verschleiern. Bei uns sagt man ›tap ispăsitor‹ – etwas Ähnliches wie euer Sündenbock, glaube ich.«

Sie verließen den Pfad und bahnten sich einen Weg durch das Unterholz. Ioan hatte keine Ahnung, wohin sie gingen, war aber klug genug, nicht danach zu fragen. Der Mann vor ihm fuhr mit den Wortspielen fort.

»Wir müssen den Hunden einen Knochen hinwerfen, damit wir Zeit haben, unsere Spuren zu verwischen.«

»Ich weiß nur, dass bei so einem Ablenkungsmanöver der Knochen groß genug sein muss, damit es funktioniert. Er muss lange vorhalten.«

Der Mann blieb stehen und drehte sich um. Die Sonne schien durch eine Öffnung zwischen den Baumkronen, und Ioan musste die Augen zusammenkneifen, als er die Silhouette im Gegenlicht betrachtete.

»Ein Finanzminister, ist das groß genug?«

Ioan begnügte sich mit einem Nicken.

Zwischen Birken, Eichen und Unterholz breitete sich eine

Ruine aus. Moosbewachsene Steine formten den Grundriss eines massiven Bauwerks. Ioan konnte von seiner Position aus nur das Ende eines Flügels sehen.

»Tammer hat sich auf seinem Posten bewährt, war aber nachlässig in seinen privaten Geschäften«, fuhr C fort. »Er hat ein Konto unter seinem eigenen Namen geführt. Es ist nur eine Frage der Zeit, bis unsere vierte Gewalt es findet. Wir sollten ihnen ein bisschen auf die Sprünge helfen.«

»Ich dachte, Tammer wäre ein Freund?«

»Wir werden uns natürlich um ihn kümmern. Es gibt bald eine freie Stelle bei uns. Creutz ist schon lange krank. Sein Stuhl muss bald neu besetzt werden.«

Der Mann ging zu der Ruine und stieg die Granitstufen einer Treppe hinauf. Ioan folgte ihm. Jetzt erst bemerkte er, welches Ausmaß die Ruine hatte. Er zählte die Kellergewölbe, fünfzehn in der Länge und drei in der Breite. Exakte Winkel. Imposant und deshalb vermutlich importierte Baukunst aus verflossenen Zeiten.

»Weißt du, was das ist, Ioan?«

»Es sieht aus wie der Keller eines riesigen Herrenhauses.«

»Noch größer. Es sollte ursprünglich ein Schloss werden. Der eitle Wunsch eines eitlen Königs. Die Ruinen, auf denen wir jetzt stehen, wurden zu einem Triumph. Für das *Volk*, für die *Nation*. Für *unsere* Geschichte. Dass das Gebäude nie fertiggestellt wurde, war ein Sieg.

Der Mann ließ den Blick über die Steinreihen schweifen. Seine buschigen Augenbrauen und die spitze Nase warfen einen beeindruckenden Schatten in der fallenden Nachmittagssonne.

»Manchmal muss man Opfer bringen. Manchmal auch ein Königsopfer …«

Der Mann verstummte wieder. Warf einen letzten Blick auf die Ruine und wandte sich Ioan zu.

»Du weißt ja besser als jeder andere, was das bedeutet. Dieses Mal nennen wir es ein Bauernopfer. Kümmerst du dich um die Details?«

KAPITEL 4

Es war kurz vor vier, und immer mehr Plätze in der Königlichen Bibliothek leerten sich. Studenten und Wissenschaftler packten ihre Sachen zusammen, aber in Arbeitsbox 4 holte Axel Sköld eine Videokassette aus seiner Schultertasche und bot sie Åsa Rakell dar, als wäre er einer der Heiligen Drei Könige.

Åsa nahm die Videokassette und musterte sie. Es war eine Betamax-Kassette, säuberlich mit einem Datum und einem Titel versehen. »VPK Parteitag. Aktuellt. Rohmat. 18.11.84«.

»Wo hast du die her?«

Axel konzentrierte sich darauf, seinen Blick und seine Stimme unter Kontrolle zu halten.

»Ich habe meine Kontakte«, sagte er und lächelte.

Die Antwort schien sie weder zu beeindrucken, noch zu amüsieren, aber sie begnügte sich damit.

Ihr zu erzählen, dass er die Videokassette von einer grünen Reichstagsabgeordneten bekommen hatte, hätte die Sache nur unnötig verkompliziert. Zumal er ausgerechnet diese Reichstagsabgeordnete auch noch geküsst hatte, allerdings vor langer Zeit, als sie Teenager gewesen waren. Nein, Lova Magnussons Namen wollte er definitiv aus dieser Geschichte heraushalten.

Axel öffnete ein weiteres Fenster. Noch ein Film. Dieses Mal sah man ein Podium in einem Saal mit Holzstühlen für die Zuhörer. Blassblaue Gardinen hingen herab. Auf dem Podium standen Mikrofone, aber kein Mensch war zu sehen.

»Zuerst war es nur eine ganz gewöhnliche, langweilige Pressekonferenz. Aber das Datum macht die Veranstaltung zu einem sehr ungewöhnlichen Ereignis.«

Axel tippte das Datum in den Computer der Königlichen Bibliothek, 18. November 1984, und fand den Beitrag der *Aktuellt*-Sendung. Als der Film startete, sah man dieselben Gardinen und dasselbe Podium, an dem jetzt fünf Personen hinter den Mikrofonen saßen. Im Saal waren alle Holzstühle mit Zuhörern besetzt.

»Das hier ist Cats Falcks letzte Arbeit.«

Åsa betrachtete ihn fasziniert. Er sah ihr immer noch an, dass sie zweifelte, dass sie sich immer noch nicht entschieden hatte, ob er ein unbelehrbarer Querulant oder ein Reporter mit einer heißen Story war.

»Du weißt hoffentlich, dass wir dieses Feature schon produziert haben.«

Axel nickte. Er wusste, dass sich Åsa in diesem Fall sehr gut auskannte. Cats Falck war am 29. Mai in einem Auto aufgefunden worden, das verkehrt herum auf dem Grund des Hammarbykanals lag. Aber am 18. November 1984 hatte sie das letzte Mal jemand lebend gesehen.

Im Beitrag folgte ein Interview mit einem Lehrer aus Gävle, Mitglied der VPK – Linkspartei Kommunisten, dessen Antrag auf dem Parteitag der VPK lebhaft diskutiert worden war. Er meinte, dass die VPK gegenüber den Sozialdemokraten zu viele Kompromisse eingegangen sei.

Die Kamera wanderte über die Zuhörer im Saal, die sich engagiert an der Diskussion beteiligten, während die Stimme des Reporters verkündete, dass der Parteiführung in der Abstimmung trotzdem das Vertrauen ausgesprochen worden sei.

»Da!«

Axel hielt den Film an. Er berührte den Bildschirm mit dem Zeigefinger. Ganz hinten zwischen den Zuhörern, direkt neben dem Ausgang, stand ein Mann. Er trug einen dunklen Mantel, eine karierte Kappe und eine stahlgraue Brille.

»Das ist doch total verschwommen, Axel, ich kann da nicht wirklich etwas erkennen.«

»Das habe ich zuerst auch gedacht. Deshalb habe ich eine digitale Kopie des Rohmaterials besorgt.«

Axel wandte sich dem anderen Bildschirm zu und startete die Filmaufnahme auf der Betamax-Kassette. Er fuhr mit dem Mauszeiger auf der Zeitleiste entlang, und bei jedem Klick hatten sich mehr Personen in dem Saal versammelt. Schließlich fand er den Abschnitt, in dem die Kamera vom Podium ins Publikum schwenkte.

»Hier, pass auf …«

Die Kamera war jetzt voll auf das Publikum gerichtet, und der Mann mit der karierten Kappe befand sich fast in der Bildmitte. Als hätte er gemerkt, was der Kameramann tat, sah er plötzlich auf seine Armbanduhr und ging mit schnellen Schritten zur Tür, um den Saal zu verlassen.

Axel klickte auf der Zeitleiste zurück und zoomte ins Bild hinein.

»Du meinst also, das wäre dieselbe Person?«

Åsa starrte auf den Bildschirm und notierte sich etwas auf einem Stück Papier.

Axel sagte nichts. Er verschob die Fenster mit den anderen Videoclips so, dass die drei Standbilder nebeneinanderlagen. Drei Bilder von Männern in Schirmmütze und Mantel. Zuerst der Mann auf dem Flughafen Arlanda am Morgen nach dem Palme-Mord. Dann der Mann vor dem NK am selben Abend, an dem der Rüstungskontrollinspekteur Carl-Fredrik Algernon sein Leben verlor. Und schließlich der Mann, der die Pressekonferenz besuchte, über die Cats Falck am letzten Tag ihres Lebens berichtete.

Im ersten Bild war sein Gesicht im Profil zu sehen. Auf dem zweiten war er schräg von vorne aufgenommen. Und im letzten Standbild ein Mann, der direkt in die Kamera sah.

Der Mantel hatte immer dieselbe blaue Farbe, aber die Kappe war im ersten Bild rot, im zweiten schwarz, im letzten beige kariert.

»Er hat die Kappen getauscht«, sagte Axel, »aber es ist ohne Zweifel dieselbe Person.«

Er lehnte sich zurück und blickte Åsa direkt an. In vielen Fällen war das Schwierigste an seiner Arbeit, einen Redakteur oder Chef davon zu überzeugen, dass das, was er tun wollte, genau das Richtige war. Es ging darum, eine Idee aus seinem Kopf in einen anderen Kopf zu übertragen.

Vielleicht wollte er zu viel. Der Wunsch, Zusammenhänge herstellen zu wollen, spielt dem menschlichen Gehirn manchmal Streiche, das wusste Axel, nachdem er oft genug Zeugen interviewt hatte, deren Geschichten später kaum mit dem in Einklang zu bringen waren, was Videoaufnahmen oder technische Beweise zeigten. Aber in diese Story hatte er sich mittlerweile verliebt. Die Frage war jetzt, ob seine Chefin und Auftraggeberin selber auch nur einen Bruchteil dieser Begeisterung aufbringen konnte, denn das war entscheidend dafür, ob er darüber berichten durfte.

Åsa war der einzige Mensch, dem er seine Entdeckung bislang gezeigt hatte. Ihr Schweigen wurde immer unerträglicher.

»Entschuldigung, aber wir schließen jetzt.«

Die diskrete, aber eindringliche Stimme schreckte sie auf. Ohne ein weiteres Wort über Axels Theorie zu verlieren, packten sie ihre Sachen zusammen und eilten zum Ausgang.

»Was glaubst du …«

»Nicht hier. Lass uns in einem Café darüber reden.«

Åsa ließ sich nicht anmerken, was sie dachte. Ihre Absätze klackerten auf dem Steinboden in der Eingangshalle, und Axel musste sich anstrengen, um Schritt zu halten. Sie eilten den Kiesweg entlang und überquerten die Humlegårdsgatan. Plötzlich bog Åsa scharf nach links ab, und statt sich den vielen Cafés am Stureplan zuzuwenden, marschierte sie mit entschlossenen Schritten durch die Tür zur Bar Anglais. Axel folgte ihr verwundert.

»Okay. Zeig mir die Bilder noch mal.«

Åsa hatte sich an die weitgehend menschenleere Bar gestellt, und Axel klappte schnell seinen Laptop auf.

Die drei Männer waren noch da, festgefroren in ihren unterschiedlichen Positionen.

»Zwei Bier!«

Åsas Redakteursstimme hatte die gewohnte Wirkung. Die Gläser standen ruckzuck vor ihnen auf dem Tresen, und der Barkeeper sah beinahe glücklich aus, dass er sie servieren durfte.

»Axel. Nehmen wir mal an, du hast recht.«

Åsa legte eine Pause ein, um einen großen Schluck zu trinken, wischte sich den Schaum mit einer Serviette von der Oberlippe, bevor sie fortfuhr. Axel ließ sie dabei keinen Moment aus den Augen.

»Dann hast du also herausgefunden, dass ein und dieselbe Person beim Mord am Ministerpräsidenten, beim Tod des Rüstungskontrollinspekteurs ...«

»Bei seiner Ermordung.«

»Bei seinem Tod. Und beim letzten Auftrag einer *Aktuellt*-Journalistin anwesend war.«

»An dem Abend, an dem sie ermordet wurde.«

Åsa ließ ihren Finger über den Rand des Glases gleiten.

»Wie auch immer. Es sind drei spektakuläre Ereignisse, die du über diesen Mann miteinander in Verbindung bringen kannst. *Falls* deine Theorie stimmt.«

»Sie stimmt, du hast die Bilder doch gesehen.«

Axel trank vorsichtig einen Schluck Bier, bevor er Åsa erneut in die Augen schaute. Dann fuhr er fort, behutsam, und versuchte, so viel Gewicht wie möglich in seine Stimme zu legen.

»Ich glaube nicht nur, dass dieser Mann all die Ereignisse miteinander in Verbindung bringt. Ich glaube, dass er dahintersteckt.«

KAPITEL 5

»Wie lange haben Sie schon dieses Konto im Steuerparadies?«

Die Reporterin gehörte zur Nachrichtenredaktion des Schwedischen Rundfunks, und sie sendete live. Ihr Mikrofon war wie ein glühender Spieß, der in den Eingeweiden des Finanzministers Sven-Åke Tammer steckte und sich drehte. Pressekonferenzen waren eigentlich seine Spezialität, aber heute versagte sein Charme. Die Liebe zum Scheinwerferlicht und zu den Frauen verschwand immer mehr, je tiefer die nervtötende Radioreporterin bohrte. Diese spezielle Frau liebte er jedenfalls gar nicht.

»Das Urlaubskonto meiner Familie führt seit über zehn Jahren eine ausländische Bank, und ich kann Ihnen versichern, dass es nicht aus Steuergründen …«

»Sie haben also während Ihrer Amtszeit als schwedischer Finanzminister 3,4 Millionen Kronen vor den Finanzbehörden Schwedens verborgen?«

Die Reporterin fiel Sven-Åke Tammer nicht nur ins Wort, sie verwendete auch den Namen des Landes, dem er so lange gedient und für das er so vieles geopfert hatte, nur um ihn mit Dreck zu bewerfen. Das Blut stieg ihm ins Gesicht.

»Wenn Sie damit andeuten wollen, dass ich meinem Land gegenüber nicht alle Pflichten erfüllt hätte, dann bewegen Sie sich auf sehr dünnem Eis, Stina Forss.«

Die Reporterin mit Vor- und Nachnamen anzusprechen, war als Warnung zu verstehen. Solche Frechheiten konnte man sich nicht erlauben, wenn man auch bei der nächsten Pressekonferenz noch Fragen stellen wollte. Oder irgendwann einen ersten Interviewtermin beim Pressesprecher bekommen wollte.

Mit ruhiger Hand ließ er seinen Finger über die Journalisten schweben, bis er schließlich beim Politikkorrespondenten des *Expressen* landete.

»Sven, Sie hatten eine Frage?«

Sven Claesson lächelte. Er gehörte definitiv zu den Personen, die den inneren Zirkel bereits erreicht hatten. Und nach seiner nächsten Frage zu urteilen, hatte er auch nicht die Absicht, ihn zu verlassen.

»Was werden Sie als Finanzminister dafür tun, um unsere Partnerschaft mit Nationen wie beispielsweise Panama zu stärken, um auf längere Sicht die Unterschiede in der Besteuerung zu reduzieren? Das eigentliche Problem ist ja wohl, dass wir Sparer von den ausländischen Banken angelockt werden, weil sie bessere Konditionen bieten können.«

»Die Kluft zwischen Reich und Arm zu verringern, ist schon immer eine Kernfrage für uns Sozialdemokraten gewesen, und ich werde zeitnah den panamaischen Botschafter einladen, um die Möglichkeiten auszuloten, wie wir in Zukunft an dieser Frage arbeiten können.«

Sven-Åke Tammer versuchte zum ersten Mal, der Presse mit einem Lächeln zu begegnen.

»Wenn es sonst nichts mehr gibt, dann entschuldigen Sie mich bitte. Wir haben, wie Sie sich sicher denken können, heute ziemlich viel im Ministerium zu tun.«

»Sven-Åke *Tammer*!«

Der Finanzminister hatte sich gerade von den Kameras und den Mikrofonen abgewandt, als er seinen Namen hörte. Und er erkannte die Stimme der Frau wieder, die seinen Nachnamen so energisch betonte. Möglicherweise hatte er Stina Forss falsch eingeschätzt.

»Ja, anscheinend hat das öffentlich-rechtliche Radio noch einen letzten Wunsch?«

»Das ist richtig. Ich hatte eine Frage gestellt, die Sie immer noch nicht beantwortet haben. Entspricht es der Wahrheit, dass Sie während Ihrer Amtszeit als Finanzminister 3,4 Millionen schwedische Kronen Ihres Privatvermögens vor den Finanzbehörden in Schweden versteckt haben?«

Lars Lilliehorn, Sven-Åke Tammers Pressereferent, versuchte seinen Arm um ihn zu legen, während er sich gleichzeitig mit einem gequälten Lächeln bei den anwesenden Journalisten für die Pressekonferenz bedankte, die nun leider zu Ende sei. Aber Tammer schüttelte den Arm von sich ab. Seine Augen blitzten. Niemand hatte das Recht, ihn so zu behandeln.

»Ich hätte nie gedacht, dass eine Korrespondentin des Schwedischen Rundfunks sich zu solch haltlosen Behauptungen hinreißen lassen würde.«

»Das ist eine relevante Frage, auf die das schwedische Volk eine Antwort erwartet.«

»Ich weiß ganz genau, was Sie hier treiben. Das ist Hetzjournalismus der ganz miesen Art, und genau das werde ich auch Ihrem Chef berichten, wenn ich ihn in fünf Minuten anrufe.«

Sven-Åke Tammer hatte sich immer näher an Stina Forss herangeschoben und beendete seinen Satz nur Zentimeter von ihrer Brille entfernt. Der Rest des Pressekorps war ein paar Schritte zurückgewichen. Er türmte seinen massigen Körper vor ihr auf. Stina Forss hob den Kopf. Dann fuhr sie mit unbekümmerter Stimme fort.

»Sie hören einen Live-Bericht von der Pressekonferenz des schwedischen Finanzministers Sven-Åke Tammer, der die Steuerhinterziehung, über die in der *Süddeutschen Zeitung*, im *Guardian* und in *Le Monde* berichtet wurde, nicht dementiert. Sven-Åke Tammer besaß während seiner Amtszeit als Finanzminister ein privates Konto in Panama. Auf dem Konto haben sich mehr als 3,4 Millionen Kronen befunden.«

Sie legte eine Pause ein. Sven-Åke Tammer fühlte sich, als hätte er eine Tuba verschluckt.

»Hätten Sie, bevor wir die Übertragung aus dem Regierungssitz Rosenbad beenden, noch einen abschließenden Kommentar für uns?«

Statt ihm ihr Mikrofon entgegenzustrecken, wie er erwartet hatte, behielt die Reporterin es vor dem eigenen Mund. Aber sie entließ ihn nicht aus ihrem Blick.

»Wenn Sie in Ihrer Eigenschaft als schwedischer Finanzminister den Nachrichten-Chef des Schwedischen Rundfunks anrufen, um eine seiner Reporterinnen zum Schweigen zu bringen, dann grüßen Sie ihn bitte ganz herzlich von mir, Sven-Åke Tammer. Für das *Eko-Journal* berichtete Stina Forss.«

*

Drei Minuten später stand Stina Forss vor Rosenbad und telefonierte mit ihrem Chef. Er hatte eine gute Minute später angerufen, als sie erwartet hatte.

»Verdammt nochmal, Stina!«

»Sag mal, Urban, können wir dieses Gespräch nicht einfach überspringen, dann ersparen wir uns den Teil, in dem wir uns Sachen an den Kopf werfen, für die wir uns nachher entschuldigen müssen …«

»Warte. Es muss ja niemand mitbekommen.«

Stina hörte, wie ihr Chef herumklapperte und sich weit vom Mikrofon seines Handys entfernt zu haben schien. Dann ein Knall, sie nahm an, dass es die Tür zu seinem Büro war, und schließlich war er wieder dran.

»So, jetzt bin ich in meinem Zimmer … Was sollte der Scheiß, Stina?«

»Kannst du bitte aufhören zu fluchen, das ist unwürdig für

den Chef einer der größten Nachrichtenredaktionen dieses Landes.«

»Aber was du gerade in einer Live-Übertragung gemacht hast, ist der Reporterin einer der größten Nachrichtenredaktionen dieses Landes würdig?«

Stina schwieg. Schloss die Augen. Atmete tief durch. Wünschte sich etwas. Und ihr Wunsch wurde tatsächlich erfüllt.

Urban Ringstams lautes Gelächter donnerte so kräftig und überraschend aus ihrem Handy, dass sie nicht anders konnte, als mitzulachen.

»Oh Mann, den hast du aber vorgeführt! Das wird ein Klassiker auf der Journalistenschule.«

»Er hat den Job fast alleine erledigt. Ich habe ihm nur die Frage gestellt, die du mir heute Morgen gemailt hast … Hat er schon angerufen?«

»Der Pressereferent des Finanzministers, dieser Lilliehorn, hat sich dreißig Sekunden nach Ende der Übertragung bei mir gemeldet. Ich habe ihm gesagt, dass ich ihn zurückrufen werde, weil ich gerade ein wichtiges Gespräch in der Leitung hätte, um das ich mich zuerst kümmern müsste.«

Stina lächelte. In ihren fast zwanzig Jahren als Journalistin war Urban Ringstam der beste Chef, den sie jemals hatte.

»Also werde ich auch heute nicht rausgeworfen?«

Urban Ringstam wurde plötzlich wieder ernst.

»Stina, Stina, Stina … Du weißt, dass ich dich sofort fest und in Vollzeit anstellen würde, sobald du auch nur ein halbes Ja hauchen würdest.«

»Danke, Urban. Es bedeutet mir wirklich viel, dass du das sagst. Aber du weißt ja, wie mein Leben aussieht. Es geht einfach nicht, nicht mit David …«

Es war seltsam, wie das Leben mit einem Karussell fuhr. Vor fünf Minuten stand sie noch dem Finanzminister des

Landes in einem Duell Auge in Auge gegenüber, vor zwei Minuten befürchtete sie einen deftigen Anschiss von ihrem Chef, vor dreißig Sekunden lachte sie lauthals und spürte das Prickeln des Triumphs in ihrem ganzen Körper aufsteigen. Und jetzt schloss die dunkle Trauer, die sie nie ganz verließ, ihre schwarzen Flügel um ihr Herz und ihre Lunge. David, die Liebe ihres Lebens, und ihre Bürde.

»Okay, Stina, ich verstehe dich und will auch keinen Druck machen. Wir sind zufrieden mit der Abmachung, die wir mit dir als freier Mitarbeiterin haben. Ganz besonders, wenn du so ablieferst wie heute. Qualität ist immer besser als Quantität!«

Urban klang ein bisschen übereifrig. Stina tat so, als hätte sie es nicht bemerkt. Oder die Tränen, die ihr in die Augenwinkel gestiegen waren. Sie schluckte noch einmal, bevor sie antwortete.

»Du kennst doch diese neue grüne Politikerin, Lova …?«

»… Magnusson, die beinahe Parteisprecherin geworden wäre?«

»Genau, sie ist ja die Wirtschaftsexpertin der Partei. Ich habe ein dreiminütiges Interview mit ihr. Du wirst es lieben.«

»Äußert sie sich kritisch über den Finanzminister?«

»Das kann man wohl sagen. Es würde sich perfekt im *Eko-Journal* um Viertel vor fünf machen. Ich komme rein und schneide es direkt.«

»Wie relevant ist es denn? Ich weiß nicht, ob wir in der Sendung noch Platz haben.«

»Sie nennt den Finanzminister einen – Zitat – ›unserer größten Steuerbetrüger‹ und verlangt, dass die Finanzaufsicht seine Vermögensverhältnisse genau unter die Lupe nehmen sollte, weil – Zitat – ›die schmutzigen privaten Geschäfte des Finanzministers ihn erpressbar machen‹, deshalb fordert sie, dass – Zitat – ›der Finanzminister seinen sofortigen Rücktritt erklären solle, alldieweil er ein Sicherheitsrisiko für unser Land darstelle‹.«

Es war still am anderen Ende der Leitung.

»Okay. Wir haben noch Platz in der Sendung. Verdammt, das wird der Aufmacher. Ich glaube, ich habe sie unterschätzt. Was sie da zuletzt gesagt hat, dieses ›alldieweil er ein Sicherheitsrisiko für unser Land darstellt‹, ist wortwörtlich dasselbe, was damals über Lennart Geijer gesagt wurde, nachdem herausgekommen war, dass er bei den Nutten war.«

Stina Forss lächelte. Sie wollte das Gespräch beenden und ein Taxi rufen.

»Gute Arbeit. Und … eine Sache noch.«

»Ja?«

»Hat sie wirklich ›alldieweil‹ gesagt? Sie kann noch weit kommen. Richtig weit.«

KAPITEL 6

Das Stimmengewirr in der Bar wurde immer lauter, je mehr Menschen ihre Arbeitsplätze in der Umgebung des Stureplans verließen. Männer in Zweitausend-Kronen-Hemden unterhielten sich immer lauter und immer zudringlicher mit Frauen, die aus den Werbeplakaten von Inkassounternehmen zu stammen schienen.

Hier passte Åsa Rakell perfekt hinein. Ihre langen rotlockigen Haare zogen den einen oder anderen Blick von den Nachbarn an der Bar auf sich, einige beobachteten anerkennend, wie schnell sie ihr Bierglas leerte.

»Möchtest du noch eins?«

Axel, dessen Glas noch mehr als halb voll war, schüttelte den Kopf. Er ging nur selten abends aus, und wenn er es tat, dann meistens auf Södermalm und damit in den deutlich weniger glamourösen Lokalen der Stadt. Er hatte zwar auch nicht mehr mit den Hipstern gemein, die dort herumhingen, als mit den Backslicks, die er hier sah, aber das Bier auf Söder war bedeutend billiger. Ihm war peinlich bewusst, dass seine Jeans abgewetzt war und er seit vorgestern sein Haar nicht mehr gewaschen hatte.

»Du weißt, dass man auch auf Vorschuss feiern kann, oder? Das ist jedenfalls meine neue Philosophie.«

Als Axel nicht darauf einging, redete Åsa einfach weiter, nachdem sie miteinander angestoßen hatten.

»Na ja, was heißt schon meine, es ist eine Theorie, die auf den Gedanken von Nextopia basiert, diesem Buch über die Erwartungsgesellschaft. Nichts in der Wirklichkeit kann besser sein als die Erwartungen, die wir vorher darüber aufgebaut haben. Gerade im Erwartungsstadium ist man meistens am glücklichsten. Also gilt es, viel früher Hurra zu rufen – denn genau das ist der richtige Augenblick.«

»Und warum rufst du jetzt Hurra?«

»Wegen deiner Story! Sie wäre ein echter Knüller, *wenn* sie wahr ist. Damit könnte sogar der Palme-Mord aufgeklärt werden!«

Åsa lächelte ihn an. Ihre Augen glitzerten, aber ganz tief in ihnen entdeckte er etwas Wachsames, einen Zweifel, den Axel als Warnung verstand. Sie war alles andere als überzeugt und betrachtete ihn aufmerksam.

»Was den Palme-Mord betrifft, konnte ich bislang gar nichts beweisen. Aber es ist dieselbe Person auf allen drei Bildern. Und das kann kein Zufall sein.«

»Lustig, dass du ausgerechnet diesen Begriff erwähnst. Zufall. Hältst du es nicht für einen sehr großen Zufall, dass du diese Bilder gefunden hast?«

Axel war sich nicht sicher, ob sie nur neugierig war oder ein Hauch von Skepsis in ihrer Stimme mitklang.

»Ja, aber das haben wir ja schon durchgerechnet. Ich habe über dreitausend Stunden *Aktuellt* und *Rapport* gesehen. Und dann bin ich natürlich auch eine MÜP.«

»Eine was?«

»Eine militärisch überinteressierte Person. Zumindest was den Kalten Krieg betrifft und die schwedische Politik der Achtziger- und Neunzigerjahre. Vor allem, wenn es mit der Sozialdemokratie zu tun hat. Und ganz besonders, wenn es mit dem Mord an Olof Palme zusammenhängt.«

Axel hob sein Glas und fuhr mit einem Lächeln fort.

»Da hast du meine Kontaktanzeige.«

»Seltsam, dass du immer noch Single bist.«

Sie erwiderte sein Lächeln.

»Das ist ein Geheimnis, über das man ein eigenes Feature

produzieren müsste, aber zuerst werde ich mich in dieses eingraben.«

»Zuerst lieferst du das Feature über die Waffenfabrik in Saudi-Arabien bei mir ab«, sagte Åsa mit gespielt strenger Stimme.

»Aber das gehört doch zu diesem Feature. Es sorgt dafür, dass wir die Story nicht aus derselben Perspektive erzählen wie P1 vor fünf Jahren. Denn genau solche Dinge passieren, wenn der militärisch-industrielle Komplex zu viel Macht hat.«

»Ich liebe es, wenn du das sagst.«

Åsa rollte übertrieben mit den Augen.

»Was? Der militärisch-industrielle Komplex?«

»Ja! Du klingst dann so autoritär! So allwissend!«

Åsa Rakells ironische Stimme war weltberühmt. Zumindest im Sender. Jetzt feierte sie neue Triumphe.

»Mach dich ruhig lustig, aber so heißt es eben. Der Staat, Saab, Bofors, alles hängt miteinander zusammen. Und du weißt, dass es so ist, also hör auf, dich darüber lustig zu machen.«

»Hoppla, ein wunder Punkt! Also gut, ich bin ganz Ohr. Wie passt also dein Käppi-Träger von 86 in eine moderne Geschichte über eine Waffenfabrik in Saudi-Arabien?«

»Es geht um drei Todesfälle, die mit der Sicherheit unseres Landes zu tun haben.«

Axel klappte einen Finger hoch.

»Der Mord am Ministerpräsidenten übertrifft natürlich alles andere. Wenn man unsere Politik beeinflussen will, gibt es keine wirksamere Methode, als unseren Ministerpräsidenten umzubringen.«

Der nächste Finger.

»Algernon besaß die Macht, unsere Waffenexporte vor allem in die Schurkenstaaten am Persischen Golf abzuschneiden.«

Ringfinger.

»Und Cats Falck war angeblich einem Waffenschmuggel auf der Spur. Es ging um Hightech-Komponenten, die Ostdeutschland illegal kaufen wollte.«

Er hielt alle drei Finger vor Åsa in die Luft, als wären sie unwiderlegbare Beweise in einem Gerichtssaal.

»Klassische Beispiele für den militärisch-industriellen Komplex. Alle drei. Schweden stellt eigene Waffen her, denn wenn wir es mit unserer Neutralitätspolitik ernst meinen, geht es nicht anders. Aber dann müssen wir sie auch exportieren, um die Kosten niedrig zu halten, sonst könnten wir uns die eigene Waffenentwicklung nicht leisten. Und wenn wir exportieren müssen, dann letztlich in solche Länder, die in bewaffnete Konflikte verwickelt sind, denn sie sind die Einzigen, die Waffen wirklich brauchen – aber das dürfen wir nicht. Weil das schwedische Volk es nicht will. Aber solange die Medien keinen Wind davon bekommen, geht es eben doch.«

»Ja, ja, diese außenpolitischen Analysen beherrsche ich auch.«

Åsa öffnete ihre Tasche, holte das Handy heraus, schaute nach neuen Mitteilungen, legte es hin und schloss die Tasche in einem schnellen, oft geübten Bewegungsablauf, während sie fortfuhr:

»Aber nichts von dem, was du sagst, beweist irgendetwas. Du hast einen Typen mit Käppi, der einem anderen Typen mit Käppi ähnelt, auf einem Bild entdeckt, das möglicherweise in einem Zusammenhang mit anderen Ereignissen steht, und zwar zu einer Zeit, als verdammt viele Typen so ausgesehen haben, ich meine, Mantel und Schirmmütze waren doch beinahe die Nationaltracht für Männer über vierzig in den Achtzigerjahren.«

»Jetzt bist du aber ungerecht. Du siehst doch selbst, dass es derselbe Mann ist!«

Erst jetzt wurde Alex bewusst, dass er immer noch drei Finger in die Luft streckte. Er senkte seine Hand in der Hoffnung, dass niemand etwas bemerkt hatte. Es war mittlerweile noch lauter geworden, die Stimmung wurde immer besser. Die untergehende Sonne überzog den Humlegården mit einem goldenen Schleier, der die großen Fenster hinter ihnen einrahmte.

»Ich möchte einfach nur weitermachen dürfen. Gib mir noch eine Woche. Ich möchte die Geschichte mit ein paar relevanten Personen abklären.«

Axel gab sich alle Mühe, nicht wie ein Bittsteller zu klingen.

»Wenn du eine Woche mehr haben willst, muss ich eine Wiederholung bringen, und du weißt, was unsere Hörer davon halten.«

Axel nickte. Die Diskussionen auf der Facebook-Seite des Senders wurden ziemlich aggressiv, wenn eine angekündigte Sendung ausfiel.

»Aber ich denke, dass sich das Problem lösen lässt.«

Åsa trank ihr Glas aus.

»Du bekommst noch eine Woche. Ich werde mit den Juristen und der Programmverantwortlichen reden. Erst danach entscheiden wir, ob diese Sache mit ins Feature kommt.«

Sie bezahlte für beide und stand auf. Drehte sich noch einmal zu Axel um. Kam ihm ganz nahe. Ihr Haar duftete nach Honig. Sehr leise fuhr sie fort:

»Du benutzt hoffentlich einen verschlüsselten Computer? Denn wenn du recht hast, entlarvst du einen Mann, der einen Ministerpräsidenten, einen Rüstungskontrollinspekteur und eine Journalistin ermordet hat. Wer sagt dir, dass dieser Mann nicht immer noch im Geschäft ist?«

KAPITEL 7

Wolfgang Creutz, Richter am Obersten Gerichtshof Schwedens, tippte verärgert auf den kleinen Plastikbehälter. Seine Sekretärin hatte wie üblich an die Tür seines Büros geklopft, bevor sie um achtzehn Uhr Feierabend machte, um ihm die Pillendose zu übergeben. Seine Frau hatte das so arrangiert. Aber der Plastikdeckel war in der Position von gestern steckengeblieben und ließ sich nicht auf die heutige Öffnung schieben. Mit sanfter Gewalt löste Creutz schließlich das Problem und nahm die blauen Tabletten ein.

Das Handy in seinem Jackett klingelte, und als er die Nummer sah, war er froh, dass er den Blutdrucksenker genommen hatte, bevor er das Gespräch annahm.

»Tammer, das ist ja ein Weilchen her.«

»Ich brauche Unterstützung.«

Seine Stimme klang angestrengt. Creutz ahnte, was Sven-Åke Tammer wollte. Aber es war eine prekäre Situation. Also formulierte er seine Antwort neutral.

»Du weißt, dass ich dir gerne helfe, wenn ich kann. Worum geht es?«

»Es betrifft die Technische Abteilung. Diese verdammte Grüne. Magnusson. Ich brauche Einblick.«

»Verstehe.«

Creutz verstummte. Es war immer schwer, einen Freund leiden zu sehen. Er wusste, dass Tammer um sein politisches Überleben kämpfte. Die Position des Finanzministers wurde immer hoffnungsloser. Aber eine Telefonüberwachung war trotz allem keine Kleinigkeit. Nicht einmal für sie. Wenn herauskam, dass jemand einen Politiker abhörte, konnte es wieder zu einer Ebbe-Carlsson-Situation kommen, und einen solchen Zirkus wollte niemand in ihrer Organisation ein weiteres Mal erleben.

Tammer reagierte auf sein Schweigen.

»Creutz, muss ich mir Sorgen machen?«

»Selbstverständlich nicht.«

Die Lüge kam ihm so flott über die Lippen, dass er von sich selbst beeindruckt war. Früher hätte er Angst bekommen, aber inzwischen wusste er, was zu tun war. Und Tammer war sowieso bald erledigt.

»Ich gebe der Technik Bescheid. Wenn sie irgendetwas Interessantes hören, bekommst du sofort die Mitschriften. Standardverfahren.«

»Danke, Creutz. Ich weiß das wirklich zu schätzen.«

Sie beendeten das Gespräch. Er versuchte sich einzureden, dass ihn Tammers Dankbarkeit nicht wirklich bewegt hatte. Creutz rief bei der Technik an.

Josefsson ging an den Apparat, und Creutz nannte Namen und Adresse der Zielperson und erläuterte, woran Interesse bestand. Josefsson wiederholte die Angaben, um sicherzustellen, dass die Informationen korrekt waren.

»Ich setze Carl darauf an. Er ist erfahren, und da der Auftrag eher … wenig komplex ist … denke ich, dass wir dafür eine der neuen Kräfte einsetzen können, die er lobend erwähnt hat – Eckermann, meine ich.«

»Das überlasse ich ganz deiner Abteilung.«

»Natürlich. Und die Mitschriften, wer soll die bekommen?«

Creutz zögerte mit der Antwort, während sein Blick auf dem Kassenschrank unter dem Schreibtisch hängenblieb. Er brauchte einen größeren.

»Alle Berichte bitte direkt an mich.«

KAPITEL 8

Als Axel Sköld die Tür zu dem kleinen Kellerraum in der Ölandsgatan öffnete, war der Schreibtisch, an dem Stina Forss saß, bereits beleuchtet. Es roch nach frisch gekochtem Kaffee, und seine morgendlich trübe Laune besserte sich sofort.

»Stina Nestbeschmutzer! Guten Morgen!«

»Axel Langweiler. Guten Vormittag.«

Beide lächelten. Axel hängte seine Jacke auf und ging die kleine Eingangstreppe hinunter. Das Büro war nicht groß, enthielt aber das Nötigste für zwei freiberufliche Radiojournalisten. Ganz hinten im Keller lag die Küche, deren Einrichtung von der Kaffeemaschine beherrscht wurde. Einen Espresso am Tag trinken zu dürfen, war ein menschliches Grundrecht, behauptete Stina. Es gab ihr das Gefühl, dass sie ihr Zuhause hinter sich gelassen hatte und damit auch die Einschränkungen, die das Leben mit ihrem Sohn David mit sich brachte. So hatte sie es jedenfalls ausgedrückt, als sie Axel überredet hatte, ein Büro und eine sündhaft teure Kaffeemaschine mit ihr zu teilen. Axel war es egal, welche Sorte Kaffee er trank, Hauptsache, es gab genug davon. Wenn es für Stina wichtig war, sich von einem Espressomonster mit dem respekteinflößenden Namen La Marzocco den Alltag mit David erleichtern zu lassen, dann war Axel gerne bereit zu helfen. Deshalb hatte er auch zugestimmt, noch bevor er den Preis erfahren hatte. Aber sie war ja heruntergesetzt gewesen.

Bestimmte Lektionen bekommt man nicht gratis. Diese hier hatte dreiundvierzigtausend Kronen gekostet.

»Weil du nach neun Uhr gekommen bist, mache ich dir heute keinen Kaffee, aber das weißt du ja schon.«

Axel hatte eine Nebenabsprache ausgehandelt, nachdem er den Preis der Maschine erfahren hatte. Die Bezeichnung für diese Nebenabsprache gefiel ihm besonders: Lexpresso. Jeden Morgen musste Stina seine persönliche Barista spielen und ihm seine erste Tasse servieren. Aber der Morgen endete um Punkt neun Uhr.

»Kannst du mich nicht ein bisschen besser behandeln als deine Interviewpartner? Du langweilst mich ein wenig mit dieser brutalen Art.«

»Mach es wie Tammer, soll doch dein Pressereferent anrufen und sich beschweren.«

Axel lachte laut. Er nahm seinen Becher, der halb mit Espresso und halb mit Milch gefüllt war – das Ganze hatte auch einen netten Namen, den er sich allerdings nie merken konnte – mit zu seinem Schreibtisch, der Stinas direkt gegenüberstand.

»Erzähl schon. Wie sauer ist der Finanzminister auf *Ekos* größte Nervensäge?«

Stina setzte die Brille ab, räkelte sich und ähnelte einer Katze, die so lange schlafen durfte, wie sie wollte.

»Erinnerst du dich, wie die damalige Justizministerin Leila Freivalds über die Reporter hergefallen ist, als sie versuchten, sie in ihrem eigenen Treppenhaus zu interviewen?«

»Als sie billig eine Sozialwohnung gekauft hatte, obwohl sie als Sozialdemokratin gegen diese Art von Geschäften war?«

»Ja, sie riss die Tür auf und drohte ihnen mit erhobenem Zeigefinger: ›Das ist unter Ihrer Würde, und Ihrer, und Ihrer auch!‹«

»Ein Meilenstein in der Geschichte des schwedischen Journalismus. Tammer und du, seid ihr jetzt auch auf dem Niveau angekommen?«

»Ich würde sagen, wir sind schon ein Stückchen tiefer gesunken. Ich habe eine Mail von seinem Pressereferenten bekommen, in der er mich darüber informiert, dass er mich beim Presserat angezeigt hat. Aber ganz egal, wie oft ich die Mail lese, ich verstehe nicht, was ich falsch gemacht haben soll. Er behauptet, ich hätte Sven-Åke Tammer zu Unrecht beschuldigt, illoyal gegenüber seinem Land gewesen zu sein. Aber erstens habe ich das niemals gesagt, und zweitens – ist man das nicht wirklich, wenn man Steuern hinterzieht?«

Axel antwortete mit zwei Handbewegungen. Stina bemühte sich, seine Zeichen zu deuten.

»S und … J?«

»Ich bin mittlerweile ziemlich gut, was? David ist ein hervorragender Lehrer.«

»Absolut, krass! Aber warum S und J?«

»Schwedischer Journalistenpreis, Stina. Dein Interview ist bereits ein Klassiker.«

»Ach, was. Das alles haben die Journalisten von der *Süddeutschen Zeitung* aufgedeckt. Ich habe unseren Finanzminister nur gefragt, ob sie recht hatten.«

Trotzdem lief Stina rot an.

»Entscheidend war die Art, wie du deine Frage gestellt hast. Viele der anderen, die dort waren, haben ja keine einzige vernünftige Frage formuliert. Wohin sind eigentlich all die guten Journalisten verschwunden? Jetzt gibt es die sozialen Medien, es werden Filme für Instagram gedreht, Facebook-Gruppen geschaffen, man kümmert sich um die Hörerkritik auf Twitter. Der ganze Mist macht mich noch verrückt …«

»Was für ein Glück, dass es uns noch gibt, wo wir doch so gut sind.«

Stina lächelte ironisch, aber Axel wusste, was sie meinte. Es hatte keinen Sinn, sich über den Zustand der Dinge zu beklagen. Wenn man die Welt verändern wollte, musste man die Ärmel aufkrempeln und zupacken. Axel war im Grunde derselben Meinung, aber es fiel ihm manchmal schwer, dabei dieselbe Betriebstemperatur zu erreichen, die Stina an den Tag legte. Eine bösartige Stimme hockte in seinem Hinterkopf, die ihn stets daran erinnerte, wie sehr er die Bestätigung mochte, die man in den sozialen Medien bekommen konnte. Er war eitler als Stina, und das wurmte ihn.

»Und du, wie lief dein Treffen gestern?«

Es war derselbe Tonfall, den sie im Radio verwendete. Professionelle Neugier, dachte Axel amüsiert.

»Ich denke, es ist gut gelaufen. Åsa ist klug, sie wird alles noch einmal gründlich durchgehen, bevor sie ja sagt.«

»Genau, ihr mögt euch ja …«

Stina ließ den Rest des Satzes in der Luft hängen.

»Was heißt mögen, sie weiß eben einen guten Mitarbeiter zu schätzen.«

»Ha. Da ist doch irgendetwas faul. Weißt du, wie viele Leute ich schon getroffen habe, die kein gutes Wort über Åsa Rakell verlieren?«

»Mindestens eine Million Menschen, die der Meinung sind, dass ausgerechnet sie ein Feature produzieren sollten. Ich weiß auch, dass einige nicht mit ihr klarkommen. Aber im Moment ist es extrem wichtig, dass sie mir vertraut. Was für eine Story, ich konnte gestern kaum einschlafen. Zum Glück haben wir Bier getrunken.«

»Ihr habt Bier getrunken? Du und Åsa Rakell?«

Stina konnte ihr Erstaunen nicht verbergen.

»Ja, zuerst war es ein bisschen seltsam, aber dann sagte sie etwas in der Art, dass wir unseren Sieg im Voraus feiern sollten, aber vielleicht hatte sie auch nur nach einem Ort gesucht, an dem wir uns ungestört unterhalten konnten, aber nicht völlig alleine waren.«

Erst als Axel es laut sagte, wurde ihm klar, dass er vermutlich den wahren Grund für den seltsamen Treffpunkt gefunden hatte.

»Okay, jetzt bin ich aber neugierig. Was hast du gefunden?«

»Warte, ich zeig es dir …«

Bevor Axel seinen Computer anschalten konnte, wurden sie von einem Klopfen an der Eingangstür unterbrochen.

»Ist es schon halb zehn? Mist, das habe ich total vergessen.«

Axel öffnete die Tür, und ein Mann mit schütterem Bart und flachsblondem Haar kam herein. Sie umarmten einander, und der Mann grüßte Stina mit erhobener Hand.

»Janne! Wollt ihr die Geschichten von euren alten Heldentaten wieder aufwärmen?«

»So lange ist das doch noch gar nicht her! Aber erstmal herzlichen Glückwunsch zu dem Interview gestern Abend! Unglaublich gelungene Abmoderation, die werde ich klauen. Tammer wäre ja fast geplatzt.«

Jan Kowalski ging auf Stina Forss zu und umarmte sie.

»Ja, mal sehen, ob das mein letzter Job war. Jetzt will er mich natürlich absägen.«

Das Lob des Kollegen war ihr ganz offensichtlich peinlich, auch wenn sie es sich nicht anmerken ließ.

Jan Kowalski war einer der angesehensten Journalisten des Schwedischen Rundfunks. Er hatte schon mehrere Preise für seine Enthüllungsreportagen bekommen, und wenn er einen Vortrag auf einem Seminar des Vereins investigativer Journalisten hielt, lauschten alle ganz andächtig.

»Ja, das war fast noch das Beste daran. Dass sie es niemals lernen! Die Leute würden ihnen ja glauben, dass sie sich einen einfachen Fehltritt geleistet haben, schließlich sind wir alle nur Menschen. Aber sich zu winden und herausreden zu wollen, ist der erste grundlegende Fehler. Wenn sie darüber hinaus noch dem Journalisten drohen, um die ganze Geschichte zu verdunkeln, haben wir Fehler Nummer zwei. Ich gebe ihm zwei Wochen. Maximal drei.«

»Du glaubst, dass er zurücktreten wird?«

»Davon bin ich überzeugt. Ein Finanzminister darf dem Volk kein Geld stehlen, und wenn ihn diese neue grüne Politikerin so scharf attackiert und mit der Finanzaufsicht und der Säpo und was weiß ich noch droht …«

Jan Kowalski kickte mit dem Fuß und pfiff einen langanhaltenden fallenden Ton.

»Da hörst du es, Stina! Bald hast du deinen ersten Zwölfender erlegt.«

Axel lächelte. Stina schnitt eine Grimasse. Die Macho-Disziplin des Journalismus, in dem die größte Leistung darin bestand, einen Vertreter der Macht zu Fall zu bringen, hatte sie nie gemocht. Für sie ging es darum, Gerechtigkeit herzustellen. Sonst nichts. Aber Axel sah, dass das Lob von Jan Kowalski sie froh und stolz gemacht hatte.

»Darf ich auf einen Kaffee einladen? Wir haben eine großartige Maschine, von der ich mir wünsche, wir hätten sie nie gekauft, die aber manchmal tatsächlich das tut, was ich mir vorgestellt habe.«

Axel ging mit seinem Gast in die Küche. Während er mit den Kaffeebohnen herumhantierte und versuchte, sich nicht die Finger am Dampf zu verbrennen, erkundigte sich Jan, was aus alten Studienkollegen geworden war und wo sie jetzt arbeiteten. Sie hatten gut zehn Jahre zuvor gemeinsam ihr Journalismus-Studium begonnen. Schon damals hatte sich Jan als begabter und hartnäckiger Journalist herausgestellt. Als Axel direkt nach dem Examen beim Jugendkanal P3 anheuerte, erstaunte das keinen seiner Kommilitonen. Er war noch jung, dreiundzwanzig Jahre, und wurde als zukünftiger Moderator betrachtet. Ebenso logisch erschien der Weg des fünf Jahre älteren Jan Kowalski in die Investigativ-Redaktion von P1. Bei einem Feature waren sie zum ersten Mal gemeinsam in einem Radiostudio gelandet. Axel hatte Jan mehrfach interviewt, nachdem dieser 2012 zusammen mit seinen Kollegen den Skandal um die schwedische Waffenfabrik in Saudi-Arabien aufgedeckt hatte.

»Was hast du Neues gefunden?«

Jan trank einen Schluck aus dem Kaffeebecher, den er gerade bekommen hatte, und blinzelte Axel mit gespieltem Misstrauen an.

Sie befanden sich in dem kleinen Studio, einem quadratischen Raum. Zwei der Wände waren aus Glas, die anderen beiden mit grauem Schaumstoff gedämmt, und Axel antwortete erst, als er beide Türen der Tonschleuse geschlossen hatte.

»Ich vertraue dir, das weißt du. Und jetzt möchte ich wissen, was du mit deiner journalistischen Erfahrung hierzu sagst.«

Axel schob sein Notebook zu Jan hinüber und stellte sich neben ihn. Er zeigte auf das Standbild, auf dem der Mann mit der roten Kappe 1986 Arlandas Sicherheitskontrolle passierte, und dann begann er zu erzählen.

Eine Viertelstunde verging.

Jan hörte aufmerksam zu. Er vergrößerte die digitalen Bilder, die Axel auf den Bildschirm geholt hatte, und verkleinerte sie dann wieder, kratzte sich die Bartstoppeln und sah Axel schließlich an.

»Bevor ich die Recherchen zur Saudi-Affäre aufnahm, war ich in vielerlei Hinsicht ein naiver Mensch. Oder zumindest ein naiver Journalist. Ich hatte die Machtverhältnisse in der Gesellschaftsschicht, mit der wir uns zu befassen hatten, völlig falsch eingeschätzt.«

»Wolltest du deshalb damals nicht am Telefon darüber sprechen?«

Axel hatte Jan angerufen, um ein früheres Interview zu Ende zu führen, war aber umgehend von einem »Wir treffen uns bei dir!« unterbrochen worden.

»Ja. Zu dem Zeitpunkt waren wir uns so gut wie sicher, dass unsere Telefone abgehört wurden.«

»Was, eure Diensttelefone beim Schwedischen Rundfunk?«

»Ja.«

»Von wem? Von der Regierung? Von der Säpo?«

»Keine Ahnung. Ich weiß, das klingt wie aus einem schlechten Roman, aber wir haben Klicklaute gehört, wie bei Relaisschaltungen … Und es gab Informationen, die nur Richard und ich kannten, und trotzdem wusste der Minister am nächsten Morgen genau, welche Fragen wir stellen wollten.«

Axel erinnerte sich an die Geschichte mit der schwedischen Waffenfabrik.

Schweden hatte Saudi-Arabien versprochen, bei der Produktion von Waffen zu helfen. Als Gegenleistung hatte Saudi-Arabien sich verpflichtet, ein Radarsystem von Saab zu kaufen. Und das alles, obwohl dem saudischen Regime vorgeworfen wurde, sein Volk zu unterdrücken. Es gab gute Gründe für die Annahme, dass die Waffen von den saudischen Machthabern gegen das eigene Volk eingesetzt werden konnten. Trotzdem exportierte Schweden die Waffen und plante, heimlich eine Waffenfabrik in dem Land zu bauen. Die Regierung gründete eine Tarnfirma, um das Projekt vor den Medien geheim zu halten. Allerdings wurde das Projekt von Jan Kowalski und seinen Kollegen aufgedeckt. Die Enthüllungen führten zum Rücktritt des Verteidigungsministers, und Jan bekam den Schwedischen Journalistenpreis.

Axels Pulsfrequenz stieg. Wenn Jan seine Vermutungen stützen würde, hätte er eine gewichtige Stimme auf seiner Seite.

»Du glaubst also an meine Theorie?«

»Was ist deine Theorie? Du hast von einem Zusammenhang zwischen den Bildern erzählt, dass auf allen dieselbe Person zu sehen ist, und das wäre durchaus möglich. Es gibt zahlreiche Übereinstimmungen. Aber was folgerst du daraus?«

»Es ist dasselbe wie bei deinem Abhörverdacht. Dass alles mit unseren schmutzigen Waffenexporten zu tun hat. Was du auf den Bildern siehst, belegt eine Verbindung, die es in den Achtzigerjahren gab, zwischen Palme, Bofors, Cats Falck, DDR. Und die gab es auch noch 2012, als ihr die Waffenfabrik in Saudi-Arabien entdeckt habt.«

»Das ist ja eine interessante Theorie, aber …«

Axel bemerkte, dass Jan zögerte, bevor er mit langsamerer Stimme fortfuhr.

»… ich würde sie als weit hergeholt bezeichnen. Sie kann stimmen. Aber ich kann dir nicht mehr entgegenkommen, als sie weit hergeholt zu nennen.«

Axels Enttäuschung musste offensichtlich sein, denn plötzlich begann Jan zu lächeln.

»Kopf hoch! Wenn du dich irrst, ist doch alles gut im Königreich. Dann werden wir von demokratisch gewählten Volksvertretern regiert, die nur das Beste für uns und unser Land wollen.«

Axel konnte ein kleines Lächeln nicht unterdrücken. In einem perfekten Staat brauchte man keine Journalisten. Aber sie beide wussten, dass die Wirklichkeit anders aussah.

Jan fuhr fort, während er sich die Jacke anzog.

»Ich werde deine Theorie mit einer Quelle abklären, die wir auch 2012 benutzt haben. Er hat uns damals mehrere geheime Berichte von den Streitkräften zugespielt. Ist es okay, wenn ich ihm die Bilder zeige?«

»Nimm nur die vom NK und von Arlanda. Sie sind beide schon im Fernsehen gelaufen. Dann gibt es keine Fragen, woher sie stammen.«

In der Tür drehte sich Jan noch einmal zu Axel um.

»Du solltest jetzt auf jeden Fall außerordentlich vorsichtig sein. Wenn auch nur ein kleines bisschen Wahrheit in deiner Theorie steckt … Dann versuchst du einen verdammt großen Elch zu erlegen. Und noch etwas. Als Rickard und ich zum ersten Mal davon hörten, dass Schweden plante, eine Rüstungsfabrik in Saudi-Arabien zu bauen, haben wir sofort das Gespräch mit unserem Chef gesucht, genau wie du und ich jetzt miteinander gesprochen haben. Damals hat er uns etwas gesagt.«

»Was?«

»Ich kann mich noch an den Wortlaut erinnern. Er sagte: ›Ich würde eure Theorie als weit hergeholt bezeichnen‹.«

KAPITEL 9

Axel schloss sein Fahrrad vor der Haustür ab, während er darüber nachdachte, was er zu Abend essen sollte. Der milde Abendwind zog durch das neu gebaute Wohnviertel an den Kais von Liljeholmen. Axel hatte sich eine Zweizimmerwohnung in einem der Häuser leisten können. Im achten Stock, aber das war hoch genug. Wenn er auf dem Balkon stand, der zur Liljeholmbucht hinausging, konnte er die Kaikante unter sich kaum erkennen. Es kam ihm vor, als würde er auf der Kommandobrücke eines Atlantikdampfers stehen. Obwohl das Ufer von Tantolunden in fünfhundert Metern Entfernung auf der anderen Seite des Meeresarms lag, konnte er die Wellen riechen, und der Wind und das Möwengeschrei waren ganz nahe.

Am Abend herrschte eine besondere Atmosphäre, eine Art Seemannsromantik, die sich auch in den Restaurants des Viertels spiegelte. Das Restaurant um die Ecke, das Axel eigentlich viel häufiger besuchen wollte, hatte oft Meeresfrüchte auf der Karte, und in einem der Fenster zum Kai stand ein großes Steuerrad. Allerdings war es in einer Preisklasse angesiedelt, die schlecht zu Axels finanziellen Verhältnissen passte, und es war – vielleicht der wichtigere Grund – sehr häufig sehr gut besucht. Also fand er sich oft in dem kleinen thailändischen Imbiss direkt nebenan wieder.

Als er in seiner Wohnung war, hängte er die Jacke im Flur auf, sammelte die Post vom Fußboden auf und nahm die Portion Pad Thai mit ins Wohnzimmer. Er setzte sich an den Couchtisch, schaltete den Fernseher ein und holte die Essstäbchen heraus, zappte kurz durch die Programme, gab auf, trug das Essen zum Schreibtisch und startete den Computer.

Im Hintergrund ließ er den Fernseher laufen. Der Ton von *Rapport* leistete ihm Gesellschaft, während er vorsichtig aß, um die Tastatur nicht schmutzig zu machen. Er rief schnell seine Mails ab und stellte fest, dass keine neuen eingetroffen waren, seit er vor weniger als einer Viertelstunde auf dem Handy nachgesehen hatte. Mit einem Seufzen wurde er sich bewusst, dass es Freitagabend war und schon nach halb acht. Die Leute schickten keine beruflichen Mails an einem späten Freitagabend. Zu der Zeit gingen sie gesellschaftlichen Vergnügungen nach.

Seine melancholischen Gedanken wurden von einer wohlbekannten Stimme aus dem Fernseher unterbrochen. Stina Forss' Interview mit Finanzminister Sven-Åke Tammer wurde wiederholt. Im Studio berichtete der Moderator, dass konservative Abgeordnete den Finanzminister aufgrund der Berichterstattung über den Verdacht der Steuerhinterziehung beim Verfassungsausschuss angezeigt hätten.

Axels Handy piepte.

SMS von Stina Forss.

»VERDACHT DER STEUERHINTERZIEHUNG?! Er hat es doch ins laufende Mikrofon hinein gestanden!«

Axel musste grinsen. Bevor er antworten konnte, kam die nächste.

»Du schaust doch zu?«

Statt zurückzuschreiben rief er sie an. Sie nahm das Gespräch nach dem ersten Klingeln an.

»Ich merke schon, dass du den Freitag besonders feierlich begehst.«

Im Hintergrund hörte er Kinder schreien.

»Warte kurz, Axel …«

Stina legte das Telefon ab. Sie redete ruhig in einiger Entfernung vom Handy. Es klang, als würde sie einen Satz noch einmal sagen. Und ein weiteres Mal.

David verlangte seinem Umfeld einiges ab. Auch nach mittlerweile acht Jahren war noch immer keine genaue Diagnose gestellt worden, und keiner der vielen Experten, die zurate gezogen worden waren, konnte genau sagen, woran er litt oder was seine Symptome verursachte. Wenn man David begegnete, sah man auf den ersten Blick einen ganz normalen achtjährigen Jungen mit einem etwas unsicheren Gang. Aber sobald er zu sprechen versuchte, merkte man, dass etwas nicht stimmte. David konnte die Wörter nicht richtig bilden. Meistens verwendeten er und seine Mutter stattdessen die Zeichensprache.

David war zehn Monate alt, als Stina und ihr Mann von einem Neurologen die Mitteilung bekamen, dass der Junge einen angeborenen und bleibenden Hirnschaden hatte. Dass sie ein behindertes Kind hatten und es auch so bleiben würde.

Eines Tages, als Stina von der Arbeit nach Hause kam, fand sie einen Zettel auf ihrer Seite des Betts. »Ich schaffe das nicht. Verzeih mir.«

Sechs Worte. Danach war sie allein mit David.

»Entschuldige. David hatte den falschen YouTube-Clip auf dem Tablet aufgerufen. Es muss jetzt die S-Bahn sein, nicht die U-Bahn …«

Beide lachten. Davids Behinderung war kein Tabuthema zwischen ihnen. Axel war einer der wenigen Erwachsenen neben Stina, die David mochte.

»Du sitzt also an einem Freitagabend zu Hause und schaust dir die Nachrichten an?«, fragte Stina.

»Offensichtlich bin ich da nicht der Einzige.«

»Aber ich habe David.«

»Der sich S-Bahnen anschaut, die im Bahnhof von Solna einfahren.«

»Okay, wechseln wir das Thema. Hast du gesehen, wie feige sie bei *Rapport* sind? ›Verdacht auf Steuerhinterziehung‹.«

Sie verstellte ihre Stimme, als sie die Worte aussprach, und klang wie eine Figur aus einem Disneyfilm.

Axel lachte laut.

»Glaubt da etwa jemand, die Leute wären nicht dankbar genug?«

»Quatsch, darum geht es doch nicht, es geht darum, dass man sich nicht traut, die Dinge beim Namen zu nennen.«

»Wenn wir schon so pedantisch sein wollen, dann hat er auch nicht gestanden, er hat es nur nicht dementiert. Aber Jan Kowalski glaubt, dass die Tage des Ministers gezählt sind, also spielt es vielleicht auch keine große Rolle mehr.«

»Tja, da hast du wohl recht. Aber jetzt hör mir mal zu.«

Axel wusste, was jetzt kam. Er atmete ein.

»Ja?«

»Du solltest an einem Freitagabend nicht alleine zu Hause sitzen.«

»Danke, Stina Forss, Nestbeschmutzerin und Beziehungsexpertin …«

»Du weißt, was ich meine. Stockholm liegt dir zu Füßen. Benutz eine App oder sowas. Es ist schon fast ein Jahr vergangen, seit …«

Stina verstummte. Obwohl sie Axel gegenüber offen war, was David und ihren Ex-Mann Fredrik betraf, war Axel selbst das genaue Gegenteil. Über seine Ex zu sprechen, war vermintes Gelände.

»Ich muss jetzt auflegen, hier passieren gerade jede Menge spannende Sachen.«

Axels Scherz ging ins Leere.

»Ich will nur das Beste für dich, Axel, und das weißt du auch.«

»Du hast recht. Danke.«

»Kannst du mir nicht erzählen, was du entdeckt hast?«

»Nicht jetzt. Wir sprechen am Montag darüber. Man muss es sehen, um es zu verstehen.«

»Du kannst doch ein Bild schicken?«

Axel lächelte. Stinas Neugier war geweckt. Er konnte der Versuchung nicht widerstehen, sie ein bisschen schmoren zu lassen. Also sagte er in einer übertrieben seriösen Bassstimme: »Tut mir leid, Kleine, aber das ist eine ernste Angelegenheit, und alles kann vom FRA abgehört werden.«

»Vom militärischen Geheimdienst? Manchmal habe ich das Gefühl, du glaubst diesen ganzen Quatsch wirklich.«

»Dann leben Sie wohl, Fräulein Forss. Ich muss mich jetzt um die Sicherheit des Reiches kümmern.«

»Jetzt drehst du langsam richtig durch.«

Zufrieden hörte er sie kichern, bevor er die Verbindung beendete. Der Vorschlag, ihr ein Bild zu schicken, hatte ihn auf eine Idee gebracht. Er öffnete ein neues Mail-Fenster, fügte die Bilder von Arlanda und dem NK als Anhang hinzu. Dann schrieb er:

Hallo Karolina!
Ich produziere gerade ein Feature über einen alten Fall und würde gerne von dir wissen, ob ihr etwas über den Mann auf den beiden Bildern wisst? Es ist jeweils der Mann mit der Schirmmütze, bei dem es sich nach meiner Theorie um ein und dieselbe Person handelt. Es geht um Ereignisse in den Jahren 1986–88. (Du hast das Bild von Arlanda vielleicht schon einmal gesehen, bei der Person links von »meinem« Mann handelt es sich angeblich um den südafrikanischen Auftragskiller namens Eugene de Kock.) Ich bin auch dankbar für spontane Gedanken, und lass von dir hören, wenn ihr etwas in den Registern habt. Du weißt, dass ich dein Urteil und deine Erfahrung sehr schätze.
Herzliche Grüße,
Axel Sköld

Die Mail schickte er an Karolina Palm im Polizeipräsidium.

Den Rest des Abends verbrachte er auf dem Sofa vor dem Fernseher. Nachdem er sich gegen alle Filme entschieden hatte, die für Teenager oder von Teenagern gemacht worden waren, lieh er sich zum dritten Mal *e-m@il für Dich*. Meg Ryan und Tom Hanks wiegten ihn langsam in den Schlaf.

*

Am Samstagvormittag putzte Axel die Wohnung, und am Nachmittag tat er das, was er neben seiner Arbeit am meisten liebte: Er lief. Er joggte über die Liljeholmsbrücke und bog am Hornstull nach links ab. Am Wasser beschleunigte er seine Schritte und genoss es, nach wie vor in Shorts laufen zu können. Er beschloss, die längere Runde zu machen, und überquerte die Brücke nach Reimersholme. Nachdem er fast zwei Stunden gelaufen war, hatte er die komplette Uferlinie von Reimersholme, Långholmen und ganz Södermalm hinter sich gelassen und war über die Brücken am Skanstull zu seiner Wohnung zurückgekehrt.

Als er in der Dusche stand, das Haar voller Shampoo, klingelte das Handy in der Küche. Er ging hinüber und nahm das Gespräch an.

»Hallo Axel, entschuldige, dass ich dich am Samstag mit einem Anruf behellige.«

»Kein Problem«, antwortete Axel und wischte sich den Schaum von der Stirn.

Es war das erste Mal, dass Åsa Rakell ihn am Wochenende anrief, also ging er davon aus, dass es wichtig war.

»Ich werde mich kurzfassen, wollte dich aber gerne persönlich sprechen, da wir uns der Deadline nähern und alle davon profitieren, wenn eine Nachricht so schnell wie möglich ankommt.«

Axel antwortete mit einem Brummen, während er versuchte, seine nassen Füße abzutrocknen.

»Ich habe mich mit meinen Chefs unterhalten, und sie sind sich einig. Wir können mit deiner Theorie über den Käppi-Träger nicht an die Öffentlichkeit gehen.«

Käppi-Träger. Axel hatte keine Ahnung, was da lief, aber es machte ihn wütend.

»Mit wem hast du gesprochen?«

»Mit der Programmverantwortlichen und unseren Juristen. Im Übrigen haben sie die Frage weitergereicht. Das wurde mir gerade mitgeteilt.«

Axel atmete mit erzwungener Ruhe und schwieg eine zusätzliche Sekunde, bevor er antwortete.

»Die Frage weitergereicht? Was meinst du damit? Es gibt doch wohl niemanden, der noch über der Programmverantwortlichen steht?«

»Das hat sie aber gesagt, als sie angerufen hat. Mehr weiß ich auch nicht. Aber es war deutlich. Keine Käppi-Theorien.«

Axel konnte seine Verärgerung nicht mehr verbergen.

»Was soll denn dieser Scheiß, Åsa? Vor zwei Tagen hast du mir noch gesagt, dass ich vielleicht die größte Sensation seit Langem ausgegraben habe, und jetzt rufst du an und sagst mir, dass du mit der Programmverantwortlichen gesprochen hast – an einem Samstag? – und dass ich meine Käppi-Theorie vergessen soll?«

»Ich weiß, was ich gesagt habe. Aber wenn man Theorien wie deine verkaufen will, muss man auch Beweise dafür bringen.«

»Wir beide haben doch die Videos gesehen. Das sind vier Augen. Genug für einen Beweis.«

»Was wir gesehen haben, ist eine Person, die einer anderen Person sehr ähnelt, damit ist die Identität noch nicht bestätigt.«

»Kannst du einen Termin arrangieren? Ich möchte die Programmverantwortliche treffen und ihr zeigen, was ich habe.«

»Axel … das ist keine gute Idee. Sie hat die Bilder gesehen, den Juristen gezeigt und vielleicht auch ein paar anderen Leuten, vielleicht sogar auf Intendanten-Niveau. Sie waren nicht beeindruckt. Während meiner ganzen Zeit als Feature-Redakteurin habe ich nie eine deutlichere Anweisung bekommen.«

»Das ist doch vollkommen krank. Eine Boulevardzeitung hätte keine Sekunde gezögert, diese Bilder aufzufahren.«

»Und genau das ist der Unterschied zwischen einer verantwortungsbewussten Redaktion und einem sensationslüsternen Revolverblatt. Wir überprüfen unsere Storys erst. Besorgen uns die Fakten, bevor wir sie veröffentlichen. Und das weißt du auch.«

Axel schwieg. Die Schlacht war verloren. Åsa Rakell hatte recht, aber es fühlte sich nicht so an. Er ärgerte sich über sich selbst, er war losgestürmt wie ein unreifer Teenager, der den Aufstand gegen ein Elternteil probte, das alle Argumente auf seiner Seite hatte. Warum war diese Story so wichtig für ihn geworden?

»Du …«

Åsas Stimme wurde sanfter.

»Es wird trotzdem ein verdammt gutes Feature. Die Hörer werden nie erfahren, was sie verpasst haben, sie wissen ja nur …«

»Was sie zu hören bekommen«, beendete Axel den Satz. »Ich weiß. Trotzdem finde ich, dass ihr einen kolossalen Fehler macht.«

»Ich hätte auch keine andere Antwort von dir erwartet.«

»Ich habe ein paar Fühler ausgestreckt. Mal sehen, was dabei herauskommt. Wir können ja am Montag noch mal darüber sprechen.«

Åsa zögerte mit der Antwort.

»Okay, hol dir die Informationen, die du brauchst. Auch wenn ich dir sagen möchte, dass du diese Spur nicht weiterverfolgen solltest. Zu deinem eigenen Besten.«

Nach dem Gespräch blieb Axel mit dem Handy in der Hand noch eine Weile sitzen, während er mit leerem Blick über das ruhige Wasser der Liljeholmsbucht starrte. Eine Möwe schwebte vorbei, wählte sorgfältig eine Straßenlaterne aus, auf der sie landete. Die Lichter der Stadt wurden vor Axels Augen entzündet. Er fasste einen Beschluss. Er suchte Lovas Nummer heraus.

»Axel? Ein Anruf am Samstagabend?«

Er hörte Neugier und zugleich Irritation in ihrer Stimme.

»Ja, entschuldige. Ich weiß, wir haben abgemacht, dass ich dich nicht anrufen sollte. Aber es ist da etwas aufgetaucht. Können wir uns treffen?«

»Jetzt?«

»Ja, nenn mir einen Ort, dann nehme ich ein Taxi. Ich erkläre es dir dann.«

Es wurde still. Axel schloss die Augen und schloss die linke Hand um den Daumen.

»Okay. Wir treffen uns auf halbem Weg. Komm ins *Katten* in Gamla Stan. Um acht. Aber ich habe nicht viel Zeit.«

»Perfekt. Bis dann.«

Nachdem er das Gespräch beendet hatte, musste er grinsen und schrieb eine SMS an Stina Forss: »Apropos nichts. Ich habe ein Date heute Abend. Und du wirst niemals erraten, mit wem. Tipp: Sie war diese Woche schon im Fernsehen.«

Pfeifend ging er ins Badezimmer und grinste noch breiter, als er sein Handy piepen hörte.

KAPITEL 10

»Sie werden niemals aufgeben. Verdammte Computernerds.«

Die Akte knallte auf Gunnar Josefssons Schreibtisch, und gleichzeitig landete Carls Hintern ihm gegenüber auf dem Besucherstuhl.

Josefssons Büro lag ganz am Ende des Flurs in der Rosenlundsgatan 2. An der Fassade wies ein Schild darauf hin, dass sich an dieser Adresse ein Frauenhaus befand. Wie vieles andere in der Rosenlundsgatan 2 stimmte das nur beinahe.

»Du darfst dich ruhig setzen«, brummte er, doch im Grunde war es ihm egal.

Der Abend war ohnehin verdorben. Samstag. Eigentlich sollte er längst mit einem kleinen abendlichen Drink gemütlich zu Hause sitzen. Oder gerne auch mit einem großen. Stattdessen saß er im Büro und schlug sich mit dieser Angelegenheit herum. Zum wiederholten Mal. Er öffnete die Mappe und überflog die ausgedruckten Seiten. Carl schwieg. Aus gutem Grund, dachte Josefsson. An manchen Stellen brummelte er, schlug die Mappe wieder zu und betrachtete Carl über die Fassung seiner Brille hinweg.

»Das scheint ja eine langwierige Auseinandersetzung zu sein. Habt ihr zusätzlich zu dem, was im Bericht steht, noch etwas gehört?«

»Nichts von Interesse. Aber man hört ihnen an, wie überzeugt sie davon sind, am Ende zu gewinnen. Aus den Mitschriften geht es nicht hervor, aber sie haben diese arrogante Art, die typisch für viele IT-Leute ist, wenn du verstehst, was ich meine.«

Josefsson nickte. Ein paar verdammte Rotzlöffel mit zu

teuren Computern. Hier hatten Creutz und seine Rechtsverdreher den Anschluss verloren, genauso wie Raab. Die viel zu alten Gesetze hinkten der Digitalisierung hinterher. Ein einziges Drunter und Drüber. Und jetzt hatte seine Abteilung den Schwarzen Peter zugeschoben bekommen. Wie üblich. Verlass dich einfach auf die Technik. Sie wird es schon richten. Die Ironie bei der Sache war ihm nicht entgangen, wenngleich er Humor nicht in jeder Situation zu schätzen wusste. Die Digitalisierung hatte die Schwachstelle erzeugt und die Verbreitung der Panama Papers möglich gemacht. Das war ein harter Schlag gegen ihre Organisation, die auf höchste Geheimhaltung angewiesen war, um im Verborgenen arbeiten zu können. Aber wenn sie selbst Zugang zu Informationen brauchten, stellten sich plötzlich alle möglichen digitalen Akteure quer, die neu im Spiel waren.

Das Risiko war groß, dass dieses Unternehmen recht bekam. Dann würden alle Informationen auf ihren Servern und ihre IP-Adressen für den Staat weiterhin unsichtbar bleiben. Und – noch schlimmer – auch für Josefsson und die Technische Abteilung.

Das durften sie nicht zulassen.

»Wer ist ihr juristischer Vertreter?«

Carl schaute auf sein Handy, suchte in seinen Aufzeichnungen.

»Ein gewisser Torkel Åberg.«

»Dann wirst du diesem Åberg helfen, einen besseren Arbeitgeber zu finden.«

Carl sah ihn erst verständnislos an. Dann skeptisch.

»Sollen wir ihn kaufen? Geht das denn … Ich meine, wie genau soll das aussehen?«

Josefsson seufzte. Alles musste man erklären. In den Achtzigerjahren war es leichter gewesen, als das Versicherungsunternehmen Skandia sozusagen als verlängerter Arm der

Organisation gedient hatte. Natürlich hatte es nicht gut ausgesehen, als sie den Staatsanwalt in diesem lästigen Verfahren über den gesprengten Nachtclub gekauft hatten, aber damals hatte niemand Fragen gestellt. Heute waren die Zeiten anders, komplizierter. Das musste er akzeptieren. Er versuchte, nicht so überlegen zu klingen, wie er sich fühlte.

»Du gehst natürlich über Raabs Anwaltskanzlei. Mach Åberg ein Angebot, das er nicht ablehnen kann. Lass ihn wissen, dass du seine Spitzenkompetenz benötigst. Danach werden wir dafür sorgen, dass sich das Problem zu unseren Gunsten entwickelt.«

Carl nickte.

»Und was gibt es Neues in dem anderen Vorgang?«

»Lova Magnusson?«

Josefsson nickte.

»Sie wird heute Abend einen Journalisten treffen. Einen gewissen … Axel Sköld.«

KAPITEL 11

Fünf vor acht betrat Axel das kleine Restaurant *Katten* in Gamla Stan. Er sah sich um, konnte sie aber nicht entdecken. Nachdem er die Jacke an der Garderobe aufgehängt hatte, versuchte er sein Glück und fragte den Oberkellner, ob ein Tisch auf seinen Namen reserviert worden war.

»Axel Sköld, ein Tisch für zwei … um acht Uhr, nicht wahr?«

»Ganz richtig. Ich bin wohl ein paar Minuten zu früh.«

Axel hoffte, sein Lächeln wirkte höflich und angemessen. Natürlich hatte sie nicht ihren eigenen Namen benutzt.

»Bitte folgen Sie mir.«

Axel ließ sich von dem stocksteifen Mann durch das Restaurant führen. Flackernde Windlichter ließen die Leinendecken auf den Tischen aufleuchten und die Farben in den Weingläsern strahlen. Die Lautstärke war erstaunlich gedämpft, wenn man bedachte, wie viele Gäste an den Tischen saßen. Axel vermutete, dass das Lokal von Paaren bevorzugt wurde, die Diskretion oder den Wert einer guten Konversation zu schätzen wussten. Als er sich an den Tisch setzte, der ihm zugewiesen wurde, und die Speisekarte zu sehen bekam, wurde ihm klar, dass das *Katten* in Gamla Stan vor allem ein Lokal für Leute war, die gute Weine zu schätzen wussten.

»Zwei Gläser vom Hauswein, bitte. Sonst haben wir keine Wünsche.«

Der Oberkellner und er drehten sich zu der Stimme um. Lova Magnusson glitt in den Stuhl gegenüber von Axel und lächelte den Oberkellner an, der nickte und verschwand mit den Speisekarten unter dem Arm.

»Wir können eine halbe Stunde hier sitzen, dann muss ich gehen.« Ihr Lächeln war einer besorgten Furche zwischen den Augen gewichen. Ein Mensch kann strahlen, ohne zu lächeln, dachte Axel, schob den Gedanken aber zur Seite. Sie war gestresst, und deshalb kam er direkt zur Sache.

»Ich muss mehr über das Videoband wissen.«

Sie wich seinem Blick aus. Sie saßen an einem Tisch für zwei ganz hinten im Lokal. Er stand an einer Backsteinwand, und sie konnten alle anderen Gäste sehen. Axel hatte den Eindruck, dass Lova ihren Blick schweifen ließ, um sich zu vergewissern, dass sie keine Aufmerksamkeit geweckt hatten. Vielleicht war das eine Nebenwirkung des Lebens als öffentliche Person, sie war Reichstagsabgeordnete und wirtschaftspolitische Sprecherin der Grünen. In den vergangenen Tagen war sie mehrere Male im Fernsehen aufgetreten.

Sie wurde langsam bekannt.

Axel ahnte allerdings, dass ihre gesteigerte Aufmerksamkeit noch andere Gründe hatte. Sie wirkte angespannt. Als sie nicht antwortete, fuhr er fort.

»Du hast gesagt, dass dir die Videokassette mit der Post nach Hause geschickt worden ist. Hast du irgendeine Ahnung, wer der Absender gewesen sein könnte?«

»Okay. Ich werde dir alles erzählen, was ich weiß, aber das ist off the record, oder?«

»Selbstverständlich.«

»Als wir uns letzte Woche gesehen haben, wollte ich dir eigentlich mehr erzählen, aber es sind viele Dinge dazwischengekommen. Ich weiß eigentlich gar nicht, was an diesem Videoband überhaupt so wichtig ist.«

»Die Sache ist kompliziert, aber ich glaube, dass ich den Zusammenhang gefunden habe, von dem der Absender der Videokassette wollte, dass du ihn erfährst. Deshalb möchte ich mehr über diese Person wissen.«

Axel hatte zwei Wochen zuvor einen unerwarteten Anruf bekommen. Als er Lovas Stimme im Telefon hörte, hatten ihn die Erinnerungen an die Schulzeit überwältigt. Als sie klein waren, waren sie beste Freunde, waren bei derselben Tagesmutter gewesen und später in derselben Klasse. Je älter sie wurden, desto enger wurde ihre Beziehung. Aber waren sie jemals ein Paar gewesen? Irgendetwas dazwischen, dachte er. Sie hatte oft zu Hause bei ihm abhängen wollen, und auf einem Klassenfest hatten sie einander geküsst. Mehr war nie daraus geworden. Er hatte es gehofft, aber nichts gewagt. Sie? Er wusste es immer noch nicht.

Als sie in die achte Klasse kamen, war Lovas Familie plötzlich weggezogen. Eine Erklärung dafür hatte es nicht gegeben. Axel hatte seine Mutter um eine Adresse gebeten, damit er ihr schreiben konnte, aber sie hatte auch nicht mehr gewusst, als dass Lovas Familie ins Ausland gezogen war.

Nach dem Umzug hatten sie keinen Kontakt mehr gehabt. Aus der Entfernung hatte er ihre Karriere verfolgt. Als sie plötzlich anrief, hatten sie eine Weile über alte Erinnerungen gesprochen, bevor sie ihn um ein Treffen bat, weil sie ihm als altem Freund und erfahrenem Journalisten vertraute. Sie habe da etwas, das sie ihm geben wolle. In einem Café hatte sie ihm einen gepolsterten Umschlag überreicht und gesagt, dass er mit der Post zu ihr nach Hause geschickt worden sei. Er hatte versprochen, niemandem zu erzählen, dass er das Material von ihr bekommen hatte.

»Du hast einmal einen Beitrag über Scientology gemacht ...«

Lova begann zögernd zu erzählen.

»Über den Mann, der versucht hatte, geheime Dokumente in Schweden zu veröffentlichen.«

»Ja, Xenon.«

Axel hielt inne. Ein Kellner kam mit dem Wein. Er ließ

Lova probieren. Nachdem sie zustimmend genickt hatte, schenkte er jedem ein Glas ein und entfernte sich. Sie nahm den Faden wieder auf.

»Xenon ist Mitglied eines Netzwerks. Als ich in Berlin lebte, kam ich in Kontakt mit vielen seltsamen … beziehungsweise alternativen Menschen. Unter anderem mit Xenon. Ein paar von ihnen sind richtig gute Programmierer.«

»Du meinst Hacker?«

»Nicht unbedingt. Aber klar. Im Grunde meine ich wohl Hacker.«

Sie lächelten einander an, aber Axel sah, dass Lovas Lächeln gezwungen war.

»Dieses Netzwerk, in dem Xenon Mitglied ist, schickt mir schon eine ganze Weile Sachen zu …«

Axel versuchte ihr zu folgen. Anscheinend hatte Lova während der Zeit in Berlin Freunde gefunden, die jetzt ihre Chance sahen, die Welt zu verändern, nachdem sie in der Politik Karriere gemacht hatte.

»Könnte man sagen, dass sie ungefähr zu dem Zeitpunkt angefangen haben, dir Sachen zu schicken, als du in den Reichstag gewählt wurdest?«

»Ja … das stimmt ungefähr.«

»Was sind das für Sachen?«

»Angefangen hat es mit den Panama Papers. Sie haben mir jede Menge Dokumente über die versteckten Privatvermögen im Steuerparadies geschickt. Zuerst habe ich nicht geantwortet. Dann habe ich sie gebeten, damit aufzuhören. Daraufhin bekam ich einzelne Dokumente mit rot markierten Abschnitten.«

»Worum ging es da?«

»Das dürfte dir klar sein.«

Lova schwieg. Erneut schaute sie sich im Lokal um. Wieder beschlich Axel das Gefühl, dass sie sich beobachtet fühlte. Unter Druck gesetzt.

»Okay, du hast von deinen Freunden in Berlin Informationen über Tammer und eine Videokassette bekommen …«

»Es sind nicht meine Freunde. Das heißt, sie waren es mal. Aber das ist über zehn Jahre her …«

»Es gibt da einen Punkt, den ich nicht verstehe. Du scheinst das als Belastung zu empfinden, aber sie geben dir doch Informationen, die du benutzen kannst? Unseren Finanzminister zu kritisieren, ist richtig, und darüber hinaus hilft es dir ja auch politisch.«

»Sie zwingen mich zum Handeln.«

Ihre Antwort kam schnell und ein bisschen zu laut. Sie biss sich auf die Lippen. Schaute sich um und fuhr mit gesenkter Stimme fort.

»Sie schicken die Dateien über Tammer an meine offizielle Mailadresse, und die unterliegt dem Öffentlichkeitsgebot. Sie wird regelmäßig von eifrigen Journalisten überprüft. Wenn herausgekommen wäre, dass ich Dinge über die dunklen Geschäfte des Finanzministers weiß, ohne darauf zu reagieren, wäre ich mit hineingezogen worden. Es wäre behauptet worden, dass ich einen politischen Skandal verschleiern wollte. Sie laden ihren Mist bei mir ab, sodass ich zum Handeln gezwungen bin, sie reduzieren mich zu einer …«

»Marionette?«

»Genau, und sie ziehen an den Schnüren.«

»Aber die Videokassette. Die hättest du nicht herausgeben müssen?«

Lova zog eine Grimasse.

»Ich habe ihnen vorgeschlagen, sich an jemanden von der Presse zu wenden, unter anderem wurde dein Name genannt. Xenon war offensichtlich sehr zufrieden mit deinem Feature über die Scientology-Kirche. Also stimmten sie zu, als ich vorschlug, das Material an dich weiterzureichen.«

Jetzt verstand Axel.

»Ich war also dein Ausweg aus der Zwickmühle.«

»Ja, aber auf der anderen Seite hast du ja auch etwas davon, oder? Du bist doch immer hinter interessanten Informationen her, und diese hier hättest du nicht bekommen, wenn Xenon dich nicht für einen brillanten Journalisten gehalten hätte.«

Sie schwiegen. Sahen einander an. Schließlich lächelte Lova und hob das Glas.

»Darauf trinken wir!«

Axel lachte und stieß mit ihr an. Ihm gefiel nicht, wie dieses Gespräch sich entwickelt hatte, aber Lovas Art war immer noch so entwaffnend wie in ihrer Kindheit. Die Freude in ihren Augen war niemals weit entfernt.

»Aber was erwarten sie von mir? Haben sie noch etwas geschrieben? Irgendwelche Instruktionen?«

»Nein, ich habe keine Ahnung. Da musst du dich an Xenon wenden. Hiermit gebe ich das alles komplett aus der Hand.«

Sie schaute auf ihre Armbanduhr.

»Tut mir leid, aber ich muss jetzt gehen.«

Sie stand auf. Axel blieb sitzen.

Sie sah ihn an, und plötzlich erkannte er, was die Fernsehkameras an ihr mochten. Ihr blondes Haar rahmte das Gesicht ein, und ihre munteren blauen Augen strahlten. Von dem Druck, den er vorher gespürt hatte, war keine Spur mehr zu sehen. Das hier war eine moderne Reichstagsabgeordnete, deren Partei Rückenwind hatte und die professionell und kühl ein Treffen beendete. Sie streckte die Hand aus. Der Ehering glitzerte. Sie war jetzt eine andere Person.

»Auf Wiedersehen, Axel. Es war schön, dich getroffen zu haben.«

KAPITEL 12

Am Sonntag wachte Axel ziemlich gerädert auf. Der Muskelkater nach dem gestrigen Lauftraining verdarb ihm die Laune.

Nach einem späten Frühstück setzte er sich an den Computer und schrieb eine Mail an Xenon, den er damals zur Scientology-Kirche interviewt hatte. Auf unterschiedlichen Homepages hatte Xenon die Inhalte der geheimen Kurse veröffentlicht, für die die Mitglieder der Kirche Hunderttausende bezahlen mussten, wenn sie sie einsehen wollten. Die Scientologen hatten daraufhin die Internetprovider gezwungen, die Server, auf denen diese Schriften bereitgestellt wurden, vom Netz zu nehmen.

Daraufhin hatte Xenon die Auseinandersetzung eskaliert. Er druckte die Schriften aus und schickte sie an öffentliche Verwaltungen. Die Reichstagskanzlei, die Regierungskanzlei und das Stockholmer Landgericht bekamen dicke Umschläge mit unverständlichen Abhandlungen über Thetane, Kaiser Xenu und Außerirdische, die sich als Parasiten von menschlichen Körpern ernährten. Das Ganze artete aus, als Mitglieder der schwedischen Scientology-Kirche versuchten, die Behörden zu besetzen, um die Öffentlichkeit daran zu hindern, ihre geheimen Schriften zu lesen. Als Xenon dazu verurteilt wurde, der Scientology-Kirche Schadensersatz zu zahlen, weil das Gericht zu dem Schluss gekommen war, dass das Material durch das Urheberrecht geschützt sei, tauchte er unter. Axels Interview hatte an einem geheimen Ort in Europa stattgefunden.

Nachdem das Feature gesendet worden war, hatten sie noch ein einziges Mal Kontakt per E-Mail gehabt. Axel hoffte, dass die fünf Jahre alte Adresse noch aktuell war.

Den restlichen Sonntag verbrachte er damit, den Schluss seines nächsten Features zu redigieren. Falls seine Theorie bestätigt wurde, war er davon überzeugt, dass er sie auch im Feature unterbringen durfte. Eigentlich wollte er seine Entdeckung an den Anfang setzen. Das würde dem Feature eine Dynamik geben, der niemand widerstehen konnte – die Waffenfabrik war nur ein Teil eines größeren Puzzles, das den Mord am Ministerpräsidenten Palme mit Schwedens Waffenexporten in Verbindung brachte. Aber die Zeit war knapp, und er musste alles so weit fertigstellen, wie er konnte. Diese Theorie konnte er später noch hinzufügen. Wenn er die Erlaubnis bekam.

Er kontrollierte seinen Maileingang jede Viertelstunde. Er war vollkommen tot.

Am Nachmittag stand er vom Computer auf, war verärgert. Er hatte eine halbe Stunde lang versucht, einen Rüstungsforscher zurechtzuschneiden, der die unangenehme Eigenschaft hatte, in endlosen Nebensätzen zu reden und niemals einen Punkt zu machen. Der Albtraum des Radiojournalisten.

Er ging nach draußen, um frische Luft zu schnappen. Es war schwül und drückend. Ein Gewitter war im Anzug, und hektische Fliegen schwirrten vor seinem Gesicht herum.

Er ging an die Kaikante und hoffte, dass am offenen Wasser ein bisschen Wind wehen würde. Als er sah, dass das Wasser glatt wie ein Spiegel vor ihm lag, machte er enttäuscht kehrt, um die wenigen Meter zur Haustür zurückzugehen. In dem Augenblick piepte das Handy.

Er zog es aus der Hosentasche und bekam sofort bessere Laune. Eine SMS von Karolina Palm.

Hallo. Schön, von dir zu hören. Wir haben leider nichts über den Mann. Ich habe die Bilder an einen Experten weitergeschickt. Worum geht es eigentlich?/Karolina

Axel setzte sich auf einen der Poller an der Kaikante. Sie sahen wie die älteren Poller aus, an denen früher die Schiffe vertäut wurden, standen aber in erster Linie dort, um die Autos daran zu hindern, ins Wasser zu fahren.

Was sollte er darauf antworten? Wie offen konnte er über seine Theorie sprechen? Karolina Palm war Kriminalkommissarin, und Axel hatte sie bei einem Interview kennengelernt. Sie hatten Vertrauen zueinander gefasst und tauschten seit mehreren Jahren Informationen aus. Aber dieses Mal zögerte er aus irgendeinem Grund. Er hatte gehört, wie Außenstehende über seine Theorie dachten. Für sie wirkte er mit seinen Fantasien über den Mann mit der Kappe wie ein Aluhutträger. Außerdem hegte er ein tiefsitzendes Misstrauen gegenüber dem Polizeiapparat. Es gab Polizisten, denen er vertraute. Aber es gab auch Polizisten, die die Medien als Feinde betrachteten. Mit ihnen hatte Axel ebenfalls schon zu tun gehabt. Er wusste nicht, ob es besonders viele von ihnen gab, ob der berüchtigte Korpsgeist wirklich so verbreitet war. Aber wie konnte er sich darauf verlassen, dass Karolina sein Material nicht an einen solchen Polizisten weiterreichte?

Im Osten begann es zu donnern. Ein Blitz zuckte durch den Himmel über Hammarby Sjöstad. Die Årstabrücken verdunkelten sich unter den sich auftürmenden Wolken. Hinter ihm rollte ein Auto an den Kai. Noch mehr Leute wollten offensichtlich dieses Schauspiel betrachten. Axel würde gleich aufbrechen müssen, der Regen war nur noch Minuten entfernt.

Er drehte sich zu dem Auto um. Ein glänzend polierter dunkelblauer Volvo jüngeren Baujahrs. Zwei Männer mit kurzen blonden Haaren.

Wahrscheinlich ein Date. Axel war zufrieden, dass er diesen Gedanken dachte. Er sah sich gern als moderner Mensch.

Einer der Männer sah ihn an, aber als Axel den Blick erwiderte, wandte er sich hastig ab. Das Auto setzte zurück.

Definitiv ein Date. Vielleicht sogar ein Seitensprung? Axel musste lächeln, als er zu seiner Wohnung zurückging. Das Auto wendete und verschwand die Straße hinunter.

Ihm kam eine neue Idee. Er holte das Telefon heraus und rief Karolina Palm an.

»Können wir uns nächste Woche treffen?«

»Kein Problem. Ich habe Innendienst und werde in meinem Büro im Polizeipräsidium sitzen.«

»Ich denke, wir treffen uns besser in der Stadt.«

Karolina schwieg. Er verstand, dass sie verstanden hatte. Nicht am Telefon, nicht in eurem Gebäude.

»Sag mir eine Zeit und einen Ort, dann essen wir zusammen zu Mittag.«

»Gut. Ich lass von mir hören. Eine Sache noch. Du hast in der SMS geschrieben, dass du die Bilder weitergeleitet hast.«

»Ja, ich kenne da einen Experten für Bildanalyse. Ich hoffe, das ist okay?«

»Natürlich …«

Sein Zögern war Antwort genug.

»Es war also nicht okay?«

»Doch, doch, da war nur eine Sache, die ich … Oder andersherum gefragt: Arbeitet dieser Experte bei der Säpo?«

»Ja, er ist beim Verfassungsschutz angestellt, ja. Warum fragst du?«

Axel sah zur Liljeholmsbrücke. Der Verkehr war dünn.

»Wann hast du diese Bilder an den Experten geschickt?«

»Heute Morgen, so gegen neun vielleicht. Wieso, ist etwas passiert?«

Ein Moped fuhr über die Liljeholmsbrücke. Dahinter ein dunkler Volvo in mäßiger Geschwindigkeit. Axel folgte ihm mit dem Blick, bis er hinter den Häusern von Hornstull verschwand.

»Nein. Nichts.«

KAPITEL 13

Schon um halb acht saß Axel Sköld an seinem Schreibtisch im Büro an der Ölandsgatan. Er hatte es sogar geschafft, sich eine Tasse Kaffee zuzubereiten, ohne zu kleckern oder sich die Finger zu verbrennen, was er als gutes Omen betrachtete. Noch zwei Tage bis zur Deadline, und der altbekannte Stress kroch ihm in den Körper, und er ermahnte sich, das Feature fertigzuschneiden.

Um Viertel nach acht tauchte Stina Forss auf und bot Axel einen Kaffee an, aber er schüttelte nur den Kopf und wandte sich wieder seinem Bildschirm zu. Stina setzte sich an ihren Schreibtisch und beugte sich weit nach links, sodass die beiden Bildschirme nicht mehr zwischen ihnen standen.

»Also, ich will dich ja nicht stören, aber ich möchte jetzt wirklich wissen, was du gerade machst.«

Axel setzte die Kopfhörer ab, fuhr sich durchs Haar und reckte sich.

»Heute Mittag kannst du die erste Version hören, aber dann ist sie noch nicht abgemischt mit Musik und so.«

»Aber alle deine Texte und Interviews sind an ihrem Platz?«

»Ja, inhaltlich ist alles fertig.«

Axel zog sich erneut in seine Arbeitsblase zurück, abgeschirmt von Stina durch Kopfhörer und einen Eifer, der immer größer wurde. Er wusste, dass es Einwände gab, logische Schlussfolgerungen, die seine Theorie zum Kentern brachten. Aber das Gefühl sagte ihm, dass alles stimmte. Es war dieselbe Person, auf allen drei Bildern. Jetzt galt es, auch die Hörer davon zu überzeugen. Er fluchte leise vor sich hin und wünschte sich zum ersten Mal, beim Fernsehen zu arbeiten, statt beim

Radio. Wie sollte er akustisch vermitteln, was er auf drei Bildern gesehen hatte?

Seine Gedanken wurden vom Klingeln seines Handys unterbrochen. Auf dem Display erschien der Name Jan Kowalski.

»Wollen wir zusammen Mittag essen?«

Jan war wie gewohnt nicht darauf aus, wichtige Informationen über das Telefon auszutauschen.

»Gerne. Aber wo essen investigative Superstars überhaupt zu Mittag? Im *Operakällaren*?«

Jan musste lachen.

»Noch besser! Wir sehen uns Punkt zwölf in der Götgatan 64.«

»Oh, Götgatan 64. Ausgezeichnete Wahl.«

Axel beendete das Gespräch, ohne sich anmerken zu lassen, dass er keine Ahnung hatte, um welches Lokal es ging.

*

Um halb zwölf hatte Axel eine Hörversion auf einem USB-Stick abgespeichert, den er Stina überreichte.

»Danke. Mein Gott, wie spannend. Wie lang ist es?«

»Eine gute Stunde.«

»Dann kann ich es über die Mittagspause hören. Anscheinend lässt du mich ja heute allein zurück.«

Sie spielte die beleidigte Leberwurst.

»Ja, ich muss mich um meinen außergewöhnlich großen Bekanntenkreis kümmern.«

Axel zog sich die Jacke an und versuchte, die Karten-App im Handy zu starten.

»Du musst nicht auf dem Handy nachgucken. Die Götgatan 64 ist nur drei Straßen weiter.«

»Danke, Miss Moneypenny.«

Er duckte sich instinktiv, als ihr Stift angeflogen kam und die Wand hinter ihm traf.

Die Straßen waren immer noch nass nach den Unwettern der Nacht, rochen frisch nach verdunstendem Regen. Als Axel sich der Hausnummer 64 näherte, musste er grinsen. Das Restaurant war etwas ganz anderes als der *Operakällaren*.

»Viel besser, oder?«

Jan Kowalski wartete mit einem breiten Lächeln vor dem Eingang auf ihn.

Den gröne Jägaren war ein klassisches Etablissement auf Södermalm, dass meistens mit dem Fußballverein Hammarby IF und billigem Bier in Verbindung gebracht wurde. Axel konnte sein Erstaunen kaum verbergen. Um sie herum saßen beinahe ausschließlich Männer, von denen auffällig viele üppige Vollbärte trugen und fast alle Bier tranken. Nur drei Personen aßen.

»Hier kann man ganz ungestört essen. Außerdem haben sie das beste Plankstek der Stadt.«

Jan marschierte zielstrebig zur Theke und bestellte, ohne auf Axel zu warten.

»Zwei Plankstek und zwei Leichtbier, wir nehmen den üblichen Tisch.«

Sie setzten sich ganz hinten an ein Fenster, und Axel beschwerte sich nicht darüber, dass er bei der Bestellung gar nicht gefragt worden war. Es amüsierte ihn, diese Seite von Jan zu beobachten. Er glich einem Kind, das wusste, dass er eine Carrerabahn zu Weihnachten bekommen würde, als er auf sein Fleisch wartete, das umringt von Kartoffelbrei auf einem Holzbrett serviert wurde.

»Was hast du gefunden?«

Jan wurde plötzlich ernst. Jetzt kam der vielfach ausgezeichnete Journalist zum Vorschein.

»Es ist nicht ganz so einfach. Ich habe mit meiner Quelle

gesprochen, derjenigen, die uns die wertvollsten Informationen zur Waffenfabrik in Saudi-Arabien gegeben hat.«

Axel nickte.

»Er hatte das Bild gesehen, das das *Aftonbladet* schon früher veröffentlicht hatte. Aber nicht dein Bild von NK. Wir haben uns darauf geeinigt, dass die Personen auf den Bildern identisch sein könnten. Mehr als das wollte er nicht bestätigen. Er hätte auch noch nie von einem Zusammenhang zwischen dem Palme-Mord und dem Tod des Rüstungskontrollinspekteurs Algernon gehört.«

Jan verstummte. Auch Axel sagte nichts. Bis jetzt war das Gespräch eine Enttäuschung. Aber er war sich sicher, dass Jan sich nicht mit ihm verabredet hätte, wenn es nicht auch etwas Positives zu berichten gab. So gut konnte kein Plankstek sein. Schließlich wurde Axel ungeduldig und brach das Schweigen.

»Aber?«

»Ich habe über unsere Quelle nachgedacht. Er war uns gegenüber immer aufrichtig. Alles, was er über die Waffenfabrik gesagt hatte, entsprach der Wahrheit. Jede seiner Behauptungen, die wir später überprüfen konnten, war zu hundert Prozent richtig. Aber jetzt habe ich so ein Gefühl …«

Axel hatte Schwierigkeiten, seinen Ärger zu bändigen.

»Verdammt, Gefühle sind bislang das Einzige, was ich habe. Ich brauche jemanden, der irgendetwas bestätigt.«

»Den Zusammenhang zwischen dem Palme-Mord und Algernons Tod kann man wohl kaum leugnen. Jedenfalls nicht, wenn man sich mit der Geschichte des Waffenexports in unserem Land auskennt. Wenn meine Quelle behauptet, dass er niemals von einer möglichen Verbindung zwischen den beiden Ereignissen gehört habe … dann passt das für mich nicht zusammen.«

Kurz wurden sie unterbrochen, als zwei dampfende Holzbretter von einem Mann mit hochgekrempelten Ärmeln und behaarten Unterarmen resolut vor ihnen auf den Tisch gestellt wurden.

»Und dann wolltet ihr noch zwei Kinderbiere, oder?«

»Leichtbier«, korrigierte Jan.

»Bekommt man die Getränke hier nicht vor dem Essen?«

»Na ja, wenn man kein richtiges Bier bestellt, sind alle anderen zuerst dran.«

Als das Bier gekommen war und sie zu essen begonnen hatten – Jan mit einem seligen Gesichtsausdruck, Axel mit einer etwas kritischeren Haltung –, setzten sie das Gespräch fort. Jan fragte Axel, ob er den Begriff *deep state* kenne.

»Der Staat im Staat? So etwas wie eine Gruppe Eliteschüler, die sich zusammentun und die Kontrolle in Stockholm übernehmen?«, fragte Axel mit einem skeptischen Lächeln.

»Ja, die Internate der Eliten sind ein gutes Beispiel dafür.«

Jan trank einen Schluck Bier.

»Es geht um informelle Machthaber, die keine Verantwortung gegenüber uns Wählern haben. Sie handeln höchstens im Interesse ihrer Unternehmen oder schlimmstenfalls ihrer privaten Brieftasche. Ein *deep state* kann verschiedene Formen haben, ein abstoßendes Beispiel war das Italien der Achtzigerjahre. Dort hieß er P2 – Propaganda Due –, was eine Art Freimaurerloge auf Speed war. Als man ein Mitgliederverzeichnis fand, stellte sich heraus, dass P2 von zahlreichen höheren Offizieren, Bankdirektoren und hohen Potentaten aus Kirche und Politik geführt wurde. Sogar Richter waren unter den Mitgliedern.«

»War nicht dieser Gelli auch dabei?«

»Genau, das Netzwerk wurde lange von dem Geschäftsmann Licio Gelli geleitet. In seiner Villa hat man schließlich die Mitgliederliste gefunden. Darauf standen über neunhundert Namen.«

»Und wie groß war der Einfluss von P2 in Italien?«

»Das ist nur schwer einzuschätzen, aber P2 ist beschuldigt worden, den Mord an Roberto Calvi in Auftrag gegeben zu haben. Calvi war Chef der Banco Ambrosiano, er wurde ›Bankier Gottes‹ genannt, weil es Verbindungen zum Vatikan gab. 1982 wurde Roberto Calvi erhängt unter einer Brücke in London gefunden. Viele Leute hatten viel Geld verloren, weil die Banco Ambrosiano bankrottgegangen war. Calvi hatte ziemlich problematische Kunden. Den Papst, die Mafia und den P2-Chef Gelli. Niemand wurde für den Mord verurteilt, obwohl vor wenigen Jahren die Ermittlungen wieder aufgenommen worden waren. Es gab Dokumente im Haus des P2-Chefs, in denen erklärt wurde, dass der Hauptfeind die italienischen Kommunisten seien und dass sie bekämpft werden müssten. Es gab Pläne für ein Gewerkschaftsverbot und jede Menge ähnlicher Dinge, die für die eigenen Mitglieder nützlich gewesen wären. Am Ende wurde P2 verboten, aber man weiß ja nie …«

»Wieso?«

»Auf der Liste von 1982 stand auch jemand, der damals noch nicht so alt war. Er war noch nicht in der Politik und noch nicht so bekannt …«

»Wer?«

»Ein gewisser Silvio Berlusconi. Späterer Ministerpräsident. Die Mitgliedschaft in der Propaganda Due war offensichtlich nicht zu seinem Schaden gewesen.«

Axel stellte sein Glas heftiger ab, als nötig gewesen wäre. Diese Dinge waren neu für ihn. Konnte das, was in den Achtzigerjahren in Italien geschehen war, auch in Schweden möglich sein?

»Italien ist allerdings ein Land, das auf den Ranglisten für Korruption regelmäßig sehr weit oben landet. Wie viele Deep-state-Theorien gibt es denn über eher typisch westliche Demokratien?«

»In eher normalen Ländern wie unserem, meinst du?«, bemerkte Jan mit einem Grinsen.

»So würde ich es nicht ausdrücken … aber klar, so etwas in der Art.«

»In den USA spricht man vom militärisch-industriellen Komplex. 1961 warnte Präsident Eisenhower davor, dass das Land zu viel Macht an ›America's War Machine‹ abgebe. Es gibt Theorien, die behaupten, dass Richard Nixon einen Krieg gegen den eigenen *deep state* geplant hätte. Er war sich sicher, dass die CIA Kennedy unterstützt hatte, und als Präsident weigerte er sich konsequent, die Berichte des Geheimdienstes zu lesen.

»Das war der Anfang von Watergate, oder?«

»Ja, und der Anfang von Nixons Ende, und viele meinen, dass er sich beim Krieg gegen die eigene Verwaltung zu viele mächtige Feinde gemacht habe. Am Ende sickert irgendeine sensible Information durch, die dem gewählten Präsidenten schadet.«

»Ja, aber …«

Axel dachte nach, bevor er sich weiter vortastete.

»Die USA sind ja ein ziemlich außergewöhnliches Land, das häufig Krieg führt. Deswegen sind sie auch ganz anders organisiert. Aber ist es nicht ein bisschen weit hergeholt, von einem *deep state* in Schweden zu sprechen?«

»Du erinnerst dich an die IB-Affäre?«

»Die von Guillou und Bratt aufgedeckt wurde? Ja, darüber haben wir auch schon ein Feature in P3 gemacht.«

»Nicht einmal der Reichstag wusste, dass der Staat seine eigenen Bürger ausspionierte. Das war ein klassischer *deep state*. IB, also das Informationsbüro, arbeitete für die Sozialdemokraten, denn die Sozis vertrauten der Säpo nicht.«

Sie aßen eine Weile, ohne zu reden, bis das Schweigen schließlich von Jan gebrochen wurde.

»Eine Sache habe ich in all den Jahren während der vielen Interviews mit den Mächtigen gelernt: Das, was *nicht* gesagt wird, ist mindestens so wichtig wie das, was gesagt wird.«

»Du meinst also, ich sollte deine Quelle ein bisschen unter Druck setzen?«

Axel wusste, dass die Person anonym war und ihre Identität streng geheim. War Jan bereit, die Informationen über seine Quelle mit ihm zu teilen?

»Nein, das ist ausgeschlossen. Er wird mit niemand anderem als mir sprechen wollen, und er lässt sich auch nicht unter Druck setzen.«

»Aber du glaubst, dass er lügt?«

»Ja. Und die wichtigste Frage ist, warum er lügt.«

»Wenn er sagt, dass er von keinem Zusammenhang zwischen dem Palme-Mord und Algernons Tod weiß, bestätigt genau das den Zusammenhang?«

»Eine solche Schlussfolgerung ist natürlich falsch. Auf der philosophischen Ebene, meine ich. Es ist wie die klassische Formel, die alle Verschwörungstheoretiker vereint: ›Ich wurde erst paranoid, nachdem alle beschlossen hatten, mich zu verfolgen.‹«

Jan Kowalski verstummte und stürzte sich mit frischer Energie auf sein Fleischstück.

»Nach meinem Gefühl hat er ein bisschen zu schnell auf die Frage geantwortet. Und die Bilder, die ich ihm gezeigt habe, ein bisschen zu flüchtig angesehen. Das ist heiß, Axel. Richtig heiß.«

KAPITEL 14

Als Axel nach dem Mittagessen zum Büro zurückkehrte, war die Tür abgeschlossen. Auf seinem Schreibtisch lag ein Zettel mit einer handschriftlichen Nachricht von Stina. »Muss David von der Schule abholen. Er ist wieder ›hingefallen‹. Höre es mir heute Abend an!«

Axel schickte eine SMS mit einem Herzen und dem Wort David. Stina war im Dauerstress. Die Förderschule, die David besuchte, war von ständigen Kürzungen betroffen, und das Personal war auf vier Pädagogen für acht Kinder geschrumpft. Drei Jahre zuvor waren es sieben gewesen. David brauchte ununterbrochene Betreuung. Er liebte es zu klettern, zu laufen und Dreirad zu fahren, aber der Körper hielt nicht mit. Außerdem besaß er so gut wie keine Impulskontrolle. David war einmal auf die Spitze des höchsten Gerüsts geklettert, das eigentlich für die Mittelstufe reserviert war. Er war natürlich direkt heruntergefallen. Zwei Meter tief. Es hatte sich ganz offensichtlich kein Pädagoge in der Nähe befunden, auch wenn niemand in der Schule zugeben wollte, dass sie ihre Aufsichtspflicht verletzt hatten. Stina hatte ganz lakonisch von diesem Zwischenfall erzählt und eher beiläufig ergänzt, dass seine Stirn mit acht Stichen genäht werden musste.

Seitdem zuckte sie immer zusammen, wenn das Telefon klingelte. Kam der Anruf von der Schule, klang ihre Stimme schon angespannt, wenn sie das Gespräch annahm. Jetzt hatte sie David also schon wieder abholen müssen. Axel hoffte, dass dieses Mal wenigstens kein Besuch im Krankenhaus nötig war.

Er klappte den Bildschirm hoch und holte tief Luft. Das Mittagessen mit Jan hatte ihm Kopfschmerzen verursacht.

Jans geheime Quelle hatte geleugnet, dass seine Theorie stimmte – Jan zufolge angeblich ein gutes Zeichen.

»Wer's glaubt, wird selig«, grummelte er vor sich hin.

Er wählte die Nummer von Karolina Palm und hoffte, dass sie etwas gefunden hatte. Seine Hoffnungen wurden sofort von ihrem Anrufbeantworter enttäuscht. Er schickte eine SMS, weil er wusste, dass sie es nie schaffte, ihre Nachrichten abzuhören. »Ruf mich an. Es eilt. Wie üblich.«

Während des restlichen Nachmittags ging er der Tätigkeit nach, die er neben dem Umgang mit Menschen in seinem Beruf am meisten schätzte: Er wählte die Hintergrundmusik für das Feature aus. Er hatte einen Soundtrack mit einer einsamen Trompete gefunden, der eine passende Atmosphäre zu diesen geheimen Spielen der Macht schuf. Jetzt galt es, die Musik so hineinzumischen, dass sie die Geschichte der Waffenfabrik untermalte, ohne dabei zu dramatisch zu wirken. Die Story sollte einen Rhythmus haben, Tempo und Energie, aber nichts von ihrer Sachlichkeit oder Objektivität verlieren. Es war ein Balanceakt, den Axel gerne in Angriff nahm. Aber heute wollte sich die Arbeitsfreude einfach nicht einfinden.

Er wusste auch, warum.

Die Story war noch nicht fertig. Und solange er nicht genau wusste, was er erzählen wollte, konnte er auch nicht entscheiden, wie er es erzählen wollte.

Als das Festnetztelefon klingelte, das Stina und er sich teilten, spürte er, wie sich sein Puls beschleunigte. Karolina Palm benutzte normalerweise seine Handynummer, aber er hoffte trotzdem, dass sie es war. Nachdem er sich mit seinem Namen gemeldet hatte, hörte er nichts als Schweigen. Es rauschte in der Leitung. Er rief hallo, bekam aber keine Antwort. Trotzdem war sich Axel absolut sicher, dass er einen Menschen am anderen Ende der Leitung gehört hatte. Es klickte.

Verwundert schaute er auf das Telefon, bis ihm mit einem

Lächeln bewusst wurde, wie einfältig es wirken musste, den Anrufer durch den Hörer hindurch sehen zu wollen. Der Apparat war ein klassisches Ericofon. Auch bei diesem Einrichtungsdetail hatte sich Stina durchgesetzt. Die Wählscheibe im Fuß machte es schwierig, eine Nummer zu wählen. Also benutzten sie das Telefon in der Regel nur, wenn sie angerufen wurden. Stina behauptete trotzdem hartnäckig, dass es ihrem »Kellerloch« ein bisschen Klasse verlieh, und weigerte sich, es gegen ein anderes auszutauschen. Jetzt wünschte sich Axel mehr denn je, dass er sich durchgesetzt und ein modernes Telefon mit Display gekauft hätte. Dann hätte er vielleicht sehen können, wer ihn angerufen hatte.

Resigniert verließ er das Büro schon um drei Uhr am Nachmittag. Der Feierabendverkehr hatte schon begonnen. Axel fuhr mit seinem Fahrrad Slalom durch die Autos, die auf dem Ringvägen in Richtung Westen im Stau standen. Als er die höchste Stelle vor der Einfahrt zum Söderkrankenhaus erreicht hatte, warf er einen Blick nach hinten, weil er sich nach links einordnen wollte, um zu den Årstabrücken abzubiegen. Der Verkehr war hier weniger dicht. Er stieg noch ein paar Mal in die Pedale und streckte den linken Arm aus, als er sich der Kreuzung an der Tantogatan näherte. Noch ein kurzer Blick zurück über die Schulter. Dann stieg er in die Eisen.

Statt nach links abzubiegen, blieb er auf der Fußgängerinsel stehen. Das Auto direkt hinter ihm war ein dunkelblauer Volvo, der links blinkte. Er fuhr langsam in die Tantogatan hinein. Die Fenster in den Hintertüren waren getönt, und Axel war nicht schnell genug gewesen, um einen Blick durch die vorderen zu werfen. Trotzdem hatte er das Gefühl, dass es sich um denselben Wagen handelte, der vor seiner Wohnung gewendet hatte. Er stieg wieder in die Pedale, dieses Mal mit voller Kraft. Es war helllichter Tag in Schwedens Hauptstadt, er fühlte sich nicht bedroht. Nur neugierig. Zumindest versuchte er sich einzureden, dass es so war. Sein Versuch, das Auto mit dem Fahrrad einzuholen, endete, als er sah, wie es hinter dem Krankenhaus in die Jägargatan abbog und Gas gab. Er fuhr stattdessen geradeaus über die Årstabrücken und rollte über den Sjöviksbacken hinunter zu seinem Haus am Kai. Oben in der Wohnung holte er sein Handy heraus und versuchte erneut, Karolina Palm anzurufen. Anrufbeantworter.

Er zog sich Shorts und Laufschuhe an und verließ die Wohnung, um den Kopf frei zu bekommen. Er hielt sich an die großen Straßen, auf denen viele Menschen unterwegs waren, als er nach Södermalm hinüberlief. Die Begegnung mit dem Auto hatte ihn stärker erschüttert, als er zuerst geglaubt hatte. Wurde er verfolgt? Es klang so lächerlich, dieses Wort zu verwenden. *Verfolgt*. Überwacht vielleicht? Aber von wem? Er blieb stehen, schloss die Fitness-App und schickte eine SMS an Karolina. »Stehe ich bei euch unter Beobachtung?«

KAPITEL 15

»Also, am Ende wird es ein bisschen vage.«

»Ich wünsche dir ebenfalls einen guten Morgen.«

Axel schenkte Stina ein übertriebenes Lächeln. Sie kam wie so oft direkt zur Sache.

»Sehr spannend, wie nicht anders zu erwarten. Die ganze Sache mit der Waffenfabrik, und wie die Regierung alles vertuscht und dass alles von Finanzleuten aus dem Hintergrund gelenkt wird, wirklich super …«

»Aber?«

»Ich verstehe, was du gesehen hast, zeig mir die Bilder, von denen du sprichst. Der Mann mit der Schirmmütze, ist das wirklich immer dieselbe Person?«

»Du wirst sie sehen. Ich habe vor, die Bilder auf die Homepage des Senders zu stellen, dann können die Hörer sie selber ansehen.«

»Aber du hast keine Quelle, die bestätigt, was du gesehen hast, keinen Experten oder Polizisten oder sonst jemanden.«

Stina wirkte enttäuscht.

»Ist es so schlimm?«

Sie sagte nichts, aber das war auch nicht nötig. Sein Mut sank. Aber er rief sich ins Gedächtnis, dass sie den Mann immer noch nicht gesehen hatte. Er stellte den Computer auf ihren Schreibtisch und zeigte ihr die Bilder aus Arlanda, vom NK und vom Parteitag der VPK. Stina studierte sie still und konzentriert.

»Okay, das ist denkbar. Mehr kann ich dazu aber auch nicht sagen.«

»Denkbar? Was soll das bedeuten?«

»Möglich.«

»Ja, das weiß ich auch, aber was bedeutet es für mein Feature? Soll ich es veröffentlichen oder nicht?«

Axel war irritiert. Er wollte Hilfe, keinen Widerstand.

»Jetzt komm ein bisschen runter. Wir haben einander versprochen, die Arbeit des anderen immer ehrlich zu beurteilen.«

Axel versuchte sich zu beruhigen. Sie hatte recht. Wenn sie mit einer Sache zu ihm gekommen wäre, die ihm nicht gefallen hätte, hätte er es ihr auch gesagt. Sie waren sich einig gewesen, dass dies die einzige Methode war, noch besser zu werden, und Ehrlichkeit war die Voraussetzung dafür, dass sie sich so lange ein Büro teilen konnten.

»Darf ich etwas fragen?«

»Natürlich.«

»Diese Sache scheint für dich sehr wichtig zu sein. Das stimmt doch? Ich habe diese Seite von dir vorher noch nie gesehen.«

»Na ja, was heißt wichtig …«

Axel verstummte und dachte nach. Es war tatsächlich so, aber nur weil das, was er gesehen hatte, so sensationell war. Er war der Erste, der einen Zusammenhang zwischen drei der größten Nachrichtenereignisse der Achtzigerjahre gefunden hatte.

»Das ist eine verdammt große Sache«, fuhr er fort. »Ich betrachte es als eine journalistische Selbstverständlichkeit, darüber zu berichten.«

»Wenn sie stimmt, auf jeden Fall.«

»Sie stimmt.«

Seine Stimme war wieder gereizt.

»Aber nicht, weil du sagst, dass es so ist. Tu das, was wirklich eine journalistische Selbstverständlichkeit ist.«

»Was denn?«

»Lass es dir bestätigen.«

Sie starrte ihn an und lächelte. Er stand auf und raufte sich verärgert das Haar, beruhigte sich aber wieder, als sie zu kichern begann. Er wollte sich gerade für seinen gereizten Ton entschuldigen, als das Telefon klingelte. Er zuckte zusammen und riss das Ericofon an sich. Die Erinnerung an das seltsame Klicken am Nachmittag war immer noch frisch.

»Hallo, ich heiße Camilla und rufe von *Malou nach zehn* an, wir hätten gern Stina Forss gesprochen. Sie teilen sich doch das Büro, oder?«

Axel reichte den Hörer an Stina weiter. Eigentlich sollte er sich für sie freuen, wenn sich eine Fernseh-Talkshow für sie interessierte. Sie konnte gar nicht genug Aufmerksamkeit bekommen. Nicht nur für das Interview mit Tammer. Sie hatte auch vorher schon viele gute Reportagen abgeliefert. Oft über Kinder, Krankenhäuser, Sozialversicherungen und andere Themen, die traditionell nicht so viel Platz in den Medien bekamen. Journalisten bekamen selten Preise oder Auszeichnungen, wenn sie über die sogenannten »weichen Themen« berichteten.

Stina war drauf und dran, ihren ersten Preis zu gewinnen, während er selbst … Ja, er hatte noch nicht einmal eine Antwort auf die SMS an Karolina Palm bekommen.

Es reichte.

Mit dem Fahrrad waren es neunzehn Minuten bis zum Kronobergspark, sagte die App. Er schaffte es in zwölf. Am Empfangsschalter bat er darum, mit Karolina Palm zu sprechen. Es sei wichtig. Der uniformierte Empfangsbeamte sah wenig beeindruckt aus, leitete die Bitte aber übers Telefon weiter. Axel brauchte nur ein paar Minuten zu warten, bis Karolina auf der anderen Seite der Drehtür auftauchte. Axel hatte auf Facebook gesehen, dass sie ihren fünfzigsten Geburtstag in Thailand gefeiert hatte. Sie hatte ihr blondes Haar zu einem Pferdeschwanz gebunden, der einen sonnengebräunten Nacken entblößte. Er bereitete sich darauf vor, die Sicherheitskontrolle zu passieren, aber statt ihn einzulassen, kam sie heraus und bedeutete ihm, ihr nach draußen zu folgen.

Sie ging schnell und zielstrebig an ihm vorbei, ohne zur Seite zu schauen. Axel hatte Mühe, ihr zu folgen. Sie gingen die Wargentinsgatan hinunter und entfernten sich immer weiter vom Polizeipräsidium.

»Du hast nicht zurückgerufen, und morgen ist die Deadline, also war ich gezwungen, hierher …«

»Ich weiß, Axel.«

Sie unterbrach ihn, sprach aber nicht weiter. Er begriff, dass sie auf dem Weg zu einem Ort war, an dem sie sich ungestört unterhalten konnten. Sie überquerten die Fleminggatan und gingen geradewegs durch die Toreinfahrt der Nummer 24. Sie durchquerten einen Innenhof, kamen an der Sankt Eriks Kapelle vorbei, erreichten einen Park, der, soweit Axel sich erinnerte, Grubbens trädgård hieß, gingen eine Treppe hinunter zum Klara strand. An einem Teich stand eine Bank, auf die sich Karolina Palm setzte. Sie schaute auf das Wasser hinaus. Axel setzte sich neben sie.

»Um deine Frage zu beantworten: Nein. Du stehst nicht unter unserer Beobachtung.«

Sie sah Axel immer noch nicht an.

»Aber es wundert mich nicht, dass du fragst.«

Jetzt wandte sie sich ihm zum ersten Mal zu. Er erwiderte ihren Blick. Die graublauen Augen verrieten nichts.

»Was meinst du damit?«

»Dass man mir richtig die Hölle heiß gemacht hat. Ich arbeite seit fast zwanzig Jahren als Polizistin. Ich habe den einen oder anderen Anschiss einstecken müssen und habe das erlebt, was ihr in den Medien Korpsgeist nennt. Ich habe sogar ein paar Schlägereien zwischen Kollegen beobachtet. Aber das hier ist ein ganz anderes Niveau.«

Sie schaute wieder auf den Kanal hinaus. Der Wind kräuselte die Wellen. Sie strich sich eine Haarsträhne aus dem Gesicht.

»Was hat dein Kumpel von der Säpo zu den Bildern gesagt?«

»Kein einziges Wort. Er hat weder auf Mails noch auf Telefonanrufe reagiert. Stattdessen bin ich gestern zum Polizeichef zitiert worden. Keine angenehme Begegnung.«

»Du wurdest zur Rede gestellt? Vom Polizeichef?«

»Gelinde gesagt. Eine halbe Stunde lang bekam ich zu hören, wie außerordentlich inkompetent ich wäre, weil ich Kontakt zur Säpo aufgenommen hatte.«

»Hast du ihm die Bilder gezeigt?«

»Das war nicht die Situation, in der man etwas zeigen konnte, außerdem hatte er sie schon. Er muss die Mail bekommen haben, die ich geschickt hatte.«

»Und ihm ist nicht aufgefallen, wie ähnlich sich die Männer auf den Bildern waren?«

»Er meinte, es wäre der schlechteste Ermittlungsansatz, seit Holmér sich nach dem Palme-Mord auf die PKK-Spur eingeschossen hatte.«

Sie lachte auf. Fuhr dann verwundert fort.

»Er fragte mich tatsächlich, ob ich kündigen wolle. Ob mich meine weitere Karriere nicht mehr interessiere.«

Axel sah sie an. Das war nicht mehr die energische Karolina Palm, die er kannte. Sie war nicht gebrochen, aber auf eine Weise gebeugt, die er nicht genauer beschreiben konnte. Sie saßen schweigend nebeneinander. Schließlich stand Karolina auf und betrachtete ihn mit einem gezwungenen Lächeln.

»Ja, du verstehst die Situation? Das war nicht das, was du hören wolltest, nicht wahr?«

Axel erhob sich ebenfalls und erwiderte ihr Lächeln. Sie gaben einander die Hand, und er sah ihr nach, als sie zum Polizeipräsidium zurückkehrte.

In seinem Kopf hörte er eine andere Stimme. Die von Jan Kowalski.

»Das ist heiß, Axel. Richtig heiß.«

Er blieb stehen und ließ seinen Blick über die Wellen wandern. Das blasse Licht der Herbstsonne betonte die Dunkelheit, die ihn umschloss. Karolina Palm hatte ihm nichts bestätigen können. Aber paradoxerweise nahm das Gefühl, dass er recht hatte, mit jedem weiteren Dementi immer stärker zu.

Morgen würde er gemeinsam mit Åsa Rakell an der Schlussredaktion seines Features arbeiten. Und das würde ganz sicher das endgültige Aus für seine Theorie bedeuten. Åsa hatte ihm ein Ultimatum gestellt: Finde einen Beweis für deine Theorie oder vergiss sie. Er war gescheitert. Die Story über den Mann, der eine Verbindung zwischen den illegalen schwedischen Waffenexporten und dem Mord an Ministerpräsident Olof Palme herstellte, würde nicht erzählt werden. Und es war sinnlos, Åsa noch überzeugen zu wollen.

Also traf er eine Entscheidung. Der Plan war während der letzten Tage in seinem Unterbewusstsein herangereift. Wenn seine Chefs beim Radio sich weigerten, gab es auch noch einen Weg, der um sie herumführte. Wenn die Geschichte erst einmal die Hörer erreicht hatte, würde ihn niemand mehr kritisieren.

Die Story musste an die Öffentlichkeit.

TEIL 2

KAPITEL 16

Seine Schritte hallten von den Betonwänden wider. Die Eingangshalle des Sendehauses wurde der Hangar genannt. Axel Sköld nahm an, weil sie so groß und so gemütlich wie die Flugzeughalle auf einer Militärbasis war. Von der gläsernen Drehtür bis zum Empfangstresen waren es einhundertfünfzig Schritte. Ein langer Weg. Besonders dann, wenn man gegen die Regeln der Organisation verstoßen und eine Standpauke oder vielleicht sogar Schlimmeres zu erwarten hatte.

Axel sah ein paar bekannte Gesichter in der Cafeteria und grüßte, bekam aber keine Antwort. Sie haben es schon gehört, dachte er.

Er trug sich bei dem bewaffneten Wachmann mit seinem Namen in die Besucherliste ein.

»Ist Ihr Besuch angemeldet? Erwartet Sie jemand?«

»Das kann man wohl sagen.«

Axel setzte sich in ein Sofa und wartete. Er versuchte, sich nicht klein zu fühlen, was ihm allerdings nicht gelang. Als er sah, dass Åsa Rakell ihn abholen kam, sank sein Herz noch ein Stückchen tiefer.

»Das war wirklich das Letzte, Axel …«

Sie biss sich auf die Zunge, ließ ihn durch die Schleuse aus Glastüren ein und ging mit schnellen Schritten auf die Fahrstühle zu.

Sie drückte auf die Sieben. Das oberste Stockwerk.

»Tut mir leid«, sagte Axel.

»Das kommt jetzt ein bisschen spät, findest du nicht? Ich habe mich noch nie so hintergangen gefühlt. Ich dachte, wir hätten ein Vertrauensverhältnis, das über die Arbeit hinausgeht. Dass wir uns ernsthaft über Dinge unterhalten können, auch informell … Und dann führst du uns alle hinters Licht!«

Als ihr klar wurde, was sie gerade gesagt hatte, musste sie plötzlich lachen. Eher schockiert als amüsiert.

»Du hast dich bis zu einem viertelstündigen Gespräch mit der Leitungsebene hochgeblufft. Und wenn du glaubst, dass ich sauer bin, dann …«

Sie ließ den Satz in der Luft hängen. Der Aufzug hatte den siebten Stock erreicht, und sie führte ihn zu einem Besprechungsraum im südlichen der drei Korridore in dem T-förmig angelegten Sendehaus. Sie kamen an Büros und Konferenzräumen vorbei, die alle mit Glastüren ausgestattet waren, um dem Besucher ein Gefühl von Offenheit und Transparenz zu geben. Die Tür, vor der sie schließlich stehenblieben, war allerdings aus massivem, weiß gestrichenem Holz.

Åsa klopfte an, und Axels Puls beschleunigte sich. Er redete sich ein, dass er mit so etwas gerechnet hatte. Dass er mit seinem Plan ein bewusstes Risiko eingegangen war. Als sich die Tür öffnete, musste er sich eingestehen, dass er sich etwas vorgemacht hatte.

Im Raum saßen vier Personen. Drei von ihnen war er vorher schon einmal begegnet.

Ganz links, hinter einem ovalen Tisch, saß Eva Schön, die Programmverantwortliche für P3 und damit diejenige, die in der Regel entschied, welche sensiblen Inhalte in den verschiedenen Programmen gesendet oder nicht gesendet werden durften. Sie hatten schon oft über die Offenlegung von Identitäten in anderen Features diskutiert, die Axel hergestellt hatte. Er hatte sie immer als kompetent und freundlich erlebt. Als er sie jetzt grüßte, musterte sie ihn nur kühl. Neben Eva Schön saß Anders Hjelmstedt, der Hausjurist. Er nickte Axel kurz zu und versenkte sich sofort wieder in seine Papiere. Rechts von ihm räusperte sich Fredrika Jones. Sie gehörte der Führungsebene des Schwedischen Rundfunks an, einer Gruppe von sieben Personen um den Intendanten, und war die ranghöchste Person in diesem Raum. Das nahm Axel jedenfalls an, denn die vierte Person, die etwas abseits in einem eigenen Sessel in der Nähe des Fensters saß, konnte er nicht einordnen. Axel war verwundert über seine Anwesenheit, aber er hatte keine Zeit, sich darüber Gedanken zu machen.

»Dieses Treffen wird nicht lange dauern«, sagte Fredrika Jones. »Wir sind alle vielbeschäftigte Personen, aber in einer Situation wie dieser wird alles andere zur Nebensache. Ist Ihnen klar, warum wir hier sind?«

Ihr Tonfall war hart.

»Ja, es geht um das Feature, das ich produziert habe und das gestern Abend gesendet wurde.«

»Ja. Und jetzt müssen wir darüber befinden, ob es sich dabei um einen Vertragsbruch oder sogar etwas Schlimmeres handelt …«

Fredrika Jones warf dem Mann am Fenster einen Blick zu. Die Beleuchtung am Tisch war gedämpft. Von draußen fiel Tageslicht aus einem wolkenverhangenen Himmel herein. Der Mann im Sessel befand sich im Gegenlicht, und Axel hatte Schwierigkeiten, seine Gesichtszüge zu erkennen. Er trug einen beigen Anzug und eine Brille mit auffälliger Fassung. Das Haar war grau und kurz geschnitten, und er sprach mit rasselnder Stimme.

»Bewusst falsche Informationen zu verbreiten, um die Bevölkerung zu verunsichern und die Glaubwürdigkeit des Schwedischen Rundfunks zu missbrauchen, um diese Falschinformationen zu stützen, kann als Sabotage betrachtet werden.«

Axel lief ein kalter Schauer den Rücken herunter. Die Kälte breitete sich immer weiter aus, je länger der Mann sprach.

»Das kann im schlimmsten Fall mit Landesverrat gleichgesetzt werden.«

Er betrachtete Axel mit gleichgültiger Verachtung.

»Dieses Treffen dient in erster Linie dazu herauszufinden, in welchem Umfang Sie dabei vorsätzlich gehandelt haben, damit wir verstehen, auf welchem Niveau wir uns bewegen. Anschließend entscheiden wir, welche Maßnahmen ergriffen werden.«

Im Raum herrschte Schweigen. Axel hatte das Gefühl, dass diese Informationen für sämtliche Teilnehmer neu waren.

Er beschloss, die entstandene Stille zu nutzen, und ging in die Offensive.

»Sie sind sich bewusst, dass es nichts weiter als eine Theorie war, die ich vorgebracht habe? Die allein auf den Beobachtungen beruht, die ich gemacht habe, und die die Hörer selbst in den sozialen Medien überprüfen können. Es gibt Bildnachweise, die meine Theorie stützen.«

»Wir wissen ganz genau, was Sie getan haben, Sköld. Ebenso wie ungefähr dreihunderttausend Schweden, die das Feature gehört haben, und wer weiß wie vielen, die es noch hören werden, bei all dem Zeug, das inzwischen schon darüber geschrieben wurde.«

Fredrika Jones hatte wieder das Kommando übernommen. Sie starrte Axel an.

»Tatsache ist, dass wir alles schon vor der Sendung wussten. Wenn ich mich recht erinnere, haben Sie sowohl von Ihrer Redakteurin wie auch von der Programmverantwortlichen die Anweisung bekommen, genau diese Informationen herauszuschneiden.«

Axel ersparte sich eine Antwort.

»Wir können sie ja fragen. Åsa?«

Åsa Rakell hatte sich ganz nach links gesetzt, an das schmale Ende des Tisches. Sie entschied sich, Fredrika Jones anzusehen, während sie antwortete.

»Vor zehn Tagen rief ich Axel an und teilte ihm unsere Entscheidung mit. Noch am letzten Mittwoch, als wir uns gemeinsam Axels Feature anhörten, habe ich meine Entscheidung ihm gegenüber wiederholt. Zu der Zeit war der kritische Teil noch vorhanden. Ich holte Eva dazu, damit sie ihm selber erläutern konnte, warum sie sich als Programmverantwortliche entschieden hatte, diese Passage zu streichen.«

»Eva?«

Fredrika Jones wandte sich an die Programmverantwortliche von P3.

»Ich kann Åsa Rakells Version nur bestätigen. Wir hatten eine kurze Diskussion, in der Axel Sköld versprach, alles herauszuschneiden, was mit Männern mit Schirmmützen zu tun hatte.«

Der Jurist Anders Hjelmstedt protokollierte, was Åsa Rakell und Eva Schön sagten. Als sie verstummten, hörte man nur noch das Kritzeln des Bleistifts auf dem Notizblock.

»Also fragen wir uns natürlich, warum Sie diesen Anweisungen nicht gefolgt sind.«

Axel bemühte sich, so gefasst wie möglich zu klingen.

»Als Journalist war ich gezwungen, davon zu berichten. Ich hatte eine Entdeckung gemacht, die den Mord an einem schwedischen Ministerpräsidenten betrifft, einen ungelösten Mord. Ich musste die Öffentlichkeit davon unterrichten. Alles andere wäre Verrat an meinem journalistischen Auftrag.«

Er wusste, dass er den letzten Satz nicht hätte sagen sollen. Er hatte sie damit nur unnötig gereizt.

»Aber Ihren Auftraggeber hinters Licht zu führen, finden Sie okay? Das verträgt sich also mit Ihren hohen Ansprüchen als Journalist?«

Fredrika Jones' Stimme war schärfer geworden.

Der Mann am Fenster mischte sich ein.

»So ist es doch gelaufen, oder? Sie haben Åsa Rakell, Ihrer Redakteurin, eine neue Version vorgespielt, in der Sie die fraglichen Stellen herausgeschnitten hatten, aber in der Version, die Sie den Tontechnikern schickten, war Ihre ganze … fantasievolle Geschichte noch enthalten. Richtig?«

Axel spürte, wie seine Kehle plötzlich ganz trocken wurde. Er nahm ein Glas Wasser und nickte nur.

»Mensch, Axel, dir war doch klar, dass wir dahinterkommen würden! Wie bist du bloß auf diese idiotische Idee gekommen?«

Åsa Rakell zeigte zum ersten Mal wieder ihr gewohntes Wesen. Sie war verletzt, das war ihm klar, aber sie klang auch aufrichtig interessiert.

Er zögerte. Entschied sich dann, mit offenen Karten zu spielen.

»Ich habe es einfach probiert. Ich war – und bin immer noch – überzeugt davon, dass für unsere Hörer der Zusammenhang ganz offensichtlich sein wird, sobald sie das Feature gehört und die Bilder gesehen haben.«

»Diese Entscheidung lag aber nicht in deiner Hand. Denn *wir* hatten sie schon getroffen.«

Eva Schön. Sie war die Jüngste in der Versammlung. Aber erfahren. Sie hatte lange für das *Eko-Journal* gearbeitet, und ihre publizistische Kompetenz war beeindruckend. Und jetzt war sie sauer. Er war ihr auf die Zehen getreten.

»Eva«, sagte er, »ich begreife einfach nicht, warum du es nicht so senden wolltest. In einer Boulevardzeitung hätte man es für einen Scoop gehalten. Das sind mehr Beweise, als Hans Holmér jemals hatte, als er sich auf die PKK-Spur versteifte. Für mich ist das sowas von selbstverständlich, dass man es veröffentlicht …«

»Sie wollen also lieber für ein Boulevardblatt arbeiten?«

Der Mann am Fenster war ihm ins Wort gefallen. Er stand auf und trat an den Tisch. Er sah Axel durchdringend an. Musterte ihn. Dann legte er eine Tageszeitung auf den Tisch.

»Wir werden ja sehen, wie begehrt sie nach dieser Geschichte auf dem Arbeitsmarkt noch sein werden. Bei den Kollegen vom *Svenska Dagbladet* scheinen die Türen jedenfalls verschlossen zu sein.«

Die Seite mit den Leitartikeln war aufgeschlagen, und unter der Überschrift »Märchen, Spione und die flüchtige Wahrheit bei P3« fand sich dort ein kurzer Artikel. Axel hatte ihn auf seinem Handy gelesen, als er unterwegs zu dem Treffen war. Die netteste Formulierung lautete:

> Möglicherweise konnten die Features von P3 früher gewisse Erfolge verzeichnen, vor allem beim jüngeren Publikum. Möglicherweise hat man dort an einen Bildungsauftrag geglaubt. Genau deshalb ist das, was dort gestern geschah, so unglücklich, ja sogar gefährlich. In Zeiten von Faktenresistenz und schlechter Recherche gesellen sich diese Features jetzt zu den lächerlichen Verschwörungstheorien an den extremen Rändern der Gesellschaft.

Sie hatten über zweihundert Features produziert, und während die Hörer diese Reihe sehr geschätzt hatten, hatte sie bei den etablierten Medien nie wirklich Beachtung gefunden. Das war das erste Mal, dass ein Leitartikel einer bedeutenden Zeitung etwas aufgriff, was sie gesendet hatten. Er nahm allerdings davon Abstand, die Anwesenden auf diesen zweifelhaften Erfolg hinzuweisen.

Der Artikel enthielt eine Passage, die er mochte, obwohl sie ihn nicht gerade in ein gutes Licht rückte.

> Olof Palme sagte einmal über Jan Guillou und Peter Bratt, dass die beiden zu viele Spionageromane gelesen hätten. Was Axel Sköld gelesen hat, wissen wir nicht, aber dieses Feature orientiert sich eher an Tim und Struppi als an der Wirklichkeit.

Bratt und Guillou hatten allerdings recht gehabt, was die IB-Affäre betraf. Aber Axel erinnerte sich, dass es lange gedauert hatte, die Öffentlichkeit davon zu überzeugen. Er musste vielleicht die Taktik ändern. In diesem Raum würde er jedoch niemanden für seine Idee gewinnen können. Er fuhr mit leiserer und sanfterer Stimme fort.

»Tut mir leid, dass es so gekommen ist. Ich habe im Einklang mit meiner journalistischen Überzeugung gehandelt, aber inzwischen ist mir klar, dass es falsch war, und ich werde alles tun, um den Schaden wiedergutzumachen. Ich übernehme die volle Verantwortung.«

Eva Schön schnappte direkt zu. »Verantwortung? Ich dachte, dafür haben wir die Programmverantwortlichen?«

Sie sprach langsam, wie zu einem kleinen Kind.

»Was bedeutet, dass ich die Verantwortung trage. Du hast mir das angehängt, und du kannst es nicht wieder zurücknehmen. Du wusstest genau, was du getan hast. Das ist eine verdammt miese Art, mit Verantwortung zu spielen ...«

Fredrika Jones räusperte sich laut, um Eva Schön daran zu hindern, noch weiter zu gehen. In diesem Raum im siebten Stock des Sendehauses wurde nicht geflucht.

»Okay, aber mich zu beschuldigen, dass ich bewusst irregeführt und falsche Informationen verbreitet habe, ist doch absurd!«

»Sie haben also konkrete Beweise?«

Der Mann mit der Brille war zum Fenster zurückgekehrt. Axel beschloss, offensiv weiterzumachen.

»Nein, aber für das Gegenteil gibt es auch keine Beweise. Es war so etwas wie ein Postulat. Also das, was man in der interdisziplinären Wissenschaft eine Theorie nennt, die so lange gilt, bis das Gegenteil bewiesen ist.«

»Der Schwedische Rundfunk ist aber kein verdammtes Versuchslabor für Halbwahrheiten und Aluhut-Journalismus!«

Sogar Fredrika Jones zuckte bei dem Ausbruch des Mannes zusammen. Vielleicht wurde in diesem Raum doch geflucht. Von ausgewählten Personen zumindest.

»Vertrauen ist unsere wertvollste Ressource. Wenn irgendwelche Idioten es ohne Sinn und Verstand und in Friedenszeiten zerstören, was zum Teufel glauben Sie, passiert dann im Krieg? Wer hört dann noch auf uns? Sie bescheuerter … Dilettant.«

Der Mann konnte sich gerade so zusammenreißen und sprach das letzte Wort mit dem Rücken zu den anderen aus.

»Wir machen eine Pause. Ich schlage vor, dass Sie draußen warten.«

Der Jurist Anders Hjelmstedt hatte zum ersten Mal während des Treffens den Mund geöffnet. Er zeigte auf die Tür. Axel gehorchte, ohne ein Wort zu sagen.

KAPITEL 17

Das Treffen war nach weniger als einer Viertelstunde beendet gewesen. Als die Tür wieder geöffnet wurde und er in den Raum zurückkehrte, lag ein Dokument auf Axels Platz. Es war mit dem aktuellen Datum versehen, und er nahm die Einleitung niedergeschlagen zur Kenntnis:

> Ich, Axel Sköld, entschuldige mich aufrichtig und vorbehaltlos für mein Verhalten, mit dem ich meinen Auftraggeber, den Schwedischen Rundfunk, im Zusammenhang mit dem Radiofeature »Der militärisch-industrielle Komplex« betrogen und getäuscht habe. Ich bitte ebenfalls um Entschuldigung für den Schaden, den folgende Formulierungen dem Vertrauen in den Schwedischen Rundfunk zugefügt haben.

Es folgte der Ausdruck einer Passage aus dem Feature. Es war der Teil, mit dem Axel am meisten gerungen hatte, als er das Manuskript erstellt hatte.

> Sprecher: *Wir können hier neue, sensationelle Fakten über den schwedischen Waffenexport und seine Verflechtungen mit der Führungsebene des Landes präsentieren – mit Schwedens Regierung. Um zu verstehen, wie alles zusammenhängt, müssen wir in die Achtzigerjahre zurückkehren.*
> *Drei Ereignisse, die wie einzelne tragische Zwischenfälle mit tödlichem Ausgang aussehen, können durch einen Bildbeweis, den wir gefunden haben, miteinander in Verbindung gebracht werden. Wir beginnen mit dem Mord am Ministerpräsidenten.*

Akustische Illustration – Nachrichtenmeldung – »Olof Palme wurde erschossen.«

Sprecher: *Am 28. Februar 1986 wird Schwedens Ministerpräsident Olof Palme ermordet. Am Tag danach wird ein Mann zufällig im Bild eingefangen, als er das Land über den Flughafen Arlanda verlässt. Bei dem Mann handelt es sich mutmaßlich um einen südafrikanischen Profikiller. Diese Spur wurde erst 2015 entdeckt. Neben diesem Mann steht eine Person mit einem dunklen Mantel und einer Schirmmütze, er wurde schräg von hinten aufgenommen.*
Zurück in die Achtzigerjahre.
Beinahe ein Jahr nach dem Mord an Olof Palme, am Abend des 15. Januar 1987, stirbt der Rüstungskontrollinspekteur Carl-Fredrik Algernon.

Akustische Illustration – Nachrichtenmeldung – »Rüstungskontrollinspekteur Carl Fredrik Algernon ist am späten gestrigen Abend bei einem Unfall in der Stockholmer U-Bahn ums Leben gekommen. Algernon bekleidete eine Schlüsselposition im sogenannten Bofors-Skandal, weshalb die Polizei Ermittlungen aufgenommen hat, ob es sich tatsächlich um einen Unfall oder um ein Verbrechen gehandelt hat.«

Sprecher: *Algernon ermittelte gegen Bofors und dessen Schmuggelaffäre, bei der illegale Geschäfte mit Ländern am Persischen Golf getätigt wurden. Man vermutete zunächst, dass Algernon ermordet worden war. Der Lokführer behauptete, dass Algernon rückwärts auf die Gleise gefallen sei, aber die Polizei stellte die Ermittlungen ein.*
Am selben Abend wird ein Mann vor dem NK-Kaufhaus auf einem Bild eingefangen – nur wenige hundert Meter von der

U-Bahn-Station entfernt, in der – vermutlich nur eine Viertelstunde zuvor – der mutmaßliche Mord stattgefunden hat. Der Mann trägt einen dunklen Mantel und eine Schirmmütze und erinnert aufgrund seiner Körpergröße und anderer körperlicher Merkmale sehr an den Mann in Arlanda, den wir gerade erwähnt haben.
Und das Ganze erscheint noch unheimlicher:

Akustische Illustration – Nachrichtenmeldung – »Rapport-Journalistin Cats Falck stirbt unter mysteriösen Umständen.«

Sprecher: *Das Geheimnis um Cats Falcks Tod hat der Polizei keine Ruhe gelassen, seit ihre Leiche im Mai 1985 in einem Auto auf dem Grund des Hammarbykanals gefunden wurde. Wir sind im Besitz von Aufnahmen, die von ihrem letzten Auftrag stammen, einem Bericht über den Parteitag der VKP am 19. November 1984. Es ist vermutlich derselbe Tag, an dem Cats Falck ermordet wird. Bei der Untersuchung des Materials stoßen wir im Publikum auf einen alten Bekannten, im selben Raum wie Cats Falck. Erneut trägt ein Mann Mantel und Schirmmütze, obwohl er sich im Inneren eines Hauses befindet. Es lässt sich nicht von der Hand weisen, dass die Ähnlichkeit mit dem Mann vor dem NK-Kaufhaus am Tage von Algernons Tod und dem Mann, der Arlanda 1986 nach dem Mord an Olof Palme verlässt, verblüffend ist.*
Es ist also – mit größter Wahrscheinlichkeit – bei allen drei entscheidenden Ereignissen derselbe Mann anwesend.
Auf Instagram und Twitter – Axel Sköld Radio – können diese Bilder eingesehen werden. Dort können unsere Hörer sie selber miteinander vergleichen.
Welche Schlussfolgerungen aus all dem zu ziehen sind, wird sich zeigen. Aber ein Zusammenhang zwischen dem Mord an

Schwedens Ministerpräsident, dem möglichen Mord an einem Rüstungskontrollinspekteur, der einem illegalen Waffengeschäft in unserem Land auf der Spur war, sowie einem mutmaßlichen Mord an einer Journalistin, die vermutlich kurz davorstand, einen illegalen Handel mit militärischer Ausrüstung in der DDR aufzudecken, weckt sofort Assoziationen mit dem militärisch-industriellen Komplex. Vielleicht wird die Politik in unserem Land gar nicht von dir und mir, von unseren Stimmen in dieser Demokratie, bestimmt. Schon 1961 sagte US-Präsident Dwight D. Eisenhower in seiner Abschiedsrede folgende berühmte Worte:

Akustische Illustration – eine Rede in englischer Sprache – »We must guard against the acquisition of unwarranted influence, whether sought oder unsought, by the military-industrial complex.«

Sprecher: *In diesem Zusammenhang ist es wichtig, sich daran zu erinnern, dass Eisenhower dank seiner Leistungen im Zweiten Weltkrieg den höchsten militärischen Dienstgrad seines Landes, General of the Army, erreicht hatte. Trotzdem warnt er vor dem militärisch-industriellen Komplex:*

Akustische Illustration – eine Rede in englischer Sprache – »We must never let the weight of this combination endanger our liberties or democratic processes. We should take nothing for granted.«

Sprecher: *Ihr hörtet ein Feature über den militärisch-industriellen Komplex in Schweden. Autor der Sendung ist Axel Sköld.*

Axel betrachtete den Text. Radio sah ausgedruckt immer so armselig aus, ohne die emotionale Magie der menschlichen Stimmen. Trotzdem war er zufrieden mit seinen Formulierungen und den Tonschnipseln, die er gewählt hatte, um seine Geschichte zu illustrieren. Ein so dramatisches Ende hatte er in seiner achtjährigen Laufbahn als Radiojournalist nur selten hinbekommen.

»Ich stehe zu dem, was ich in der Sendung gesagt habe. Sie können mich nicht dazu zwingen, es zurückzunehmen.«

Er warf den vier Personen ihm gegenüber einen trotzigen Blick zu. Der Mann mit dem beigefarbenen Anzug hatte den Raum verlassen, ohne dass Axel es bemerkt hatte. Die Stimmung war etwas entspannter, oder bildete er sich das nur ein?

Die Repräsentantin der Führungsebene, Fredrika Jones, lächelte knapp und förmlich.

»Wir haben erwartet, dass Sie es so sehen. Unser Jurist kann es Ihnen bestimmt erklären.«

»Indem Sie hier unterschreiben, bitten Sie um Entschuldigung für den Schaden, den Sie der Glaubwürdigkeit unseres Senders zugefügt haben«, sagte Anders Hjelmstedt nüchtern. »Wir bitten Sie nicht, irgendetwas zurückzunehmen, und wir zwingen Sie auch nicht zu einer Gegendarstellung. Sie sollen nur bestätigen, dass Sie auf eigene Faust gehandelt und Ihre Vorgesetzten bewusst getäuscht haben. Darauf können wir uns doch einigen, oder?«

Er zog die Augenbrauen hoch und warf Axel einen fragenden Blick zu.

»Und was machen Sie dann mit dem Papier?«

Anders Hjelmstedt räusperte sich.

»Es wird Teil der Pressemitteilung sein, die kurz nach diesem Gespräch herausgeht, und in der wir begründen, warum das Feature aus unserem Internetangebot entfernt worden ist.«

Die Maßnahme war nicht unerwartet. Trotzdem tat es weh zu hören, dass das Feature bereits gelöscht worden war, als hätte Axel nicht nur die Sendereihe in den Schmutz gezogen, sondern gleich den ganzen Schwedischen Rundfunk.

»Und wenn ich die Unterschrift verweigere? Ihnen ist doch klar, dass mich das für jede Redaktion in diesem Land unmöglich macht?«

Axel versuchte, sachlich zu klingen. Sein Blick wanderte von Åsa Rakell über Eva Schön zu Fredrika Jones und blieb schließlich an Anders Hjelmstedt hängen. Eine geeinte Front. Ernste Gesichter. Åsa sah zornig aus. Eva vor allem müde. Fredrika Jones hatte einen förmlichen, neutralen Blick, von dem Axel annahm, dass er Teil ihrer Führungsrolle war. Anders Hjelmstedt sah am freundlichsten aus, aber er war ja auch nur der Jurist und löste die praktischen Details von Entscheidungen, die andere getroffen hatten.

Axel wurde klar, dass sich die Lage in drei Worten zusammenfassen ließ: Er war erledigt.

»Sie können mir glauben, wenn ich Ihnen sage, dass dies die beste Alternative ist.«

Fredrika Jones blickte wie aus einem unbewussten Reflex heraus zu der Tür im hinteren Teil des Raums. Axel nahm an, dass der Mann mit der Brille und dem beigen Anzug durch sie verschwunden war.

Er griff nach dem Stift, atmete durch die Nase ein, hielt die Luft an und dachte nach. Dann blies er die Luft wieder aus und unterschrieb.

*

Im Fahrstuhl nach unten war er erneut in Gesellschaft von Åsa Rakell. Jeder schaute in seine Richtung. Schließlich brach er das Schweigen.

»Es tut mir wirklich sehr leid, und ich weiß, dass es eigentlich zu spät ist, jetzt noch damit anzukommen. Aber trotzdem, Åsa, entschuldige bitte.«

Weiter trug seine Stimme nicht. Die letzten Worte, die so viel bedeuteten, verloren sich im Raum.

Åsa wandte sich ihm zu. Er wusste nicht, ob sie berührt war oder immer noch so sauer wie zuvor.

»Wir werden uns eine Weile nicht sehen, das verstehst du hoffentlich. Und darüber bin ich auch froh.«

Also immer noch sauer.

»Sie haben mich fertiggemacht da drinnen. Dieses Papier, das ich unterschrieben habe … Verdammt, Åsa, ich bin weg vom Fenster. Niemand wird mich mehr anstellen, wenn diese Pressemitteilung rausgegangen ist.«

»Daran hättest du vorher denken müssen. Niemand möchte einen Journalisten anstellen, der seinen Chef und seine Programmverantwortliche belogen hat. Hast du das nach diesem Treffen immer noch nicht begriffen?«

Er schwieg. Sie hatte recht. Sie hatte oft recht. Aber er vergaß es genauso oft wieder.

»Aber du kannst dich damit trösten, dass du noch glimpflich davongekommen bist. Es gab eine Person in dem Raum, der um einiges weitergehen wollte.«

Sie hatten die gläserne Drehtür am Empfang erreicht. Der Wachmann wartete darauf, Axel durchzulassen.

»Wer war denn dieser Mann? Er kam mir vollkommen verrückt vor. Und was sollte das Gerede über Frieden und Krieg?«

Åsa sah zuerst so aus, als wollte sie nicht darauf antworten. Aber sie tat es trotzdem.

»Ich weiß nicht, wie er heißt. Ich habe ihn auch noch nie zuvor gesehen. Ich weiß nur, dass ein Vertreter des MSB anwesend sein würde.«

»Das Amt für Zivilschutz?«

Sie seufzte.

»Es war doch ziemlich offensichtlich, welche Agenda er hatte.«

Sie drehte sich um und ging zu den Fahrstühlen.

»Åsa!«

Er rief ihr nach, ohne eine Reaktion zu bekommen. Bedrückt ging er durch die Glastüren und verließ das große Betongebäude beim Gärdet in Stockholm. Vor dem Eingang wurden die ersten roten Blätter von den Bäumen geweht. Er dachte an Stig Dagermans Herbstgedicht.

KAPITEL 18

Lars Lilliehorn wischte die Reste eines Ahornblatts von seinem Mantel, bevor er den Eingang zur Kammakargatan 7 betrat. Im Aufzug zum zweiten Stock betrachtete er sich im Spiegel und korrigierte seine Frisur.

Auf der Eichentür war ein Messingschild mit einem Firmennamen angebracht: »Anwaltskanzlei Raab«. Er drückte auf die Klingel und rückte den Krawattenknoten zurecht.

Das Schloss klickte, und die Tür öffnete sich geräuschlos. Lilliehorn war früher bereits hier gewesen und bemerkte, dass die Frau hinter dem Schalter neu war. Ein blondes Nachwuchstalent.

»Lilliehorn. Ich habe einem Termin bei Herrn Raab.«

»Ja, Sie werden erwartet. Erst nach rechts und dann die letzte Tür.«

Der Flur war von geschlossenen Türen mit Scheiben aus Frostglas gesäumt. Die letzte Tür war nur angelehnt. Lilliehorn klopfte diskret, trat aber ein, ohne auf eine Aufforderung zu warten.

Ein korpulenter Mann im schwarzen Anzug, gemusterter Seidenkrawatte und blau gestreiftem Hemd saß hinter einem einfachen weißen Schreibtisch in einem schwarzen Bürostuhl mit hoher Rückenlehne.

»Na, da sind Sie ja, Lilliehorn. Nur hereinspaziert.«

Die kräftige Stimme des Mannes füllte den sparsam möblierten Raum, und ein Lächeln breitete sich in seinem rosigen Gesicht aus. Lars Lilliehorn ging auf ihn zu und gab ihm die Hand, während er sich ihm gegenüber in den Besucherstuhl setzte.

»Raab. Schön, Sie zu sehen. Wie geht es Ihnen?«

»Alles bestens, möchten Sie etwas trinken? Rauchen?«

Rechtsanwalt Raab sah ihn erwartungsvoll an.

»Nein, danke.«

Lilliehorn warf einen vielsagenden Blick auf die Armbanduhr. Es war erst kurz nach zehn am Vormittag.

»Wirklich nicht?«

Lars Lillieholm ignorierte Raabs Enttäuschung. Er ging vor wie immer und kam direkt zur Sache.

»Ich komme direkt aus der Kanzlei. Tammer ist raus.«

»Das ist schade, ist aber wohl unvermeidlich.«

Raabs Antwort überraschte Lars Lillieholm nicht. Er hatte geahnt, dass Raab es schon wusste. Vielleicht steckte er sogar selbst hinter dem Manöver. Aber die Konsequenzen waren nicht so leicht absehbar gewesen. Lars Lilliehorn überlegte, wie er weiter vorgehen sollte. In einem zurückhaltenderem Tonfall näherte er sich der eigentlichen Neuigkeit.

»Natürlich, aber der Ersatz scheint …«

»Ja? Jemand aus Ihren eigenen Kreisen, darf man vermuten? Die Sozialdemokratie hat in diesem Land viel bewirkt – ob es nützlich oder schädlich war, sei dahingestellt –, aber ihre Arbeit war zumindest vorhersagbar.«

Raab lachte gluckernd.

»Ich fürchte, dass es in diesem Fall nicht ganz so eindeutig ist.«

»Nein?«

»Unser lieber Koalitionspartner hat gerade Rückenwind. Und sie werden es nicht akzeptieren, ein weiteres Mal übergangen zu werden. Wichtige Posten sind allzu oft an die Sozis gegangen. Laut der letzten Meinungsumfrage liegen die Parteien mittlerweile fast gleichauf.«

Lilliehorn sah Raab an, dass ihn die Nachricht überraschte.

»Ich respektiere Ihre Analyse. Aber Ihnen ist hoffentlich

klar, wie unangemessen es wäre, eine Grüne zur Finanzministerin zu machen?«

Er spuckte das Wort »Grüne« geradezu aus.

»Ja, mich müssen Sie da nicht überzeugen. Aber – ob es jetzt angemessen ist oder nicht – es sind neue Zeiten angebrochen, Raab. Und ich gebe Ihnen nur weiter, was ich aufgeschnappt habe. Wir sollten auf der Hut sein. Diese Partei ist ein Risiko, ganz egal, wie man es betrachtet.«

Raab notierte etwas auf einem Stück Papier, schaute wieder zu Lilliehorn auf und massierte sich mit der Hand das Kinn.

»Dann wird es wohl diese junge Dame werden, oder?«

»Alles deutet auf Magnusson hin, richtig.«

»In dem Fall sollten wir unsere Beobachtung intensivieren. Ich setze die Technische Abteilung darauf an.«

Raab kritzelte noch ein paar Worte auf sein Papier.

Lars Lilliehorn blieb sitzen.

»War noch etwas?«

Raab schrieb weiter, ohne ihn anzusehen.

»Ich würde gerne wissen, wie es mit Panama aussieht und mit unseren … Finanzen?«

»Alles unter Kontrolle, Lilliehorn.«

Die Antwort kam mit einer Schärfe, die den deutlichen Hinweis enthielt, dass dieses Thema anderen Leuten vorbehalten war. Lilliehorn machte es wie immer. Er hörte zu, aber auf seine eigene Weise. Er konnte der Versuchung nicht widerstehen, das Gespräch fortzusetzen.

»Und unser wahrheitsliebender Freund im öffentlich-rechtlichen Rundfunk, ist der auch unter Kontrolle?«

Raab sah auf.

»Da haben wir den Deckel draufgemacht. Laut unserem Mann vor Ort verließ ein geknickter und abgewirtschafteter Reporter das Sendehaus. Für immer, darf man annehmen.«

»Wir hatten einen Mann vor Ort?«

»Ein Vertreter des MSB muss natürlich anwesend sein, wenn eine Gefahr für die Innere Sicherheit besteht.«

Raab lächelte flüchtig, und Lars Lilliehorn war erneut davon beeindruckt, welch weitverzweigtes Netzwerk diesem Mann, der ihm hier gegenübersaß, zur Verfügung stand. *Raabs Tentakel* war ein geflügeltes Wort in ihrem Kreis. Er vermutete, dass der MSB-Mann der Psychologischen Abteilung angehörte.

Er erwiderte das Lächeln und erprobte ein weiteres Mal Raabs Geduld.

»Skölds Theorien sind interessant …«

»Wir haben ihn unter Beobachtung. Unser Mann sagt allerdings, dass er ihn in Angst und Schrecken versetzt hat.«

»Tatsächlich? Journalisten sind normalerweise schwer zu erschrecken. Jedenfalls vor Publikum.«

»Vor dem richtigen Publikum kann man jeden in Schrecken versetzen. Vor allem dann, wenn man die Bedrohung der Inneren Sicherheit ins Spiel bringt.«

Raab gab erneut sein professionelles Lächeln zum Besten.

»Wie geht es in der Angelegenheit weiter?«

»Wir behalten ihn natürlich im Auge.«

»Wie gehen wir vor?«

»Standardverfahren.«

KAPITEL 19

»Es tut mir furchtbar leid, aber ich weiß nicht, was du von mir hören willst.«

Axel hing schlaff auf dem Sofa des Büros und sah mit apathischem Blick zu den kleinen Fenstern in Straßenhöhe hinauf, die Licht in ihr Kellerlokal ließen und einen Blick auf die Knie und Schuhe der Passanten gewährten. Stinas Stimme bebte vor Aufregung.

»Ich habe keine Ahnung, wie du ihnen eine ganze Sendung unterjubeln konntest.«

»Es war ganz einfach, sie kontrollieren die Audiodateien nicht, die wir ihnen schicken.«

Axels Stimme war mechanisch und eintönig.

»Ich meine nicht, wie du es praktisch gemacht hast, das kann ich mir selber denken.«

Stina setzte sich in einen der Sessel auf der anderen Seite des Couchtisches. Sie sah ihn an. Das Mitleid in ihrem Blick quälte ihn.

»Aber es ist eine Sache, irgendetwas in den Äther zu schmuggeln, vorbei an den Kontrollen des Schwedischen Rundfunks, aber dann wird es auch gesendet? Dann hören es alle. Und du wirst natürlich erwischt.«

»Offensichtlich.«

Er drehte sich auf den Rücken und starrte an die Decke.

»Und darüber hast du nicht nachgedacht?«

Es wurde still. Er wusste nicht, wie er es erklären sollte. Das Gefühl, auf einer Sensation zu sitzen und nicht darüber berichten zu dürfen, hatte ihn von innen heraus aufgefressen. Sein Plan war gewesen, die Information herauszubringen, damit alle begreifen würden, dass es reines Dynamit war. Dann wäre der Schwedische Rundfunk gezwungen gewesen, ihm den Rücken zu stärken.

Es war aber nicht so gelaufen, wie er es sich vorgestellt hatte. Ganz im Gegenteil.

»Ich wollte die Story einfach rausbringen. Ich weiß, dass sie wahr ist.«

Ihm war klar, dass er wie ein bockiger Dreijähriger klang, und er bewunderte Stina für ihre Geduld. Sie müsste ihn eigentlich ausschimpfen, tat aber alles, um ihn aufzufangen. Wenn das alles vorbei war, würde er sich bei ihr bedanken. In einer Million Jahren.

»Du weißt, wie ich darüber denke, das habe ich dir schon gesagt, als ich es zum ersten Mal gehört habe. Du brauchst eine …«

»… zweite Quelle. Ja, das sagst du immer, aber die Bilder bestätigen doch alles. Weißt du, wie schwer es ist, überhaupt irgendjemanden bei so einer Geschichte zum Reden zu bringen? Watergate, IB, Bofors … Die Leute schweigen wie eine Wand. Niemand hat etwas davon, wenn er den Mund aufmacht, es können alle nur verlieren.«

»Bei all diesen Geschichten gab es aber am Ende immer eine Person, die ausgesagt hat.«

Er sah sie an. Gequält.

»Aber ich hatte doch mich. Meine Bilder. Den Bildbeweis.«

Sie sah auf sein Handy. Es war auf lautlos gestellt. Rote Ziffern zeigten die Anzahl der Twitter- und Instagram-Meldungen an. Sie waren mittlerweile dreistellig.

»Wie reagieren denn die Hörer in den sozialen Medien?«

»Äh, die regen sich vor allem darüber auf, dass der Sender das Feature aus dem Internet genommen hat. Die Bilder scheinen irgendwie alle vergessen zu haben. So ist es immer in den sozialen Medien, alle bleiben in den falschen Debatten hängen.«

»Kannst du nicht reingehen und sie auf die richtige Spur bringen?«

»Nein, dann muss ich mich nur mit jeder Menge Fragen herumschlagen, wie es ist, rausgeworfen worden zu sein, ob ich denke, dass sie beim Rundfunk etwas vertuschen wollen, oder was ich von Chemtrails halte … Ein Typ fragte ernsthaft an, ob wir ein Feature darüber produzieren wollten, dass das World Trade Center von orthodoxen Juden gesprengt worden sei. Als ich ihn bat, damit aufzuhören, antwortete er, dass ich dankbar sein sollte, dass er mir einen Job anbietet, wenn sonst niemand mehr mit mir zu tun haben wollte.«

Stina stand auf. Sie war gereizt und nervös. Er hatte einen wunden Punkt berührt.

»Ich weiß, was du denkst. Die Miete für das Büro bezahlt sich nicht von selbst.«

»Entschuldige, Axel, ich weiß, dass es dir gerade schlecht geht. Aber den Mist hast du dir wirklich selbst eingebrockt. Und ich bekomme auch Schwierigkeiten, denn alleine kann ich mir diesen Raum nicht leisten. Und David …«

Sie verstummte. Er wusste, dass sie es hasste, David als Argument zu verwenden, besonders ihm gegenüber, der als einer der wenigen wusste, was David und sie jeden Tag bewältigen mussten.

»Es wird sich eine Lösung finden.«

Axel setzte sich auf und sah sie mit geröteten Augen an.

»Ich habe noch Geld für zwei Monatsmieten. Ich überweise es dir. Irgendjemand wird mir doch einen Job geben, oder?«

»Natürlich. Die Leute wissen doch, was du kannst. Ich verstehe allerdings nicht, wie du dieses Entschuldigungspapier unterschreiben konntest? Von so etwas habe ich noch nie gehört.«

»Du hättest dabei sein sollen. Ich musste einfach tun, was sie sagten. Und dieser Mann vom MSB war wirklich durchgeknallt.«

»MSB? Der Zivilschutz hat einen Vertreter zu dem Treffen geschickt?«

Stinas Stimme wurde mit jedem Wort lauter.

»Er hat sich nicht vorgestellt, ich habe es erst danach von Åsa Rakell erfahren. Das Radio arbeitet in kritischen Situationen mit dem MSB zusammen. Für den Fall eines Kriegs oder so. Das hat irgendwas mit dem Paragrafen 24 im Rundfunkgesetz zu tun. Ein äußerst unangenehmer Zeitgenosse, der behauptete, dass ich Sabotage und Landesverrat begangen hätte.«

Stina schien ihren Ohren nicht zu trauen.

»Was ist denn das für ein dummes Gewäsch? Okay, du hast Sachen im Radio gesendet, die du nicht senden solltest, aber warum muss man da so auf die Kacke hauen?«

Axel musste grinsen.

»Was?«

Stina verlor den Faden.

»Ich liebe es, wenn du solche Kraftausdrücke verwendest.«

»Ach, halt die Klappe. Oder die Schnauze, wenn du das lieber hörst.«

Die Stimmung entspannte sich, als sie einander anlächelten. Aber das Vergnügen dauerte nur kurz. Axels Handy leuchtete auf. Eine unterdrückte Nummer. Er seufzte, entschied sich dann aber dafür, das Gespräch anzunehmen.

»Axel? Hallo, hier ist Billy Fransson, *Nyheter 48*. Ich würde gerne einen Kommentar dazu haben, dass der Schwedische Rundfunk entschieden hat, den Zugriff auf dein Feature zu unterbinden.«

»Das fühlt sich nicht besonders gut an, wie du dir sicher vorstellen kannst, aber mehr kann ich dazu nicht sagen. Was sagst du zu den Bildern, meinst du, es ist derselbe Mann?«

»Darüber macht eine Kollegin von mir eine Story.«

»Wollt ihr irgendwelche Kommentare von mir haben?«

»Zu den Bildern?«

Es wurde still. Dann meldete sich der Reporter wieder.

»Die Entscheidung überlasse ich meiner Kollegin. Wir haben ja deine Nummer. Vielen Dank.«

Es klickte.

Stina hatte das ganze Gespräch gehört. Sie brauchte nichts zu sagen. Beide wussten, dass niemand anrufen würde. Axels Theorie war mausetot. Kein Reporter würde sie auch nur mit der Kneifzange anfassen, aus lauter Angst, sich mit der Aluhut-Seuche anzustecken.

Axel seufzte und sah Stina an.

»Du, das wächst mir ein wenig über den Kopf. Kommt ihr ein paar Tage alleine klar, David und du?«

»Wie meinst du das? Wir sind doch nicht verheiratet?«

Stina ließ ein kurzes, hohles Lachen hören.

»Nein, aber ich muss weg, und dann kann ich dir nicht helfen, wenn du mal Ruhe brauchst.«

Stina ging mit einer ernsten Furche zwischen den Augenbrauen auf ihn zu.

»David und ich kommen auch allein zurecht. David liebt es, mit dir zusammen zu sein. Das weißt du. Aber das betrachten wir nicht als selbstverständlich, und wir rechnen auch nicht damit. Tu, was du tun musst. Jetzt bin ich dran, dir zu helfen.«

Sie umarmten einander.

»Danke, Stina. Du bist großartig.«

Er nahm seine Tasche und die Jacke und ging zur Tür.

»Wohin willst du?«

»Weg.«

*

Der Mietwagen war ein kleiner Picanto, der schepperte, wenn Axel mehr als hundertdreißig fuhr. Aber er war billig und konnte an der Tankstelle zurückgegeben werden, die an seinem Ziel lag. Statt die Geschwindigkeit zu senken, drehte er das Radio lauter.

Er hatte P1 eingestellt, und im *Eko-Journal* ging es um die neuesten Entwicklungen rund um Finanzminister Sven-Åke Tammer. Im Studio spekulierte man darüber, ob Tammer eine politische Auszeit nehmen sollte.

Axel lachte bitter.

»Aber das Gehalt behält er.«

Wenn er alleine im Auto saß, sprach er immer mit sich selbst. Er wechselte den Kanal. An den Schwedischen Rundfunk erinnert zu werden, tat ihm weh. Aber auch bei den Werbefinanzierten gab es Nachrichten.

»Und jetzt zu den aufsehenerregenden Vorgängen beim Schwedischen Rundfunk, dem vorgeworfen wird, neue Erkenntnisse zum Palme-Mord zu vertuschen. Das *Aftonbladet* geht am weitesten und benutzt in einem Kommentar das Wort »Revisionismus«. Wir sind mit dem Nachrichtenchef des Schwedischen Rundfunks, Bertil Ingvar, verbunden. Was sagen Sie zu dem Vorwurf, dass Sie bewusst einen Teil der Wahrheit über den Palme-Mord zurückhalten?«

»Das ist ein haltloser Vorwurf. Wir haben eine Produktion aus dem Angebot genommen, in der ein einzelner Journalist unsere Anstalt und damit auch unsere Hörer getäuscht hat.«

»Aber wäre es nicht wichtig gewesen, diese Geschichte zu erzählen?«

»Wenn sie der Wahrheit entsprochen hätte, dann hätte sich die Situation ganz anders dargestellt, aber in dieser Form ist das völlig unsachlich.«

»Mit anderen Worten, die Geschichte ist so nicht korrekt?«

»So könnte man es auch ausdrücken.«

Axel hämmerte die Faust ins Autoradio und brachte es zum Verstummen. Das Scheppern eines Autos war ein unterschätztes Geräusch. Alles, was nicht Radio war, war ihm willkommen. Er ließ Södertälje hinter sich und fuhr die E4 weiter nach Süden. Er jagte die Geschwindigkeit auf hundertvierzig hoch.

KAPITEL 20

Punkt dreizehn Uhr öffnete Sven-Åke Tammer die Tür hinter dem Podium und betrat den voll besetzten Presseraum in Rosenbad. Er gab sich Mühe, unbeschwert zu wirken, und wartete darauf, dass Lars Lilliehorn die Veranstaltung eröffnete, aber der Pressereferent ließ sich Zeit. Dies war nicht der Zeitpunkt, ihn einfach hängen zu lassen. Er nahm sich vor, anschließend mit Lilliehorn darüber zu sprechen.

Das Herumfummeln des Pressereferenten am Mikrofon auf dem Podium blieb bei den Journalisten nicht unbemerkt. Einige von ihnen machten sich Notizen, Blitzlichter leuchteten auf. Einige tippten frenetisch auf ihren Notebooks herum. Man konnte der Pressekonferenz in den Live-Chats aller großen Zeitungen folgen. Tammer knirschte mit den Zähnen, hielt die Fassade aber aufrecht. Hoffte er zumindest.

Endlich begann Lilliehorn mit seinen einleitenden Worten.

»Willkommen zu unserer Pressekonferenz. Ganz offensichtlich sind Sie sehr zahlreich erschienen, und es ist ziemlich warm in diesem Raum. Also halten wir dieses Treffen kurz. Es wird heute nicht die Möglichkeit geben, persönliche Interviews mit dem Finanzminister zu führen …«

Die Enttäuschung war greifbar. Ein Journalist rief »Was soll das?« in den Saal.

Lars Lilliehorn fuhr fort. Seine Stimme hatte jetzt einen leicht beleidigten Unterton.

»Es gibt allerdings die Möglichkeit, Finanzminister Sven-Åke Tammer im Anschluss an seine Ausführungen noch Fragen zu stellen.«

Jetzt sahen die Journalisten wieder etwas zufriedener aus. Tammer wusste, dass es so nicht bleiben würde. Lilliehorn fuhr fort.

»Die Zeit dafür wird allerdings auf maximal fünf Minuten beschränkt.«

Das enttäuschte Gemurmel kehrte zurück. Lars Lilliehorn ging einen Schritt zur Seite. Tammer erwartete einen entschuldigenden Blick für seine missglückte Einleitung, aber Lilliehorn sah in eine andere Richtung.

Sven-Åke Tammer versuchte sich an seinem einst so gewinnenden Lächeln, aber in den letzten Wochen hatte sich seine Gesichtsmuskulatur verändert. Es wollte nicht mehr funktionieren. Er war verdammt müde. Panama Papers. Steuerhinterziehung. Verrat. An der Partei. Am Land. An seinem Ministerpräsidenten. Harte Worte waren gefallen. Jetzt war es seine Aufgabe, das Steuer herumzureißen. Er zweifelte.

»Herzlich willkommen, meine Damen und Herren.«

Er räusperte sich. Begann erneut.

»Nach der turbulenten Berichterstattung über meine privaten Vermögensverhältnisse in den letzten Tagen haben wir in der Sozialdemokratischen Arbeiterpartei beschlossen, dass ich mit unmittelbarer Wirkung meine Ämter ruhen lasse.«

Ein weiteres Blitzlichtgewitter brach aus, aber die Journalisten hielten sich noch zurück. Tammer fuhr tapfer fort.

»In der Partei werden wir gemeinsam analysieren, was geschehen ist, um bis ins Detail darüber Bericht erstatten zu können, welche dieser Vermögensbestandteile möglicherweise nachzuversteuern sind.«

Er schaute grimmig in die Versammlung. Diese Leute waren nicht seine Wähler. Für sie hatte er nicht so hart gearbeitet. Sie ernährten sich davon, schwarz-weiße Geschichten zu malen, die sie einem glücklich ahnungslosen Volk als Wahrheit vermarkteten. Während all seiner Jahre als Politiker hatte es nicht mehr als eine Handvoll Journalisten gegeben, auf die er sich verlassen konnte. Zum Glück befanden sich zwei von ihnen im Saal. Der Rest war ein Krebs, der das Land von innen verzehrte. Sein Land. Ein starker Abscheu erfasste ihn, den er mit aller Kraft zu beherrschen versuchte.

»Sollte sich herausstellen, dass meine Steuererklärung nicht vollständig war, werde ich das natürlich korrigieren. Bis zum Ende dieser Untersuchungen nehme ich eine Auszeit von allen meinen politischen Ämtern.«

Er legte eine Pause ein. Im Grunde war er damit am Ende seiner Ausführungen. Er hatte sich mit Lars Lilliehorn darauf geeinigt, es kurz zu halten. Je weniger gesagt wurde, desto geringer war der Schaden für die Partei. Aber es gab noch etwas, das er loswerden wollte. So wichtig die Partei auch sein mochte, hier ging es um etwas noch Wertvolleres. Sven-Åke Tammers Ehre.

»Es sind Informationen in Umlauf gebracht worden, die meine Eignung für das Amt des Finanzministers betreffen. Es wurde behauptet, dass ich ein Risiko für die Innere Sicherheit darstelle. Dass ich so unvorsichtig gehandelt hätte, dass ausländische Mächte mich als geeignetes Objekt für Erpressungsversuche betrachten könnten.«

Er klammerte sich mit seinen großen Händen an den Rändern des Rednerpults fest. Seine Knöchel wurden weiß, als er sich nach vorn beugte.

»Ich werde mich niemals damit abfinden, dass meine Liebe zu unserem Vaterland infrage gestellt wird. Alles, was ich getan habe, ganz gleich, ob es privat oder dienstlich war, habe ich voller Liebe und Fürsorge zu unserem Schweden getan. Das wissen alle, die mich kennen und die sich aufrichtig für mein Handeln als schwedischer Finanzminister interessieren.«

Unter den Zuhörern wurde es mucksmäuschenstill.

Sven-Åke Tammer richtete sich wieder auf und beendete

seine Ansprache auf eine Art, die an einen Vater erinnern sollte, der seinem Sohn eine Rüge erteilte und ihm trotzdem zeigte, wie sehr er ihn liebte.

»Ich hoffe, dass wir damit das letzte Mal über dieses Thema gesprochen haben.«

Lars Lilliehorn trat vor, um den Journalisten das Wort zu erteilen. Tammer versuchte, aus dessen Gesicht abzulesen, wie ihm seine Improvisation gefallen hatte. Die erste Frage machte ihm sofort klar, dass er sich geirrt hatte. Das Pressekorps hatte nicht das geringste Interesse, dieses Thema fallen zu lassen, ganz egal, wie groß seine Liebe zum Vaterland war.

»Ich dachte, es ist bereits geklärt, dass der Finanzminister ein Konto in Panama hatte?«

Die Frage kam von einem erfahrenen Reporter der Tageszeitung *Dagens Nyheter*. Sven-Åke Tammer lächelte besänftigend, bevor er antwortete.

»Wir wollen den Untersuchungen in diesem Punkt nicht vorgreifen. Ich kann allerdings sagen, dass die Informationen, die hierzu in den Medien kursieren, nicht mit der Auffassung der Finanzbehörden hinsichtlich meiner Vermögensverhältnisse übereinstimmen.«

Stina Forss, diese grässliche Reporterin vom *Eko-Journal*, hob die Hand. Wie vorher besprochen, ignorierte Lars Lillieholm sie und übergab das Wort stattdessen an Sven Claesson vom *Expressen*.

»Sie haben in Ihrem Interview mit dem Schwedischen Rundfunk im Prinzip ja selbst bereits zugegeben, dass Sie 3,4 Millionen Kronen nicht versteuert haben. Von diesem Geld weiß das Finanzamt ja nichts. Das ist ja genau der Grund, warum man ein Konto in Panama hat, oder etwa nicht?«

Sven Claesson hatte offensichtlich das sinkende Schiff verlassen, und Sven-Åke Tammer begriff, dass alles verloren war. Er musste schlucken.

»Die Äußerungen, die ich in dem … sogenannten Interview mit einer Vertreterin des Rundfunks … gemacht habe, geschahen im Affekt und sind ebenfalls noch Gegenstand der Untersuchung. Die Umstände, unter denen das Interview geführt wurde, haben dazu geführt, dass gewisse Details möglicherweise nicht ganz korrekt waren.«

Schweißtropfen bildeten sich auf Sven-Åke Tammers Stirn, und er versuchte, sie diskret wegzuwischen. Natürlich blitzten sofort sämtliche Kameras auf.

Stina Forss fuchtelte auf ihrem Platz in der ersten Reihe mit dem Arm und wurde weiter ignoriert. Aber Sven Claesson gab nicht nach.

»Entschuldigen Sie, aber da kann ich nicht folgen. Sie begannen Ihre Ausführungen mit der Mitteilung, dass Sie aufgrund der turbulenten Berichterstattung eine Auszeit nehmen. Ist das korrekt?«

Der Finanzminister begnügte sich mit einem Nicken.

»Und jetzt sagen Sie, dass Sie nur deswegen eingeräumt hätten, 3,4 Millionen Kronen nicht versteuert zu haben, weil Stina Forss vom Schwedischen Rundfunk Sie mit ihren Fragen aus dem Konzept gebracht hat?«

Ein schwächeres Nicken.

»Wenn ich Sie also richtig verstehe – und korrigieren Sie mich bitte, wenn ich mich irre –, dann sind Sie der Meinung, dass alles nur ein Fehler der Medien ist? Dass Sie Ihr privates Millionenvermögen vor den eigenen Wählern verheimlicht haben … ist ein Fehler der *Medien*?«

Sven-Åke Tammer krallte sich erneut an die Kanten des Rednerpults. Dieses Mal, um den Schwindel in Schach zu halten. Dass eine Person, die so viel von ihm bekommen hatte, so viele Insiderinformationen, so viele Schlagzeilen und Enthüllungen, ihn in eine solche Position brachte, war eine verdammte Unverschämtheit. Er wurde verraten, auf offener

Bühne. Das sollte ihn eigentlich wütend machen. Aber Sven-Åke Tammer war nur noch müde.

»Wir haben, wie gesagt, eine Untersuchung eingeleitet, die sich mit diesen Fragen beschäftigt. Deshalb nehme ich von weiteren Kommentaren Abstand.«

Lars Lilliehorn übernahm das Wort und erklärte die Pressekonferenz für beendet. Sven-Åke Tammer wusste, dass sie nicht schlimmer hätte laufen können. Er hatte alle Anfängerfehler gemacht, die man machen konnte. Er war arrogant aufgetreten, hatte anderen die Schuld gegeben, hatte sich vor dem gesamten Pressekorps des Landes nicht nur als Schulmeister aufgespielt, sondern es auch noch abgekanzelt. Darüber hinaus hatte er versucht, sich aus einer Tatsache herauszuwinden, die er vorher mehr oder weniger selbst zugegeben hatte. Als er Lars Lilliehorn aus dem Pressesaal folgte, hatte er das Gefühl, dass er diesen Raum zum letzten Mal als Finanzminister verließ.

*

»Danke, dass du die Fragen übernommen hast.«

Stina Forss lächelte einen grinsenden Sven Claesson an.

»Keine Ursache. Immerhin stehen wir ja auf derselben Seite.«

Ihr Lächeln erstarrte ein wenig, und sie hoffte, dass er es nicht bemerkte.

»Außerdem waren es gute Fragen. Du hast ein verdammt feines Gespür dafür. Woher wusstest du, dass er diese Linie fahren würde?«

Stina genoss es, dass Sven Claesson, der egomanische Boulevardreporter, ihr die Credits gab, aber eigentlich war es ihr Chef, Urban Ringstam, gewesen, der die entscheidende Analyse durchgeführt hatte. Als er ihr vorschlug, die Fragen aufzuschreiben, auf die sie eine Antwort haben wollte, um sie jemandem zu geben, der sie stellen durfte, antwortete sie, dass sein Plan »ebenso einfach wie genial« sei. Aber Sven Claesson? Sie hatte Urban erst für verrückt gehalten. Das Argument, dass Sven Claesson Schwedens größter Wendehals sei, hatte sie schließlich überzeugt.

Deswegen erlaubte sich Stina Forss jetzt, den Siegeslorbeer mit Sven Claesson zu teilen, einem Mann, den sie für seinen tendenziösen Stil und seine dürftige Moral verachtete, der sich aber heute, das musste sie zugeben, einwandfrei verhalten hatte.

Auf dem Fußweg zurück ins Büro schaltete Stina die Radio-App auf dem Handy ein. Das Wetter war am Vormittag windig und wolkenverhangen gewesen, aber jetzt kam die Sonne durch, und ihre Laune war prächtig. An manchen Tagen musste man einfach spazieren gehen.

Sie durchquerte Gamla Stan, während sie dem *Eko-Journal* lauschte, das wegen der Pressekonferenz des Finanzministers verlängert worden war.

»... was sagen Sie als innenpolitischer Kommentator zu der Pressekonferenz, die Finanzminister Sven-Åke Tammer heute gegeben hat?«
»Der Finanzminister steht gehörig unter Druck, das konnten bestimmt alle Anwesenden unterschreiben.«
»Wird er im Amt bleiben?«
»Ich lehne mich mal aus dem Fenster und antworte mit nein. Damit bekommen die Grünen als Koalitionspartner eine Möglichkeit. Die letzten Meinungsumfragen zeigen, dass die Grünen einen historisch hohen Zuspruch von 23,1 Prozent erhalten, und damit sind sie im Prinzip genauso stark wie die Sozialdemokraten. Wenn jetzt ein wichtiger Posten wie der des Finanzministers frei wird, wird man sich nicht damit abfinden, erneut übergangen zu werden.«

»In diesem Zusammenhang ist der Name Lova Magnusson gefallen. Das *Eko-Journal* hat sich für ein längeres Interview mit ihr getroffen …«

Stina schaltete die Sendung aus. Sie wusste, was Lova Magnusson gesagt hatte, sie selbst hatte das Interview geführt. Die Ruhe und die Reife der jungen Grünen hatten sie beeindruckt. Außerdem sah sie verdammt gut aus. Und benutzte Worte wie »alldieweil«. Stina Forss musste lächeln. Urban Ringstam hatte vielleicht recht, wenn er vermutete, dass Lova Magnusson »sehr weit kommen« konnte.

KAPITEL 21

In einem dunklen Bootshaus in der Nähe von Gunnebo im nördlichen Småland tastete Axel Sköld nach dem Schlüssel und versuchte, nicht in Metaphern zu denken. Viele der kritischen Texte zu seinem Feature hatten den Begriff »im Dunkeln tappen« in einem sehr negativen Zusammenhang verwendet.

Schließlich erspürte er die wohlbekannte Form des Schlüssels, mit dem man den Schrank öffnen konnte, in dem der Benzinkanister stand. Die Abmachung mit Öster, dem das Bootshaus gehörte, lautete seit fünfundzwanzig Jahren gleich. *Überdachter Liegeplatz in einem Bootshaus – zweihundertfünfzig Kronen pro Jahr, fällig zum ersten Juli eines jeden Jahres.* Axel hatte den Vertrag seines Vaters übernommen, nachdem dieser vor fast fünf Jahren gestorben war. Er stellte den Benzinkanister und seine Tasche in das kleine Boot – das Buster Mini hatte die Familie im Jahr 1983 gekauft, noch bevor Axel geboren war.

Er holte die Tüten aus dem Lebensmittelgeschäft und verstaute sie ganz vorn. Der neu angeschaffte Yamaha-Motor mit fünfzehn PS startete beim ersten Anreißen. Axel spürte, wie sich Ruhe in seinem Körper ausbreitete. Endlich funktionierte alles wieder. Der Mietwagen war an der Tankstelle abgegeben, der Mann an der Fleischtheke im kleinen Laden von Gunnebo war auf eine Weise nett gewesen, die er in Stockholm nie erlebt hatte, und jetzt tuckerte der Motor angenehm gleichmäßig im Leerlauf. Er zog sich eine Rettungsweste über die Jacke und machte los. Sanft glitt das Boot durch den tiefen Verkebäcksviken.

Die Fischerhütte war auf einer Insel draußen in Sankt-Anna-Schären gebaut worden, als das vorige Jahrhundert noch jung war. Sein Vater hatte die Hütte geerbt und ausgebaut. Jetzt war sie ein winterfestes Wochenendhaus, dessen Kühlschrank mit Solarzellen betrieben wurde. Vor fünf Jahren war ein neuer Handymast auf dem Festland errichtet worden, sodass man mittlerweile 4G in vollem Umfang genießen konnte. Es gab alles, was ein moderner Mensch benötigte. Was Axel allerdings lockte, war das, was ein unmoderner Mensch benötigte. Stille und Zeit.

Er drehte den Gasgriff auf, und der Motor antwortete mit einem schönen Knurren. Das Boot beschleunigte, legte sich in die Waagerechte und rauschte an den Nadelwäldern vorbei, die sich im Wasser spiegelten. Weiter draußen öffnete sich die Bucht, und Axel konzentrierte sich darauf, die Seezeichen auszumachen. Als er an Grytskär vorbeikam, schaute er zur Spitze der Fichte hinauf, wie er es schon gemacht hatte, als er drei Jahre alt war. Als er sah, wie ein Seeadler oben im Horst seine Schwingen ausbreitete, war er selbst verblüfft, wie froh es ihn machte. Er war nicht komplett am Boden zerstört. Er hielt auf den Schilfkanal zu, über den man den Steg und die Fischerhütte erreichte. Vielleicht waren ein paar Tage in der Stille genau das, was er brauchte.

*

Fünfundfünfzig Minuten, nachdem Axel Sköld die Brücke in Gunnebo verlassen und sich auf See begeben hatte, parkte Ioan seinen dunkelblauen Volvo V70 auf dem Kies vor Östers Bootshaus. Er ließ das Fenster auf der Beifahrerseite herunter und starrte auf den Platz, an dem Axel Skölds Buster gelegen hatte.

Ioan öffnete die Tür und stieg aus. Er blieb allerdings beim

Auto stehen, lehnte sich mit dem Rücken gegen die Tür und zündete sich eine Zigarette an. Er blinzelte in die Sonne und sog die ersten Züge ein. Holte sein Handy heraus, schrieb ein paar Zeilen, zog erneut an seiner Zigarette und genoss die Stille. Der Rauch störte niemanden. Er war allein, hier unten war die Küste verlassen. Verlassen war gut. Bootsunfälle mit einsamen Männern ohne Rettungsweste kamen hier wahrscheinlich häufiger vor, als man dachte? Das Handy piepte. Er las die Antwort auf seine SMS und stellte fest, dass ihn der Befehl gleichgültig ließ. Leben oder Tod spielten keine Rolle für ihn.

*

Die Fischerhütte war klein, knapp fünfzehn Quadratmeter, und Axel musste den Holzofen anfeuern, um es hier warm zu haben. Der Herbst hatte früh in die Sankt-Anna-Schären Einzug gehalten, und die Feuchtigkeit, die von der Ostsee hereinzog, tat ihr Übriges. Bald knisterte ein Feuer in dem kleinen Herd und verbreitete in gleichem Maße Wärme und Gemütlichkeit.

Axel hockte vor der offenen Ofentür und starrte in die Flammen. Abgesehen vom Knistern der Flammen war der Abend still. Der Stress fiel mit jedem Atemzug weiter von ihm ab. Zum ersten Mal seit vielen Monaten verspürte er nicht das Bedürfnis, nach dem Handy zu greifen.

Mit Aussicht auf die innere und die äußere Fahrrinne aß er Köttbullar, die er auf dem Herd gebraten hatte. Er trank sogar ein Leichtbier. Sowohl sein Großvater als auch sein Vater hatten gewöhnlich auf diesem Platz gesessen und diese Art von Bier getrunken. Ein helles Spendrups, das ihm mittlerweile tatsächlich schmeckte.

Die Einsamkeit versetzte ihn in eine tiefere Art der Melancholie. Wenn Axel sich in Stockholm befand, gab es so viel in seinem Leben, das nichts mit der Familie zu tun hatte. Aber die Fischerhütte war voller Erinnerungen, ganz egal wohin er sah oder ging. Wenn der Boden vor dem Herd knackte, erkannte er das Geräusch von damals wieder, als sein Vater in den Sommermonaten früh aufgestanden war, um anzuheizen und das Frühstück zuzubereiten. Die Taschenlampe, die sein Vater auf seiner einzigen Reise nach Amerika gekauft hatte, stand an ihrem Platz auf dem Fensterbrett links von der Tür. Eine »echte Maglite«, eine Lampe, wie sie »die Polizisten im Film« haben. Sein Großvater war niemals weiter gereist als bis zum Aquädukt in Håverud und hatte sich daher im spöttischen Ton danach erkundigt, bei welcher Gelegenheit sie auf dieser abgelegenen Insel eine solch teure Taschenlampe bräuchten? Axel sah immer noch das Lächeln in den Augen seines Vaters, als er antwortete, dass es wie gemacht sei für nächtliche Besuche auf dem Klohäuschen. Er konnte noch die Stimme seines Vaters hören, als er seine Bemerkung mit den Worten beendete, die später zu einem festen Ausdruck wurden, den sie immer wieder benutzten: »Betrachte es als einen Luxus, *den man sich in der Not gönnen kann.*«

Die Sonne verschwand hinter den Fichtenspitzen auf dem Festland. Das Wasser bewegte sich langsam und schläfrig. *Die See.* Alle, die er kannte, nannten sie so. Die Ostsee war laut Definition ein Binnenmeer, aber zu sagen, dass man aufs Meer fuhr, sorgte bei allen, die auf den Schären lebten oder sich oft zwischen ihnen bewegten, für nichts als Belustigung. Man stach in See. Man fuhr nicht. Und man sprach immer darüber, wie die See war. Ruhig. Kabbelig. Schwer. Gefroren. Oder was die See gab. Hering. Dorsch. Flunder. Aal. Hier draußen war die See immer gegenwärtig. Aber für Axel, der hier nicht lebte und nur die kindlichen Erinnerungen an die Wellen, das Baden und die Angeltouren hatte, war die See vor allem etwas, auf das er den Blick heften konnte. Von dem er träumen konnte.

Axel trank trübsinnig von seinem Bier. So, wie sich die Dinge entwickelt hatten, gab es nicht mehr viel zu träumen.

Rebecca. Er gestattete sich, diesen Ort im Herzen zu öffnen, den er so sorgfältig verschlossen hatte. Als er die Fischerhütte das letzte Mal besucht hatte, war sie dabei gewesen. Sie hatten gebadet und sich anschließend ohne Handtücher von der Sonne trocknen lassen. Vielleicht hatte es da bereits einen Riss gegeben. Hatte er nur so getan, als wäre alles wie üblich zwischen ihnen gewesen? Und dann die große Angst. Stimmte es, was sie in dem Brief geschrieben hatte? Dass er nur Gefühle zeigte, wenn es um seine Arbeit ging? Gehörte er deshalb zu denjenigen, die immer verlassen wurden?

Mit dem letzten Schluck Bier schloss er die Tür zu diesem Ort in seinem Herzen wieder. Mit dieser Art von Gedanken wollte er, konnte er sich jetzt nicht auseinandersetzen.

Den restlichen Abend widmete er dem Abwasch, einem Kaffee und einem kleinen Whisky. Die Herbstkälte machte sich bemerkbar, und er verfluchte sich selbst, weil er vergessen hatte, Gasflaschen für den Gaskamin zu kaufen. Es würde eine kalte Nacht werden. Er nahm sich vor, außerdem dieses Gerät zu installieren, mit dem er den Kamin über eine App fernsteuern konnte. Nächstes Mal würde er in einer vorgeheizten Fischerhütte eintreffen.

Er las ein paar Zeilen in einem Krimi, den er gekauft hatte, schlief aber nach dem ersten Kapitel ein und war bereits vor halb zehn im Tiefschlaf versunken.

KAPITEL 22

Jeder Augenblick in seinem Traum war kristallklar. Axels Träume waren normalerweise in einem Schimmer oder einem Dunst versunken und machten unerwartete Sprünge durch Zeit und Raum. Aber dieser Traum, den er schon viele Male zuvor gehabt hatte, war ganz anders. Es war eine einzige zusammenhängende Frequenz.

Fünfzehn Jahre alt. Mit Krücken. Mittsommer noch zwei Wochen entfernt, und das Schlafzimmer wurde von Sonnenlicht überflutet, das die Staubkörner zum Tanzen brachte. Im Bett seine Mutter. Das Nachthemd verschwitzt. Den Blick auf ihn gerichtet. Das Unbehagen wuchs. Es war das erste Mal, dass er seine Mutter ängstlich erlebte.

»Ich möchte, dass du fährst.«

Axel umarmte sie. Sie war kleiner. Der Körper so dünn.

»Der Bus kommt bald. Es dauert so lange mit den Krücken.«

Er verließ das Schlafzimmer, ging durch den oberen Flur und die halbe Treppe hinunter, als sie ihn zurückrief.

»Ax-EL!«

Er bekam Angst, ärgerte sich aber auch. Er hatte es doch eilig, weil er den Bus noch erreichen wollte. Auf der Treppe waren die Krücken eine echte Qual. Aber ihre Stimme. Er machte kehrt und mühte sich wieder nach oben, sie rief noch einmal, bevor er das Bett erreichte.

»Mama, was ist denn los?«

»Ich wollte mich nur … noch einmal verabschieden.«

Er schloss die Augen. Wollte ihre Jämmerlichkeit nicht sehen.

Die Haut war seltsam gelb.

Axel wachte mit einem Ruck auf. Sein Körper war verschwitzt und das Laken feucht. Er hatte diesen Traum seit bestimmt fünf Jahren nicht mehr gehabt, trotzdem war alles genau wie früher. Der verzweifelte Klang von Mamas Stimme. Die gelbe Haut, die ihm aufgefallen war, deren Bedeutung er aber nicht verstanden hatte.

Er drehte sich auf den Rücken, schloss die Augen und versuchte gleichmäßig zu atmen. Sein Herz raste, und Gedanken wirbelten durch den Kopf. Er setzte sich auf und taumelte auf wackeligen Beinen durch die Tür und hinunter zum Steg. Es war halb zwei und stockfinster. Er stand an der engen, verschilften Bucht, die einen natürlichen Hafen bildete und an der das Fischerhaus errichtet worden war, und ahnte das Wasser mehr, als er es sah. Nachdem sich seine Augen an die Dunkelheit gewöhnt hatten, sah er kleine Strudel an der Wasseroberfläche. Irgendetwas klingelte ganz hinten in Axels strapaziertem Bewusstsein. Die Strudel erinnerten ihn an etwas. Aber woran? Er schüttelte den Kopf, verärgert über den Traum, die Strudel, überhaupt den ganzen Mist.

Er begann zu zittern. Er war ganz verschwitzt und nur in Unterhosen nach draußen gelaufen, die feuchte Herbstnacht hatte ihn wirklich effektiv abgekühlt. Er verließ den Steg und kroch wieder ins Bett. Während er einzuschlafen versuchte, fiel sein Blick auf ein seltsames kleines Ding, das in einem der Bücherregale in der kleinen Hütte stand.

Es war eine Schatulle, knapp zwanzig Zentimeter breit in der Form von sieben nebeneinanderstehenden Büchern. Darin befand sich ein Geheimfach, ein versteckter Aufbewahrungsort für Schmuckstücke. Die Buchrücken hatten keine Beschriftung, abgesehen vom mittleren, auf dem ein merkwürdiges eingeprägtes Symbol zu sehen war. Es sah aus wie ein O, aber die rechte Seite war senkrecht und wurde in der

Mitte von einem kurzen waagerechten Strich gekreuzt. Axel liebte diese Schatulle.

Er hatte sie von seiner Mutter nach der Rückkehr von seiner Klassenreise nach Dänemark bekommen. So stand es in den Papieren, die er vom Notar erhalten hatte. Aber wie man sie öffnete, wusste sie nicht. Sie hatte nur geschrieben, dass die Schatulle von ihrem Vater stammte. Und dass es wichtig war, dass Axel darauf aufpasste.

Axel holte das kleine Kästchen aus dem Regal und drehte es in seinen Händen. Er schaltete seine Leselampe ein und sah sich die kleine Holzkonstruktion zum ersten Mal seit vielen Jahren gründlicher an. Er schüttelte es, aber es war nichts zu hören. Keine losen Teile, die klapperten. Keine Anhaltspunkte. Er dachte darüber nach, die Schatulle mit einer Axt zu spalten, konnte sich aber nicht dazu überwinden. Es war eine Erinnerung an seinen Großvater, an den er sich kaum erinnern konnte, weil er starb, als Axel noch ganz klein war. Aber er hatte viele Geschichten über ihn gehört.

Und es war eine Erinnerung an seine Mutter. Man spaltet den Nachlass zweier so naher Angehöriger nur ungern mit der Axt.

Er gab den Versuch auf, die Schatulle zu öffnen, und spürte, wie der Schlaf langsam zu ihm zurückkehrte. Er drehte sich zur Wand, schaltete das Licht aus und schlief bald wieder ein. Früh am Morgen begann er wieder zu träumen. Dieses Mal war es ein eher typischer Traum, den er schnell vergaß, nachdem er aufgewacht war. Es ging um die Klassenfahrt nach Dänemark und ums Kanufahren. Er befand sich in einem Kanu und betrachtete fasziniert die Wasseroberfläche. Bei jedem Paddelschlag bildeten sich kleine Strudel, die dem Kielwasser des Kanus folgten.

*

Ioan holte das Nachtsichtgerät heraus. Als die Lampe in der Fischerhütte ausgeschaltet wurde, konnte er es wiederverwenden. Er war von Axel Skölds plötzlichem Auftauchen auf dem Steg überrascht worden. Er hatte das Paddel aus dem Wasser gehoben und gehofft, dass das Kanu schnell genug war, um rechtzeitig und lautlos aus dem Blickfeld zu gleiten.

Zum Glück hatte Axel ihn nicht entdeckt, sonst hätte Ioan improvisieren müssen. Jetzt hatte er an einer Schäre etwa hundert Meter östlich von der Fischerhütte angelegt, von der aus er gut beobachten konnte, was Axel unternahm.

Ioan betrachtete die Fischerhütte. Die Wände schienen gut isoliert zu sein und das Dach robust. Kühlschrank und Beleuchtung wurden vermutlich von den Solarzellen auf dem Dach gespeist und er vermutete, dass Axel Sköld hier draußen gut und billig leben konnte.

Ioan sah auf sein Handy. Komplette Abdeckung mit 4G. Er öffnete einen wasserdichten Transportbeutel und holte einen Gegenstand aus Metall mit drei Beinen und einer Antenne heraus. Er drückte auf einen Knopf, und eine blassblaue Diode leuchtete auf. Er platzierte den Apparat in einer Felsritze mit freier Sicht auf die Fischerhütte und schob dann vorsichtig das Kanu hinaus. Mit geschmeidigen Bewegungen paddelte er davon. Bald wurde er von der Dunkelheit verschluckt. Der dreibeinige Apparat mit der diskreten blauen Diode blieb auf der Schäre zurück.

KAPITEL 23

Drei Tage später war Axel überzeugt davon, dass die Flucht in die Fischerhütte ein kompletter Fehlschlag gewesen war. Das Wetter war umgeschlagen, und der Dauerregen hatte seine Laune auf ein Rekordtief gedrückt. Er versuchte, das Beste aus der Situation zu machen, und zwang sich dazu, Netze auszulegen. Sein Großvater und sein Vater hatten jede Menge Fisch gefangen, und der Geruch von frisch gebratenem Barschfilet war eine von Axels schönsten Erinnerungen an die Fischerhütte. Er selbst hatte nie gelernt, wie und wo man die Netze auslegte, den Fang einholte oder die Fische ausnahm.

Um die letzte Frage musste er sich jedenfalls nicht kümmern.

Als er die Netze einholte, hatte sich kein einziger Fisch darin verfangen, nur Seegras und Blasentang.

Nass und durchgefroren kehrte er in die Hütte zurück und zündete das Feuer im Herd an, um alles trocknen zu können.

Axel wandte sich von der Wärme des Herds ab, und sein Blick fiel auf den Bildschirm seines Notebooks. Noch eine Antwort. Schon an der Betreffzeile der Mail sah er, dass es ein Nein war. Das vierte, seit er auf die Insel gekommen war.

Dieses Mal war es *Dagens Nyheter*, das sich für sein Interesse bedankte, leider aber keine Aufträge anbieten konnte. Jedenfalls im Augenblick nicht, *aber wir haben Ihre Daten in unsere Kartei aufgenommen.*

Axel sackte auf seinem ungemachten Bett zusammen und bemitleidete sich selbst. Seine finanziellen Reserven schwanden. Er hatte das Geld für die Büromiete an Stina überwiesen, aber die Miete für die Wohnung musste ebenfalls bald bezahlt werden, und das Sparkonto drohte die Zehntausendermarke zu unterschreiten. Da waren zwar noch dreißigtausend, die er in einem Fond angelegt hatte, aber das war dann auch alles. Er war ein miserabler Sparer, und die Radiobranche war keine Goldgrube.

Und so hatte er bereits mit dem Gedanken gespielt, die Wohnung zu verkaufen und zurück nach Småland zu ziehen. Sich eine richtige Arbeit suchen. Bei der man den Körper benutzt. In dem kleinen Industrieort, in dem er aufgewachsen war, sahen die Alten auf alle hinab, die nicht in der Fabrik arbeiteten. Das größte Kompliment, das sie anderen machen konnten, lautete: »Der kann richtig anpacken«. Und damit waren dann auch die meisten Fehler und Sünden dieser Person entschuldigt. Es spielte keine Rolle, ob man geizig, handgreiflich oder gar freikirchlich war. Wenn man arbeiten konnte, war alles andere im Großen und Ganzen auch in Ordnung.

Aber Axel wusste, dass es eine Welt war, die zu seiner Kindheit gehörte. Mittlerweile war die Fabrik beinahe voll automatisiert. Die wenigen, die dort noch arbeiteten, hatten einen Hochschulabschluss und aßen vor Bildschirmen. Nach Hause zu ziehen und von vorne anzufangen war also keine Option. Es war ein naiver Traum, der sich von Nostalgie und romantischen Erinnerungen an die Kindheit nährte.

Trotzdem musste er jetzt eine Entscheidung treffen. Eine lebenswichtige.

Er setzte sich auf und sah auf das Wasser hinaus. Der Regen schien nicht nachzulassen. Es war windstill, und Regenschleier bedeckten den Horizont. Axel sah nur die nächstgelegenen Schären und Felseilande, die direkt vor der Fischerhütte aus dem Wasser ragten.

Schlechte Aussichten, dachte er.

In einem Anfall von Ärger markierte er alle Nein-danke-Mails und löschte sie.

Schließlich öffnete er noch einmal den Ordner mit den Dateien. Ein letztes Mal, sagte er sich. Wenn er dort wirklich nichts mehr fand, dann konnten sie auch verschwinden …

Er fing mit den Standbildern von Arlanda und dem Mann an, von dem behauptet wurde, dass es sich um den südafrikanischen Auftragsmörder Eugene de Kock handelte. Den Mann, der rechts von ihm stand, konnte man nur schräg von hinten sehen, aber Axel meinte trotzdem erkennen zu können, dass er breitschultrig und durchtrainiert war. Er war sich so gut wie sicher, dass er den Stahlbügel einer Brille an seinem rechten Ohr sah. Eine ziemlich schlechte Beschreibung, musste Axel sich eingestehen.

Anschließend öffnete er den Film, der die NK-Fassade an dem Abend zeigte, an dem Rüstungskontrollinspekteur Algernon zu Tode gekommen war. Der Mann, der während des Interviews mit Fermentas Aufsichtsratsvorsitzendem durch den Hintergrund ging, trug den gleichen oder zumindest einen sehr ähnlichen Mantel wie der Mann in Arlanda. Die Schirmmütze war jetzt dunkel, vermutlich schwarz. Das Haar war ungefähr genauso kurz geschnitten und hatte dieselbe Farbe.

Aber Axel musste natürlich zugeben, dass der Mann auch vielen anderen Männern ähnelte, die im selben Filmausschnitt die Hamngatan hinuntergingen. Als er das letzte Mal gewagt hatte, Twitter und Instagram aufzurufen, war er in vielen der Kommentare auf eine sehr ironische und spöttische Weise darauf aufmerksam gemacht worden, dass Männer in den Achtzigerjahren gerne in Mantel und Schirmmütze herumgelaufen waren. Nicht jeder, der so aussah, war gleich ein Profikiller oder Putschist.

Er rief den Film auf, der beim letzten Auftrag von Cats Falck entstanden war. Auch dort war der Mann zu sehen, blauer Mantel, möglicherweise ein bisschen heller, was vielleicht auch ein Effekt des Kunstlichts im Saal sein konnte. Erneut eine Schirmmütze, dieses Mal beige kariert. Die Augen, die direkt in die Kamera blickten, waren genauso grau wie der Stahl des Brillengestells. Axel schauderte, als er dem Mann in die Augen sah. Er stellte fest, dass er jünger war, als er zuerst angenommen hatte. Eher um die dreißig, wohl kaum älter als fünfunddreißig, möglicherweise auch erst sieben- oder achtundzwanzig. Konnte ein Profikiller so jung sein? War man in diesem Alter schon erfahren genug? Austrainiert? Besaß man die richtigen Kontakte?

Sein Gehirn arbeitete weiter an der Hypothese, dass der Mann auf allen drei Bildern derselbe war. Hinter diesen Gedanken konnte Axel nicht mehr zurück. Solange er die Bilder und Filme noch auf dem Computer hatte, würde er immer in diesem Rahmen denken, und diese Gedanken führten zu keinem neuen Job. Und ein Job war das, was er jetzt brauchte.

Er legte die Filme, die Bilder, seine gesamten Aufzeichnungen, das Manuskript des Features und die Audiodateien in einem Ordner ab. Dann zog er den Ordner in den Papierkorb.

Er sah aus dem Fenster. Ließ der Regen gerade nach? Die Sicht war besser geworden. Jetzt sah er wieder die äußere Fahrrinne und den Horizont. Ein Zeichen, dachte er. Er bewegte den Mauszeiger nach oben ins Hauptmenü und auf »Papierkorb leeren«.

Im Rückblick würde er an diesen Augenblick als den entscheidenden denken. Er erlebte ihn als dramatisch. Aber weil er in einer Zeit lebte, in der sich das halbe Leben im Digitalen abspielte und nicht in der althergebrachten Wirklichkeit, war dieser Augenblick keine heftige Explosion, kein kräftiges Türklopfen und keine zufällige Begegnung in einer Menschenmenge. Nein, der entscheidende Moment seines Lebens näherte sich über abstrakte Einsen und Nullen und erreichte ihn als ein Blinken auf einem flachen Bildschirm. Er hatte eine neue Mail bekommen.

Also klickte Axel nicht auf »Papierkorb leeren«, sondern bewegte den Mauszeiger nach unten und öffnete mit einem Doppelklick seine Mail.

Bravo, Axel Sköld!
Ich habe mit großem Interesse verfolgt, wie Sie über dieses schwedische Fiasko berichten, als das wir die Waffenindustrie gut und gerne bezeichnen können. Sie entscheiden sich für Eisenhowers klassische Formulierung, »der militärisch-industrielle Komplex« – zu Recht.
Ich besitze einige sensible Informationen zu diesem Thema, die ich gerne mit Ihnen teilen möchte.
Ihre Theorie über den Mann in Mantel und Schirmmütze finde ich durchaus interessant und nicht so weit hergeholt, wie manche Chefredakteure und andere Dilettanten es gerne darstellen würden. Sie alle müssen ihre eigenen Interessen wahren, vergessen Sie das nie. Ich bin bereit, diesen Fall weiter mit Ihnen zu diskutieren, und biete Ihnen gleichzeitig ein Geschäftsmodell an.
Mir ist klar, dass diese Mitteilung nicht besonders konkret ist, und genau das ist auch meine Absicht. Wenn wir uns sehen, wird vieles in einem anderen Licht erscheinen, das kann ich Ihnen versprechen. Ich schlage vor, dass Sie mich am kommenden Montag um zehn Uhr an der unten angegebenen Adresse besuchen, ein Arrangement, bei dem ich leider nicht flexibel sein kann.
Hochachtungsvoll
Ragnar von Scheele
Banérgatan 2, Stockholm
Türcode 1776

Axel las die Mitteilung zweimal durch. Er sah aus dem Fenster, das auf den Steg hinausging. Dort lag das Netz, das er in einem unordentlichen Haufen hinterlassen hatte. Generationen seiner Vorfahren lachten ihn aus und zeigten mit dem Finger auf ihn. Er war kein praktisch veranlagter Mann.

Er klappte den Computer zu und packte seine Tasche. Bevor er die Tür zur Fischerhütte schloss, ließ er den Blick noch einmal durch den kleinen Raum gleiten. *Alles abgeschlossen – nichts vergessen?* Noch ein Spruch seines Vaters schwirrte beharrlich an diesem Ort herum. Seine Augen blieben an der kleinen Schatulle im Bücherregal hängen. In einem letzten Anfall von Nostalgie legte er sie ganz oben in seine Tasche. Dann schloss er die Tür und versteckte den Schlüssel am gewohnten Ort unter dem Dachvorsprung. Er ließ den Motor an und stieß das Boot vom Steg ab.

KAPITEL 24

Axel stellte sein Fahrrad in der kurzen Gasse ab, die den Strandvägen mit der Banérgatan verband, und schaute zu der beeindruckenden Fassade hoch.

Dritter Stock. Ganz oben im Haus.

Er tippte den Türcode ein und betrat ein mit dunklen Eichenpaneelen verkleidetes Treppenhaus mit Treppengeländern aus poliertem Messing. Der Aufzug war klein und mit doppelten Gittertüren versehen. Er war tadellos geputzt und bewegte sich mit beinahe übernatürlicher Lautlosigkeit. Axel musste kurz über eines der Lieblingssprichwörter seines Großvaters über reiche Menschen grinsen. »Es ist leicht zu scheißen, wenn der Arsch voll ist.«

Axel vermutete, dass in diesem Haus wohl niemand Probleme auf der Toilette haben dürfte, wenn man der Definition seines Großvaters folgte.

Im vierten Stock gab es nur eine Tür.

Von Scheele.

Als Axel auf die Klingel drückte, hörte er ein deutliches, aber gedämpftes Signal, als läute es ganz weit entfernt und nicht direkt hinter der Tür.

Ragnar von Scheele bewohnte wirklich ein ganzes Stockwerk. Zweihundertvierzig Quadratmeter im exklusivsten Viertel der Stadt. Axel hatte am Wochenende gegoogelt, aber nicht viel Greifbares über von Scheele gefunden. Außer einer Einzugsparty, die es bis in die Klatschpresse gebracht hatte. Axel vermutete, dass das damalige Interesse nicht von Scheele gegolten hatte, sondern den übrigen Bewohnern des Hauses. Einer von ihnen war der bekannteste Spionageschriftsteller

Schwedens, ein ehemaliger Journalist, der sowohl als Reporter als auch als Thrillerautor zu Ruhm und Ehre gekommen war. Ein anderer Nachbar war Vorstandsvorsitzender einer Großbank und hatte noch vor zwei Jahren einen Millionenbonus bekommen, obwohl besagte Bank zu der Zeit immer noch auf staatliche Unterstützung angewiesen war, um nicht in Konkurs zu gehen.

In diesem Haus gehörte von Scheele also die mit Abstand größte und am herrschaftlichsten gelegene Wohnung.

Axel war gespannt. Die Mail hatte seriös gewirkt, aber viel hatte er nicht erfahren. Es kam manchmal vor, dass die ein oder andere reiche Person ihn zum Mittagessen oder in ein Restaurant einladen wollte. Das waren Leute, die es gewohnt waren, alles kaufen zu können, was sie in einem bestimmten Moment haben wollten, warum nicht auch einen Radiojournalisten?

Axel mochte es nicht, auf Drinks oder Abendessen eingeladen zu werden, um ein überhebliches Lächeln in Oberklassenvisagen zu zaubern, indem er ihnen erzählte, welche Geschichten wirklich hinter seinen Features steckten. Zum einen waren die Geschichten ja bereits erzählt, und die Details, die er aus Geheimhaltungsgründen oder zum Schutz seiner Quellen zurückgehalten hatte, würde er wohl kaum bei einem Drink ausplaudern, vor allem aber stellte sich meist heraus, dass die reichen Personen, denen er begegnete, außerordentlich langweilig waren. Ja, geradezu einfältig. Sie grinsten und lachten einigermaßen an den richtigen Stellen, begannen dann aber fast immer über sich selbst zu sprechen. Obwohl reiche Menschen oft der Ansicht waren, dass es gegen die Etikette verstoße, über Geld zu reden, kreisten die Gespräche am Ende trotzdem um ihre letzte Weltreise, das Sommerhaus, die Wohnung oder das Auto. Themen, die Axel nicht im Geringsten interessierten.

Aber dieses Mal war die Lage anders. Er brauchte Geld, und dieser Mann hatte ihn neugierig gemacht.

Die Tür wurde geöffnet, und eine Frau in den Fünfzigern mit einer unglaublich exakt geschnittenen goldblonden Pagenfrisur lächelte ihn an.

»Axel Sköld? Sie sind pünktlich!«

Er sah unfreiwillig auf seine Armbanduhr und stellte zu seiner Freude fest, dass sie genau 10.00 anzeigte. Er hatte das Gefühl, dass dies ein erster Test gewesen war, den er mit einer Eins plus abgeschlossen hatte. Sie stellte sich mit einer einladenden Geste vor.

»Marianne von Scheele. Sie können Ihre Garderobe dort links ablegen.«

Er erwiderte ihren Gruß und dachte darüber nach, ob er seine Schuhe ausziehen sollte, wie es in schwedischen Mittelklassefamilien üblich war. Er schielte auf die Füße der Frau, was ihn aber auch nicht klüger machte. Sie trug Hausschuhe mit hohen Absätzen. Elegant und vermutlich äußerst unbequem.

»Lassen Sie die Schuhe ruhig an.«

Sie lächelte, aber er ahnte, dass der zweite Test bedeutend schlechter ausgefallen war als der erste.

Er folgte ihr durch einen Flur, der durch die ganze Wohnung lief und auf beiden Seiten von offenen, weiß gestrichenen Doppeltüren gesäumt wurde, durch die Axel die Räume betrachten konnte. Oder die Säle. Er erkannte ein Bild wieder, auf dem ein paar Enten zwischen Seerosenblättern schwammen. Bruno Liljefors. An einer anderen Wand hingen vierundzwanzig kleine Ikonen, russische Heiligenbilder. Axel wusste, dass sie wahrscheinlich genauso viel wert waren wie Liljefors' Enten. Millionen. Mindestens zehn.

»Mein Mann wird Sie hier empfangen. Es ist ein sehr ungewöhnlicher Raum mit Glaswänden, aber Ragnar wird es Ihnen erklären.«

Zum ersten Mal erahnte Axel eine Unsicherheit in ihrer Stimme.

»Wasser steht auf dem Tisch, falls Sie nicht Kaffee oder Tee bevorzugen?«

Axel nahm an, dass sie ein Nein erwartete, also schüttelte er den Kopf. Zu mehr war er nicht in der Lage, denn der Anblick, der sich ihm darbot, war bizarr.

Er hatte einen Saal betreten, der in zwei Räume aufgeteilt war. In dem Teil, in dem er stand, befanden sich ein Tisch, ein Stuhl, ein Kleiderständer und – vor allem – eine Glaswand. Sie reichte vom Boden bis zur Decke und von Wand zu Wand. Hinter der Glaswand, vollkommen abgeschnitten vom Rest des Raums, stand ein breites Bett, das mit großen Kissen gefüllt war. Und mit einem kleinen Mann.

»Da ist er ja, der berühmte Axel Sköld, der Mann, der in aller Munde ist, nicht wahr?«

Axel hatte Schwierigkeiten, die Stimme zu lokalisieren. Die absurde Situation nahm ihn dermaßen in Anspruch, dass er vergaß zu antworten.

»Entschuldigen Sie bitte. Das Arrangement ist ein bisschen unkonventionell, aber leider absolut notwendig. Setzen Sie sich bitte an den Tisch. Dort hören Sie den Lautsprecher am besten, und es gibt auch ein Mikrofon, das Sie benutzen können. Genau wie in einem Rundfunkstudio, nicht wahr? Stellen Sie sich einfach vor, dass ich mich im Kontrollraum befinde.«

Der Mann ließ ein lautes, blechernes Lachen hören, das in ein Husten überging. Axel setzte sich an den Tisch und bemerkte, dass der Mann schwitzte und unnatürlich blass aussah. Als Ragnar von Scheeles Husten in einen kräftigeren Ausbruch überging und Axel meinte, rosafarbene Schleimklumpen aus dem Mund des Mannes fliegen zu sehen, wurde er langsam nervös. Nach einer Weile ließ der Anfall allerdings nach, und von Scheele tupfte sich das Gesicht und den Mund mit einem Leinentaschentuch ab.

»Das ist leider eine Erkrankung, die ich anscheinend nicht loswerden kann.«

Er faltete das Taschentuch sorgfältig zusammen und legte es auf den Nachttisch. Dann richtete er seine Aufmerksamkeit wieder auf Axel.

»Wir haben nicht viel Zeit. Ich komme direkt zur Sache. Ich möchte, dass Sie mit Ihren Recherchen zum Mord am Ministerpräsidenten fortfahren.«

»Sie glauben also an meine Theorie?«

»Unbedingt. Alles, was Sie veröffentlicht haben, ist korrekt. Es ist bei allen drei Anlässen derselbe Mann gewesen.«

Axels Puls schoss hoch. Das war genau die Aussage, die er für sein Feature gebraucht hätte.

»Ist es okay, wenn ich mein Aufnahmegerät benutze?«

Ragnar von Scheele lächelte.

»Der Reporter schläft nie, wie ich höre. Tut mir leid. Alles, was ich sage, werden Sie verwenden können. Aber nicht heute. Wir warten mit den Aufnahmen. Ich kann verstehen, dass Sie enttäuscht sind, aber ich bitte Sie um Geduld.«

»Darauf kann ich eingehen, aber Sie müssen wissen, dass ich im Augenblick nirgendwo publizieren kann. Es gibt keinen Auftraggeber, der noch ein Wort von dieser Geschichte oder von mir hören möchte.«

»Dann werde ich Ihr Auftraggeber.«

Axel musste lächeln. Er hatte es ganz eindeutig mit einem Mann zu tun, der es gewohnt war, dass alle nach seiner Nase tanzten.

»Mit allem Respekt, Herr von Scheele, aber Sie sind kein Radiokanal und keine Zeitung. Sie können meine journalistische Arbeit kaufen, aber nicht veröffentlichen.«

»Dummes Zeug. Sie richten einen eigenen Podcast ein

und veröffentlichen unter eigenem Namen. Freischaffend, so nennen Sie das doch? Wenn Sie diese Story veröffentlichen, wird es niemanden in diesem Land geben, der sie nicht hören möchte. Das kann ich Ihnen garantieren. Podcasts laufen heutzutage doch ausgezeichnet, oder? War es nicht ein Podcast, der dazu führte, dass nach dreizehn Jahren das Verfahren gegen diesen Mann, der zu lebenslanger Haft verurteilt war, wieder aufgenommen wurde?«

Etwas in der Stimme des Mannes bewirkte, dass Axel ihn ernst nahm. Außerdem war er neugierig geworden, weil er zum ersten Mal eine Bestätigung für seine Theorie bekommen hatte. Obwohl er das Gespräch nicht aufnehmen durfte, benutzte er dieselbe Interviewtechnik wie mit dem Mikrofon.

»Ragnar von Scheele, Sie sind also der Ansicht, dass meine Entdeckung richtig ist. Dass es sich bei dem Mann in Arlanda am Tag nach dem Palme-Mord, bei dem Passanten vor dem NK am selben Abend, als Rüstungskontrollinspekteur Algernon nur wenige hundert Meter entfernt von der U-Bahn überfahren wurde, und bei dem Besucher derselben Pressekonferenz, über die auch die Reporterin Cats Falck am letzten Tag ihres Lebens berichtete, um ein und denselben Mann handelt?«

»Jetzt mal langsam mit den jungen Pferden. Es deutet vieles darauf hin, dass es ein und dieselbe Person ist und dass dieser Mann außerdem hinter den drei Morden stecken könnte.«

»Welche Beweise haben Sie für diese Behauptung?«

»Zunächst sind die Bilder, die Sie präsentiert haben, selbst schon Beweis genug. Das ist von verschiedenen Seiten angezweifelt worden, und dafür gibt es auch Gründe, auf die wir vielleicht noch zu sprechen kommen. Aber wenn alles, was Sie präsentiert haben, stimmt und meine Annahmen sich als richtig herausstellen, dann bin ich diesem Mann auch persönlich begegnet.«

Einer der besten Tricks, derer Axel sich bediente, um jemanden zum Sprechen zu bringen, bestand darin, so wenig Gefühle wie möglich zu zeigen. Wenn eine Person etwas Kontroverses aussprach, war die Versuchung groß, darauf heftig zu reagieren, aber wenn man sich kontrollieren konnte, bekam der Interviewpartner oft das Gefühl, dass er noch mehr Überzeugungsarbeit leisten musste. Dann bekam man oft die wirklich gute Antwort. Als Ragnar von Scheele also behauptete, den Mann auf den Bildern getroffen zu haben, behielt Axel seinen neutralen Gesichtsausdruck bei und setzte das Interview im gewohnten Tonfall fort.

»Und wer ist er?«

»Das ist nicht so einfach zu sagen. Er hat sich nie mit seinem Namen vorgestellt, aber er vertritt seit vielen Jahren einen meiner Klienten.«

»Sie haben sich also wiederholt mit dem Mann getroffen, der möglicherweise ein Dreifachmörder ist und hinter dem Mord am Ministerpräsidenten stecken könnte?«

Ragnar von Scheele drehte den Kopf auf seinem Kissen von Axel weg und schien mit dem Blick an der Decke hängenzubleiben. Er hustete und trank einen Schluck Wasser. Dann wandte er sich wieder Axel zu.

»Durch ihre Enthüllungen ist mir der Zusammenhang klar geworden. Solange er besagten Klienten vertrat, wusste ich nichts über seinen Hintergrund.«

Das Gespräch wurde von einer weiteren Hustenattacke unterbrochen. Axel nutzte die Zeit, um all das zu verarbeiten, was er bisher gehört hatte. Aber er konnte es nicht richtig einordnen.

»Ich möchte mich nicht in Details verlieren, ich beauftrage Sie, weil mich das große Bild interessiert. Der Mann könnte in der Tat die drei Morde begangen haben, und wahrscheinlich auch einen vierten, aber er handelt im Auftrag eines sehr viel mächtigeren Akteurs.«

»Da kann ich Ihnen nicht mehr folgen.«

»Er vertrat ja einen Klienten, mit dem ich lange Zeit zusammengearbeitet habe. Aber wir haben uns getrennt. Allerdings nicht im Einvernehmen, um es milde auszudrücken.«

»Sie sind schlecht behandelt worden?«

Ragnar von Scheele antwortete mit einem lauten Lachen, und eine weitere Hustenattacke wurde erneut mit dem Taschentuch erstickt.

»Ja, so könnte man es auch sagen.«

»Und jetzt wollen Sie sich wehren?«

»Belassen wir es dabei, dass wir alle uns gegen diese Art von Organisationen wehren müssen. Meine eigenen Beweggründe sind im Augenblick nicht von Belang. Lassen Sie uns zum praktischen Teil kommen. Kurz gefasst geht es darum, dass Sie sich verpflichten, für mich zu arbeiten. Ich trage Ihre Auslagen und zahle Ihnen ein Monatsgehalt von fünfzigtausend Kronen. Alles, was Sie während Ihrer Recherchen herausbekommen, erfahre ich zuerst, aber Sie entscheiden, was davon am Ende veröffentlicht wird. Wann der Zeitpunkt für die Veröffentlichung gekommen ist, bestimme ich. Wenn der Auftrag abgeschlossen ist, erhalten Sie ein zusätzliches Honorar von insgesamt drei Millionen Kronen.

Axel entglitten die Gesichtszüge. Solange sich das Gespräch um den Mord am Ministerpräsidenten gedreht hatte, war es ihm gerade noch möglich gewesen, sich professionell zu verhalten, aber dass ihm ein Millionenvertrag und ein beinahe doppelt so hoher Monatslohn angeboten wurde, traf ihn vollkommen unvorbereitet.

»Ich nehme an, dass Ihre Reaktion als ein Ja gedeutet werden kann?«

Der Mann im Bett lächelte. Was Axel ärgerte. Er hatte das Gefühl, gekauft worden zu sein. Was ja auch der Fall war. Auch wenn das Honorar großzügig war, war er wie eine Ware behandelt worden. Aber im Augenblick hatte er keine große Wahl. Eine Tatsache, die Ragnar von Scheele durchaus bewusst zu sein schien.

»Das ist die Enthüllung des Jahrhunderts, Sköld, glauben Sie mir. Damit sie gelingt, brauche ich einen Journalisten mit Erfahrung und Mut. Und mit einer gewissen Verzweiflung. Wenn ich mich nicht irre, trifft das auf Sie im Augenblick sehr gut zu, nicht wahr?«

KAPITEL 25

»Wir sollten ihn ausschalten, das ist meine Meinung.«

Rechtsanwalt Raab dachte nur flüchtig darüber nach, wie leicht er mittlerweile ein Todesurteil aussprach. Er saß an seinem Schreibtisch in der Kammakargatan 7. Sein Besucher war ein Mann, vor dem er tiefen Respekt hatte. Möglicherweise empfand er auch noch etwas anderes als Respekt. Etwas eher Angstbeladenes. Aber ausnahmsweise schien der Mann vor der Entscheidung zu zögern.

»So sieht es wohl aus. Die Ereignisse in den letzten Tagen sind besorgniserregend. Nichtsdestotrotz …«

Der Mann erhob sich, seine buschigen Augenbrauen und die prominente Nase verliehen ihm das Aussehen einer Eule. Raab sah in ihm allerdings eher einen Falken.

»Sie denken an seine Herkunft?«

»Die zweifellos bemerkenswert ist, finden Sie nicht, Raab?«

»Sein Großvater hatte sich ganz unserer Sache verschrieben, aber leider ist so etwas nicht unbedingt erblich.«

Der Mann, der wie eine Eule aussah, aber an einen Falken erinnerte, erwiderte nichts darauf. Er ging zum Fenster in Raabs Rücken und schaute hinaus.

Raab war es unbehaglich, den Mann in seinem Rücken zu wissen. Trotzdem stellte er seine Frage, wie unangebracht und aufdringlich sie auch klingen mochte.

»Sagten Sie nicht, dass Ioan alles abgesichert hat? Damit unser Bankier keinen Schaden mehr anrichten kann?«

»Das sagte ich. Und er hatte dafür gesorgt.«

»Trotzdem trifft sich Sköld mit von Scheele in dessen Wohnung? Und spricht mit ihm?«

»So ist es. In diesem Augenblick. Und was von Scheele ihm sagt, können wir nur raten. Sein Wissen dürfte zwar begrenzt sein, aber wir können davon ausgehen, dass er alles erzählt, was er weiß.«

Raab kratzte sich unter dem Hemdkragen. Er hatte sich auf dünnes Eis gewagt, als er seinen Gast – oder besser: seinen Chef – in Rechtfertigungszwang brachte. Aber er konnte es sich nicht verkneifen. Sie drohten in eine sehr ernste Lage zu geraten, nachdem sie sich gerade von dem letzten Schlag erholt hatten. Er stellte eine weitere Frage.

»Wenn Ioan von diesem Treffen bereits am Freitag wusste … So war es doch, oder?«

»Ja, seine Abhörausrüstung funktionierte auch in den Schären ganz hervorragend. In den letzten Tagen hatten wir Zugriff auf jede E-Mail, die Skölds Computer erreichte oder von ihm verschickt wurde.«

»Warum wurde dieses Treffen dann zugelassen?«

Raabs Stimme bekam einen schrillen Unterton, weil es ihm nicht gelang, seine zunehmende Verärgerung unter Kontrolle zu bringen. Er riss sich zusammen und fuhr in einem ruhigeren Ton fort.

»Hätten wir nicht zu dem Zeitpunkt schon reagieren können? Sköld hätte einem Verkehrsunfall zum Opfer fallen können, als er zurück nach Stockholm fuhr, so etwas ist doch ganz schnell passiert?«

Er spürte den Blick des Mannes im Nacken. Langsam drehte er sich mit seinem Stuhl um. Anstelle von Zorn entdeckte er einen amüsierten Zug auf den Lippen des Mannes.

»Diese kaltschnäuzige Seite habe ich an Ihnen bislang noch gar nicht bemerkt. Aber das ist gut. Sie beurteilen diese Geschichte wahrscheinlich nüchterner als ich. Lassen Sie uns noch ein paar Tage beobachten, wie sie sich weiterentwickelt. Ich möchte sehen, wozu Sköld in der Lage ist.«

»Sie glauben wirklich, dass er unser … *Freund* sein könnte?«

»Ich glaube gar nichts, Raab. Wenn uns die Geschichte etwas gelehrt hat, dann ist es die Nutzlosigkeit aller Erwartungen. Wir planen, versuchen, immer einen Schritt voraus zu sein, und tun dann das, was wir am besten können.«

»Handeln?«

»Regieren.«

Dieses Mal lächelten die Männer gleichzeitig. Raab war mehr und mehr überzeugt davon, dass alles ein gutes Ende nehmen würde. Der Mann, der ihn so selten besuchte, setzte sich wieder ihm gegenüber in den Stuhl. Raab fuhr fort.

»Apropos regieren, unsere Freunde in der Staatskanzlei stehen gerade ziemlich unter Druck. Ich hoffe, dass Ihr Plan für unseren geschätzten Tammer aufgeht … Cognac?«

»Nein, danke. Alles läuft nach Plan. Die geleakten Informationen zu Tammers Konto hatten den gewünschten Effekt. In diesem Augenblick wird eine Pressekonferenz abgehalten.«

Raab zog die Augenbrauen hoch und klickte seinen Computer aus dem Stand-by-Modus. Das Schwedische Fernsehen streamte live über seinen Internetdienst. Der Finanzminister saß noch nicht auf dem Podium. Stattdessen sprach Ministerpräsident Ulf Göransson in die Kamera. Er sah gefasst, aber bekümmert aus.

»Ich habe heute im Einvernehmen mit Sven-Åke Tammer beschlossen, ihn von seinem Amt als schwedischen Finanzminister freizustellen. Die Entscheidung gilt mit unmittelbarer Wirkung. Sven-Åke Tammer hat über lange Zeit zu der starken wirtschaftlichen Entwicklung Schwedens beigetragen, und unser Land ist ihm zu großer Dankbarkeit verpflichtet. Der Wirbel um seine privaten Vermögensverhältnisse in den letzten Tagen hat die Situation allerdings unhaltbar gemacht. Es ist von äußerster Wichtigkeit, dass die Bürger unseres Landes Vertrauen in ihre Minister haben können, deshalb handeln wir Sozialdemokraten auch entschlossen und konsequent. Im Laufe der Woche wird über die Nachfolge des Finanzministers beraten werden, und am Freitag werden wir unsere Entscheidung bekanntgeben. Das war alles. Danke schön.«

Ministerpräsident Ulf Göransson verließ eilig den Saal durch die Hintertür, obwohl die Fragen auf ihn einprasselten.

»Der versteht sein Handwerk, Raab, so sagt man es doch, oder?«

Der Mann im Besucherstuhl lächelte, aber Raab befiel eine seltsame Unsicherheit.

»Warum hat Göransson nicht gesagt, wer Tammers Nachfolger wird?«

»Immer ein Schritt nach dem anderen, Raab. Göransson musste erst einmal zeigen, dass er als Landesvater durchgreift. Es war eine Demonstration der Stärke. Am Freitag folgt der nächste Schritt.«

Raab beschlich das Gefühl, dass sein Besucher genau gewusst hatte, wie die Pressekonferenz verlaufen würde, ja, sogar, was der Ministerpräsident sagen würde.

»Haben Sie mit Göransson gesprochen?«

»Sagen wir mal, er hat ein paar gute Ratschläge bekommen.«

Der Mann lächelte über das ganze Gesicht. Jetzt begann sich auf dem Bildschirm wieder etwas zu tun. Ein Reporter, der in der ersten Reihe saß und vergeblich versucht hatte, den Ministerpräsidenten zu einem Kommentar zu bewegen, hatte sich auf die Kamera weiter hinten im Saal zubewegt, die immer noch live übertrug.

»Dann werden wir mal hören, was die vierte Gewalt dem Volk zu sagen hat. Stellen Sie lauter, Raab, das kann lustig werden!«

Der Reporter sah nach unten auf seinen Notizblock und daraufhin in die Kamera.

»Ministerpräsident Ulf Göransson hat also Finanzminister Sven-Åke Tammer aus seinem Amt entlassen. Bei uns ist Stina Forss, Wirtschaftsreporterin beim *Eko-Journal* des Schwedischen Rundfunks, die diese Affäre sozusagen ausgelöst hat. Was ist dein Kommentar zu dem, was wir gerade gehört haben?«

Stina Forss tauchte im Bild auf. Sie lächelte den Reporter an.

»Zunächst einmal ist der Skandal um Sven-Åke Tammer natürlich nicht von mir ausgelöst worden, sondern von ihm selbst, in dem Augenblick, als er beschlossen hatte, sein Geld ins Steuerparadies Panama zu transferieren.«

Raabs Gast saß im Besucherstuhl und gluckste vor Lachen.

»Ganz schön ausgekocht, die Forss. Eine in jeder Hinsicht unterhaltsame Frau. Das mit ihrem Sohn ist natürlich schrecklich …«

Der Reporter schien nach der unerwarteten Zurechtweisung ein bisschen das Konzept zu verlieren. Er wechselte das Thema.

»Erst am Freitag werden wir erfahren, wer Sven-Åke Tammers Posten als schwedischer Finanzminister übernimmt. Soweit ich verstanden habe, ist es noch zu früh, Spekulationen zu dieser Personalie anzustellen?«

Der Reporter hielt Stina Forss trotzdem das Mikrofon unter die Nase.

»Nein, das möchte ich tatsächlich nicht. Aber wir können festhalten, dass die Politikerin, die mit Abstand die meiste Unterstützung erfährt, die Grüne Lova Magnusson ist. Ihre Botschaft scheint also anzukommen.«

»Ja, als wirtschaftspolitische Sprecherin der Grünen, die mittlerweile die stärkste Partei in der Regierung zu sein scheint, ist sie sicherlich eine hochinteressante Kandidatin für diesen Posten, nicht wahr?«

»Ja, das dürfte wenig umstritten sein. Das Interessante daran ist, dass sie aus einer Partei kommt, die noch 2001 den Handel mit Aktien verbieten wollte.«

Der Reporter wandte sich an die Zuschauer und schloss seinen Bericht ab.

»Stina Forss vom *Eko-Journal* möchte zwar keine Spekulationen anstellen, aber trotzdem deutet alles darauf hin, dass Lova Magnusson, die wirtschaftspolitische Sprecherin der Grünen, auch die Wonderwoman der schwedischen Politik genannt, einunddreißig Jahre jung, am Freitag zu Schwedens neuer Finanzministerin gekürt wird.«

Raab klappte den Bildschirm herunter und kratzte sich erneut unter dem Hemdkragen.

»Kann Lova Magnusson zu einem Problem werden?«

Der Mann ihm gegenüber ließ sich Zeit mit der Antwort. Was ein schlechtes Zeichen war.

»Ich meine, sie wird den Posten doch übernehmen?«

»Ja, das ließ sich nicht vermeiden.«

»Sie spricht davon, der Finanzaufsicht neue Befugnisse zu geben? Das macht es ihr vielleicht möglich, gewisse Verbindungen aufzudecken?«

»Ich habe Göransson angewiesen, ihr die Grenzen aufzuzeigen. Es wird genauso laufen, wie es bei neuen Ministern immer läuft.«

Raab hob verwundert die Augenbrauen. Der Mann brach auf. Als er schon halb aus der Tür war, entwickelte er den Gedanken zu Ende.

»Minister verlieben sich immer in ihren Ministerposten.«

KAPITEL 26

»Sie halten das für viel Geld, und damit haben Sie vollkommen recht. Für die Informationen, die ich Ihnen gebe, würden die meisten Journalisten bezahlen, aber ich liege hier und gebe Ihnen einen üppigen Monatslohn und einen Erfolgsbonus von mehreren Millionen.«

Der Mann lachte erneut, und Axel bemerkte, dass das Taschentuch, das bei seiner Ankunft weiß gewesen war, mittlerweile rot gesprenkelt war vom Blut, das der Mann aushustete. Axel war hier nicht der einzige Verzweifelte.

»Sie sind krank. Deshalb befinden Sie sich hinter dieser Glaswand.«

»Einigen wir uns darauf, dass ich einen hohen Preis zu bezahlen hatte. Haben wir jetzt eine Abmachung, oder nicht?«

Axel dachte nach. Im Grunde hatte er aber keine Wahl. Er brauchte Geld, und hier wurde ihm ein Honorar angeboten, von dem er bisher noch nicht einmal zu träumen gewagt hatte. Aufdecken zu können, wer Olof Palme ermordet hatte, war der feuchte Traum aller Journalisten, man würde mit Preisen und Ehre und Ruhm nur so überhäuft werden. Aber die Konstellation in diesem Raum machte ihn misstrauisch, er hatte keine Ahnung, warum Ragnar von Scheele es gerade jetzt und ausgerechnet ihm erzählte. War es wirklich einfach damit zu erklären, dass von Scheele von seinen Enthüllungen beeindruckt gewesen war? Das klang logisch, überzeugte ihn aber nicht. Es gab noch unentdeckte Puzzleteile, und Axel ahnte, dass auch Ragnar von Scheele nicht alles erzählt hatte. Und auch wenn es vielleicht zu erwarten gewesen war, überraschte es ihn, als von Scheele einen vertrauten Namen erwähnte.

»Karl-Erik Sköld. Das war Ihr Großvater, nicht wahr?«

»Ich wusste gar nicht, dass Sie sich mit Ahnenforschung befassen?«

»Seien Sie doch nicht so gereizt, es ist doch ganz normal, dass ich mich über zukünftige Geschäftspartner informiere.«

»Betrachten Sie mich doch einfach als freischaffenden Journalisten, dann bleiben auch meine Unabhängigkeit und Glaubwürdigkeit gewahrt. Und um auf Ihre Frage zu antworten: Ja, mein Großvater hieß Karl-Erik Sköld.«

Axel war an eine umgekehrte Verteilung der Rollen gewohnt. Es war ihm unangenehm, dass Ragnar von Scheele so gründlich recherchiert hatte.

»Ihr Großvater war ein besonderer Mann. Er wohnte in einem Herrenhaus, nicht wahr?«

»Eigentlich nicht.«

»Nein? Ich glaube, wir reden gerade aneinander vorbei.«

»Mein Großvater war Verwalter auf dem Gutshof Odensviholm, aber er und seine Familie wohnten nicht im eigentlichen Herrenhaus. Obwohl er der Vorgesetzte der Bediensteten war ...«

»Gehörte er selbst auch zu den Bediensteten, verstehe.«

Von Scheele lächelte.

»Mein Großvater wohnte im Westflügel, und dort ist auch meine Mutter aufgewachsen.«

»Großartig.«

»Wieso?«

»Ich meine, das macht das Arrangement ja noch interessanter. Wissen Sie, ich habe sehr viel Zeit und Mühe investiert, um meinen besonderen Klienten auszukundschaften. Schon damals, als alles noch ruhig und friedlich war, wollte ich mich vergewissern, dass mein Klient ein sicheres Investment war. Aber ich kam mit meinen Nachforschungen nicht so recht voran. Der Klient war äußerst diskret. Das Einzige, was ich herausgefunden habe, war der Name Ihres Großvaters und dass es diese Zusammenkunft gegeben hat.«

Der Mann hustete, aber dieses Mal nur ganz kurz.

»Könnten Sie so freundlich sein und mir ein Glas Wasser geben? Meine Karaffe ist leider leer, aber auf Ihrem Tisch steht eine volle. Dort auf der linken Seite können Sie die Glaswand öffnen. Ein kurzer Besuch hier drinnen stellt keine Gefahr für Sie dar.«

Axel bemerkte erst jetzt, dass die Glaswand aus verschiedenen Elementen bestand, und das Element ganz links besaß Scharniere und eine diskrete Klinke. Er nahm die Karaffe und öffnete die Tür. In Ragnar von Scheeles Hälfte roch es stark nach Desinfektionsmittel und etwas anderem, das Axel nicht identifizieren konnte, aber instinktiv als den Geruch der Krankheit betrachtete. Er ging zum Bett und sah, dass Ragnar von Scheeles Gesicht und Arme von kleinen Wunden übersät waren.

»Tja, ich bin kein schöner Anblick, muss ich zugeben.«

Ragnar von Scheele lachte mutlos.

»Bitte schön.«

Axel schenkte dem Patienten ein Glas ein und gab es ihm. Er war einst ein einflussreicher Börsenmakler gewesen, und jetzt? Ein schwerkranker Mann mit einem letzten Wunsch.

»Am besten gehen Sie jetzt wieder raus.«

Axel fragte nicht nach dem Grund, er vermutete, dass Ragnar von Scheele keine Zeit damit verschwenden wollte, über seine Krankheit zu sprechen.

»Ihr Großvater Karl-Erik Sköld hatte eine ganz besondere Versammlung einberufen. In genau diesem småländischen Herrenhaus im Jahr 1945, nur wenige Wochen nach dem Ende des Kriegs, trafen sich eine Reihe prominenter Gäste. Ich kenne die Namen nicht, aber Ihr Großvater hatte angeblich eine Liste der Teilnehmer angelegt.«

»Was für eine Art von Versammlung war das?«

»Worüber genau dort geredet wurde, liegt im Dunkeln, aber es ging um die Zukunft des Landes. Welchen Weg Schweden wählen sollte, nachdem der Nationalsozialismus offensichtlich keine Alternative mehr war.«

»Sie meinen, dass dies davor eine Möglichkeit war? Für Schweden?«

»Es ist umfangreich dokumentiert, dass Schweden den Nazis auf unterschiedliche Weise geholfen hatte, nicht nur durch die Züge, mit denen die Nazis ihre Truppen durch Schweden transportieren durften. Es gab zahlreiche andere Kooperationen, die sehr viel wichtiger waren. Häfen und Werften, in denen schwedische Unternehmen Schiffe für die Deutschen bauten, und einige andere traurige Beispiele aus unterschiedlichen Branchen, wo bedeutende Summen in Geschäfte mit Nazideutschland investiert wurden.«

Axels Gehirn lief auf Hochtouren. Plötzlich erfuhr er atemberaubende Dinge über seinen Großvater, aber irgendwie klangen die Informationen auch bekannt. Seine Mutter hatte manchmal von Großvaters seltsamen Reisen während des Kriegs berichtet, oder wie er mit dem alten Holzgasauto nach Stockholm fuhr. Oder manchmal nachts mit dem Fahrrad losfuhr, um mit lokalen … ja, mit wem eigentlich?

Schon als Kind hatte er begriffen, dass man über diese Dinge keine Fragen stellte, sondern nur zuhörte. Die wenigen Puzzleteile, die er bislang zusammenlegen konnte, deuteten an, dass sein Großvater mit den Nazis sympathisiert hatte. Das klang abstoßend und weit entfernt von der Haltung seiner Mutter. Aber jetzt wurde alles in ein neues Licht getaucht.

»Diejenigen, die sich auf Odensviholm getroffen hatten, waren also keine Nazis?«

Ragnar von Scheele ließ erneut ein lautes Lachen hören, das eher wie das Kläffen eines Hundes klang. Es ging vorbei, ohne dass er sein Taschentuch herausholen musste, was Axel mit Freude zur Kenntnis nahm. Entwickelte er gar Gefühle für diesen Mann, den er gerade erst kennengelernt hatte? Oder war es nur eine allgemein menschliche Reaktion? Axel entschied sich für die zweite Erklärung.

»Nein, Sie dürfen dort keine Ideologien hineindeuten! Es geht hier um etwas viel Größeres. Diese Menschen sind ausschließlich an Macht interessiert, Ideologien sind für sie in allererster Linie bloße Werkzeuge.«

»Auf dieser Versammlung wurde also festgestellt, dass das Werkzeug Nationalsozialismus nicht effektiv war?«

»Genau!«

»Und welche Rolle spielte mein Großvater?«

»Jetzt nähern wir uns dem Punkt, an dem Ihr Auftrag beginnt. Die einfache Antwort ist, dass ich es nicht weiß. Vielleicht spielte Ihr Großvater dabei eine zentrale Rolle, aber vielleicht hatte er auch nur die Aufgabe, die Einladungen herauszuschicken. Ich habe Grund zu der Annahme, dass die übrigen Gäste ein ganz anderes Kaliber hatten.«

Axel sagte nichts. Das war oft besser als eine Anschlussfrage. Ragnar von Scheele fuhr fort.

»Angeblich existiert, wie gesagt, eine Liste der Teilnehmer, die Ihr Großvater führte und aufbewahrte. Ich habe da draußen unter der Ortsbevölkerung Erkundigungen einholen lassen, aber dabei ist nicht viel herausgekommen. Der Pfarrer wollte nicht mehr darüber erzählen, als dass die Kollekte an jenem Wochenende die größte war, die er je erlebt hatte. Möglicherweise hatte diese Organisation, falls wir sie so nennen dürfen, auf sehr überzeugende Weise mit den Leuten im Dorf kommuniziert.«

»Das klingt ja nicht gerade ermutigend. Sie wollen also, dass ich etwas herausfinden soll, was Sie selbst trotz großer Anstrengung nicht herausfinden konnten?«

»Vergessen Sie nicht, dass es hier auch um Ihren Großvater geht. Wer, wenn nicht Sie, sollte diese Liste finden können?«

Ragnar von Scheele begann zu husten, sehr kräftig dieses Mal, das Taschentuch wurde wieder herausgeholt.

»Sehen Sie es einfach so: Ich habe Geld. Sie haben Zeit. Wir gehen ein Tauschgeschäft ein.«

Axel betrachtete den Mann durch die Glaswand. Beide wussten, dass die Frage bereits geklärt war, bevor Ragnar von Scheele die rhetorische Frage stellte, die er sich bis zum Schluss aufgespart hatte.

»Was haben wir schon zu verlieren?«

KAPITEL 27

»Mea, Assl, Mea!«

»Bist du dir sicher? Das wird ganz schön unheimlich werden.«

»Ja! Meeea!«

Axel saß in der Hocke, hatte die Arme um Davids Brust gelegt und schnellte hoch. David quietschte vor Lachen, als er für einen kurzen Augenblick in die Luft flog. Er fiel zurück in Davids Arme und schnappte nach Luft.

»Meeea! Assl!«

»Du bist jetzt schon zwölfmal geflogen! Reicht das noch nicht?«

Stina stand in der Küche und lachte.

»Machst du langsam schlapp, Axel? Hast du zu wenig trainiert?«

»Er ist ganz schön schwer.«

Axel stöhnte, ein Achtjähriger wog mehr, als er erwartet hatte, und Stina hatte durchaus recht damit, dass er lange nicht mehr trainiert hatte. Aufzuhören war für David allerdings keine Option. Axel krempelte die Hemdsärmel auf und starrte David mit einem Blick an, der halbwegs gefährlich aussehen sollte.

»Aber jetzt, David, jetzt wird es ernst. Pass auf, dass du nicht ein großes Loch in die Decke stößt, wenn ich dich hochwerfe.«

David antwortete mit einem lauten Schrei, halb aus Schrecken und halb aus Begeisterung. Axel stöhnte übertrieben, als er in die Knie ging und David in die Arme nahm. Der Junge kicherte und wand sich. Axel warf ihn in die Höhe, und für einen kurzen, panischen Augenblick glaubte er, dass er sich zu heftig bewegt hatte, dass David sich den Kopf an der Decke stoßen würde. Er dachte sogar noch kurz darüber nach, mit welchen Worten er sich bei Stina entschuldigen würde, aber David verfehlte die Decke um gute vier Zentimeter, und Axel fing ihn wieder auf. Sie lachten erleichtert und atmeten gemeinsam durch. Axel dachte, dass das Spiel damit beendet war, er hatte gesehen, wie David vor Schrecken und Verwunderung über den hohen Wurf die Augen aufgerissen hatte, aber als der Junge wieder zu Atem gekommen war, fing er von vorne an.

»Meea! Meeeea! Asssl!«

Stina rettete ihn.

»David, du kannst das iPad nehmen, damit Axel sich ein bisschen ausruhen kann. Hier, möchtest du die U-Bahn gucken?«

David sah zu ihr hoch, machte dann ein Zeichen mit beiden Händen vor der Stirn.

»Der Bus? Klar. Mama stellt das kurz ein, welche Farbe?«

David tippte mit dem rechten Zeigefinger auf den Mund.

»Ein roter Bus?«

David schnalzte zufrieden mit der Zunge, nahm das iPad und kuschelte sich ins Sofa.

»Allen Youtubern sei Dank, die ihre Clips vom lokalen Nahverkehr hochgeladen haben, sie haben mich gerade vor dem Hexenschuss gerettet.«

Axel ging mit Stina in die Küche, und sie setzten sich an den Tisch. Sie schenkte Kaffee ein und warf ihm einen forschenden Blick zu.

»Bist du dir sicher bei diesem von Scheele?«

Er trank einen großen Schluck, damit er etwas länger über seine Antwort nachdenken konnte. In Ragnar von Scheeles Wohnung war es ihm wie eine gute Idee vorgekommen, den Vertrag zu unterschreiben. »Fabelhaft«, hatte von Scheele gesagt, und Axel fragte sich, ob er das immer sagte, wenn jemand einen von seinen Verträgen unterschrieb. Jetzt, nachdem er eine Nacht darüber geschlafen hatte und Stinas skeptische Miene sah, kam es ihm gar nicht mehr so »fabelhaft« vor.

»Nein, aber als ich mir das letzte Mal bei einer Sache sicher war, bin ich vom Schwedischen Rundfunk zum Entwicklungsgespräch vorgeladen worden und wurde zum Paria in der gesamten schwedischen Medienlandschaft … Auf meine Urteilsfähigkeit kann man sich also nicht mehr verlassen.«

»An meiner gibt es dagegen nichts zu beanstanden«, erwiderte Stina mit einem schiefen Lächeln.

»Lass mich raten, du denkst, es handelt sich um einen großkotzigen Banker mit zwielichtigen Kunden, zu dem man einen verdammt großen Abstand halten sollte?«

»Sagma nich, Assel, sagma nich!«

»Entschuldige, David, man soll nicht fluchen, ich weiß!«

Axel rief seine Antwort ins Wohnzimmer und wandte sich mit leiser Stimme wieder an Stina.

»Wie konnte er das hören? Ich dachte, er ist total im öffentlichen Nahverkehr versunken?«

»Ich weiß, es ist beinahe unheimlich. Es reicht schon, wenn ich ganz leise fluche, da ist er schon hinter mir her. Er findet es spannend, wenn jemand flucht. Ich glaube, es hat mit Regeln zu tun und dass wir als Erwachsene dagegen verstoßen.«

Sie tranken ihren Kaffee. Die Unterbrechung war zum richtigen Zeitpunkt gekommen. Axel hatte sich verkauft, so fühlte es sich an, und er hatte Angst, dass Stina auf ihn herabsehen würde. Aber es rettete auch ihr Büro. Er versuchte es zu erklären. »Ich werde dem Ganzen eine Chance geben. Es fühlt sich unheimlich gut an, dass mir jemand glaubt, was ich gesehen habe, das verstehst du doch?«

Ihr Gesichtsausdruck wunderte ihn. Er sah beinahe zärtlich aus.

»Ich verurteile dich nicht, Axel. Ich denke, es ist eine großartige Chance. Du bekommst die finanziellen Möglichkeiten, tief in der Sache zu graben. Wie viele Journalisten haben das heutzutage noch?«

»Das Problematische ist doch, dass von Scheele ganz offensichtlich eine Agenda hat. Wenn ich etwas finde, wovon er nichts wissen will, was nicht zu seinen Vorstellungen passt, was geschieht dann? Das wird ihm wohl nicht gefallen …«

»Dazu muss es ja überhaupt erst kommen. Zu Anfang solltest du alles gründlich recherchieren. Wenn es am Ende nicht klappt, hast du wenigstens eine schöne Zeit gehabt, oder?«

»Aber?«

»Was, aber?«

»Da ist doch etwas, was du verschweigst.«

Sie sah in ihre Kaffeetasse. Begegnete seinem Blick, als sie weitersprach.

»Ich habe ein flaues Gefühl bei der ganzen Geschichte. Wenn das, was von Scheele sagt, stimmt, dann stimmt deine ganze Theorie. Dann jagst du einen Dreifachmörder. Den Mann, der Palme erschossen hat. Den verdammten Ministerpräsidenten.«

»Sagma nich, Mama. Sagma nich!«

Stina verlor den Faden, und die bedrückte Stimmung, die sich in der Küche breitzumachen drohte, löste sich auf. Axel nutzte die Gelegenheit, aufzustehen und seinen Kaffeebecher in die Spüle zu stellen.

»Ich werde eine Mail an Karolina Palm schreiben und ihr die Informationen vor der Veröffentlichung zukommen lassen. Aber ich weiß nicht einmal, ob sie sie haben will. Als ich das letzte Mal mit ihr sprach, hatte sie den Befehl bekommen, die Finger von der Sache zu lassen. Aber zumindest die Palme-Ermittlungsgruppe sollte von Scheele vernehmen.«

»Willst du wirklich noch warten, bevor du es ihr sagst?

Wenn du in dieser Geschichte wühlst, fängt der Mann, nach dem du suchst, vielleicht an, nach dir zu suchen. Dann wäre es doch besser, wenn die Polizei alles weiß. Damit du nicht der Einzige bist, der diese Informationen hat.«

Axel lächelte.

»Ich bin doch jetzt nicht mehr der Einzige, oder?«

Stinas Gesichtszüge erstarrten.

»Ganz ruhig«, sagte er schnell, »ich habe die Mail schon geschrieben. Sie liegt in meinem Archiv-Ordner im Handy. Wenn ich auch nur die leiseste Bedrohung wahrnehme, werde ich sie an Karolina schicken. Dann erfährt es die Polizei.«

Er merkte, dass dies allein nicht reichte, um Stina zu beruhigen. Vielleicht war es ein Fehler gewesen, sie in die Geschichte mit hineinzuziehen. Und er hätte den Sicherheitsaspekt besser durchdenken müssen. Andererseits gab es keine Bessere als Stina, um Ideen durchzuspielen. Er versuchte, die Unsicherheit zu überspielen.

»Außerdem war dieser Mann damals um die dreißig, also müsste er jetzt jenseits der sechzig sein. Ich glaube, mit so einem Ü60-Knaben komme ich noch zurecht.«

»Sagt der Mann, der einen Hexenschuss beim Spielen mit einem Achtjährigen bekommt.«

Stina starrte ihn schmollend an, aber das war nur gespielt. Hoffte er zumindest.

»Morgen früh fahre ich jedenfalls zum Gutshof Odensviholm.«

»Zum Haus deines Großvaters?«

»Das Gut gehörte ihm nicht, aber er hat es verwaltet. Es wird ziemlich spannend sein, es wiederzusehen. Das letzte Mal war ich als Vierjähriger dort. Ich erinnere mich nur, dass man die Milch von richtigen Kühen holte. Sie schmeckte beschi… ziemlich widerlich.«

Sie lauschten hinüber, ob David darauf reagierte, aber Axel

hatte sein Schimpfwort rechtzeitig abgewürgt. Stina spülte die Kaffeekanne in der Spüle aus, und als sie sich ihm wieder zuwandte, sah sie aus wie immer, wenn sie über die Arbeit diskutierten.

»Es gibt eine Person, mit der du sprechen solltest, wenn du dich mit historischen Fragen beschäftigst. Habe ich dir schon von Vilhelm Skrak erzählt?«

»Nein. Skrak?«

»Ja, und der Name ist noch nicht einmal das Seltsamste an ihm. Er ist Professor für Geschichte. Und er kann unglaublich gut Antiquitäten restaurieren, deswegen habe ich ihn auch getroffen. Manchmal tritt er bei dieser Antiquitätensendung im Fernsehen auf, aber meistens sitzt er allein in seinem Büro und arbeitet. Und rate mal, wo dieses Büro liegt?«

»Ein Geschichtsprofessor? Dann sitzt er wohl auf dem Campus in einem der Universitätsgebäude?«

»Das dachte ich auch, aber die Adresse lautet Lejonbacken.«

»Wie bitte? Im Schloss?«

»Genau. Ich sagte ja, dass er etwas Besonderes ist.«

KAPITEL 28

Der Gutshof Odensviholm lag malerisch an einem See. Axel fuhr durch eine Allee von alten Eichen und parkte den gemieteten Volvo-SUV vor dem Hauptgebäude, einer zweistöckigen, gelb gestrichenen Steinfassade, dessen gut erhaltene Holztür von zwei weißen Halbsäulen eingerahmt wurde.

Er stieg aus dem Wagen und trat auf eine geharkte Kiesfläche, die die gesamte Fläche zwischen dem Hauptgebäude und den beiden Flügeln einnahm. Er hatte zwischen dem westlichen Flügel und dem Herrenhaus geparkt. Dieser Flügel diente sowohl als Wohnung für den Verwalter und seine Familie sowie als Büro. Wenn es eine Liste gab, die aus der Zeit seines Großvaters erhalten war, dann musste sie sich im Büro befinden. Die Frage war nur, wie er dort hineinkommen sollte.

Er ging eine Runde um das große Herrenhaus herum. Das Haus war gut in Schuss, wirkte aber verlassen. Er kehrte zum Haupteingang zurück und setzte sich auf die Treppe. Obwohl die Sonne hoch am Himmel stand, schenkte ihr blasses Licht keine Wärme mehr. Er überlegte, wie er weiter vorgehen sollte. Einbruch war eine Möglichkeit, aber das kam ihm falsch vor. Nicht nur, weil er damit gegen das Gesetz verstoßen würde, sondern weil es auch nicht im Sinne seines Großvaters wäre. Viel länger konnte Axel nicht über seine kriminelle Karriere nachdenken, denn plötzlich hörte er den Kies knirschen, als sich jemand näherte. Er blickte auf und sah einen Mann mit einer dunkelgrünen Jacke, Arbeitshosen und großen Stiefeln auf ihn zukommen. Auf dem Kopf trug er eine knallgelbe Schirmmütze der Lantmännen-Genossenschaft. Er stand auf und ging dem Mann entgegen.

»Hallo, brauchen Sie Hilfe?«

Der Mann sah skeptisch aus, er fragte sich natürlich, was Axel wohl für ein komischer Vogel war.

»Mein Name ist Axel Sköld, mein Großvater hat hier vor langer Zeit gewohnt. Sie erinnern sich vielleicht an ihn, Karl-Erik Sköld?«

Der Mann begann zu strahlen.

»Sie meinen Specke?«

»Nein, ich weiß nicht, wurde er so genannt?«

»Ja, sicher, wenn er anwesend war, war er immer der Verwalter, aber unter uns nannten wir ihn Specke.«

Der Mann lachte und sah Axel freundlich an.

»Ich glaube, er ahnte es, aber es war ja auch nicht böse gemeint. Er war ein guter Mann, Ihr Großvater. Wussten Sie, dass er einen ganzen Staudamm angelegt hat? Er liegt ungefähr einen Kilometer in diese Richtung. Wir bekommen einen Teil unseres Stroms immer noch von dort, obwohl die Anlage in den Fünfzigerjahren gebaut wurde. Aber solide, wie alles, was Specke sich vorgenommen hatte.«

Der Mann zeigte auf die Hügel hinter dem Herrenhaus, aber Axel sah nichts als Bäume.

»Es gibt bestimmt vieles, was ich nicht über meinen Großvater weiß … Wem gehört es denn jetzt? Das Herrenhaus, meine ich.«

»Einem Ehepaar aus Göteborg, aber sie sind fast nie hier. Ich wollte gerade nach dem Haus sehen. Das mache ich einmal in der Woche, die Blumen gießen und so. Wollen Sie vielleicht mit reinschauen?«

»Ja, also …«

Der Mann wirkte freundlich und hatte offensichtlich für seinen Großvater gearbeitet, aber Axel wusste nicht, wie viel er ihm anvertrauen konnte.

»Am liebsten würde ich den Teil sehen, in dem meine

Mutter aufgewachsen ist. Das war doch in diesem Flügel hier, oder?«

»Ja, dort standen wir jeden Freitag auf der Eingangstreppe und warteten darauf, in Speckes Büro gehen zu dürfen, um unseren Lohn abzuholen. Das Geld wurde in einer Schublade seines großen Schreibtischs aufbewahrt, und vor ihm lag ein riesiges Rechnungsbuch. Ich erinnere mich immer noch daran, als wäre es gestern gewesen, obwohl ich ein kleiner zwölfjähriger Grünschnabel war, als ich hier anfing.«

Axel lächelte. Der Mann war ein guter Erzähler, und er wünschte sich, dass er sein Aufnahmegerät mitgenommen hätte.

»Kommen Sie mit. Das Haus ist ausgeräumt worden, nachdem Ihr Großvater ausgezogen war, aber ich glaube, dass der Schreibtisch und ein paar andere Möbel noch da sind …«

Sie gingen quer über den Kiesplatz, bis der Mann vor der Treppe stehenblieb und seinen Schlüsselbund durchsuchte. Er sah wieder auf, plötzlich verlegen.

»Ja, ich hatte mich noch gar nicht vorgestellt, oder? Sag ruhig Henry zu mir.«

»Schön, dich kennenzulernen, Henry. Ich heiße Axel.«

»Axel Sköld, ja, das weiß ich schon. Ich habe etwas im Fernsehen über dich gesehen. Dass du vom Schwedischen Rundfunk zensiert worden bist?«

»Ganz so war es nicht. Ich hatte mich blamiert, meine Hausaufgaben nicht gemacht …«

Henry hatte die Tür mittlerweile aufgeschlossen, die Hand auf die Klinke gelegt, ohne sie zu öffnen. Er musterte Axel mit forschendem Blick.

»Du siehst deinem Großvater sehr ähnlich. Aber er hat immer seine Hausaufgaben gemacht, Axel. Immer.«

»Deshalb bin ich auch hier. Es ist Zeit, die Arbeit endlich ordentlich zu erledigen.«

Henry grunzte. Axel konnte nicht sagen, ob es ein zustimmendes oder ablehnendes Geräusch war, aber schließlich öffnete Henry die Tür. Das Erste, was Axel sah, war der Schreibtisch.

»Mein lieber Mann, der ist ja wirklich riesig.«

»Ja, darum ist er wohl auch hiergeblieben. Niemand hat eine Ahnung, wie wir das riesige Ding hier herausbekommen können.«

Henry lachte.

»Ist es okay, wenn ich ihn mir näher anschaue?«

»Natürlich, du bist schließlich sein Enkel. Warum also nicht.«

Axel ging um den massiven Eichenschreibtisch herum und fühlte sich mit seinem Großvater verbunden, wie er es noch nie zuvor erlebt hatte. Ein antiker Drehstuhl mit halbhoher Rückenlehne stand an der Stelle, von der er annahm, dass dort sein Großvater gesessen und seine Pläne für den Gutshof geschmiedet hatte. Hinter der Stuhllehne befanden sich drei große Fenster, die zum Herrenhaus zeigten, aber man konnte auch am Gebäude vorbei auf den See blicken, der auf der Rückseite lag. Eine großartige Lage für ein Büro.

Der Schreibtisch war in der Mitte, dort wo freitags immer das Rechenschaftsbuch gelegen hatte, ziemlich abgewetzt. Die Tischplatte ruhte nicht auf Beinen, sondern auf zwei Kästen.

Als Axel deren Türen öffnete, sah er, dass sich hinter ihnen jeweils fünf Schubladen befanden. Sein Puls beschleunigte sich. Es war unwahrscheinlich, dass er Dokumente aus der Zeit seines Großvaters finden würde, aber wenn es doch welche gab, war es wohl nicht das Unwahrscheinlichste, dass die Papiere in einem Schreibtisch lagen, der seit sechzig Jahren nicht mehr bewegt worden war. Axel öffnete die erste Schublade. Sie war natürlich leer. Er blickte sich zu Henry um, der an der Schwelle zum Raum wartete. Wahrscheinlich hatte er dort immer so gestanden, dachte Axel. Und darauf gewartet, hereingerufen zu werden. Er hatte sogar seine Schirmmütze abgenommen. Es war Axel ein bisschen peinlich, den alten Mann plötzlich in diese unterwürfige Position gebracht zu haben. Dann bemerkte er allerdings das zweideutige Lächeln auf seinen Lippen.

»In diesen Schubladen da wirst du nichts finden. Sie sind vor langer Zeit ausgeräumt worden, bestimmt von deiner Großmutter.«

Es war seltsam, wie Henry *in diesen Schubladen da* betont hatte. Als gäbe es noch andere Schubladen.

Henry betrat jetzt auch den Raum. Vielleicht hielt er doch nicht so streng an der Tradition fest, dachte Axel.

»Es gibt noch eine andere Möglichkeit, an die ich gedacht habe. Dieses Monstrum ist seinerzeit von Gösta Ingelsten getischlert worden. Ich will ja nicht neugierig sein, aber es sieht so aus, als wärest du auf der Jagd nach etwas, was deinem Großvater gehört hat.«

»Wenn jemand nett zu dir ist – dann sei auch nett zu ihm.« Die Worte seiner Mutter. Die Erinnerungen an seine Familie wurden wieder lebendig, während er nach seinen Wurzeln suchte. Axel beschloss, die Wahrheit zu sagen.

»Es soll da eine Liste mit mehreren Namen geben, von einem Treffen, das 1945 hier stattfand. Mein Großvater soll das damals alles arrangiert haben. Weißt du etwas davon?«

Henry schüttelte den Kopf.

»Nein, ich habe erst 1959 hier angefangen und bin 1947 geboren. Von dem, was hier vorher los war, habe ich keine Ahnung.«

»Aber über den Schreibtisch scheinst du mehr zu wissen? Ingelsten, hast du gesagt?«

»Gösta Ingelsten. Ein berühmter Tischler. In unserer Gemeinde sogar weltberühmt, haben wir immer gewitzelt. Er war Kunsttischler, stellte aber auch größere Möbel wie diesen Schreibtisch her, und seine Spezialität waren … Du bist doch jung und beweglich, kannst du mal unter dem Tisch nachgucken und nach einem Stempel suchen?«

Axel schob den Stuhl zur Seite und kniete sich hin, drehte den Kopf, damit er die Unterseite der Tischplatte sehen konnte. Dort war etwas eingeritzt.

»Da steht G.I. und dann noch etwas, das ich nicht richtig sehen kann. Es ist so dunkel.«

»Seine Initialen. Wie schon gesagt, Ingelstens Spezialität waren Geheimfächer. Bei Schreibtischen hat er sie häufig unten am …«

Henry ging um den Schreibtisch herum und klopfte auf die Seitenplatte des linken Schubladenkastens. Es klang tatsächlich hohl. Henry ließ seine groben Daumen über das Holz gleiten und lächelte plötzlich. Er drückte zu, und mit einem Knacken klappte das halbe Seitenteil auf und schwang auf Axel zu, der immer noch unter dem Tisch kniete.

»Siehst du! Ein klassischer Ingelsten.«

Axel hatte unbewusst die Luft angehalten. Er starrte in das Geheimfach und wusste gar nicht, was er erwartet hatte, alles war so schnell gegangen. Aber was er sah, enttäuschte ihn.

Das Fach war leer.

Sein Großvater musste die Liste an einem anderen Ort versteckt haben. Oder seine Großmutter hatte alle Papiere weggeworfen. Aber daran glaubte er nicht. Axel ahnte, dass sein Großvater bis zum Schluss alles unter Kontrolle gehabt hatte. Er hockte immer noch unter dem Schreibtisch und wollte gerade wieder herauskrabbeln, als seine Augen, die sich mittlerweile an die Dunkelheit unter dem riesigen Möbelstück gewöhnt hatten, an dem Symbol direkt neben den Initialen hängenblieben. Es sah aus wie ein spiegelverkehrtes D.

Dasselbe wie auf seiner Schatulle.

»Du, Henry, was bedeutet das hier?«

Ein Mann über siebzig konnte kaum unter den Schreibtisch krabbeln, und außerdem waren Henrys Augen mit ziemlicher Sicherheit wesentlich schlechter als seine. Axel holte sein Handy heraus und machte eine Aufnahme, kroch heraus und zeigte sie.

»Ach so, das? Das sind die Initialen, G und I ineinander verflochten. Gösta Ingelsten markierte jedes seiner Werkstücke damit. Auf den kleineren, etwa auf Eckschränken, Schaukelpferden und Schmuckkästchen, reichte der Platz oft nur für dieses kleine Symbol.«

Die Liste existierte, und sie befand sich an einem Ort, der näher war, als Axel geglaubt hatte.

KAPITEL 29

»Vilhelm Skrak. S-K-R-A-K. Immer mit der Ruhe, Axel. Warum hast du es so eilig?«

Axel versuchte, den Namen auf dem Handy zu notieren, während er den großen Mietvolvo mit hundertfünfunddreißig km/h über die Autobahn steuerte. Er wusste, dass er ein Idiot war, aber er konnte sich nicht überwinden, deswegen anzuhalten oder auch nur langsamer zu fahren.

»Und wo wohnt er, sagtest du?«

Stina seufzte in ihr Handy.

»Du bist unmöglich. Woher soll ich das denn wissen?«

»Du hast ihn doch interviewt?«

»Ja, aber das war in seinem Büro im Museum der Leibrüstkammer.«

»Scheiße!«

»›Danke‹ heißt das.«

Es war mittlerweile fünf Uhr nachmittags, und Axel brauchte noch knapp zwei Stunden bis Stockholm. Vielleicht blieb ihm keine andere Wahl, als bis morgen zu warten, aber der Gedanke, dass dieses Puzzleteil die ganze Zeit in seinem Besitz gewesen war, ohne dass er es gewusst hatte, machte ihn fast verrückt vor Neugier. Ein Geschichtsprofessor, der Antiquitäten restaurierte, konnte ihm ganz sicher perfekt dabei helfen, die Schatulle zu öffnen. Er würde bestimmt durchschauen, wie der Mechanismus funktionierte.

»Dann muss ich wohl warten. Wann öffnen sie, um neun Uhr morgens?«

»Wenn ich mich richtig erinnere, habe ich Vilhelm Skrak ziemlich spät interviewt. Ich glaube, wir hatten uns um sechs

Uhr an der Leibrüstkammer verabredet und uns länger als eine Stunde unterhalten. Er redete und redete, als wollte er gar nicht nach Hause gehen. Fahr einfach vorbei, vielleicht hast du ja Glück.«

Axel beendete das Gespräch und gab noch mehr Gas. Als er schneller als einhundertfünfzig fuhr, nahm er beide Hände ans Steuer.

*

Um 18.32 Uhr parkte Axel seinen SUV auf dem kleinen Parkplatz am Slottsbacken. Die Schatulle hatte er vorher aus seiner Wohnung geholt. Der Eingang war verschlossen, aber hinter einem Fenster im ersten Stock brannte noch Licht. Oder war es das Erdgeschoss? Die riesige Fassade des königlichen Schlosses auf dem geneigten Untergrund irritierte ihn. Aus seiner Perspektive schien der Eingang zum Museum der Leibrüstkammer im Kellergeschoss zu liegen.

Hoffentlich war es Professor Skraks Büro. Stina hatte ja gesagt, dass er bis in den Abend arbeitete. Axel klopfte an die grün angelaufene Kupfertür, ohne eine Reaktion zu bekommen. Also klopfte er kräftiger. Immer noch ohne Erfolg. Axel bereitete sich auf einen dritten und letzten Versuch vor, überlegte es sich aber anders, als die Ablösung der königlichen Wache um die Ecke kam und den Slottsbacken hinaufmarschierte. Es würde seiner Karriere nicht gerade zuträglich sein, wenn er auf einem Bild als Häftling der Wache auftauchte.

Stattdessen holte er sein Handy heraus. Stina hatte Skrak damals über die Zentrale der Leibrüstkammer angerufen, aber um diese Uhrzeit war sie nicht besetzt. Axel versuchte es mit einem alten Trick. Er wählte die ersten sechs Ziffern der Telefonnummer, aber statt der doppelten Null für die Zentrale wählte er null-eins. Häufig landete man dann bei einem Abteilungschef. Oder, wie jetzt, beim Faxgerät. Fluchend riss er das Handy vom Ohr. Es ging einfach nicht in seinen Kopf, warum Faxgeräte so laut sein mussten. Er massierte sich das rechte Ohr, während er stattdessen null-zwei wählte. Es klingelte am anderen Ende, aber niemand meldete sich. Er sah erneut zur Fassade hinauf, zählte die Fenster von der Stelle ab, an der sich die natürliche Grenze zwischen dem Schloss und dem Flügel befand, in dem das Museum untergebracht war. Das erleuchtete Fenster lag in der Mitte. Nummer fünf in einer Reihe von neun hohen Sprossenfenstern. Axel rechnete eine Nummer für das Fax hinzu und wählte die null-sechs. Ein Klingelton. Und noch einer.

»Scheiße.«

»Wie bitte?«

Die Stimme, die antwortete, gehörte einem älteren Mann. Bingo.

»Mein Name ist Axel Sköld, und ich hätte gern mit Vilhelm Skrak gesprochen.«

»Da kann ich Ihnen nur gratulieren! Sie haben nämlich Vilhelm Skrak in höchst eigener Person an der Strippe! Worum geht es?«

Axel musste kurz lachen, ohne zu wissen, ob aus Erleichterung oder weil der Kerl genauso wunderlich klang, wie Stina ihn beschrieben hatte.

»Ich besitze eine Schatulle, zu der ich Ihre Expertise benötige.«

»Junger Mann, die Zeit ist nicht nur weit fortgeschritten, sondern Sie scheinen mich auch mit einem meiner Kollegen in der Antiquitätensendung zu verwechseln.«

Die Stimme klang distanziert.

»Ich kann Ihnen versichern, dass dies nicht der Fall ist, und was die Uhrzeit betrifft, so sagt eine gemeinsame Bekannte von uns, dass Sie eine Nachteule sind. Und ich bin mir ziemlich sicher, dass Sie das Stück gerne sehen würden.«

»Wer ist denn diese gemeinsame Bekannte?«

Die Stimme war immer noch misstrauisch. Aber klang sie nicht auch ein bisschen neugierig? Er musste alles auf eine Karte setzen.

»Stina Forss hat Sie mir empfohlen, und die Schatulle stammt von Gösta Ingelsten. Sie soll eine seiner Spezialkonstruktionen enthalten, die Frage ist nur, wie sie funktioniert.«

»Stina Forss und Gösta Ingelsten, sagten Sie?«

»Genau.«

Es wurde still.

»Kommen Sie morgen früh um Punkt neun vorbei. Ich bin in meinem Büro.«

Axel ballte die Faust und formte ein lautloses »Yes« mit den Lippen, bevor er beschloss, sein Glück noch weiter zu versuchen.

»Das ist super. Allerdings ist es so, dass ich mein Auto gerade vor der Leibrüstkammer geparkt habe. Weil Sie sich an Ihrem Diensttelefon gemeldet haben, gehe ich davon aus, dass ich gerade zu Ihrem Fenster hinaufschaue, das es das einzige ist, in dem Licht brennt.«

Erneut wurde es still. Im Hintergrund hörte Axel etwas rumpeln, als würde ein Stuhl zurückgeschoben und sich jemand bewegen. Dann sah er, wie sich ein Mann größeren Modells als Silhouette am Fenster abzeichnete.

»Sie sind mir ja ein hartnäckiger Schelm! Sind Sie derjenige, der dort unten neben dem Auto steht?«

Axel winkte zur Antwort.

»Und Stina Forss bürgt für Sie?«

»Sie ist meine engste Freundin und Kollegin.«

»Dann sollten Sie ja in irgendeiner Form ein Gewinn für die Menschheit sein. Ich komme herunter und lasse Sie rein.«

KAPITEL 30

Professor Vilhelm Skrak saß tatsächlich im fünften Büro vom Schloss aus gesehen. Als er Axel Sköld empfing, öffnete er eine Tür zum Rest des Flügels.

»Wow!«

»Ja, ich kann nicht leugnen, dass ich gerne hier arbeite.«

Der Saal erstreckte sich bis zum Ende des Flügels. An jeder Längsseite befanden sich vier Fenster, und an der hinteren Wand gewährten drei weitere eine wunderbare Aussicht auf den Strömkajen und das Nationalmuseum. Ebenso beeindruckend wie die Aussicht waren die Bücherregale, die alle Fenster einrahmten und an sämtlichen Wänden bis zur Decke reichten. In der Mitte des Saals stand eine Sitzgruppe um einen niedrigen Tisch.

»Wie ich sehe, gehört Ihre Schatulle zu den ausgeklügelteren Exemplaren. Lassen Sie uns ins Licht gehen, Herr Sköld, das war doch Ihr Name?«

Axel lächelte, als er Vilhelm Skrak begleitete. Bis jetzt hatte Stina mit ihrer Beschreibung absolut richtig gelegen. Allerdings hatte sie kein einziges Wort über sein Äußeres verloren. Wenn Axel ihn hätte beschreiben sollen, wäre ihm zuerst »dick« oder sogar »fett« eingefallen. Doch selbst das wäre noch eine Untertreibung gewesen. Professor Skrak war kolossal.

Jetzt wackelte er auf seinen Schreibtisch zu, schaltete eine Vergrößerungslampe mit Neon-Beleuchtung ein und betrachtete Axel mit einem Blick, der bedeutend munterer war, als die Tränensäcke unter den Augen andeuteten.

»Erzählen Sie, was hat es mit der Schatulle auf sich? Die Provenienz, was wissen Sie darüber?«

»Ich weiß nicht mehr darüber, als dass sie von meinem Großvater stammt und dass das Symbol auf dem mittleren Buch angeblich G.I. bedeutet. Was wiederum für Gösta Ingelsten steht, einen smäländischen Kunsttischler, der ab den Dreißigerjahren tätig war, wenn ich das richtig sehe?«

»Ja. Ingelsten war vor allem eine lokale Berühmtheit, aber einige seiner Schreibtische habe ich schon gesehen. Das liegt an seiner Begabung im gelobten Land der Geheimfächer.«

»Womit wir bei meinem Problem wären, Professor Skrak.«

Axel war zu der Überzeugung gekommen, dass Vilhelm Skrak es schätzte, als Professor betitelt zu werden.

»Ich habe nie herausgefunden, wie man sie öffnet. Mir ist tatsächlich schon der Gedanke gekommen, sie einfach mit einer Axt zu durchschlagen, aber das wäre wohl etwas schade.«

»Ha! Da frage ich mich wirklich, warum Stina Forss sich mit Ihnen abgibt. Was für barbarische Anwandlungen! Ganz richtig, dass Sie zu mir gekommen sind, dann geben Sie mir mal den kleinen Racker, mal sehen, was wir machen können ...«

Vilhelm Skrak drehte die Schatulle hin und her. Er schüttelte sie vorsichtig und klopfte mit einem kleinen Gummihammer sanft auf den Deckel. Mit der Lampe und dem Vergrößerungsglas untersuchte er das eingebrannte Symbol auf dem mittleren Buchrücken des Schreins. Der Professor ging methodisch vor. Die ganze Zeit stieß er leise summende Laute aus.

Schließlich schaute er auf. War dort nicht ein kleines Lächeln in den Mundwinkeln zu erkennen? Oder stand ein neuer Sarkasmus kurz vor der Geburt?

»Ganz gewiss ist dies ein echter Gösta Ingelsten. Das kleinste seiner Stücke, das ich je gesehen habe.«

»Ich hatte also recht?«

»Tja, auch ein blindes Huhn, denke ich ... Wie lange besitzen Sie diese Schatulle schon?«

»Gut fünfzehn Jahre.«

»Fünfzehn Jahre?! Und jetzt wollen Sie, dass ich sie in fünfzehn Minuten öffne? Das sind ja äußerst unbescheidene Forderungen, mit denen Sie da ankommen.«

Axel hatte den Verdacht, dass sich Vilhelm Skrak unter Umständen wie diesen am wohlsten fühlte.

Der Professor ließ seine Finger, die für einen derart korpulenten Mann unerwartet feingliedrig waren, über die Schnitzereien gleiten. Die Buchrücken, die die Rückseite der Schatulle bildeten, waren aus unterschiedlichen Holzsorten mit jeweils eigenen Farbtönen gefertigt. Die Finger schienen nach Spalten in den Fugen zwischen den einzelnen Stücken zu suchen. Mit einem Klicken glitt der Buchrücken mit Ingelstens Siegel ein Stück nach unten, und ein winziges Schlüsselloch wurde sichtbar.

»Großartig!«

Axel konnte sein Erstaunen nicht verhehlen und musste unfreiwillig lachen.

»Ja, und jetzt stehen Sie da und fragen sich, wo Ihr Großvater wohl den kleinen Schlüssel versteckt hat, der in dieses Schloss passt.«

Vilhelm Skrak hielt die Schatulle erneut unter die Lampe und drehte sie hin und her. Mit demselben weichen, aber unnachgiebigen Griff drückte er die Daumen gegen das Holzstück, das die »Seiten« des mittleren Buchs bildete. Dieses Mal hörte man kein Klicken, aber das gesamte Holzstück bewegte sich nach unten und löste sich dann ganz aus der Schatulle. Schließlich lag es als dunkel gebeiztes, scharfkantiges Rechteck in Vilhelm Skraks Hand. Hinter dem Teil, das sich gelöst hatte, befand sich ein Fach, das gut ein Zentimeter tief war. Perfekt für einen kleinen Schlüssel.

Aber das Fach war leer.

»Na, enttäuscht?«

Vilhelm Skrak sprach, ohne Axel anzusehen. Er stellte den Schrein ab, wandte sich ihm zu und hielt das kleine Holzteil in der ausgestreckten Hand.

»Drehen Sie es um.«

Axel nahm das Holzteil, aber seine verblüffte Miene musste ihn verraten haben.

»Dieses Rätsel sollten Sie selbst lösen können. Alles in allem habe ich ja bereits dreiundneunzig, vielleicht sogar vierundneunzig Prozent der Arbeit erledigt.«

Er liebt es, heute Überstunden zu machen, dachte Axel und bemerkte, wie unregelmäßig sich die Oberfläche auf der Rückseite des Holzstücks anfühlte. Als hätte sie ein rundes Muster?

Er drehte das Stück um.

»Ha!«

»Ja, so kann man es auch in Worte fassen. Ich nehme an, Sie meinten Heureka?«

Axel starrte auf die Rückseite des Holzstücks und den kleinen Schlüssel, der wie ein Puzzleteil in das Holz eingearbeitet war. Als er leicht auf das Holzstück klopfte, fiel der Schlüssel in seine Handfläche.

Jetzt hatte er auch den Schlüssel, um die Schatulle, die er von seinem Großvater geerbt hatte, öffnen zu können. Und ihr Inhalt war angeblich … ja, was eigentlich genau? Plötzlich zögerte Axel. Wollte er dieses Geheimnis überhaupt kennen? Vielleicht würde er etwas über seinen Großvater erfahren, was er gar nicht wissen wollte? Und wenn man etwas einmal wusste, konnte man nicht wieder in den vorherigen Zustand zurückkehren. Solange er hier stand, mit dem Schlüssel in der einen und der Schatulle in der anderen Hand, konnte er immer noch aufhören und die ganze Geschichte auf sich beruhen lassen.

Vilhelm Skrak verstand die Situation falsch und ließ die rücksichtsvollere Seite seiner Persönlichkeit erkennen.

»Verstehe, es könnte sich um Familienangelegenheiten handeln. Ich schlage vor, dass Sie meinen Couchtisch verwenden, damit Sie in Ruhe nachschauen können.«

Vielleicht hatte er Mitleid mit Skrak. Nachdem dieser so viel Arbeit investiert hatte, sollte er auch sehen dürfen, was die Schatulle enthielt. Vielleicht trieb ihn auch seine angeborene Neugier. Er steckte den Schlüssel in das Loch und drehte ihn. Ohne das leiseste Knirschen glitt der Riegel zurück, und das Kästchen, das über fünfzehn Jahre geschlossen war, öffnete sich.

KAPITEL 31

Das Innere der kleinen Schatulle war mit hellblauem Samt gefüttert. In den geöffneten Deckel, der senkrecht aufklappte, war ein Spiegel eingearbeitet, in dem Axel jetzt seine aufgeregten Augen sah. Gösta Ingelsten hatte hier zweifellos eine erstklassige Schmuckschatulle hergestellt. Aber es stand ebenso außer Zweifel, dass Axels Großvater eine neue Funktion für sie gefunden hatte. Es lag ein kleiner weißer Briefumschlag darin.

Axel nahm den Umschlag heraus und merkte sofort, dass er nicht verschlossen, sondern die Klappe nur eingesteckt war. Vorsichtig öffnete er ihn und holte einen dünnen, schmalen Zettel heraus, der zweimal gefaltet war. Nachdem er ihn auseinandergefaltet hatte, sah er das, worauf er gehofft hatte. Eine Namensliste.

Ganz oben stand der Name seines Großvaters, sorgfältig mit Tinte niedergeschrieben.

Karl-Erik Sköld

Darunter folgten jede Menge anderer Namen in ebenso sauberer Handschrift.

Bo Lilliehorn
Karl-Johan Rabe
Gustaf Cederström
Sten Lambert
Gösta Wallberg
Ewert Roos
Fredrik Ribbing
Hans Wingesucka

Curt von Rosenstein
Gustaf Sparre
Johannes Schützercrantz
Sven-Erik Bagge
Gustaf Creutz
Göran Jägerhorn af Spurila
Bengt Örnsparre
Albert Posse
Curt Stolpe

Axel zählte achtzehn Namen, ausschließlich Männer. Aber er hatte keine Ahnung, was die Liste bedeutete.

»Anscheinend stecke ich schon wieder fest.«

Er wandte sich an Vilhelm Skrak, auch wenn er damit nur erneut seine Ahnungslosigkeit offenbarte.

Aber Vilhelm Skrak, der ein paar Schritte zurückgetreten war, um beim Öffnen der Schatulle nicht aufdringlich zu wirken, stand jetzt wieder neben ihm und überraschte ihn. Sein Spott blieb aus.

»Ein illustrer Bekanntenkreis, das muss ich zugeben. Das sind die Namen einiger der einflussreichsten Adelsfamilien des Landes. Das habe ich Ihnen gar nicht zugetraut, Sköld. Vielleicht habe ich Sie doch falsch eingeschätzt. Und das würde natürlich auch das Interesse von Fräulein Forss erklären.«

Er schenkte Axel ein Lächeln, das dieser erwiderte. Er musste noch mehr erfahren.

»Können Sie das ein bisschen genauer erklären?«

»Aha, Sie sind also nicht sehr bewandert, was die Adelsgeschlechter dieses Landes betrifft? Der Löwenanteil der Namen auf der Liste Ihres Großvaters gehört zu Adelsfamilien, die bis ins achtzehnte Jahrhundert oder noch weiter zurückreichen. Lilliehorn, Rabe, oder Raab, wie sie zuerst hießen,

Cederström kann natürlich irgendjemand sein, aber irgendwo klingelt da eine Glocke …«

Mit überraschender Schnelligkeit bewegte Professor Skrak seinen Walrosskörper in die Bibliothek, in der er zielsicher ein Regal anstrebte, das an den Fenstern stand, die zum Wasser hinauszeigten.

»Diese Namen in dieser Konstellation verweisen auf eine Zeit weit vor 1945, aber ich kann mich natürlich irren. Das ist tatsächlich schon vorgekommen …«

Der Professor redete, während er blätterte. Doch plötzlich hielt er inne. Las. Und lächelte.

»1985.«

»Wie bitte? Sagten Sie nicht gerade, dass es Ihnen älter vorkommt als 1945?«

»Ja. 1985 ist das Jahr, in dem ich mich zuletzt geirrt habe.«

Axel konnte dem Impuls widerstehen, Skrak nach den genauen Umständen dieses Irrtums zu befragen, was den Professor zu enttäuschen schien. Aber als er sich erneut auf das Buch konzentrierte, das er in seinen Händen hielt, war das schnell wieder vergessen.

»Hier haben wir *Sweden and the American Revolution* von Adolph B. Benson, erschienen in New Haven 1926. Es enthält ein Verzeichnis aller schwedischen Offiziere, die im amerikanischen Unabhängigkeitskrieg gekämpft haben.«

»Gab es Schweden bei der Boston Tea Party?«

»Ach, von diesem Ereignis haben Sie also schon gehört? In der Tat, wir hatten ein paar abenteuerlustige Offiziere, die dort nach Ruhm und Ehre und vor allem nach praktischer Übung und Anwendung ihrer militärischen Führungskenntnisse außerhalb der schwedischen Grenze gesucht haben. Hier sehen Sie, welche Namen der Autor gefunden hat.«

Axel beugte sich über das aufgeschlagene Buch, das Vilhelm Skrak auf seinem Schreibtisch platziert hatte. Zuerst sah er nur die Namen von Schiffen: »*Canton*, 82«, »*St Esprit*, 84«, »*Terrible*, 88«. Er nahm an, dass die Ziffern hinter den Namen die Größe der Schiffe angaben. Die Quadratmeterzahl der Segel oder die Länge in Fuß. Weiter unten auf der Seite sah er wiederholt den Namen »de Grasse« und den Ortsnamen Chesapeake. Die altertümliche Schrift war schwer zu deuten, und so sehr er es auch hasste, er musste sich geschlagen geben. Widerwillig drehte er sich zum Professor um, der trocken lachte.

»Haben Sie die Vorlesungen zur Schriftsprache des achtzehnten Jahrhunderts etwa geschwänzt?«

»Jedenfalls habe ich so viel verstanden, dass hier die Größe der Schiffe angegeben wird. Das muss also wichtig gewesen sein?«

»Das Allerwichtigste überhaupt. Dieser Text beschreibt die Seeschlacht vor der Chesapeake Bay 1781. Die französische Flotte unter der Führung des Grafen de Grasse schlug die britische zurück, und zwar mit großer Unterstützung vonseiten schwedischer Marineoffiziere. Carl Raab auf der *Canton* gelang es, die *Terrible* zu versenken, trotz ihrer achtundachtzig Kanonen.«

»Es wird also die Zahl der Kanonen angegeben?«

»Die wichtigste Größe im Krieg, wie man lange sagte. Raab wurde mit dem Orden *Institution du mérite militaire* belohnt, zusammen mit Magnus Rosén von Rosenstein, weil sie zum Sieg beigetragen hatten. Ihre beiden Schiffe waren am heftigsten in die Gefechte verwickelt, konnten aber mit nur elf Toten und dreißig Verletzten entkommen. Vergleichen Sie das mit der *Terrible*, die sie versenkt hatten. Auf ihr starben neunzig Mann, und zweihundertsiebenundvierzig wurden verletzt.

Vilhelm Skrak blätterte weiter in *Sweden and the American Revolution*. Je mehr er erklärte, desto freundlicher wurde seine Stimme. Er fühlte sich wohl in seiner Rolle als Dozent, dachte Axel, den die Geschichte faszinierte, die er zu hören bekam. Ungefähr fünfzig schwedische Offiziere hatten am amerikanischen Unabhängigkeitskrieg zwischen 1775 und 1783 teilgenommen, zumindest laut der Quellen, auf die man sich einigermaßen verlassen konnte. Die meisten hatten bei der Marine gedient – schwedische Offiziere waren geschätzte Seeleute, was sich auch bei der Schlacht vor Chesapeake Bay gezeigt hatte. Man sagte, dass die Franzosen die besten Schiffe hatten und die Engländer die besten Segler waren. Als sich die Schweden den Franzosen anschlossen, neigte sich das Gewicht zu ihren Gunsten.

»Insgesamt elf Offiziere kamen aus Schweden, und alle waren Mitglieder der Royal Suédois, des Königlich Schwedischen Regiments, das damals Teil der französischen Armee war«, las Axel laut von der letzten Seite vor, auf der Adolph B. Benson die schwedischen Offiziere aufgelistet hatte: »Raab, Stadingk, Cederström, Gyllenskepp, Rosén von Rosenstein, Armsköld«. Axel sah mit erstaunter Miene vom Buch auf.

»Das kann kein Zufall sein, oder?«

»Das ist kaum anzunehmen.«

»Aber was bedeutet das? Dass mein Großvater mit feinen Leuten aus dem schwedischen Adel befreundet war? Vielleicht haben sie das Ende des Kriegs gefeiert? Oder irgendeinen Jahrestag? Oder das Royal Suédois hat länger existiert, als man angenommen hatte?«

Axel merkte, wie es in seinem Kopf zu rotieren begann. Er setzte sich auf den Stuhl an Skraks Schreibtisch. Es war ein langer Tag gewesen, und diese ganzen Informationen wollten sich nicht zusammenfügen.

»Darf ich Ihnen einen Rat geben?«

Erneut die eher bescheidene Seite der skrakschen Persönlichkeit. Axel antwortete mit einem schwachen Nicken.

»Große Teile des Materials, das Benson in seinem Buch verarbeitet hat, ist noch archiviert. Er hat sein Buch in New

Haven herausgegeben, und nicht weit davon entfernt befindet sich das riesige Archiv der Boston Public Library. Wenn ich mich korrekt erinnere, schrieb ungefähr im Jahr 1783 ein schwedischer Offizier namens Lilliehorn König Gustav III. einen Brief, und zwar von Boston aus. Ein ziemlich berühmter Brief, in dem Lilliehorn damit prahlt, dass er mit General George Washington angestoßen habe. Wenn ich an Ihrer Stelle wäre, würde ich mich nach Boston begeben. Zu den Quellen.«

Vilhelm Skrak verstummte. Dann glitzerte es in seinen Augenwinkeln, und der alte Skrak war wieder zurück.

»Das heißt, wenn Sie das Budget haben.«

Axel erwiderte das Lächeln. *Und ob ich das habe.*

TEIL 3

KAPITEL 32

Der Copley Square war von beeindruckenden Gebäuden umgeben. An der südlichen Seite des Platzes lag das Fairmont Plaza, ein Hotel, dessen rote Baldachine und Messinggeländer Axel glauben machen wollten, es wäre genauso alt wie die Stadt selbst. Daneben stand ein riesiger Wolkenkratzer. Er verlor den Faden, nachdem er vierundachtzig Stockwerke gezählt hatte. Ein Glasmonument, das in jede Metropole der Welt gepasst hätte, inklusive Manhattan. In Boston, das aus viel niedrigeren Häusern bestand, beherrschte der Wolkenkratzer den südöstlichen Teil des Platzes. Am meisten beeindruckte Axel allerdings das kleinste aller Gebäude am Copley Square. Die Trinity Church grenzte den Platz nach Osten ab und erinnerte mit ihren schnörkeligen Zinnen und Türmen eher an ein Märchenschloss als an eine christliche Kirche.

Axel stand gegenüber der Kirche an der kurzen westlichen Seite. Dort lag der Granitkoloss der Boston Public Library. Er ging an einem Gedenkstein vorbei, in den vier Namen eingraviert waren: Newton. Darwin. Franklin. Morse. Dann betrat er das Gebäude durch eine der drei großen Eingangstüren und stand schließlich vor einer riesigen Steintreppe aus hellem Marmor. Im ersten Stock fand er das Schild, das er gesucht hatte: Bates Hall.

Als er den Saal betrat, stockte ihm beinahe der Atem. Es war ein klassischer Lesesaal mit grünen Lampen, Studenten, ihren Latte-Bechern und Notebooks. Aber Bates Hall war um Dimensionen größer. Sogar die grünen Leselampen waren riesig. Der Saal sah aus wie eine Kathedrale, oder zumindest wie das Mittelschiff einer größeren Kirche. Er mündete an beiden

Enden in runden Apsiden, die mit einer Reihe von Bücherregalen mit einem zentralen Durchgang abgetrennt waren. Über den Durchgängen thronte jeweils eine große Uhr.

Axel brauchte ein paar Augenblicke, um sich in dem überwältigenden Raum zurechtzufinden, dann ging er durch den Saal zur westlichen Regalwand. Er durchquerte die Öffnung unter der Uhr und fand sich vor einem Schalter aus Eichenholz wieder. Er stellte sich vor, und die Frau, eine ältere Dame mit einer modernen, asymmetrischen Frisur, begann zu strahlen.

»Ah! Sie sind also Mr Skold? Der Journalist, den Professor Skrak uns so wärmstens empfohlen hatte?«

Er dachte dankbar an Stina und ihre Idee zurück, Vilhelm Skrak in dieser komplizierten Angelegenheit zu Rate zu ziehen. Die Bibliothekarin stellte sich als Ann Miller vor. Sie wirkte so engagiert, dass Axel sich von ihrer Begeisterung anstecken ließ.

»Wir haben Sie schon erwartet. Wir haben einige Briefe gefunden, die mehrere der Personen betreffen, an denen Sie interessiert sind.«

Axel hatte den Atlantik mit dem ersten Direktflug überquert, den er bekommen hatte. Die Verbindungen nach Boston waren ausgebucht gewesen, und statt zu warten, war er über New York gereist und von der Penn Station in vier Stunden mit der Bahn in die Küstenstadt im Norden weitergefahren.

Er hatte es genossen, auf Reisen zu sein und dem Stress entkommen zu können.

Je weiter nach Norden er kam, desto dichter standen die Laubbäume. Eiche und Ahorn auf der Reise in den Herbst. Sie waren an Villen mit Sprossenfenstern und kleinen Stauseen in der Nähe von Greenwich vorbeigekommen, an Golfplätzen bei Stamford und mehreren Gutshöfen in der Nähe von New Haven.

Er hatte sich gewundert, wie sehr sich seine Laune gebessert hatte. Er nahm an, dass es an der Reise lag und daran, dass er wieder zu arbeiten begonnen hatte.

Wie auch immer diese Geschichte enden sollte, er hatte zumindest seine Lebensfreude zurückgewonnen. Er nahm sich vor, sich bei Ragnar von Scheele und Vilhelm Skrak zu bedanken, wenn er sie wiedertraf.

Aber jetzt eilte er im Laufschritt hinter der eifrigen Bibliothekarin Ann Miller her, die ihn auf marineblauen Pumps durch den Lesesaal zu einem Raum führte, der den Namen Washington Hall trug. An der schmalen Seite stand ein Leihschalter, über dem eines der größten Gemälde hing, die Axel jemals gesehen hatte. Es war eine Darstellung des Generals George Washington, der über das Boston des achtzehnten Jahrhunderts schaute. Ann Miller wurde langsamer.

»Normalerweise lassen wir keine Besucher in diesen Teil der Bibliothek, für den Sie sich interessieren, aber Sie sind ja so weit gereist, und Professor Skrak bürgt für Sie, deshalb mache ich eine Ausnahme.«

Axel konnte nur ein kurzes Dankeschön murmeln, bevor sie wieder Fahrt aufnahmen. Ann Miller bog in den neueren Erweiterungsbau ab, in dem die moderne Literatur, die Kinder- und Jugendliteratur sowie ein Café untergebracht waren. Sie zog ihre elektronische Karte durch das Lesegerät eines gläsernen Aufzugs, und plötzlich waren sie auf dem Weg nach unten. Im dritten Untergeschoss stiegen sie aus.

Das Magazin, in dem sie sich befanden, war größer, als Axel mit einem Blick erfassen konnte, und wurde von langen Reihen aus Betonsäulen gestützt. Zwischen den Säulen standen graue Archivschränke. Die Gänge zwischen den Säulenreihen waren etwa einen Meter breit, und der Boden war mit einem blankpolierten roten Kunststoff ausgelegt. Ann Miller führte Axel zu einem Schrank.

»Fangen wir mit von Fersen an. Axel hieß er, nicht wahr? So wie Sie? Ist das ein häufiger schwedischer Vorname?«

»Eher weniger«, antwortete Axel, während er ganz fasziniert den geübten Bewegungen der Bibliothekarin folgte, als sie die oberste Schublade des Archivschranks herauszog und in den Mappen blätterte.

»Das ist ja seltsam.«

Ann Miller hielt inne und blätterte zurück.

»Stimmt etwas nicht?«

»Ich weiß nicht, aber ich finde gerade nicht ...«

»Wonach suchen Sie denn genau?«

»Nach Briefen. Als ich Ihre Mail bekam, bin ich direkt hier hinuntergegangen, weil wir hier alle Bestände aufbewahren, die jünger sind als 1600. Ich fand mehrere Briefe Ihrer schwedischen Offiziere ... Okay, gehen wir einfach zur nächsten Person auf Ihrer Liste. Lilliehorn, nicht wahr?«

»Ja, Pehr Ulric Lilliehorn. Er muss General Washington 1782 getroffen und seinem Kindheitsfreund davon geschrieben haben. Ein ganz besonderer Brief, weil sein Kindheitsfreund zufällig König Gustav III. von Schweden war.«

»Das habe ich vorgestern noch kontrolliert, da muss es etwa ein Dutzend Briefe geben...«

Ann Miller verstummte, drehte sich zu ihm um und sah zum ersten Mal, seit sie sich begegnet waren, nicht fröhlich aus. Mit einer ungewohnten Schärfe in der Stimme bat sie um den nächsten Namen auf Axels Liste.

»Henric Gyllenskiöld.«

»An ihn erinnere ich mich, er war schwer zu buchstabieren ...«

Ann Miller bewegte sich hastig zu einem neuen Dokumentenschrank und zog die oberste Schublade hektisch heraus. Wieder tanzten ihre Finger über die Hängeregister, bis sie plötzlich innehielten.

»Die auch nicht. Es waren bestimmt zwanzig Briefe. Alle waren vorgestern noch hier. Keine Ahnung, was hier passiert ist.«

Aber Axel wusste es. Er hatte Ann Miller am Mittwochabend von Vilhelm Skraks Computer aus geschrieben. Nachdem sie die Mail gelesen hatte, war sie direkt hier hinunter gegangen, hatte mehrere Briefe der Personen gefunden, die er auf seiner Liste hatte. Jetzt war Freitag, und alle Briefe waren verschwunden.

Jemand hatte hier aufgeräumt.

KAPITEL 33

»Sie behaupten also, dass zweihundertdreißig Jahre alte Briefe sich plötzlich in Nichts aufgelöst haben?«

»Das haben Sie vollkommen richtig erfasst, Herr Professor.«

Axel Sköld stieß einen langgezogenen Seufzer aus. Es wurde still am anderen Ende der Leitung. So still es eben werden konnte, wenn man mit einem Handy von der Cafeteria der Boston Public Library aus telefonierte. Es rauschte, und in regelmäßigen Abständen drang ein Klicken an Axels Ohr. Dann ließ Vilhelm Skrak wieder von sich hören.

»Das ist natürlich ein unerhörter Skandal. Mein Gott, wie schlecht muss es ihr damit gehen. Bitte richten Sie ihr mein Mitgefühl aus.«

Die letzten Worte gingen beinahe im Knistern unter.

»Ann Miller ist jetzt bei ihrer Chefin. Sie machten ziemlich ernste Mienen, als sie die Tür hinter sich schlossen. Ich nehme an, dass so etwas zu dem Schlimmsten gehört, was in einer Bibliothek passieren kann, die so alte Dokumente in Verwahrung hat.«

»Zweifellos. Eine Ka-ta-stro-phe.«

»So wie diese ganze Reise.«

Axel sackte in seinem Sessel zusammen und ließ seinen Kaffee kalt werden. Er hatte keinen Appetit mehr darauf.

»Da irren Sie sich aber gewaltig!«

Vilhelm Skraks Ausbruch überraschte ihn, sowohl was den Inhalt als auch was die Lautstärke betraf.

»Wieso? Ohne die Briefe habe ich doch gar nichts.«

»Eine verwischte Spur ist auch eine Spur. Sie haben den

Bären gereizt, was bedeutet, dass es tatsächlich einen Bären gibt.«

Axel richtete sich auf. Skrak hatte recht. Warum hatte er selbst nicht darüber nachgedacht? Er schob es auf den Jetlag und versuchte, sich zu konzentrieren. Es war Zeit, das Gehirn wieder für etwas Vernünftiges zu verwenden.

»Sie haben natürlich recht. Aber wissen Sie auch, was jetzt zu tun ist?«

»Ja, ich glaube, ich habe eine Idee.«

Vilhelm Skrak legte eine Kunstpause ein.

Als Axel keine Anstalten machte, das Wort an sich zu reißen, fuhr Skrak fort und hielt eine kleine Vorlesung.

»Vor ein paar Jahren hatten wir hier in der Leibrüstkammer einen kleinen, delikaten Zwischenfall. Wir stellen ja den Waffenrock Karls XII. in einer unserer vornehmsten Vitrinen aus. Dorthin gehen die Besucher normalerweise zuerst, und sie sprechen auch am meisten darüber. Wir sagen immer, dass Karl XII. genauso aussah, als er bei der Belagerung von Fredriksten 1718 erschossen wurde. Aber das ist, sagen wir mal, eine Wahrheit mit Modifikationen.

Eine meiner Kolleginnen, die Museumsdirektorin, eine absolut charmante Frau, ignorierte die allgemein anerkannte Forschungslage und beschloss, die weniger glamourösen Quellen zu befragen. Sie kontrollierte die Quittungen verschiedener Vorratslager, in denen man die Kleidung des Königs aufzubewahren pflegte.

Waffenrock, Stiefel und Hosen waren 1720 beim Rittmeister abgeliefert worden, in dessen Notizen steht: ›schmutzige Hosen, schmutzige Stiefel, schmutziger und blutiger Waffenrock‹. Dasselbe passierte, als sie 1734 zu den Königlichen Ställen weitergereicht wurden. In deren Büchern werden alle Kleidungsstücke als ›schmutzig‹ bezeichnet. Aber im Journal des Waffenlagers von Gustav III. steht 1779 plötzlich ›Hosen schmutzig, Stiefel schmutzig, Waffenrock neuwertig‹. Und wissen Sie warum?«

Axel ließ die Stille auf Vilhelm Skraks Frage antworten. Der Professor sollte die Zeit bekommen, die er brauchte. Schließlich setzte er seine Vorlesung fort.

»Meine Theorie – Verzeihung, die Theorie der werten Direktorin – besagt, dass Gustav III. einen sauberen und hübschen Waffenrock haben wollte, als er die Königsreihe schuf, die in seinem Schloss ausgestellt werden sollte. Es ging einfach nicht, den schmutzigen Mantel unseres schwedischen Kriegerkönigs zu zeigen.«

»Das muss ich mir ansehen, wenn ich das nächste Mal in der Leibrüstkammer bin.«

Axel war selbst erstaunt, wie interessiert er plötzlich an dem Thema war.

»Aber was hilft mir das jetzt?«

»Fragen Sie die entzückende Bibliothekarin Ann Miller. Sie sollte wissen, ob es irgendwo in Boston ein älteres Archiv gibt, das Sie besuchen können.«

Das Knistern in der Verbindung nahm noch zu, als die Lautsprecher im Café plötzlich ansprangen. Ein Test für die Aufnahme eines Podcasts, die in einer halben Stunde beginnen sollte. Axel konnte keinen Zusammenhang zwischen einer Bibliothek und einer öffentlichen Aufnahme eines Podcasts herstellen, aber ihm gefiel die Idee. Er bewegte sich weg, um besser hören zu können, was Professor Skrak vorschlug.

»Und noch eine Sache. Bitten Sie Ann Miller, die Schreibweise zu kontrollieren. Bei so alten Namen und noch dazu in fremden Ländern kann es zu Abweichungen kommen. Aus Raab kann Rabe werden, Riab oder sogar Haag. Järta kann zu Hierta werden.«

Die Verbindung knisterte jetzt heftig.

Was Axel an die alten aufgezeichneten Telefongespräche

erinnerte, die er in seinem Feature über Geijers Bordellskandal verwendet hatte. Er war in Besitz der von der Säpo abgehörten Telefonate mit der Bordellmutter Doris Hopp gekommen. Sie zeigten, neben jeder Menge Gespräche über Geld und sexuelle Dienstleistungen, genau dieselbe schlechte akustische Qualität. Und auffällige Klickgeräusche.

Zu einem Zeitpunkt waren wir uns so gut wie sicher, dass unsere Telefone abgehört wurden.

Axel zuckte zusammen. Was hatte Jan Kowalski vor ein paar Tagen noch gesagt?

Wir haben Klicklaute gehört, und es gab Informationen, die nur mein Kollege Richard und ich kannten …

Die Briefe hatten zweihundertdreißig Jahre im Archiv gelegen … und waren verschwunden, kurz nachdem er eine Mail an die Bibliothek geschrieben hatte?

Axel fuhr ein kalter, ziehender Schmerz in den Magen. Er schaute sich um. Ein ganz normaler Nachmittag in einer Bibliothek.

»Sind Sie noch da? Sköld?«

Geistesabwesend beendete Axel das Gespräch:

»Vielen Dank, Herr Professor. Ich rufe zurück.«

Er ließ seinen Blick durch den modernen Lesesaal hinter dem Café wandern. Er wusste nicht, wonach er suchte. Oder wen. Aber eines war ihm jetzt klar. Jemand hörte sein Telefon ab. Jemand las seine Mails. Jemand war darüber hinaus physisch im Keller dieser Bibliothek gewesen und hatte aufgeräumt. Und dieser jemand konnte sich im selben Raum befinden wie er. Hier. Jetzt.

KAPITEL 34

»Das war aber eine seltsame Art, ein Gespräch zu beenden.«

»Glaubst du, er hat Verdacht geschöpft?«

»Keine Ahnung, aber es kam mir so vor.«

Die beiden Männer sahen einander an. Carl war klug genug, um Eckermanns Gefühl nicht in den Wind zu schlagen. Es hatte sie 1993 bei einer bosnischen Straßensperre vor Vareš gerettet. In einem früheren Leben. Als sie alles für den Frieden aufs Spiel gesetzt hatten. Für Schweden. Und, wenn er ehrlich sein sollte, vor allem auch für das Abenteuer.

Jetzt saßen sie in einem leer geräumten Stockwerk in Terminal 1 in Arlanda und versuchten sich einzureden, dass sie immer noch für das Wohlergehen des Landes arbeiteten. Das Abenteuer war allerdings nicht mehr so wichtig. Im Gegensatz zum Sold. Draußen hob eine Boeing 737 nach Amsterdam ab. Die Fenster schirmten jedes Geräusch effektiv ab.

»Sollen wir Alarm schlagen?«

Eckermann wollte es, das sah Carl ihm an. Er nahm das Handy, das noch in der Verpackung lag. Steckte das Stromkabel hinein und holte eine ebenfalls noch verpackte SIM-Karte heraus. Als er alles zum Laufen gebracht hatte, wählte er die Nummer, die er auswendig gelernt hatte.

»Ja?« Die Stimme, die sich meldete, klang ungeduldig, obwohl nicht mehr als ein einziges Wort gefallen war.

»Wir haben hier eine verdächtige Situation in der Technischen Abteilung.«

»Das betrifft unseren Reisenden, nehme ich an?«

»Korrekt. Wir glauben, er weiß, dass die Luft nicht mehr rein ist.«

»Interessant. Er scheint eine eher lebendige Fantasie zu haben, nicht wahr?«

»Allerdings. Wir fragen uns, ob wir zur Fußarbeit übergehen sollen? Wir können heute um 12.20 Uhr im nächsten Flieger sitzen.«

»Danke, aber das überlassen wir der Sonderabteilung. Bereiten Sie sich darauf vor, erneut zu übernehmen, wenn unser Reisender nach Hause zurückkehrt.«

Carl konnte nichts mehr darauf erwidern. Das Gespräch war beendet worden. Er zerbrach das Handy und warf es in den Container mit verbrauchtem Büromaterial, der mitten im Raum stand.

Als Carl an den gemeinsamen Schreibtisch zurückkehrte, auf dem die Ausrüstung stand – Kopfhörer, Computer, Abhörgeräte und eine Kaffeemaschine –, sah er die enttäuschte Miene seines Kollegen.

»Die Sonderabteilung also?«

»Du hast es gehört.«

Carl war bewusst kurz angebunden. Er wollte den Chef nicht kritisieren. Befehle wurden entgegengenommen. Man gehorchte. So funktionierten im Grunde alle erfolgreichen Organisationen.

»Das ist doch der Typ aus Rumänien? Dieser Hundertzwanzigjährige?«

Carl begnügte sich mit einem kurzen Lachen. Der Mann war eher Anfang sechzig.

»Warum setzen sie immer wieder ihn ein?«

»Er hat Erfahrung. Das ist das Einzige, was du nicht trainieren oder lernen kannst. Du musst sie erarbeiten, indem du überlebst. In dieser Branche ist Alter die größte Qualifikation. Vergiss das nie. Außerdem …«

Er unterbrach sich. Wusste, dass er nicht zu viel reden sollte. Nicht einmal gegenüber Eckermann.

»Außerdem?«

Zu spät.

Carl beurteilte es als das größere Risiko, Eckermann den Eindruck zu vermitteln, dass er ihm etwas vorenthielt. Es durfte nicht der geringste Eindruck entstehen, dass es einen Loyalitätskonflikt zwischen ihnen beiden gab. Das konnte zu irreparablen Verwerfungen führen.

»Ich glaube, dass Ioan ein persönliches Interesse daran hat, diese Geschichte unter Kontrolle zu bringen.«

Eckermann schnaubte verächtlich.

»Klingt eher wie eine ziemlich unprofessionelle Herangehensweise. Persönliche Gefühle haben bei einem Auftrag nichts zu suchen.«

Carl sah ihn an und fühlte sich plötzlich ein ganzes Leben älter als sein zwei Jahre jüngerer Freund.

»Ganz im Gegenteil. Gefühle bedeuten alles, deshalb tun wir das hier. Das Gefühl, das Richtige zu tun. Die Liebe zu diesem Land. Der Glaube an ewige Werte. Die Nation. Wenn die persönlichen Gefühle und Motive mit der größeren Sache übereinstimmen, wird man eine vollkommen souveräne Waffe.«

*

Stina Forss wusste, dass es kein Zufall war, dass die neue grüne Finanzministerin Lova Magnusson sich in einer dieser großen, schön angelegten Verkaufsgärtnereien mit Café im Süden von Stockholm treffen wollte. Das Zwitschern der Vögel sollte im Hintergrund des Radioberichts zu hören sein und das Gefühl vermitteln, dass das Gespräch draußen in der Sonne geführt worden war. Stina gefiel diese intelligente Herangehensweise, mit der Lova Magnusson sich selbst und ihre Politik in Szene setzte.

Sie kauften sich einen Kaffee und setzten sich auf eine der

Bänke mit Blick auf die Gärtnerei. Das Sonnenlicht rieselte in wechselnden roten Nuancen durch das Laub einer riesigen Eiche. Es war ein schöner Herbsttag, und die Finanzministerin strahlte mit den Farben der Jahreszeit um die Wette.

»Wenn Sie selbst eine Analyse machen müssten: Woran liegt es, dass Sie hier als erste grüne Finanzministerin vor mir sitzen?«

»Da gibt es jede Menge Faktoren, die zusammengespielt haben. Zunächst ist der Platz ja überhaupt erst durch die … Nachlässigkeit meines Vorgängers frei geworden.«

»Nachlässigkeit? So beurteilen Sie Sven-Åke Tammers Steuerbetrug? Sie haben in dieser Debatte schon härter formuliert.«

»Ja, da haben Sie natürlich recht. Ich betrachte es als bewiesen, dass der frühere sozialdemokratische Finanzminister bewusst Vermögen vor den Steuerbehörden versteckt hat. Man kann es ja kaum anders betrachten, wenn jemand ein Konto in Panama eröffnet.«

Stina fiel auf, wie Lova Magnusson das Wort »sozialdemokratisch« betonte. Clever, die Schuld der Partei zuzuschieben, dachte sie. Oder doch nicht so clever, immerhin waren sie ja noch in einer Koalition. Mal sehen, wie der Ministerpräsident reagierte, wenn er das hörte.

»Einer der Gründe ist also, dass die Stelle des Finanzministers frei geworden ist. Gibt es noch andere Gründe?«

Lova Magnusson senkte die Stimme um eine Oktave. Ein Trick, den viele Frauen in den Tausenden von Jahren der Missachtung erlernt hatten. Wenn du zwischen Männern in den Sphären der Macht ernstgenommen werden willst, solltest du niemals schrill oder gefühlsgesteuert wirken.

»Der wichtigste Grund ist sicherlich die Politik, die meine Partei und ich in diesem Ressort anbieten kann. Früher waren die Grünen nicht ganz mit sich im Reinen, wohin wir die schwedische Wirtschaft führen wollten, aber mittlerweile ist das Konzept kristallklar: Wir wollen ein sicheres Schweden bauen, in dem niemand gratis mitfährt. Zu lange haben wir auf das Großkapital Rücksicht genommen, das Krokodilstränen wegen der Steuerlast und der angeblichen Ungerechtigkeiten ihnen gegenüber vergossen hat. Wir haben vor ihrer Drohung gezittert, Standorte ins Ausland zu verlegen. Denn wer sollte dann die Steuern zahlen? Aber jetzt sehen wir, was passiert. Die Panama Papers entlarven Direktoren, Investoren, Börsenspekulanten und Firmenchefs als das, was sie sind: Halsabschneider mit extra dicken Brieftaschen. Jahrzehntelang haben sie ihr Kapital aus Schweden hinausgeschmuggelt, um Steuern zu sparen. Gleichzeitig haben frühere Regierungen die Steuerschwindler aus dem ärmsten Zehntel unserer Gesellschaft gejagt. Wir haben die Mücken erwischt und die Elefanten entwischen lassen.«

»Ihre Rhetorik erinnert eher an eine Vertreterin der Linkspartei?«

Stina Forss wollte sie eigentlich nicht unterbrechen, aber sie war neugierig, wie Lova Magnusson damit umging, mitten in einem Gedankengang gestört zu werden. Außergewöhnlich gut, wie sich zeigen sollte.

»Reduzieren Sie das Ganze nicht auf die Rhetorik. Rhetorik sind schöne Reden und Erste-Mai-Plakate. Worüber ich spreche – die wirklichen Betrüger zu jagen, die Elefanten, die sich bereichert haben, ohne ihren Beitrag zu leisten, die sich auf die Brust schlagen angesichts der Verdienste, die sie sich angeblich um unser Land erworben haben –, das ist Politik. Nächste Woche werde ich der Finanzaufsicht neue Werkzeuge an die Hand geben, mit denen die Jagd auf die wahren Betrüger eröffnet werden kann.«

»Diese Werkzeuge … können Sie Beispiele dafür nennen?«

Stina wusste, dass viele Politiker schon früher warme Worte

für die Finanzaufsicht gefunden und in Wahlkämpfen damit gedroht hatten, nachdem wieder ein Korruptionsskandal an die Öffentlichkeit gelangt war. Sie wusste aber auch, dass sich alle – Politiker, Finanzanalysten und Journalisten – in einem Punkt einig waren: dass die Finanzaufsicht im Grunde ein ziemlich machtloses Kontrollorgan war. Zahnlos. Aber auch dieses Mal wurde sie von Lova Magnusson überrascht.

»Wenn ich ehrlich sein soll, dann hatte die Finanzaufsicht nie ein Mandat, ihre Ermittlungen bis zum Ende durchzuziehen. Aber jetzt werde ich ihr die Befugnis erteilen, verschiedene Register gegeneinander abzugleichen, und sie werden vollen Einblick in die Systeme der Großbanken bekommen. Bei einem begründeten Verdacht wegen Unregelmäßigkeiten auf dem Konto einer Firma oder einer Privatperson bekommt die Finanzaufsicht die Vollmacht, alle Banktransaktionen zu verfolgen, von heute bis fünfzig Jahre zurück in der Vergangenheit. Das wird für sämtliche Großbanken gelten. Es wird Zeit, dass die Finanzaufsicht wieder Zähne bekommt.«

Eher Reißzähne, dachte Stina.

»Werden unsere Großbanken da mitmachen?«

Lova Magnusson lächelte erneut. War das echt? Oder aufgesetzte Selbstsicherheit? Stina wusste es nicht. Aber bis jetzt schien es zu funktionieren. Die öffentliche Meinung war auf der Seite der neuen Ministerin.

»Wir werden dafür sorgen, dass sie es tun.«

Sie tranken beide einen Schluck Kaffee, und Stina Forss dachte über die beherzte Finanzministerin und ihre Ankündigungen nach. Es würde turbulent werden, und Stina freute sich darauf. Aber es drohten auch Wolken am Himmel. Niemand legte sich ungestraft mit dem Großkapital an. Nicht einmal eine Finanzministerin mit Reformambitionen. Nicht einmal, wenn sie die öffentliche Meinung auf ihrer Seite hatte. Und ganz besonders nicht, weil sie eine Frau war.

»Ihnen ist klar, dass Sie sich mit dieser Politik jede Menge Feinde machen?«

War da nicht gerade etwas? Ein kurzes Zucken der Augenbrauen? Vielleicht hatte es Stina sich nur eingebildet. Als Lova Magnusson antwortete, hatte sie jedenfalls in ihre selbstsichere Rolle zurückgefunden.

»Schweden ist bereit zu diesem Schritt. Ich tue das, was das Beste für unser Land ist. Und das werden auch immer mehr Leute feststellen, wenn wir erst einmal damit angefangen haben.«

KAPITEL 35

Axel starrte auf die Gäste im Café der Bibliothek. Sah einer von ihnen so aus, als würde er ihn beobachten?

Er hatte Features produziert, in denen er Personen porträtiert und interviewt hatte, die Verbindungen zu den Hell's Angels hatten. Am aggressivsten war allerdings die schwedische Scientology-Kirche gewesen. Er hatte den Verdacht, dass sie ihn in seiner Wohnung abgehört hatten, nachdem ihnen klar geworden war, dass seine Sendung ausgestrahlt werden sollte. Die Scientologen hatten Briefe an seine Chefin geschrieben, um die Sendung zu stoppen, natürlich vergeblich.

Dennoch hatte er bei der Arbeit nie wirklich Angst gehabt.

Bis heute.

Der Mann könnte in der Tat die drei Morde begangen haben, und wahrscheinlich auch einen vierten …

Von Scheeles Worte hallten unheilschwanger in seinem Kopf wider. War er paranoid?

Er musste daran denken, wie wenig trainiert er war. Wie wenig Erfahrung er hatte, wenn es darauf ankam zu kämpfen, sich gegen einen anderen Menschen zu verteidigen. Und hier ging es vielleicht sogar um einen Mann, der die Kunst des Tötens beherrschte.

Es waren mehr als zehn Jahre vergangen, seit er seine Ausbildung als Wachsoldat in der Armee bekommen hatte, aber er erinnerte sich an keinen einzigen Griff. Möglicherweise würde er sich noch daran erinnern können, wie man ein AK5 auseinandernahm und wieder zusammenbaute. Sollte er sich eine Pistole kaufen? Immerhin befand er sich im gelobten Land der Waffenindustrie. Aber das war eine dumme Idee.

Selbst wenn er einen Waffenhändler in Boston davon überzeugen konnte, ihm eine Waffe zu verkaufen, wäre es unmöglich, sie mit nach Hause zu nehmen.

Als sein Handy klingelte, zuckte Axel zusammen.

Es war Ann Miller. Sie klang energisch.

»Wo sind Sie denn hin?«

»Entschuldigen Sie, aber ich musste Professor Skrak anrufen und ihm von den Ereignissen berichten.«

Er sah sich um. Das Telefon brannte am Ohr. Er wollte auflegen und das Gespräch unter vier Augen fortsetzen.

»Soll ich in die Bates Hall kommen, dann können wir uns weiter unterhalten?«

»Nein, wir treffen uns am Haupteingang. Wir werden einen kleinen Spaziergang machen.«

Einen Spaziergang? Was meinte sie? Axel eilte zum riesigen Eingangssaal des älteren Gebäudeteils zurück.

Am Fuß der Treppen, direkt unter einem der beiden Marmorlöwen, die majestätisch über die Besucher der Bibliothek hinwegschauten, stand Ann Miller und wartete. Sie sah ungeduldig aus, lächelte aber, als Axel auftauchte.

»Jetzt zeige ich Ihnen, wie wir die Dinge hier in Boston regeln.«

Er folgte ihr, ohne Fragen zu stellen. Ann Miller hatte offensichtlich eine Idee. Sie strahlte eine ganz andere Energie aus als vorhin, nachdem sie entdeckt hatte, dass die Briefe aus dem Archiv verschwunden waren.

Copley Square war voller Touristen, die einander fotografierten oder Selfies vor der Trinity Church oder der Bibliothek machten. Ann Miller bog nach links ab, überquerte die Boylston Street und ging die Dartmouth Street Richtung Norden.

»Wir sind ja nicht so dumm, dass wir unsere kostbaren Schätze einfach so in der Gegend herumwandern lassen. Unten in unserer Bibliothek haben wir nur Kopien. Die Originale werden an einem Ort aufbewahrt, der zwar sehr viel kleiner, aber auch sehr viel sicherer ist.«

Sie bogen nach rechts in die Newbury Street ab, und Axel begann sich an Bilder aus der Cosby Show zu erinnern. Die Treppen zu den Eingangstüren erinnerten an die Außenaufnahmen der Fernsehserie aus den Achtzigern. Stadthäuser aus Stein mit kleinen Beeten davor. In den Erdgeschossen waren exklusive Geschäfte untergebracht, und das ganze Viertel sah sehr gepflegt aus. Axel benutzte die Schaufenster als Spiegel, um zu kontrollieren, ob sie verfolgt wurden.

Nach einem erstaunlich kurzen Spaziergang blieb Ann Miller stehen. Sie befanden sich vor einem Steingebäude, das allerdings etwas offizieller aussah. Es war fünf Stockwerke hoch, von denen die beiden unteren Sprossenfenster mit grauen Granitbögen besaßen. An fünf Stangen, die in einem Winkel von fünfundvierzig Grad in den Himmel ragten, waren Flaggen gehisst.

Die drei Stockwerke darüber waren einfacher gestaltet: quadratische Fenster in einer Fassade aus rotem Backstein. Quer über die gesamte Vorderseite war ein Text in den Granit gehauen: »New England Historic Genealogical Society«. Axels musste kurz nachdenken, bis ihm die richtige Übersetzung einfiel: Ahnenforschung.

»Wir hätten uns auch unter der Erde bewegen können, unsere Bibliothek hat Tunnelgänge, die sich bis hierher erstrecken. Aber heute ist ja so ein schöner Tag, nicht wahr?«

Ann Miller schien mittlerweile bester Laune zu sein. Als hätte die ganze Geschichte sie unter Strom gesetzt. Axel beneidete sie um ihre Einstellung.

Sie betraten das Haus und wurden von einem Mann in gestreifter Weste begrüßt, der eine kleine Stahlbrille auf der Nase trug, zwei Details, die Axel an einen Bankier in einem Westernfilm erinnerten. Ann Miller und der Mann, der sich als Martin O'Connor vorstellte, begrüßten einander mit Wangenküssen und schienen ein enges Verhältnis zu haben.

»Geht ruhig vor, Ann, ich werde hinter euch abschließen.«

Sie gingen einen Korridor entlang, dessen Wände bis in Brusthöhe mit dunklen Eichenpaneelen und darüber mit grüner Tapete verkleidet waren. Axel erinnerte es an das alte Erbe der Stadt, deren Namen auf die kleine Stadt Boston in England zurückging, aber auch an das grüne Irland, und er nahm an, dass genau dies beabsichtigt war. Hier in Boston war man sehr stolz auf seine Vergangenheit, darauf dass so viele wichtige Entscheidungen bei der Entstehung der Nation gerade hier getroffen worden waren. Das Gefühl verstärkte sich noch, als er den Raum am Ende des Korridors betrat. Zwei Gemälde dominierten den Raum, ein Porträt von George Washington und eines von John Adams.

»Ihr erster Präsident und Ihr erster Vizepräsident?«

»Sehr gut, Mr Skold. Beide sind zudem mit der Stadt Boston und dem Staat Massachusetts verbunden.«

Martin O'Connor lächelte flüchtig und ging an Axel und Ann Miller vorbei in den kleinen Raum. Ann Miller zog die schwere Eichentür hinter ihnen zu und schloss ab. Das Geräusch, das der einschnappende Riegel von sich gab, war beruhigend, aber Axel wunderte sich auch über die vielen Sicherheitsvorkehrungen. Was gab es in diesem kleinen Raum, das dieses Ausmaß an Vorsicht rechtfertigte?

Auf dem runden Tisch in der Mitte des Raums stand eine Metallkiste. Ann Miller und Martin O'Connor hatten an dem Tisch Platz genommen, und Axel setzte sich zu ihnen.

»Sind das alle?«

Ann Miller warf einen fragenden Blick zu Martin O'Connor.

»Ja. Insgesamt achtundzwanzig Briefe, von denen gut die Hälfte immer noch vollständig lesbar ist.«

Die Metallkiste hatte ungefähr die Größe eines DIN-A4-Bogens und war etwa zehn Zentimeter hoch. Der Deckel war noch verschlossen. Axel versuchte, den beiden Bibliothekaren zu folgen. Lagen darin wirklich die Originalbriefe?

»Ich muss zugeben, dass ich ein wenig überrascht bin, dass Bostons Bibliothek so eng mit einer Gesellschaft für Ahnenforschung zusammenarbeitet.«

Ann Miller und Martin O'Connor warfen einander einen kurzen Blick zu und schienen sich einig zu sein, dass O'Connor seinen Bericht fortsetzen konnte.

»Zu Anfang wollten wir Ihnen eigentlich nur die Kopien zeigen. Wir lassen normalerweise nicht zu, dass ein Kunde Zugang zu den Originalen bekommt, wenn es sich um so alte Dokumente handelt.«

»Was ja auch vernünftig war, wie sich herausgestellt hat«, ergänzte Ann Miller.

»Aber jetzt ist die Lage nun einmal so, dass nur noch die Originale existieren … und wir beugen uns nur sehr ungern irgendwelchen Menschen, die versuchen, uns Steine in den Weg zu legen.«

Martin O'Connor sah Axel an, während er nach der Kiste griff.

»Das ist typisch für uns Bostoner … Wir halten unsere Unabhängigkeit ja für ziemlich wichtig.«

Martin O'Connor zeigte auf die Kiste.

»Darin liegen also achtundzwanzig Briefe, einige von Pehr Ulric Lilliehorn, einige von Cederström, die meisten allerdings sind von einem gewissen Henric Gyllenskiöld geschrieben. Sie sind in den 1780er und 90er Jahren verfasst worden, sind allein schon wegen ihres Alters also ausgesprochen interessant. Den Inhalt dieser Briefwechsel haben wir bisher als nicht besonders relevant eingeschätzt. Es gibt einen Brief von Lilliehorn an König Gustav III. von Schweden, in dem Lilliehorn ein Treffen mit General Washington erwähnt. Ansonsten geht es vor allem um Alltägliches …«

Ann Miller mischte sich ein.

»Das gilt auch für Briefe, die auf Schwedisch geschrieben worden sind, aber vielleicht entdecken Sie ja etwas, was uns entgangen ist, als wir sie übersetzen ließen.«

Martin O'Connor sah auf die Kiste und schien nachzudenken.

»Es gibt ja offensichtlich jemanden, der nicht will, dass Sie lesen, was in diesen Briefen steht.«

Er schob die Metallkiste zu Axel hinüber.

»Happy Independance Day.«

KAPITEL 36

»Ich würde mich davor hüten, so nahe an den Fenstern zu stehen.«

Lova Magnusson ignorierte die Warnung. Aber der Mann in dem marineblauen Anzug ließ nicht locker.

»Bitte, gehen Sie von den Fenstern weg.«

Sie drehte sich langsam zu ihm um. Er blinzelte ihre Silhouette an, denn das intensive Gegenlicht irritierte ihn.

»Viktor, das war doch Ihr Name, oder?«

»Ja.«

»Okay, Viktor, wie sieht die Bedrohungslage aus?«

»Ich verstehe nicht?«

»Die Bedrohungslage. Für meine Person, die schwedische Finanzministerin. Ist sie in irgendeiner Form erhöht?«

»Nein. Aber wenn man bedenkt, was der Person zugestoßen ist, die früher in diesem Büro gearbeitet hat …«

Viktor verstummte, als er ihren Blick bemerkte.

»Sie sprechen von Anna Lindh?«

Er antwortete nicht, wirkte aber zunehmend verunsichert.

»Wenn Sie denken, dass ich mich von den Fenstern fernhalten sollte, weil ich zufällig im selben Büro arbeite wie eine frühere Außenministerin, die von einem einsamen Verrückten draußen in der Stadt ermordet worden ist, dann beginne ich mich wirklich zu fragen, wie es um die Ausbildung bei der Säpo bestellt ist. Oder habe ich irgendetwas nicht mitbekommen?«

Viktor entschied sich, weiter zu schweigen. Kluger Junge, dachte Lova.

»Wenn es weiter nichts gibt, habe ich noch einige Arbeit zu

erledigen. Vielleicht können Sie mir eine Tasse Kaffee bringen? Sagen wir, in zehn Minuten?«

Es kostete Lova Mühe, ein Lächeln zu unterdrücken. Sie musste sich eingestehen, dass sie die Umkehr der Geschlechterrollen und der alten Machtstrukturen genoss. Nachdem der kleine Streber Viktor verschwunden war, dachte sie eine Weile darüber nach, ob es wirklich klug war, sich bei einer Person unbeliebt zu machen, die für ihren Schutz verantwortlich war. Aber Lova konnte es nicht lassen, sie musste sich einfach mit solchen Machotypen anlegen, die sich aufführten, als wären sie ihr Vater, obwohl sie fünf Jahre jünger waren als sie.

Sie setzte sich an ihren Schreibtisch im sogenannten Salon. Das Lieblingszimmer der Prinzessin Sofia Albertina, in dem sie in den 1780er Jahren mit ihren Hofdamen verkehrte, war in moderner Zeit vor allem als Büro des Außenministers genutzt worden. Hier, am Gustav Adolfs torg, direkt gegenüber der Königlichen Oper, hatte Anna Lindh am letzten Tag ihres Lebens gearbeitet, bevor sie zum NK spaziert war und dort aus reinem Zufall dem Mann begegnete, der sie ermorden sollte. Mittlerweile war der Arvfurstens palats der Finanzministerin zur Verfügung gestellt worden. Zum Teil beruhte dieser Umzug auf dem peinlichen Umstand, dass das Büro ihres Vorgängers aufgrund der polizeilichen Ermittlungen, die gegen ihn aufgenommen worden waren, geräumt werden musste. Sie wusste allerdings auch, dass der Ministerpräsident eine Botschaft aussenden wollte, indem er sich als entschlossener Gegner des Großkapitals positionierte. Er ernannte die größte Kritikerin des alten Finanzministers zu dessen Nachfolgerin. Er gab ihr größere Befugnisse, stellte ihr mehr Ressourcen zur Verfügung und dazu noch dieses Büro. So muss es laufen, dachte Lova. Sie drückte auf die Ruftaste des Diensttelefons.

»Kristina, seien Sie bitte so nett und rufen den Chef der Finanzaufsicht an. Machen Sie einen Termin für Montag um

8.15 Uhr hier bei mir? Und könnten Sie mal nachschauen, wohin dieser Säpo-Mann verschwunden ist? Er sollte einen Kaffee für mich holen, scheint sich aber verirrt zu haben.«

»Selbstverständlich.«

Kristina antwortete wie immer sehr knapp, aber sie schien ein Kichern zu unterdrücken. Plötzlich knisterte es im Lautsprecher, und Lova hörte Kristinas protestierende Stimme, bevor die Tür zu ihrem Raum geöffnet wurde.

»Entschuldigung, aber er ist einfach an mir vorbeigegangen!«

Kristina war dem Mann hinterhergelaufen, der jetzt im Büro der Finanzministerin stand, ohne einen Termin gemacht zu haben.

»Lova! Wie schön, dich zu sehen.«

Sie betrachtete ihn misstrauisch. Lars Lilliehorn. Der Pressereferent ihres Vorgängers. Das hatte sie nicht erwartet.

»Lars. Ich glaube nicht, dass du einen Termin hast.«

»Glaub mir, für jemanden wie mich hat man immer Zeit. Oder lass es mich so sagen …«

Lars Lilliehorn kam einen Schritt näher und fuhr mit leiserer Stimme fort.

»Ich habe eine Nachricht zu überbringen, die Diskretion erfordert und die du dir klugerweise anhören solltest.«

»Von wem kommt sie?«

»Von jemandem, auf den dein Vorgänger nicht gehört hat, und wir wissen ja alle, wie es Tammer ergangen ist.«

*

Die Kiste, die Ann Miller und Martin O'Connor aus dem Magazin bestellt hatten, wurde mit einem kleinen Schlüssel geöffnet, der Axel an Bankschließfächer erinnerte, und ihm wurde klar, dass diese Kiste genau so etwas war. Eine Kiste aus einem Bankschließfach. Entweder stammte sie aus einem Bankkeller in der Nähe oder die Ahnenforschungsgesellschaft von Neuengland besaß einen eigenen Tresorraum in den Katakomben unter der Stadt.

Axel konzentrierte sich auf den Inhalt. Die Briefe waren sorgfältig in Klarsichthüllen verpackt, und man konnte sie lesen, ohne die über zweihundertdreißig Jahre alten Dokumente anfassen zu müssen.

»Hier haben Sie den eben erwähnten Brief von Pehr Ulric Lilliehorn an seinen Freund, König Gustav III.«

Martin O'Connor zeigte auf das oberste Dokument, und Axel las.

> Unlängst wurde ich General Washington vorgestellt, in seinem Lager, das sich zwei *lieues* von hier entfernt befand, wo wir in Übereinstimmung mit der lokalen Tradition auf das Wohlergehen des Königs anstießen und auf das Wohlergehen aller Mächte, die mit den Vereinigten Staaten alliiert sind.

»Dieser Brief verbindet den Mann, der unser erster Präsident wurde, mit einem Ihrer bedeutendsten Könige, nicht wahr?«

Ann Miller betrachtete Axel mit einer feierlichen Miene, und dieser nickte zur Antwort.

»Stimmt, Gustav III. ist in vielerlei Hinsicht eine herausragende Persönlichkeit, nicht zuletzt wegen seiner Verdienste um die schwedische Kultur. Und für das persönliche Branding ist es natürlich immer gut, wenn man ermordet wird.«

Axel fiel zu spät ein, dass diese Art von Humor unter Ahnenforschern, die geheime Bankschließfächer besaßen, möglicherweise nicht sehr geschätzt wurde. Aber Martin O'Connor lachte.

Axel blätterte vorsichtig durch die Klarsichthüllen. Die

Briefe waren oft in einer sehr schönen und sorgfältigen Handschrift zu Papier gebracht worden, aber sie war ihm nicht vertraut, weshalb es eine gewisse Zeit in Anspruch nahm, den Text zu entziffern.

»Wir hatten früher viel Unterstützung von schwedischen Forschern, und all diese erhaltenen Briefe stammen von schwedischen Offizieren, die auch nach dem Unabhängigkeitskrieg in Amerika geblieben sind. Lilliehorn, Cederström, Ribbing und dieser …«

Ann Miller zog ein paar Briefe unten aus dem Stapel heraus.

»Gyllenskiöld. Klingt ein bisschen so wie Ihr Name, nicht wahr?«

»Sköld, ja, das bedeutet dasselbe.«

Axel erklärte, dass es der schwedische Begriff für Schild war und vermutlich ein sehr verbreiteter Name unter Offizieren, während er zu entziffern versuchte, was Henric Gyllenskiöld in seinem Brief geschrieben hatte.

Mich erreichen Nachrichten über eine der letzten Torheiten des Königs. Eine besondere Art der Academie, wie es scheint? Nach den Worten meines teuren Freunds im Bostoner Zollkollegium behagt es seiner Majestät dem König, eine Gesellschaft zu stiften, wobei er sich wie folgt ausdrückt: »eine Gesellschaft von Achtzehn Herren und Ehrenmännern zur Erhaltung und Förderung der Schwedischen Sprache sowie zur Pflege der Beredsamkeit und der Schwedischen Dichtkunst: Diese Gesellschaft möge von jetzt ab und in alle Zukunft den Namen Schwedische Academie tragen«. Mein lieber Cederström, entsprechen diese Zeilen der Wahrheit? Hat unser König sich in einer Schwärmerei für die schönen Künste verloren, während die reale Welt um uns herum erbebt?

»Soweit ich das hier im übersetzten Text nachvollziehen kann, bezieht sich Gyllenskiöld damit auf die Gründung der Schwedischen Akademie, nicht wahr?«

Martin O'Connor hatte eine Mappe zu Rate gezogen, die sich ganz unten in der Kiste befunden hatte und offensichtlich die Übersetzung der Briefe enthielt.

»Ja, er hat die Nachricht bekommen, dass Gustav III. die Akademie gründen will oder gerade gegründet hat.«

»Das wissen Sie natürlich genauso gut, als Schwede, meine ich, aber die Akademie wurde im März 1786 gegründet, was mit der Datierung des Briefs vom 12. Mai 1786 übereinstimmt.«

Ann Miller zeigte auf das Datum ganz oben auf Henric Gyllenskiölds Brief. Axel tat so, als wäre ihm das Gründungsdatum der Schwedischen Akademie geläufig, und versuchte weiterzulesen, aber die Handschrift war immer schwieriger zu entziffern, bis Tintenflecken und Dreck ihn zum Aufgeben zwangen.

»Gibt es auch einen Brief von diesem Cederström hier?«

Martin O'Connor holte eine weitere Klarsichthülle mit einem Brief heraus.

»Curt Cederström hatte sich nicht weit von hier in Providence niedergelassen, und sie haben einander mehrere Briefe geschrieben, die zum Glück erhalten sind.«

Gyllenskiöld, Mon Frère!

Ich schreibe Euch mit Sehnsucht in meinem Herzen. Die Tage, an denen wir Schulter an Schulter marschierten, um für die Freiheit zu kämpfen, erscheinen mir immer häufiger als unsere glücklichsten Tage.
Das Royal Suédois war fürwahr ein Regiment, mit dem man im Kampf rechnen musste, und war es nicht das Fundament, das die ganze Idee unseres Kampfes repräsentierte, war es nicht das edelste von allen, mein Bruder?

General Washington hat nun wieder begonnen, sich für die Führung der amerikanischen Nation zu interessieren, es geht das Gerücht, dass er eine verfassungsgebende Versammlung einberufen habe, und ich für meinen Teil setze sehr große Hoffnungen in diesen Mann. Du erinnerst dich sicher genauso gut wie ich daran, dass wir das Vergnügen hatten, mit dem General zu dinieren, und wie sehr er dabei unser Regiment lobte. Er hat eine moderne Sicht darauf, wie man einen Staat lenkt, und ich meine hier dieselben Gedanken zu erkennen wie bei Rousseau. Dort haben wir etwas, nach dem wir auch in der Alten Welt streben könnten, nicht zuletzt angesichts unseres eigenen Königs, der, du mögest mir meinen Ton verzeihen, die Welt, wie sie jetzt heranwächst, nicht mehr beherrschen kann. Wir sind alle gleich, im Kampf und im Frieden, in der Seele und im Herzen. Ich weiß, dass du, der an meiner Seite über das Schlachtfeld gegangen bist, mich und meine Gedanken besser versteht als jeder andere …

Mehrere unleserliche Zeilen folgten, aber am Ende des Briefs konnte Axel erneut ein paar Sätze entziffern.

die Academie, die du beschreibst, scheint mir ganz in Übereinstimmung mit der neuesten Leidenschaft des Königs zu sein, sich der Förderung der schwedischen Sprache und der Beredsamkeit, der Poesie und der Literatur zu widmen. Ich sehe das in naher Zukunft nicht als die höchste Priorität des Landes. Ich habe von Ribbing gehört, dass sie Die Achtzehn genannt werden soll, der König soll sich die französische Academie zum Vorbild genommen und deshalb die Anweisung erteilt haben, dass die Anzahl der Mitglieder die Hälfte der französischen Anzahl betragen solle. Demnach zwanzig gelehrte Männer. Aber, und hier kommt das wirklich Amüsante, mein Bruder, der König sei der Ansicht gewesen, dass zwanzig eine Zahl sei, die weniger schön klinge als achtzehn. Demzufolge soll die Anzahl der Mitglieder in der königlichen schwedischen Academie nun achtzehn betragen. Hören Sie, Gyllenskiöld, wie die königliche Arroganz immer hochfahrender wird? Die Achtzehn … die schönen Künste, die seiner Majestät behagen … der Verfall des Reichs …

Die Sätze verschwanden in Fettflecken, die die Tinte verschmiert hatten, und Axel hatte Schwierigkeiten, die Buchstaben F und S voneinander zu unterscheiden.

Martin O'Connor hatte die Übersetzung des Briefs gefunden und deutete nun auf den Namen Ribbing.

»Das wissen Sie vielleicht besser, aber wir glauben, es handelt sich um einen Zeitgenossen der Männer, um Adolf Ribbing.«

Er warf Axel einen vielsagenden Blick zu, als sollte diesen Namen jeder schwedische Staatsbürger kennen.

»Der Königsmörder?«, verdeutlichte O'Connor.

»Ah! Sie verwechseln ihn vielleicht mit Anckarström.«

Axel lächelte, vor allem wohl, weil ihm endlich auch ein wichtiger Name einfiel und er damit als nicht ganz so ungebildet dastand, was die Geschichte seines Landes anging.

»Tatsächlich war es Anckarström, der Gustav III. auf dem Maskenball 1792 erschoss.«

Martin O'Connor lächelte höflich.

»Aber Adolf Ribbing wird als treibende Kraft hinter der Verschwörung betrachtet und wird auch von Anckarström genannt, als dieser nach dem Mord zusammenbricht.«

Axel beschloss, bis auf Weiteres eine demütigere und lernende Rolle einzunehmen. Diese amerikanischen Geschichtsenthusiasten waren anscheinend recht gut mit den schwedischen Verhältnissen des achtzehnten Jahrhunderts vertraut.

»Das bedeutet also, dass Gyllenskiöld und Cederström auch mit Ribbing, der in Schweden lebte, einen Briefwechsel führten?«

»Ja, wir haben auch einige Briefe von Ribbing, aber sie haben schwere Feuchtigkeitsschäden vom Transport über den Atlantik.«

Ann Miller zeigte zwei vom Wasser angegriffene Briefbögen, auf denen man kaum mehr als die Adresse, den Namen und das Datum erkennen konnte.

»Allerdings erwähnt Gyllenskiöld Ribbing in diesem Brief von 1791.«

Martin O'Connor zeigte auf einen Absatz in einer Klarsichthülle.

Ribbing ist verzweifelt, und man kann gut verstehen, warum, wo er doch in seinem berühmten Duell mit Reichsmarschall von Essen so geglänzt hatte. Es hat ihm nur nichts genutzt, da Charlotte Eleonora de Geer jetzt noch näher an von Essen herangerückt ist, womit dessen Verhältnis zu Augusta von Fersen ein Ende findet – und das alles nur wegen einer weiteren Laune unserer teuren Majestät. Ich spüre seitdem den Hass auf den König in Ribbings Briefen noch höher auflodern. Ich schlug ihm vor, dass er selbst eine nützlichere Academie gründen könne, eine im Dienst des Reiches, für ein Vaterland, in dem (statt Geist und Geschmack) die Anstrengungen zum Wohle des Reiches belohnt werden. Er scheint mir sehr beeindruckt von den Ideen, die hier in Boston gedeihen. Selbständigkeit für das Wohl der Nation. Patriotismus im wahrsten Sinne des Wortes. Er fand diesen Vorschlag ausgezeichnet und fragte, ob auch du in eine solche Academie einzutreten bereit wärst.

»Wem schreibt Gyllenskiöld hier?«

»Wir fanden den Brief in einer Sammlung, die von Curt Cederström stammt.«

»Gyllenskiöld und Ribbing fragen sich also, ob Curt Cederström einem engen Kreis von schwedischen Patrioten angehören möchte?«

»Ja, so sieht es aus, sie scheinen den Namen ›Die Achtzehn‹ einfach zu lieben.«

»Mehr als den schwedischen König jedenfalls.«

KAPITEL 37

»Mama gehen?«

»Nein, David. Wir bleiben noch eine Weile hier.«

»Mama Arbeit?«

»Ja, das hier ist Mamas Büro.«

»Mama gehen?«

»Nein. Ich muss noch ein bisschen arbeiten. Du kannst auf dem Sofa sitzen und iPad gucken.«

Sie begann lautlos zu zählen und kam bis acht. Erstaunlich gut.

»Mama gehen?«

Stina fluchte leise, zwang sich aber, ruhig mit ihrem Sohn zu sprechen. An Davids Schule grassierte ein Magen-Darm-Virus, und auch das Personal war betroffen. Und plötzlich war niemand mehr da, der Zeichensprache konnte. Es war das vierte Mal, seit David dort war, und Stina hatte gewusst, dass ihr nichts anderes übrigbleiben würde, als ihren Sohn abzuholen und ihn mit ins Büro zu nehmen. David konnte sehr ungeduldig werden, wenn er nicht verstanden wurde. Stina hatte es anderen Eltern schon so oft erklären müssen, wenn sie sich darüber aufregten, dass ihre Kinder Kratzwunden hatten oder wieder Gerüchte im Umlauf waren, dass David schubste oder schlug. Manchmal entsprachen diese Gerüchte allerdings auch der Wahrheit.

Um allen anderen den Kummer mit David zu ersparen, hatte sie also ihren Stolz heruntergeschluckt und wurde mit dem Geschmack der Bitterkeit belohnt, als sie ihren Sohn abholte. Sie hasste es, das zu tun. Zum einen weil eigentlich die Schule dafür zuständig war, sich tagsüber um ihren Sohn zu kümmern, zum anderen, weil sonst keiner der Eltern die Probleme der Schule lösen musste. Es betraf immer nur David.

Ein Kind mit Behinderung zu bekommen, bringe eine »größere Elternverantwortung« mit sich, hatte ihr ein Psychologe gesagt, als sie schon in Davids erstem Lebensjahr die Nerven zu verlieren begann. Es war hart gewesen. Aber am härtesten war der innere Konflikt, wenn sie David abholen musste. *Weil sie es nicht wollte.* Weil sie es am liebsten sah, wenn sich jemand anders um ihr Kind kümmerte. Das waren verbotene Gedanken. So durfte man sein Kind nicht betrachten. Als eine Last. Aber genau das war er ja.

Sie schaute ihn an, als er im Büro auf dem Sofa saß und ganz konzentriert auf einen YouTube-Clip starrte, der die grüne U-Bahn-Linie am Bahnsteig von Råcksta zeigte.

Sie zweifelte nie daran, dass sie ihren Sohn liebte. Aber konnte er nicht ein bisschen weniger anstrengend sein? Ein bisschen weniger entwicklungsgestört?

David merkte, dass sie ihn betrachtete. Er wandte ihr seine typische fragende Miene zu. »Mama gehen?«

»Nein, David, wir müssen noch eine Weile hierbleiben.«

»Mama Arbeit?«

»Genau, David. Mama arbeitet jetzt.«

Sie sah es kommen. Sekunden, bevor es zu hören war. Wie er das Gesicht verzog, die Muskeln um die Kiefer sich anspannten, und dann – der Schrei. Die Frustration, die jederzeit so nahe war, wenn die Sprache ihn im Stich ließ, wenn er nicht verstand, wenn die Welt nicht so wie immer war.

Jedes Mal, wenn es passierte, überraschte sie die Kraft in Davids Stimme, obwohl Stina es bestimmt schon tausendfach erlebt hatte. Sie stand auf, der Bürostuhl rollte zurück und stieß gegen die Wand, als sie auf David zulief und ihn zu beruhigen versuchte. Im selben Moment klingelte es an der Tür. Warum passiert immer alles gleichzeitig, wenn David schreit, dachte sie.

Der Schrei musste bis auf die Straße gedrungen sein, denn noch bevor Stina öffnen konnte, waren bereits zwei Handwerker in Blaumännern hereingekommen. Stina betrachtete sie mit einem entschuldigenden Lächeln und schaukelte David dabei auf ihren Knien.

»Wir kommen von der Hausverwaltung und sollen die Anschlussdose für die Internetanbindung austauschen. Ich hoffe, das Hauptbüro hat uns angekündigt?«

Stina schüttelte den Kopf.

»Davon weiß ich nichts, aber vielleicht hat mein Kollege ja die Mitteilung bekommen. Der Anschluss befindet sich jedenfalls da hinten.«

Sie zeigte auf den Schrank oberhalb des Sicherungskastens. David jammerte weiter, aber mit leiserer Stimme. Der unerwartete Besuch zog seine Aufmerksamkeit auf sich.

Einer der Männer zog ein zusammengefaltetes Papier heraus, das er auseinanderklappte und vorlas.

»Ja, hier steht Axel Sköld als Kunde. Ist das Ihr Kollege?«

Die Frage kam von einem Mann um die dreißig, der eine Jacke mit dem Logo der Hausverwaltung auf dem Rücken trug.

Stina nickte und streichelte David weiter, wobei sie sich bewusst war, dass die Männer mitbekommen hatten, wie groß er war und dass er geschrien hatte – zwei Tatsachen, die »behindertes Kind« signalisierten. Das würde entweder ein mitleidiges Lächeln hervorrufen oder dazu führen, dass der Mann sich abwendete und so tat, als müsste er mit seinem Kollegen sprechen. Der Mann überraschte Stina allerdings, denn er ging zum Sofa, auf dem sie und David saßen. Er gab ihnen die Hand und wandte sich direkt an David.

»Aha? Bei dir läuft es heute nicht so gut? Willst du ein Geheimnis wissen? Auf der Arbeit schreie und weine ich auch manchmal, das passiert eben, wenn man mit so einem wie Kent zusammenarbeitet.«

Er zeigte auf den anderen Mann, der identisch gekleidet war, allerdings kohlschwarze Augenbrauen und ebensolche Haare hatte. David hatte aufgehört zu schreien und hörte dem fremden Mann mit großen Augen zu. Stina vermutete, dass es an dem Schokoriegel lag, den der Mann direkt vor Davids Nase hielt.

»Ich esse dann immer ein Stückchen Schokolade, und dann bin ich wieder fröhlich. Was meinst du, wärst du nach einem Stückchen Schokolade auch wieder fröhlich?«

David antwortete mit einem entschlossenen Nicken.

Der Mann und Stina lachten, und David bekam die Süßigkeit in die Hand gedrückt. Stina half ihm, es auszupacken, und holte eine Rolle Haushaltspapier aus der Küche. Es würde eine ziemliche Sauerei geben, aber sie war trotzdem dankbar, vor allem, weil der Mann nicht zurückgeschreckt war, sondern David wie ein ganz normales Kind behandelt hatte.

Als sie zurückkam, brachen die Männer schon wieder auf.

»Das ging aber schnell.«

Der Mann, der David die Schokolade gegeben hatte, drehte sich um und lächelte.

»Kent ist manchmal auch ziemlich schnell. Das passiert nicht so oft, aber heute hatten wir Glück. Jetzt müsste euer Netz richtig schnell sein, es ist das letzte Update. Wenn irgendetwas ist, kann Ihr Kollege ja von sich hören lassen.«

*

Boston, 1793
Lilliehorn, Mon Frère!

Das ist mein Lebwohl. Der Medikus sagt, dass der Augenblick nun nicht mehr fern ist. Ich spüre in der Tiefe meiner Seele, dass er damit ausnahmsweise einmal recht hat. Ich habe keine Angst, ich bin bereit, dem Schöpfer gegenüberzutreten. »Preis und Ehre sei dir, Oh, mein Herr Jesus Christus!« Sagte das nicht unser lieber Anckarström vor seinem Tod? Es war mir ein Vergnügen und eine Ehre, neben dir im Kampf als Kamerad und als Freund im Leben dienen zu dürfen. Vor meinem inneren Auge erscheinst du im strahlendsten Licht, nichts als die schönsten Erinnerungen meines Lebens verbinde ich mit deinem Namen. Ich hoffe, dass ihr unseren Kampf fortsetzen werdet, denn was wir getan haben, war zum Nutzen des Wahren Reiches. Nur das Volk besitzt das Recht an seinem Vaterland, und nur eine aufgeklärte Elite kann das Volk richtig lenken. Das Echo des Schusses auf dem Maskenball ist bis über den weiten Atlantik gedrungen, und ich schwöre, mein Freund, dass die echten – die wahren – Achtzehn eines Saluts würdig sind. Es lebe die Freiheit. Es lebe unser Vaterland Schweden. Auch wenn wir dem König in einer Sache recht geben müssen – Die Achtzehn ist ein schöner Name. Wenngleich der selige Regent wohl kaum gedacht haben dürfte, dass auch eine Kriegsakademie dieses Epitheton tragen kann. Mein einziger Kummer ist nun, da ich auf meinen letzten Atemzug warte, dass ich niemals zurückkehren und unser stolzes Reich noch einmal sehen durfte. Ich bitte dich, richte Ribbing (ich weigere mich, ihn de Leuven zu nennen, denn was er tat, war richtig und keine Schande darf auf seinen Namen fallen) und Horn meine letzten Grüße aus. Von Cederström habe ich mich bereits verabschiedet.

Henric Gyllenskiöld
XVIII

Axel Sköld sah von dem Brief auf und begegnete Ann Millers und Martin O'Connors Blicken.

»Wen meint er mit Die Achtzehn?«, fragte er sie.

»Das ist doch der Name der Schwedischen Akademie, die den Nobelpreis verleiht?«

Ann Miller schien nicht zu verstehen, warum Axel die Frage überhaupt stellte.

»Ja, die wird ebenfalls Die Achtzehn genannt, aber Gyllenskiöld schreibt hier ja über eine andere Akademie, eine Kriegsakademie, die er ebenfalls Die Achtzehn nennt.«

Martin O'Connor folgte mit dem Zeigefinger den Zeilen des übersetzten Textes, den er vor sich liegen hatte.

»Ja, es scheint tatsächlich etwas anderes zu sein.«

Ann Miller beugte sich über den Text und runzelte die Stirn.

»Ich fand den Bezug auf die königliche Akademie auch ziemlich seltsam. Er spricht über den Mord an Gustav III., als wäre er etwas Gutes gewesen. Dass er daneben auch gute Worte für die Akademie findet, kommt mir … Ja, das passt irgendwie nicht zusammen.«

Die Briefe waren schwer zu entziffern gewesen. Die Müdigkeit nach all dem Stress und der Jetlag sorgten dafür, dass sein Gehirn nur auf niedriger Drehzahl lief. Axel brauchte Hilfe, um den Inhalt richtig zu interpretieren.

»Können Sie mir Kopien der Briefe per E-Mail schicken?«

Ann Miller und Martin O'Connor betrachteten ihn mit skeptischen Blicken.

»Wir können einen Verschlüsselungsdienst verwenden, für dessen Kosten ich aufkommen werde. Ich möchte nur, dass Professor Skrak sieht, was wir gefunden haben.«

Die Worte Verschlüsselungsdienst und Professor Skrak hatten die erhoffte Wirkung.

»Natürlich. Professor Skrak sind wir gerne behilflich.«

Martin O'Connor nahm die Metallkiste mit sämtlichen Briefen mit und schloss die Tür auf. Ann Miller und Axel folgten ihm.

Wenn jemand erklären kann, was diese ganzen Briefe bedeuten, dann ist es Vilhelm Skrak, dachte Axel. Aber eines wusste er bereits jetzt. Die Achtzehn, die in Boston gegründet worden waren, waren alles andere als eine Akademie für Geist und Geschmack. Und die Namen aus dem Ende des achtzehnten Jahrhunderts tauchten auf der Liste wieder auf, die er in der Schatulle seines Großvaters entdeckt hatte. Er hatte den starken Verdacht, dass es Die Achtzehn waren, die sich 1945 auf dem Herrensitz Odensviholm versammelt hatten. Dass diese Organisation über einhundertfünfzig Jahre überlebt hatte. Aber um was für eine Art Organisation handelte es sich hier überhaupt? Und wozu war sie in der Lage?

KAPITEL 38

Ioan folgte dem schlaksigen Journalisten mit den Augen und achtete darauf, dass sich jederzeit mindestens fünfzehn Personen zwischen ihnen befanden. Wie Ioan vermutet hatte, war Axel Sköld auf dem Weg zur Penn Station. Er schien die Heimreise anzutreten. Der Besuch bei der Ahnenforschungsgesellschaft am Freitag hatte ihn überrascht, und er hatte nicht sauber gearbeitet, denn er konnte nicht verfolgen, was genau Axel Sköld dort gesucht hatte. Aber er hatte jetzt Zugang zu den Briefen, von denen er wusste, dass sie auch Axel Sköld interessierten. In das Archiv der alten Bibliothek zu gelangen, hatte ihm keine größeren Schwierigkeiten bereitet. Er hatte sich nicht einmal vor Kameras in Acht nehmen müssen, denn die hatte es dort im Keller nicht gegeben.

Er vermutete, dass Axel Sköld Kopien der Briefe zu sehen bekommen hatte, was alles andere als gut war. Schließlich war er vor allem hierhergereist, um zu verhindern, dass diese Informationen bekannt wurden. Aber er wusste, dass sein Auftraggeber sich sehr für die Briefe interessieren würde, die Ioan nur überflogen hatte. Aber einige Namen der Verfasser hatte er erkannt.

Er beschleunigte seine Schritte und näherte sich dem Bahnhof. Wenn Axel Sköld die Direktverbindung der SAS am Abend erwischte, konnte er mit der Lufthansa über Schiphol fliegen und ein paar Stunden später zu Hause sein. Danach musste man die notwendigen Maßnahmen ergreifen. Es sah so aus, als wäre eine Konfrontation mit dem hartnäckigen Reporter unvermeidlich. Ioan hatte dazu keine Meinung. Sein Gehirn war eher praktisch orientiert. Er sah diskret zu Axel Sköld hinüber, der auf dem Bahnsteig stand und auf den Zug nach New Jersey und Newark wartete. Ioan maß ihn mit dem Blick. Lang, aber schmal. Schwach. Gedankenlos knackte er mit den Fingerknöcheln.

*

Im Taxi, das er von Arlanda aus genommen hatte, beschloss Axel, direkt ins Büro zu fahren. Der Jetlag würde später zuschlagen, aber jetzt fühlte er sich noch munter, und es war gerade erst Viertel nach neun am Morgen. Also konnte er die Zeit auch nutzen. Er hatte beschlossen, das Wochenende noch in New York zu verbringen, und hatte die freie Zeit in der Metropole genossen. Die Angst, die er in Boston verspürt hatte, war immer mehr einer neuen Entschlossenheit gewichen. Er war von Martin O'Connors und Ann Millers rebellischer Einstellung angesteckt worden. Er hatte mit beiden ein Interview über die Briefe geführt, die sie ihm gezeigt hatten, und über die geheimnisvollen Umstände dieser Geschichte. Den Mitschnitt wollte er auf den Sicherheitsserver kopieren, der in dem feuerfesten Schrank im Büro stand.

Er bat den Fahrer, auf P1 zu schalten, wo gerade ein Interview mit der neuen Finanzministerin Lova Magnusson zu hören war. Mit ihrer Jagd auf diejenigen, die sie die »wahren Betrüger« nannte, hatte sie für neue Schlagzeilen gesorgt.

»Sie haben sich also gestern mit den Vertretern der vier Großbanken getroffen. Was können Sie uns über dieses Gespräch sagen?«

»Ich habe dort die Maßnahmen erläutert, die ich ergreifen werde, und welche Auswirkungen sie auf ihre Geschäftsfelder haben werden.«

»Sie hatten deutlich gemacht, dass Sie das Bankgeheimnis in vielen Bereichen aufheben werden, was ja wohl kaum zum Nutzen der Bankkunden sein kann …«

Die Moderatorin verlor für einen kurzen Augenblick den Faden, und die Finanzministerin preschte sofort in die Lücke.

»Es nützt niemandem, dass wir hier in Schweden ein System haben, das es den Menschen so leicht macht, Steuern zu hinterziehen. Besonders nicht diesen außerordentlich vermögenden Leuten, von denen Sie gerade sprechen. Das habe ich den Banken auf dem gestrigen Treffen ebenfalls deutlich gemacht.«

»›Maßnahmen ergreifen‹, ›deutlich machen‹ – haben Sie auf diesem Treffen diskutiert oder haben Sie lediglich Ihre Entscheidungen verkündet?«

Gute Frage, dachte Axel und genoss die Spannung in dem darauffolgenden Augenblick der Stille. Auch der Taxifahrer schien inzwischen interessiert zuzuhören.

»Ich verstehe Ihre Frage, aber nach meinem Empfinden war das Treffen konstruktiv. Alle unsere Banken wollen solide wirtschaften und natürlich nicht in eine Situation geraten, wie wir sie jetzt in Panama haben, wo Institutionen des Rechts und der Wirtschaft überführt wurden, mit Steuerbetrügern gemeinsame Sache gemacht zu haben.«

Sie ist verdammt scharfzüngig, dachte Axel. Diese Anspielung auf die Panama Papers war brillant gesetzt. Aber sie sollte nicht versuchen, den Hörern einzureden, das Treffen mit den Banken wäre »konstruktiv« gewesen.

Die Moderatorin war eine langjährige Mitarbeiterin von P1. Ihre Stimme strahlte Bescheidenheit, Intelligenz und Selbstvertrauen aus, und sie beherrschte die Kunst des Zuhörens und bekam sofort mit, was zwischen den Zeilen gesagt wurde. Sie hatte außerdem genug Erfahrung und ein solches Ansehen in der Redaktion, dass sie vom Manuskript abweichen und auf die Punkte eingehen konnte, die ihr angesichts der Antworten, die sie bekam, besonders wichtig erschienen.

»Entschuldigen Sie, aber ein Detail interessiert mich

noch … wie ist es Ihnen gelungen, dieses Treffen mit den Vorstandsvorsitzenden aller vier Großbanken so kurzfristig einzuberufen – noch dazu in Ihrem Büro?«

Ein kurzes Lachen von Lova. Es klang ganz natürlich, aber Axel wusste, dass sie damit nur Zeit gewinnen wollte. Eine Sekunde reichte für eine Person mit großer Medienerfahrung, ihre Antwort zu durchdenken, und es konnte entscheidend dafür sein, ob man in einem Live-Interview auf das Publikum wie ein Sieger oder wie ein Verlierer wirkte.

»Das war überhaupt nicht schwierig. Wir haben zuerst Nordeas Vorstandsvorsitzenden eingeladen. Sobald dieser zugesagt hatte, unterrichteten wir die anderen, dass Nordea einen exklusiven Termin mit der neuen Finanzministerin bekommen hatte, es sei denn, sie wären ebenfalls an einer Teilnahme interessiert.«

»Und diese Strategie hat funktioniert?«

Axel hörte, dass die Moderatorin ein Lächeln zu unterdrücken versuchte, aber der Klang ihrer Stimme verriet sie.

»Sie haben alle innerhalb von zwanzig Minuten zugesagt.«

Der Taxifahrer lachte.

Du bist genial, Lova, dachte Axel. Aber du weißt es auch. Und du machst Politik mit harten Bandagen. Die Wähler mögen das, aber das kann sich schnell ändern. Und diejenigen, die dich nicht mögen, merken, wie du diese Situation genießt.

Er beschloss, mit ihr darüber zu sprechen, ihr ein paar gute Ratschläge zu geben. Aus alter Freundschaft. Einfach so, dachte er. Aber er merkte selbst, dass er sich etwas vormachte, was den wirklichen Grund betraf, warum er sich mit Lova treffen wollte.

Axel stieg in der Ölandsgatan aus dem Taxi und sah, dass im Büro Licht brannte. Es machte ihn froh, dass Stina dort war.

»Der verlorene Sohn kehrt aus dem gelobten Land zurück!

Ich werde dieses Ereignis feiern, indem ich dir einen Kaffee zubereite, obwohl es bereits nach neun Uhr ist.«

Stina war ebenfalls bester Laune. Er hoffte, dass es an seiner plötzlichen Ankunft lag, vermutete aber, dass es eher mit ihrer Arbeit zu tun hatte. Die Nominierungen für den Schwedischen Journalistenpreis waren veröffentlicht worden, und sie galt als eine der großen Favoritinnen für den Preis für investigativen Journalismus. Er hatte die Namen im Internet gesehen und von New York aus mit einer SMS gratuliert.

»Mach zwei Kaffee, dann können wir auf deinen zukünftigen Preis anstoßen«, rief er ihr zu, als sie in der Küche stand und Milch aufschäumte.

»Beschrei es nicht.«

Sie antwortete, ohne sich zu ihm umzudrehen, aber zum zweiten Mal an diesem Morgen konnte er hören, wie jemand versuchte, ein Lächeln zu unterdrücken.

Sie nahmen in der kleinen Sitzgruppe Platz. Stina machte immer größere Augen, als Axel erzählte, dass die Briefe aus der Bibliothek verschwunden waren, auch wenn er versuchte, die Dramatik herunterzuspielen. Er wollte seine Kollegin nicht mit irgendwelchen Theorien darüber beunruhigen, dass er möglicherweise verfolgt wurde.

Stina zog hinter ihrer Brille die Augenbrauen zusammen, als er zu Ende erzählt hatte.

»Diese Geschichte ist nicht ganz so leicht zu verstehen, oder?«

»Wie meinst du das?«

»Du hast damit angefangen, die Zusammenhänge zwischen drei Todesfällen in den Achtzigerjahren zu untersuchen. Palme, Algernon und Falck.«

»Und wir wissen ja beide, welchen durchschlagenden Erfolg ich damit hatte.«

Er lächelte, aber Stina ignorierte seinen Kommentar. Sie

konzentrierte sich auf die Puzzleteile, die sie in ihrem Gehirn hin und her drehte. Sie arbeitete. Gut, dachte Axel.

»Von den Achtzigerjahren bewegen wir uns plötzlich ins achtzehnte Jahrhundert zu einem Briefwechsel zwischen schwedischen Offizieren, die sich über den Königsmord austauschen.«

»Du vergisst die Schatulle meines Großvaters und das Treffen, das 1945 auf dem Gutshof stattgefunden hat. Die Namen auf dem Zettel lauten unter anderem Lilliehorn, Cederström und Ribbing.«

»Eine seltsame Übereinstimmung, das gebe ich gerne zu. Aber kaum die Antwort darauf, wer Palme ausgeknipst hat.«

Axel lachte laut.

»Ausgeknipst? Seit wann klingst du denn wie ein Charakter aus einem Beck-Krimi?«

»Ich hatte schon immer sehr viel Gunvald Larsson in mir, das hast du vielleicht gemerkt, als ich den Finanzminister abgesägt habe?«

»Du lieber Gott. Da ist man ein paar Tage außer Landes, und schon fällst du dem Größenwahn zum Opfer.«

Sie lächelten einander an. Alles war wie immer. Sie kabbelten sich und flachsten und spielten in derselben Mannschaft. Aber Axel hörte auch die Warnungen, die Stina nicht laut aussprechen wollte. Er begriff, dass sie sein neu gewonnenes Selbstvertrauen nicht erschüttern wollte, da sie aus nächster Nähe erlebt hatte, wie fertig er nach der Sache mit dem Feature gewesen war. Eine unglaubliche Wärme stieg in ihm auf, vielleicht waren es der Zeitunterschied und der zunehmende Jetlag, die ihn besonders sensibel machten, und er zwinkerte die Feuchtigkeit aus den Augenwinkeln.

»Ich verstehe, was du mir sagen willst, Stina. Mit so etwas geht man nicht an die Öffentlichkeit. Aber all diese Zusammenhänge müssen doch etwas bedeuten. Ich brauche nur jemanden, der mir dabei hilft, das hier alles richtig zu interpretieren. Ich habe Fotos der Briefe an deinen Kumpel in der Leibrüstkammer mailen lassen.«

»Vilhelm Skrak? Er wird diese Geschichte lieben, er lebt für solche Geheimnisse.«

»Das ist auch meine Hoffnung, denn mich liebt er bestimmt nicht.«

»Du solltest nicht auf seine Pose hereinfallen, bei mir war er zu Anfang auch so mürrisch und zickig.«

»Bei dir? Er scheint dich grenzenlos anzubeten. Er konnte gar nicht aufhören zu betonen, wie intelligent und freundlich du bist. Im Gegensatz zu mir.«

»Ein Professor mit perfekter Menschenkenntnis, auch nicht so schlecht.«

»Haha, sehr witzig. Ich hoffe nur, dass er sich heute noch meldet, wenn er sich alles in Ruhe bei einem Cognac durchgelesen hat.«

Stina musste lachen und hob ein imaginäres Glas in Axels Richtung.

»Und was sagt dein Mäzen?«

Axel sah sie fragend an.

»Dein Auftraggeber, dieser Börsenmakler. Entschuldige, ich dachte, du wärst mit der Sprache des achtzehnten Jahrhunderts vertraut. Er ist doch dein Wohltäter, oder nicht?«

»Belassen wir es beim Auftraggeber.«

Was die wirtschaftliche Dimension der neuen Journalistenrolle anging, die Axel übernommen hatte, verstand er keinen Spaß. Er fühlte sich immer noch so, als hätte man ihn gekauft.

»Ja, ich werde ihm gleich einen Besuch abstatten. Ich muss nur noch das Interviewmaterial kopieren. Und du …«

Er betrachtete sie mit ernstem Blick, und dann bedankte er sich bei ihr.

»Wofür?«, fragte sie.

»Für den Kaffee«, sagte er und wusste genau, dass sie wusste, was er eigentlich meinte.

KAPITEL 39

Schon an der Tür wurde Axel klar, dass irgendetwas nicht stimmte. Genau wie beim vorigen Besuch in der Banérgatan 2 empfing ihn Marianne von Scheele.

Die blonde Pagenfrisur war ebenso perfekt in Form, die Markenkleidung ebenso exakt gebügelt, und ihre Stimme war ebenso diskret wie beim letzten Mal, und doch fehlte Ragnar von Scheeles Gattin … der Glanz.

»Tut mir leid, aber Sie kommen zu spät. Mein Mann kann keinen Besuch mehr …«

Sie wandte sich ab und verschluckte das letzte Wort beinahe.

»… empfangen.«

Er hätte es wissen müssen. Als er Ragnar von Scheele eine Woche zuvor besucht hatte, war ihm natürlich völlig klar gewesen, dass er ein todkranker Mann war. Aber er hatte sich wieder einmal verschätzt, wie viel Zeit ihm noch blieb. Die Erinnerungen an seine Mutter und die Klassenfahrt nach Dänemark überschwemmten ihn mit der Macht einer Sturmflut, und ihm stiegen Tränen in die Augen. Die Zeichen waren da gewesen, aber er hatte nicht sehen wollen, wie ernst die Lage war. Er hatte sich abgekapselt, in eine andere Richtung gesehen, den einfachen Weg gewählt. Die Flucht. Seine Mutter hatte es gewusst. Verstanden. Hatte gesehen, wie er ging.

War er einfach nur dumm gewesen, oder schlichtweg herzlos?

Marianne von Scheele betrachtete ihn mit einem verwunderten Blick. Ihm wurde klar, dass seine Reaktion nicht verhältnismäßig war. Er war von Scheele lediglich einmal begegnet und hatte sich nur eine knappe Stunde mit ihm unterhalten.

»Entschuldigen Sie, Sie müssen mich für einen Idioten halten. Ich kannte Ihren Mann ja kaum. Es ist nur …«

Er suchte nach Worten, und als das Schweigen zu lang dauerte, redete er einfach weiter.

»Ich weiß einiges über Trauer.«

»Danke, Herr Sköld. Kommen Sie herein.«

Axel zog sich die Schuhe aus und folgte Marianne von Scheele in die Wohnung. Sie gingen in die Küche.

Sie stand an der Kochinsel vor einem großen Fenster. Das weiße Licht im Rücken, die Arbeitsplatte aus schwarzem Granit zwischen ihnen. Sie befand sich zwischen dem Licht und der Dunkelheit, in der Vorhölle.

»Es ist einiges zu erledigen. Ich war darauf vorbereitet, aber man kann ja niemals für alles gerüstet sein.«

Ihre Stimme klang nüchtern.

»Woran litt Ihr Mann, Frau von Scheele?«

Sie sah ihn an, ohne zu antworten. Zögerte.

Er versuchte sein Glück erneut, indem er die Frage noch einmal anders formulierte.

»Was hat ihn umgebracht? Wer steckt dahinter?«

Es war die falsche Taktik. Sie verschränkte die Arme vor der Brust.

Verdammt.

»Frau von Scheele. Mir ist klar, dass Ihr Mann keines natürlichen Todes gestorben ist und dass der Auftrag, den er mir gegeben hat, mit seinem Tod zusammenhängt. Wenn Sie etwas wissen, erzählen Sie es mir bitte.«

Sie drehte sich weg. Sah aus dem Fenster. Er spürte, dass er etwas Wichtiges zu verpassen drohte.

»Helfen Sie mir, damit ich Ihnen helfen kann, Frau von Scheele.«

Als sie sich wieder umdrehte, lächelte sie ein schwarzes Lächeln. Ihre Augen hatten immer noch einen forschenden Ausdruck, aber sie schaute weit in die Ferne.

»Sparen Sie sich diese Floskeln. Das hier ist kein Film.«

Eine Floskel war manchmal das Beste, was man zur Hand hatte. Deswegen waren die Worte ja zur Floskel geworden. Aber das konnte er Marianne von Scheele natürlich nicht sagen. Er konzentrierte sich stattdessen auf den Umschlag, den sie von der Kochinsel nahm.

»Mein Mann hat für die Situation vorgesorgt, dass Sie möglicherweise nicht rechtzeitig von Ihrer Reise zurückkehren. Er hat Ihre Instruktionen daher aufgeschrieben.«

»Instruktionen?«

»Ja, er hat deutlich zu verstehen gegeben, dass Sie weiter an Ihrem Auftrag arbeiten sollen. Ob er selbst noch am Leben ist oder nicht, sollte dabei keine Rolle spielen. Er wollte, dass ich es Ihnen ganz deutlich mache, es Ihnen einschärfe, das war das Wort, das er verwendete.«

Axel ließ diese Information erst einmal sacken. Sein derzeitiger Auftraggeber war … ein verstorbener Auftraggeber.

»Mein Mann denkt die Dinge gerne zu Ende, er ist sehr vorausschauend, wie Sie sicher bemerkt haben.«

Axel beobachtete, wie Marianne von Scheele sich selbst dabei ertappte, dass sie von ihrem Mann im Präsens sprach.

Sie räusperte sich und füllte ein Glas mit Wasser aus dem Hahn, ohne zu fragen, ob er auch ebenfalls etwas wollte. Ein grober Verstoß gegen die Etikette, soweit Axel das beurteilen konnte, aber die Kreise seiner Gastgeberin waren ja auch kräftig gestört worden. Sie trank mit großen Schlucken, und Axel fragte sich, ob es nicht an der Zeit war, sich zu verabschieden. Aber es gab noch eine schmerzhafte Frage, die er stellen musste.

»Ich möchte Ihre Zeit nicht unnötig in Anspruch nehmen,

Sie haben sicher wichtigere Dinge zu tun. Aber wenn ich weiter an meinem Auftrag arbeiten soll, wie regeln wir dann die praktischen Dinge?«

»Sie meinen das Honorar? Machen Sie sich keine Sorgen, Herr Sköld, mein Mann war, wie gesagt, sehr vorausschauend. Sie finden alles in diesem Umschlag. Wenn Sie mich jetzt bitte entschuldigen wollen, ich habe mich um die Details der Bestattung zu kümmern.«

»Selbstverständlich. Ich finde alleine heraus. Und …«

Sie betrachtete ihn mit einem Blick, der sagte, dass dieses Treffen für sie beendet war und dass dies auch für ihn galt.

»Mein aufrichtiges Beileid.«

»Danke.«

Als Axel sich die Schuhe wieder angezogen hatte und sich über die Treppe auf den Weg nach unten machte, kam ihm die Begegnung sehr surrealistisch vor. Der Brief brannte in seiner Jackentasche. Was hatte Ragnar von Scheele geplant? Wie vorausschauend war er wirklich gewesen?

Aus Respekt vor Marianne von Scheele wollte Axel den Brief nicht schon im Treppenhaus öffnen. Aber er befürchtete auch, dass die Informationen so wichtig waren, dass er wahrscheinlich überwacht wurde. Konnte er es also überhaupt wagen, mit dem Fahrrad durch die halbe Stadt zurück zum Büro in der Ölandsgatan auf Södermalm zu fahren?

Axel öffnete die Haustür und sah auf die Banérgatan hinaus. Herbstlaub, parkende Autos und Fahrräder. Eine verlassene Straße. In seiner Tasche steckte das Handy. Wenn sie in der Lage waren, sein Telefon abzuhören, konnten sie auch feststellen, wo er sich gerade befand, nahm er an. Jedes Handy hatte schließlich GPS. Diese Erkenntnis fühlte sich erstaunlich undramatisch an. Jetzt würden sie also einem Fahrrad durch Stockholm folgen. Mal sehen, wie interessant das für sie ist, dachte er.

Während der ganzen Fahrt zum Büro dachte er darüber nach, wie er in einer Situation hatte landen können, in der er davon ausgehen musste, überwacht zu werden. Von Personen, die er mittlerweile *sie* nannte.

Paradoxerweise drängte sich dabei das Gefühl auf, einsam zu sein.

Er schloss das Fahrrad am Laternenpfahl in der Ölandsgatan an, direkt an der Ecke vor dem Büro. Dann öffnete er die Tür und beschloss, einen Plan für seine Sicherheit auszuarbeiten, nachdem er den Brief gelesen hatte.

KAPITEL 40

Lieber Axel Sköld!

Vielen Dank für Ihren gestrigen Besuch. Ich war gezwungen, meine Planung zu beschleunigen, weil sich mein Zustand leider verschlechtert hat. Nachdem Sie sich von mir verabschiedet hatten, erlitt ich einen Anfall, der mich beinahe ins Krankenhaus gebracht hätte. Also schreibe ich Ihnen jetzt, und wenn diese Zeilen Sie erreichen, bin ich bereits tot. Traurig. Nicht zuletzt für mich, wenn Sie den Scherz gestatten. Aber auch, weil ich mich darauf gefreut hatte, diesen äußerst wichtigen Kampf gemeinsam mit Ihnen zu führen. Denn es ist ein Kampf, Axel, und es ist absolut notwendig, dass Sie sich dessen bewusst sind. Die Organisation, mit der Sie sich anlegen werden, ist extrem mächtig, und Sie sollten größte Vorsicht walten lassen. Sie steht für ein abstoßendes Menschenbild und scheut vor keinem Mittel zurück, um ihre Interessen durchzusetzen.

Ich nehme an, dass Sie Fragen haben. Das liegt ja in der Natur des Journalisten. Ich las einmal ein Gedicht des großen Rudyard Kipling.

I keep six honest serving-men
(They taught me all I knew)
Their names are What and Why and When
And How and Where and Who

Soweit ich weiß, war Rudyard Kipling eine Weile als Journalist tätig. Lassen Sie uns Kiplings Werkzeug verwenden, um das Wichtige vom Unwichtigen zu trennen.

Wenn wir also mit dem *Who* beginnen – wer. Wer bin ich und was will ich?

Ich bin keine edelmütige Person, meine Beweggründe stammen aus den Niederungen der menschlichen Natur. Ich will, was Menschen in ihrer gesamten Geschichte immer gewollt haben: Rache.

Diese Organisation – unser *What* – hat mich nicht nur abscheulich behandelt, sie hat darüber hinaus die Gesundheit meiner Familie gefährdet.

Als wir beide uns getroffen haben (*When*), war ich bereits zum Tode verurteilt. Vergiftet.

In meinem Körper strahlt seit mehreren Wochen ein Stoff, Polonium 210, der seit dem Anschlag auf den KGB-Obersten Alexander Litwinenko im November 2006 bekannt sein dürfte. So bin ich auch darauf gekommen. Sie sollten im Übrigen die Aussage lesen, die Litwinenko zwei Tage vor seinem Tod von seinem Krankenbett aus diktiert hat und in der er Putin beschuldigte, für seine Vergiftung verantwortlich zu sein.

Als mir klar wurde, dass ich bei meinem Klienten in Ungnade gefallen war, wusste ich, dass sie mich bestrafen würden. Die Symptome, die ich hatte, waren dieselben wie bei Litwinenko: Erbrechen, plötzlicher Durchfall, Fieber. Mein Herz rast und arbeitet unregelmäßig. Meine größeren Organe geben langsam auf. Die Schmerzen im Bauch sind ohne Morphin unerträglich.

Außerdem habe ich das Gift auf dieselbe Art verabreicht bekommen wie Litwinenko: in einer Tasse Tee. In meinem eigenen Büro im Übrigen. Ich bekam die absurde Aufforderung, die Tasse ganz auszutrinken. Ich werde liquidiert aufgrund des wirtschaftlichen Schadens, den ich meinem Klienten im Kielwasser des Skandals um die Panama Papers zugefügt habe. Da haben wir unser *Why*.

Das Glas um mein Bett herum enthält eine ansehnliche

Menge Blei. Wir haben es einbauen lassen, sobald ich wusste, wie es um mich bestellt war. Es schützte Sie bei Ihrem Besuch vor der Strahlung. Aber meine Familie konnte ich nicht schützen. Bevor mir klar war, was mit mir nicht stimmte … Ich habe, nein, *mein Klient* hatte sie dem Gift, der Strahlung ausgesetzt. Das werde ich ihm niemals verzeihen. Wir hatten eine Übereinkunft, wissen Sie. Ich war mit den Risiken einverstanden, und sie versprachen ihrerseits, meine Familie vor allen Gefahren zu schützen, zu denen dieser Auftrag führen konnte.

Dieser Vertrag war offensichtlich in den Sand geschrieben.

Marianne war großartig. Sie hat mich gepflegt, seit die ersten Symptome auftraten. Sie ist auch untersucht worden, und es stellte sich heraus, dass sie schwach kontaminiert war. Niemand weiß, welche Auswirkungen das auf sie haben wird oder ob ihr Leben in Gefahr ist. Noch nicht.

Und damit haben Sie mein Motiv. Nach meinem Tod möchte ich, dass Sie Ihren Auftrag weiterverfolgen, dass Sie meinen letzten Klienten entlarven. (Unser *How.*) Das wird meine Rache sein, Ihre Revanche und – wer weiß – vielleicht ein Segen für das ganze Land.

Wie Sie das tun und wo Sie sie finden (*Where*), muss ich leider Ihnen überlassen.

Ich habe nur einen einzigen Anhaltspunkt, aber der kann wichtig sein.

Die folgende Kontonummer gehört zu einem Konto in Panama, über das unsere Geschäfte abgewickelt wurden.

9939 8676–5 (Bank-ID)

9966 5432 6711 1245–12 (Kontonummer)

Über dieses Konto wurden möglicherweise Auszahlungen an andere Auftraggeber getätigt. Ich kann nur Vermutungen darüber anstellen, wie gründlich mein ehemaliger Klient mittlerweile aufgeräumt hat, aber der Skandal mit den geleakten

Dokumenten ist vielleicht ein kleiner Glücksfall für uns. Ihre Kollegen sind fleißig gewesen. Der Verlauf ist dokumentiert. Muster können entdeckt werden.

Doch ich möchte Sie warnen. Bevor Sie irgendjemandem von dieser Information erzählen, sollten Sie sich bewusst sein, dass mein Klient ein riesiges Netzwerk besitzt. Soweit ich verstanden habe, befand sich ein Vertreter des Amts für Zivilschutz und Bereitschaft, MSB, mit im Raum, als der Schwedische Rundfunk die Zusammenarbeit mit Ihnen beendete. Ich weiß nichts über diese Person, aber mein Klient hat Geld an das MSB überwiesen. Ein Zufall? Da bin ich mir nicht sicher.

Kommen wir zu Ihrem Honorar. Marianne kümmert sich um die Überweisungen der fortlaufenden Kosten. Sie zahlt Ihr monatliches Gehalt, und wenn Sie größere Ausgaben haben, wenden Sie sich an sie. Sie wird auch entscheiden, wann sie mit Ihren Recherchen an die Öffentlichkeit gehen. Falls auch sie erkranken und sterben sollte, wird die endgültige Bezahlung von drei Millionen Kronen vom Anwalt der Familie veranlasst werden. Ein Testament, das an drei unterschiedlichen Orten in Europa in Schließfächern gelagert wird, wird das alles regeln.

In diesem Fall entscheiden Sie selbst, wann Sie Ihre Sendung veröffentlichen, aber ich bin mir sicher, dass Sie sich an unsere Abmachung halten werden.

Ich bitte Sie, das Äußerste zu geben. Ich, und auch meine Frau, verlassen uns fest auf Ihre Fähigkeiten.

Es war ein wirkliches Vergnügen, Sie kennengelernt zu haben. Ich bedauere es aufrichtig, dass unsere Begegnung so kurz war. Ich hätte Sie gerne öfter gesehen.

Ihr Auftraggeber

Ragnar von Scheele

KAPITEL 41

»Cognac?«

Ioan lehnte dankend ab. Solange sie nicht zweimal fragten, wurde von ihm erwartet, dass er einen gemeinsamen Umtrunk mit seinen Vorgesetzten ablehnte.

»Ihre Reise nach Boston war also kein kompletter Fehlschlag?«

Rechtsanwalt Raab klang höhnisch. Ioan wusste, dass er nur versuchte, seine Nervosität zu überspielen.

»Ich konnte Sköld nicht daran hindern, die Briefe zu lesen, das stimmt. Aber jetzt kennen wir den Inhalt wenigstens auch.«

Die Briefe lagen auf Raabs Schreibtisch, jeder Bogen in einer verschlossenen Klarsichthülle. In der vergangenen halben Stunde hatte Raab sie zusammen mit dem dritten Mann im Raum durchgelesen. Dem Mann mit den buschigen Augenbrauen, der ansonsten Ioans Kontakt war. Es war offensichtlich, dass Raab einen niedrigeren Rang hatte als er. Im Kontakt mit Ioan nannte sich der Mann C. Ioan nahm an, dass dies für Chef stand. Oder eine Initiale war. Er hatte nie gefragt. Bestimmte Dinge tat man einfach nicht.

»Sköld interessiert sich also für Geschichte«, sagte C. »Wir sollten seinen Lehrmeister kontaktieren, findet ihr nicht?«

Raab sah zu C auf, der am Fenster stand, sodass Raab gezwungen war, mit seinem Rücken zu reden.

»Mit dem Professor in der Leibrüstkammer?«

»Ioan, du darfst dich zur Audienz bei ihm begeben und ihm klarmachen, dass er seine Unterrichtsbemühungen beenden sollte.«

Raab räusperte sich, und C wandte sich ihm zu.

»Ich weiß, du bist der Meinung, dass das Kapitel Sköld längst abgeschlossen sein sollte.«

Ioan hatte das Gefühl, dass es den Rechtsanwalt Kraft kostete, dem Blick von C standzuhalten.

»Ich sehe nicht, dass irgendetwas Gutes dabei herauskommen könnte, wenn er weiter herumschnüffelt. Ich kann mir allerdings sehr viele negative Konsequenzen vorstellen.«

»Möglicherweise habe ich die Sache zu lange laufen lassen. Ioan, ich möchte, dass du unsere Freunde Skrak und Sköld davon überzeugst, wie unvorteilhaft sich ihr Projekt für sie auswirken wird. Und, Ioan, es ist jetzt Zeit zu liefern. Ansonsten sind wir gezwungen, deinen Verantwortungsbereich einzuschränken und die Angelegenheit jüngeren Kräften zu übergeben. Ist das klar?«

Ioan Petrescu antwortete den beiden Männern mit einem Nicken. Als Raab ihm erneut einen Cognac anbot, nahm er ihn an.

*

Man weiß, dass man sich mächtige Feinde gemacht hat, wenn man mit KGB-Methoden hingerichtet wird, dachte Axel, als er versuchte, den Computer wieder zum Leben zu erwecken, nachdem der Bildschirm plötzlich dunkel geworden war.

Er sah auf das Handy, das vor ihm auf dem Schreibtisch lag. Wenn die Organisation, die von Scheele ermordet hatte, Zugang zu Polonium 210 besaß, konnte er sich sicher sein, dass sie auch genau wussten, wo sich sein Handy befand. Sie wussten, dass er bei von Scheele zu Besuch war. Aber wussten sie auch von den Briefen?

Ein anhaltender Schmerz breitete sich in Axels Bauch aus. Er spürte Stiche im Gehirn, als würde er einen Migräneanfall bekommen. Stress. Todesangst? Er versuchte, das zu tun, was er gut konnte – verdrängen, sich abschotten. Der Computer lebte sein eigenes Leben. Der Bildschirm blinkte auf, wurde erneut schwarz.

Konnte er es überhaupt wagen, den Computer zu benutzen? Mit dem Handy zu telefonieren, war ausgeschlossen. Er beschloss, sich so schnell wie möglich ein neues zu besorgen. Und der Computer? Jetzt schien er erneut zu starten.

Ein Geräusch ließ ihn zusammenzucken.

Der Drucker. Obwohl es ein ganz normales Geräusch im Büro war, schnellte sein Puls hoch. Er atmete durch. Er musste herunterkommen. Vermutlich war es ein altes Dokument, das hängengeblieben war und jetzt an den Drucker ging, nachdem der Computer wieder hochgefahren war. Er ging hinüber, um den Ausdruck zu holen. Als er das Papier aus dem Laserprinter nahm, schoss sein Puls erneut in die Höhe. Das Dokument kam nicht aus seinem Computer. Noch nicht einmal aus seinem Büro.

Axel. Dein Sicherheitsbewusstsein ist erschreckend schlecht ausgeprägt. Wir werden uns darum kümmern, aber zuerst das Wichtigste.
Ich kann bestätigen, dass unsere gemeinsame Bekannte und frisch gebackene Finanzministerin die Informationen zu den Panama Papers von uns bekommen hat. Es ist auch unsere »Organisation«, die das Video zu Cats Falck verschickt hat.
Wir haben das Band in unserem Besitz, seit einer deiner Kollegen uns beauftragte, die Personen im Publikum mit früheren Stasi-Mitarbeitern abzugleichen. Du kannst dir sicher denken, dass mehrere Mitglieder unseres Netzwerks Deutsche sind. Wir können also Stasi.
Als wir unlängst unsere Gruppe erweitert haben, sind auch

zwei Rumänen mit Hackererfahrung zu uns gestoßen Es ist sehr wahrscheinlich, dass es sich bei der Person, die den Saal verlässt, nachdem sie bemerkt hat, dass sie gefilmt wird, um einen gewissen Ioan Petrescu handelt. Er ist ein ehemaliger Agent der Securitate. Es scheint dieselbe Person zu sein, die du im Zusammenhang mit dem Tod des Waffeninspekteurs gesehen hast und die am Tag nach dem Mord an Palme das Land verlässt.

Wir haben das kontrolliert, soweit wir dazu in der Lage sind. Ioan Petrescu ist mit größter Sicherheit in den Mord am Ministerpräsidenten verwickelt. Er könnte tatsächlich der Mann sein, der Olof Palme erschossen hat.

Das führt mich zu deinem Feature. Es ist einzigartig. Die Reaktionen darauf waren traurig, aber nicht anders zu erwarten gewesen. Aber das ist nicht das Wichtige:

Du kannst dich darauf verlassen, dass deine Theorie richtig war.

(Ansonsten würde dir niemand nachstellen und versuchen, deinen Ruf zu ruinieren.)

Im Augenblick untersuchen wir mögliche Verbindungen zwischen Ioan Petrescu und den Panama Papers, aber aufgrund des enormen Umfangs der Dokumente (die 2,5 Terabyte, die wir der *Süddeutschen Zeitung* geleakt haben, sind nur die Hälfte des kompletten Materials), wird diese Suche eine Weile dauern.

Wie sollen wir weitermachen?

Wenn du auf diese Mitteilung antworten möchtest, benutze dafür diesen Drucker. Wenn ich es richtig sehe, hat dieses Modell auch eine Scanner-Funktion. Schreib einen Brief mit der Hand und scanne ihn ein, aber mache deine Eingaben nur über das Display des Druckers. Im Augenblick hast du Spyware in deinem Netzwerk, auf dem Router, auf deinem Computer und auf deinem Handy. Alles, was du schreibst, und jede Information, die auf deinem Bildschirm erscheint, wird von jemandem kopiert. Ich gehe auch davon aus, dass sie Zugang zu allen Dateien auf allen Festplatten haben, die einmal am Netzwerk angeschlossen waren. Aber sie haben sich nicht die Mühe gemacht, auch den Drucker zu überwachen. Deshalb ist er ab sofort unsere Telefonzelle. Scanne also deine Antwort ein und benutze dafür nicht das Scan-Programm des Computers, sondern NUR den Drucker. Ich habe die Adresse geändert, sodass der Drucker jetzt an meinen Rechner angeschlossen ist.

/Xenon

Xenon. Endlich. Es waren schon mehr als zwei Wochen vergangen, seit Axel ihm eine Mail geschrieben hatte, und er hatte schon befürchtet, dass die Adresse nicht mehr funktionierte. Die Aussagen zu Ioan Petrescu und die Bestätigung, dass auch Xenon von der Beteiligung des Mannes am Palme-Mord überzeugt war, munterten Axel auf, machten ihm aber auch Angst.

Misstrauisch betrachtete er den Drucker. Er folgte dem Netzwerkkabel bis zu dem Kasten, in dem der Router montiert war. Am liebsten hätte er alle Kabel und Stecker herausgezogen und wäre aus seinem infizierten Büro geflohen, aber ihm war klar, dass es ein Vorteil war zu wissen, dass er überwacht wurde. Jetzt konnte er darauf reagieren.

Xenon war eine schräge Figur. Als Axel ihn für sein Feature über die Scientology-Kirche interviewte, hatte er mit einem beinahe komischen Grabesernst gesagt: »Du wirst Xenon nicht finden, Xenon findet dich.« Ganz gleich, ob diese Aussage eine bewusste oder unbewusste Anspielung auf gewisse Superhelden war, sie stimmte jedenfalls. Und jetzt hatte Xenon beschlossen, dass es an der Zeit war, mit Axel zu sprechen.

Er öffnete das Papierfach des Druckers und nahm ein Blatt heraus. Es war lange her, dass er etwas Längeres als seine Unterschrift mit einem normalen Stift geschrieben hatte. Es war anstrengend.

Xenon!
Vielen Dank für die Informationen.
Ich habe eine Kontonummer, die hochinteressant sein dürfte.
9939 8676–5 (Bank-ID)
9966 5432 6711 1245–12 (Kontonummer)
Ich brauche wahrscheinlich nicht zu betonen, dass es eilig ist.
/Axel

PS: Ich bin dankbar für jede Hilfe in Sachen IT-Sicherheit. Auf diese Weise zu kommunizieren ist ein bisschen schräg, aber ich verlasse mich vollkommen auf dich. Wenn ich dich richtig verstehe, ist also auch mein Handy infiziert?

Axel legte den DIN-A4-Bogen auf das Scannerglas und wählte »quick scan« auf dem Display des Druckers.

Mit einem leisen Summen startete der Scanner, und das Papier wurde etwa drei Sekunden lang abgeleuchtet. Danach passierte nichts. Keine Bestätigung. Kein Ausdruck. Aber der Drucker zeigte an, dass das Dokument verschickt wurde. Axel ertappte sich dabei, dass er den Atem anhielt. Er atmete aus. War vielleicht etwas schiefgegangen? Vielleicht ging die Information doch an seinen eigenen Computer? Er kehrte zum Schreibtisch zurück, der Computer wartete darauf, dass er sich einloggte. Dann begann der Ventilator des Druckers erneut zu summen. Ein neuer Ausdruck war auf dem Weg.

Axel riss das Papier heraus.

Benutze diese Maschine. Zerstöre alle Papiere, nachdem du sie gelesen/geschrieben hat.
Lass die Finger vom Handy. Es sei denn, du willst, dass sie es sehen. Hehe.
Melde mich.
/X

Axel reagierte zuerst verärgert über Xenons mangelnden Ernst. Hehe. Welcher Erwachsene drückt sich so aus? Aber dann erinnerte er sich daran, wie Xenon mit den Scientologen Katz und Maus gespielt hatte und dann tatsächlich von ihnen verfolgt worden war. Er wusste, wann es ernst wurde.

Axel sah auf die Uhr. Kurz vor zwei am Nachmittag. Er loggte sich in den Computer ein, den er mittlerweile als befallen betrachtete, und schrieb eine Mail an Stina, dass er noch bis spät in den Abend im Büro sitzen würde. Sie könnten ja einen Kaffee trinken, wenn sie vorbeikam.

Er packte sein Aufnahmegerät ein und ließ das Handy auf dem Schreibtisch liegen.

Sieben Minuten später schloss er das Fahrrad an der Kette fest, die den Besucherparkplatz an der Leibrüstkammer umgab.

Weil er weder angerufen noch sich mit einer Mail angekündigt hatte, musste er unten am Besuchereingang warten. Als sich Vilhelm Skrak auch nach zehn Minuten noch nicht gemeldet hatte, begann Axel langsam nervös zu werden. Er tauschte ein verlegenes Lächeln mit der Frau an der Kasse aus. Er hatte ihr gesagt, er wolle den Professor sprechen, und sie hatte ihm geantwortet, dass er auf dem Weg nach unten sei. Mehr gab es nicht zu sagen. Er sah gerade zum fünften Mal auf seine Armbanduhr, als Skrak endlich eintraf.

»Was soll das denn werden? Kommen Sie jetzt auch schon zur normalen Arbeitszeit? Kann man denn nie in Ruhe seinen Aufgaben nachgehen?«

»Es ist mir ebenfalls eine Freude, Sie zu sehen, Professor Skrak.«

Axel setzte ein übertriebenes Lächeln auf. Skrak nahm den spöttischen Unterton gar nicht wahr.

»Sie sind natürlich gekommen, um zu fragen, ob ich Ihr Problem mit diesen alten Briefen gelöst habe?«

»Ja, es wäre ungemein interessant zu erfahren, was Sie herausfinden konnten. Soweit ich es verstanden habe, ging es um eine Art von Verein, der drüben in Boston gegründet wurde und irgendwie in den Mord auf dem Maskenball verwickelt war …«

»Dummes Zeug«, schnaubte Vilhelm Skrak.

»Wie, bitte?«

»Es gibt nichts, was darauf hindeutet, aber kommen Sie ruhig mit, dann kann ich Ihnen erklären, warum Sie sich geirrt haben.«

Vilhelm Skrak packte ihn resolut am Arm und wankte mit seinem großen Körper an der Kasse vorbei. Axel wurde verlegen, als die Frau an der Kasse lächelte. Natürlich hatte sie das Gespräch mit angehört.

Als sie die Bürotür des Professors erreichten, schloss er umständlich beide Schlösser auf und schubste Axel geradezu bis vor den Schreibtisch. Mit derselben Sorgfalt schloss Vilhelm Skrak die Tür wieder hinter sich zu.

»Sie wollten doch, dass ich nach Boston reise, um etwas über die Personen auf der Liste meines Großvaters herauszufinden. Und jetzt weiß ich, was sie dort gemacht haben.«

»Das glauben Sie, ja. Ich denke, wir können Ihren jugendlichen Enthusiasmus dafür verantwortlich machen. Man könnte allerdings auch sagen, dass Sie sich sogar auf dem Holzweg noch verirrt haben!«

Während Skrak noch redete, suchte er nach etwas auf seinem Schreibtisch. Es waren ein Stift und ein Blatt Papier.

Er redete weiter, während er sich hinsetzte und schrieb.

»Ich habe mir Ihre Briefe angesehen. Die Namen wurden bereits ganz früh als uninteressant für die Morduntersuchung eingeschätzt, die nach der Tat auf dem Maskenball veranlasst wurde. Und ich kann Ihnen versichern, dass diese Untersuchung sehr gewissenhaft durchgeführt wurde. Nachdem Gustav III. erschossen wurde, leistete man eine deutlich bessere Arbeit als bei jüngeren Morden an Ministerpräsidenten. Gyllensköld und die anderen werden schon seit Langem als irrelevant betrachtet.«

Er stand von seinem Schreibtisch auf. In der Hand hielt er ein Papier, auf dem er etwas notiert hatte.

»Und was meinen Sie, soll ich jetzt tun?«

»Bei der Arbeit eines Wissenschaftlers geht es darum, allen möglichen Spuren nachzugehen. Erst wenn man das Ende des Wegs erreicht hat, weiß man, ob er einen ans Ziel geführt hat oder ob es eine Sackgasse war. Im letzteren Fall muss man eben aufgeben.«

Sie sahen einander an. Sah er dort ein Lächeln? Axel wurde nicht schlau aus Professor Skrak.

»Jetzt muss ich mit meiner Arbeit fortfahren, und Sie haben bestimmt noch andere Aufträge, die Ihre kostbare Zeit beanspruchen.«

Vilhelm Skrak streckte ihm die Hand entgegen, und Axel schüttelte sie. Er bedankte sich, obwohl er eigentlich gar nicht wusste, wofür.

Vilhelm Skrak schloss die Tür wieder auf und ließ Axel nach draußen in den Flur. Nachdem er ihm das Papier vom Schreibtisch gegeben hatte, zog er die Tür resolut wieder zu.

Axel faltete den Zettel auseinander, während er zum Ausgang ging.

Ein Mann war hier. Kann nicht sprechen. Melde mich wieder. Vernichten Sie den Zettel.

KAPITEL 42

Die beiden gepanzerten Audi-Limousinen bewegten sich geschmeidig auf dem schmalen Kiesweg.

Auf dem Rücksitz des ersten Fahrzeugs saß Ministerpräsident Ulf Göransson. Er schaute auf die Eichenwälder und gestattete sich, eine Weile über das Dasein zu philosophieren.

Er war nicht als Anführer geboren worden. Er war erst dazu geworden. Vielleicht weil er früh gelernt hatte, Konflikten auszuweichen, zu vermitteln und sich niemals für eine Seite zu entscheiden. Er war das mittlere Kind, und seine Eltern ließen sich scheiden, als er sieben war.

Ein Pragmatiker, so wurde er von den sogenannten Politik-Experten bezeichnet. Er hatte das Wort lange gehasst und sich bemüht, ein anderer zu werden. Autoritärer. Wie Anführer sein sollten. Aber in der letzten Zeit war seine weiche Seite eher ein Vorteil gewesen. Tammers Abgang hatte in vielerlei Hinsicht auch das Ende des alten Führungsstils eingeläutet. Ulf Göransson stand für die Kunst des klugen Kompromisses. Jetzt hatte er darüber hinaus einer modernen Frau die Verantwortung für die Finanzen der Nation übergeben. Gewagt, aber dennoch ein Kompromiss. Die Parteiführung der Grünen hatte immer aggressiver um diesen Posten gebuhlt, je besser sie in den Meinungsumfragen abschnitten.

Er wurde als mutiger Regierungschef betrachtet, der voranging und immer das Wohl der Nation im Blick hatte. Bei den letzten Meinungsumfragen war er der populärste Spitzenkandidat für die nächste Wahl. Er führte die Partei, die bei der letzten Wahl die meisten Stimmen bekommen hatte, und würde dem EU-Ministerrat vorstehen, wenn Schweden im Januar die Ratspräsidentschaft übernahm. Dann würde er das ganze verdammte Europa regieren.

Gar nicht schlecht, dachte er, während er den Wagen verließ und auf den frisch geharkten Kiesplatz vor Schloss Grönsöö trat. Zwei Säpo-Personenschützer begleiteten ihn zu den Eichentüren des Haupteingangs.

Ulf Göransson stählte sich vor der Begegnung mit dem lächelnden Mann, der ihn auf der Steintreppe erwartete. Bei dieser Begegnung war er, so gut es auch in allen anderen Bereichen für ihn lief, nicht der tonangebende Mann.

»Ulf. Schön, dass Sie sich die Zeit genommen haben.«

Nur der Vorname. Nicht Herr Ministerpräsident. Die Machtdemonstration hatte schon begonnen.

Sie gaben einander die Hand. Der Mann, dessen Namen er immer noch nicht kannte, obwohl sie sich in den drei Jahren, die er Regierungschef war, bereits mehr als zehnmal getroffen hatten, lächelte mechanisch. Die buschigen Augenbrauen und die prominente Nase erinnerten Ulf Göransson an einen Adler.

»Es könnte der letzte schöne Tag in diesem Herbst sein, also lassen Sie uns das Gespräch im Freien führen, was meinen Sie?«

Es war ein als Frage verkleideter Befehl. Ulf Göransson nickte.

Sie gingen den Kiesweg zum Mälaren hinunter. Als sie am Auto vorbeigingen, signalisierte er den Personenschützern, dass sie dort warten sollten.

»Ein großartiges Schloss. Ich kenne den Besitzer, er würde es gerne sehen, wenn Sie zum Mittagessen bleiben könnten?«

»Das ist leider unmöglich. Ich muss anschließend zu einer Haushaltsbesprechung«, log der Ministerpräsident. Es war windstill. Das klare Wasser des Mälaren spiegelte die helle Sonne, und das Ahornlaub auf dem Boden war tiefrot.

»Verstehe.«

Ulf Göransson konnte nicht heraushören, ob die Stimme des Mannes enttäuscht oder gleichgültig klang.

Vor jedem Treffen mit diesem Mann – dem Adler, wie er ihn in seinen Gedanken zu nennen begonnen hatte – dachte Ulf Göransson an seinen Vorgänger. Tord Dahlsten, der Mann, von dem viele sagten, er sei der letzte echte Sozialdemokrat gewesen, ein Landesvater, ein Sozialdemokrat vom alten Schlag.

Es war Tord Dahlsten, der Ulf Göransson von dem Mann erzählt hatte, mit dem er jetzt spazieren ging. Dahlstens Erklärungen waren so vage gewesen, dass er lange geglaubt hatte, der alte Ministerpräsident wollte seinen jungen Nachfolger über den Umgang mit den USA unterrichten. Göransson erinnerte sich noch an den genauen Wortlaut: »Es gibt bestimmte Verbündete und Alliierte, mit denen du dich am besten nicht anlegen solltest.«

Er hatte zugehört und ihn nicht mit Fragen unterbrochen. Es war ein sehr emotionsgeladenes Gespräch gewesen, ein Mann verließ sein höchstes Amt für eine ungewisse Zukunft. Schon damals hatte Ulf Göransson gewusst, dass er selbst sich eines Tages in derselben Situation befinden würde. Alles hat ein Ende. Dahlsten gehörte im Übrigen zu denjenigen, die ihn zu seinem Nachfolger bestimmt hatten. »Jetzt ist deine Zeit gekommen, Ulf. Du wirst mit dem Herzen und dem Verstand regieren, aber denk immer daran: Auch als Ministerpräsident, als höchster Entscheidungsträger des Landes, musst du gelegentlich Zugeständnisse machen.«

Am Ende war Tord Dahlsten verstummt, und Ulf Göransson konnte nicht anders, als ihn zu fragen, wen er mit seinen Hinweisen gemeint hatte.

Tord Dahlsten hatte über die Antwort nachgedacht, während sie sich dem Lusthaus am Ufer näherten.

»Du wirst schon bald einbestellt werden. Und dann wirst

du zuhören. Auf eine entgegenkommende Weise. Du wirst schon verstehen.«

Dahlsten hatte ihm fest in die Augen geschaut. *Du solltest diesen Rat sehr ernst nehmen, das begreifst du hoffentlich?* Er hatte sein Bestes getan, um verständnisvoll auszusehen. Dahlsten war damit zufrieden gewesen, hatte den Blick gesenkt und plötzlich zwanzig Jahre älter ausgesehen. Sie hatten sich voneinander verabschiedet, der ältere Mann hatte ihm eine seiner seltenen Umarmungen geschenkt. Anschließend hatte Tord Dahlsten den Regierungssitz zum letzten Mal verlassen. Je länger Ulf Göransson darüber nachdachte, desto erleichterter hatte Dahlsten gewirkt. *Dass er mit heiler Haut davongekommen war.*

»Sie sind so still, Ulf. Bedrückt Sie etwas?«

Der Mann war vor dem grün-weißen Lusthaus stehengeblieben, hatte die Hände auf das Geländer gelegt und sah auf das Wasser hinaus.

Ulf Göransson stellte sich neben ihn.

»Nur das Übliche, innenpolitischer Ärger, nichts von Belang, vertrauen Sie mir.«

Es wurde still. Er wusste, dass es einen Grund dafür gab, dass der Adler ihn hierher bestellt hatte.

»Außenpolitischer Ärger hat mich in letzter Zeit durchaus interessiert.«

»Denken Sie an etwas Bestimmtes?«

»Ja, die unglückliche Entwicklung nach dem Leak in Panama.«

»Ja. Schade, dass Sven-Åke gehen musste.«

»Wir müssen alle Opfer bringen …«

Der Adler wandte sich plötzlich von den zahmen Wellen des Mälaren ab und schaute Ulf Göransson in die Augen.

»Diese neue Finanzministerin ist ja ein richtiges Energiepaket, nicht wahr?«

»Sie ist tatsächlich direkt durchgestartet.«

Ulf Göransson war klar, dass dem Adler dieser Start nicht gefiel.

»Eine interessante Politik, die sie da durchboxen will, finden Sie nicht?«

»Sie meinen die neuen Kompetenzen, die sie der Finanzaufsicht geben will?«

»Und die Banken, vergessen Sie nicht die Banken ... Sie verstehen schon, das Bankgeheimnis liegt mir sehr am Herzen.«

Der Adler schaute wieder aufs Wasser hinaus.

»Und nicht nur mir persönlich. Der Besitzer dieses schlichten Domizils ist ein weiterer Verteidiger dieser Einrichtung, wenn Sie verstehen, was ich meine.«

Ulf Göransson verstand sehr gut.

»Vielleicht sollten Sie einmal mit Ihrer neuen Ministerin reden. Sie muss wahrscheinlich ein bisschen eingearbeitet werden, schließlich ist sie ja noch ganz neu.«

»Glauben Sie mir, wir unterhalten uns oft.«

Der Adler lächelte. Allerdings nicht mit den Augen.

»Dann sollten Sie vielleicht deutlicher sprechen.«

Ulf Göransson spürte, wie in ihm die Hitze aufstieg. Er hatte es nie gemocht, wenn ihm Befehle erteilt wurden oder jemand von oben herab mit ihm sprach, aber er war inzwischen ein wahrer Meister darin, seinen Zorn zu verbergen.

»In meiner Branche spricht man so laut, wie es der Wille des Wählers erlaubt.«

»Die Schattenseite dessen, was wir Demokratie nennen.«

Der Mann begann, zum Schloss zurückzugehen. So machte es ansonsten Ulf Göransson selbst, wenn er der Meinung war, dass ein Gespräch beendet werden sollte.

»Dann sollten Sie ihr wohl beibringen, dass es mit der Inneren Sicherheit nicht vereinbar ist, wenn gewisse Informationen an die Öffentlichkeit dringen. Die Innere Sicherheit, Ulf. Kein Minister möchte sich vorwerfen lassen, daran zu kratzen.«

Er legte eine Pause ein, während sie zur Vorderseite des Schlosses mit dem wartenden Auto und den Personenschützern des Ministerpräsidenten gingen. Sie gaben einander die Hand, und der Adler kam zum Schluss.

»Am Ende ist es doch so, dass wir alle Geheimnisse haben, die nicht herauskommen sollten, nicht wahr? … Viel Glück bei Ihrer … war es nicht eine Haushaltsbesprechung, die auf Sie wartet?«

KAPITEL 43

»Axel, bist du das? Ich kenne die Nummer gar nicht.«

»Ich habe mir ein neues Handy besorgt.«

Stina schwieg. Axel, der auch ein neues Headset benutzte, schloss gerade das Fahrrad vor dem Handyladen in der Västerlånggatan auf.

»Du gehst also davon aus, dass dein anderes Handy abgehört wird?«

»Ja, und sie haben Skrak mit Drohungen zum Schweigen gebracht. Er hat mir einen Zettel gegeben, auf dem stand, dass ihn ein Mann besucht habe. Und jetzt traut er sich nicht mehr, mit mir zu reden.«

»Sie waren bei Skrak? In der Leibrüstkammer?«

»Ja.«

»Scheiße, Axel. Das wird jetzt aber richtig ungemütlich. Da will nicht einfach nur die Regierung einen Deckel drauflegen. Das hier ist schlimmer. Wie die Mafia oder so etwas ...«

Axel hörte, wie besorgt sie klang. Es lief ihm kalt den Rücken herunter, und er sah ein, dass dies nicht nur am Wind lag, der ihn beim Radfahren umwehte. Er wollte sie beruhigen, und auch sich selbst. »Ich werde mit der Polizei sprechen, weiß aber nicht genau, wie.«

»Wähl einfach die 110?«

»Und was soll ich sagen? Dass ein Professor möglicherweise bedroht wurde? Dass ich glaube, mein Handy wird abgehört? Bei meinem Hintergrund? Sie werden mich für den größten Aluhutträger des Landes halten.«

»Was ist mit deinem Kontakt. Diese Polizistin, mit der du immer telefonierst? Diese Vernehmungsexpertin?«

»Karolina Palm? Ihr Chef ist halb verrückt geworden, als ich sie das letzte Mal angerufen habe. Ich glaube, ich brauche etwas Konkretes, bevor ich mich wieder bei ihr melden kann.«

Erneut wurde es still.

»Wie geht es dir eigentlich?«

Er horchte in sich hinein. Nur ganz kurz. Seine Schultern waren total verspannt. Er vermutete, dass der Jetlag sich ankündigte, aber in erster Linie lag es wahrscheinlich am Stress. Das Fahrradfahren fiel ihm ungewöhnlich schwer.

»Nicht so gut.«

Seine Stimme zitterte ein bisschen.

»Komm zu mir nach Hause. Dann bist du nicht allein. Wir machen einen Plan. Okay? Ich habe da etwas, das du bestimmt sehen willst …«

Stinas Stimme entfernte sich vom Telefon, und er hörte, wie sie ihren Rechner startete.

»Ich habe im Netz mal nach den Namen gesucht, also nach den Namen auf der Liste deines Großvaters.«

»Du hast recherchiert? Für mich?«

»Nur mal kurz die Namen gegoogelt. Und ich habe eine Anwaltskanzlei gefunden, die dich interessieren könnte. Anwaltskanzlei Raab in der Kammakargatan. Auch mit Doppel-a.«

Axel spürte ein Kribbeln. Das war vielleicht auch eine Möglichkeit. Aber er war so müde.

»Was hat eigentlich Ragnar von Scheele gesagt?«

Erst als Stina den Namen aussprach, wurde Axel klar, wie verwirrt er war. Er hatte vergessen, seiner besten Freundin und Kollegin von Ragnar von Scheeles Tod und seinem Brief zu erzählen. Und er hatte nicht daran gedacht, dass er jetzt endlich etwas Konkretes in der Hand hatte, um wieder Kontakt zu Karolina Palm aufzunehmen.

»Von Scheele ist … nicht mehr am Leben. Am Telefon möchte ich dazu nicht mehr sagen.«

»Ragnar von Scheele ist tot?«

Ihm kam der Gedanke, dass Stinas Telefon vielleicht auch abgehört wurde.

Erneut fuhr ihm der Schmerz in den Bauch. Er traf eine Entscheidung. Es reichte jetzt.

»Ich fahre noch zum Büro und hole mein Material, dann komme ich zu dir, und wir machen einen Plan, wie wir alles der Polizei übergeben können. Ruf mich an, wenn ich in dreißig Minuten noch nicht da bin. Wenn ich mich nicht melde, dann informierst du die Polizei.«

»Axel, pass auf dich …«

Er legte auf. Die Sonne schien, es war ein unglaublich schöner Herbsttag, aber das kümmerte Axel nicht. Er versuchte sich einfach auf den nächsten Tritt in die Pedale zu konzentrieren.

*

Axel eilte die kurze Treppe ins Büro hinunter. Er hatte das Fahrrad hinter der Tür abgestellt, damit er sich nicht mit dem Abschließen aufhalten musste.

Er holte den Computer, steckte ihn in den Rucksack und sah sich um. Was brauchte er noch? Die Interviews aus Boston hatte er auf dem Rechner, der Brief steckte wieder in seiner Jackentasche … Sein Blick fiel auf die Schatulle seines Großvaters, die auf dem Schreibtisch stand. Er öffnete sie, indem er alle Schritte nachvollzog, die Professor Vilhelm Skrak ihm gezeigt hatte. Dann steckte er die Liste mit den Namen in den Umschlag, in dem sich Ragnar von Scheeles Abschiedsbrief befand, schloss den Rucksack und stellte das Kästchen wieder unter die Schreibtischlampe.

Er streckte sich, um die Lampe wieder auszuschalten, als die Eingangstür geöffnet wurde. Hatte er nicht hinter sich abgeschlossen?

Er blickte auf und erkannte den Mann sofort wieder. Mehrere Male hatten ihm Menschen in Interviews davon berichtet, dass man im wahrsten Sinne des Wortes starr vor Schreck werden konnte. Paralysiert. Erst jetzt begriff Axel, wie recht sie gehabt hatten.

Der Mann, der zur Tür hereinkam, war der Mann, den er auf den Bildern vor NK, in Arlanda und bei Cats Falcks letzter Reportage gesehen hatte.

Ioan Petrescu.

Der Killer.

Er war zwar älter und trug keinen Mantel und keine Schirmmütze, sondern eine marineblaue Sportjacke und eine grüne Strickmütze. Aber seine Gesichtszüge und die Art, wie er sich bewegte, sagten Axel sofort, dass es derselbe Mann war. Petrescu hatte seinen Körper vollständig unter Kontrolle. Wie ein Ringturner, dachte Axel, der bei seinen Übungen auch den Wechsel zwischen explosiven und äußerst langsamen und exakten Bewegungen beherrschen musste.

Ioan Petrescu ging direkt auf ihn zu und blieb am Schreibtisch stehen. Axel bekam kein Wort über die Lippen. Der Mann musterte ihn mit ausdruckslosem Blick.

»Da wären wir also.«

Die Stimme war eigenschaftslos, hatte keinen bestimmten Dialekt oder sonstige Besonderheiten.

»Wer sind Sie, und was machen Sie in meinem Büro?«

»Seien Sie so lieb, und verschwenden Sie meine Zeit nicht mit irgendwelchen Banalitäten. Wir wissen genau, wer der andere ist und was er tut, oder?«

Axel schluckte und versuchte, dem Blick des Mannes nicht auszuweichen. Sie waren einen knappen Meter voneinander entfernt, etwa so weit, als wollten sie sich die Hände schütteln, aber niemand streckte die Hand aus.

»Ich glaube Ihnen, dass Sie eine Menge über mich wissen und über das, was ich tue. Ich dagegen weiß ziemlich wenig über Sie. Also sagen Sie mir, wie Sie heißen und was Sie hier wollen?«

Der Mann sah ihn an, ohne zu antworten.

Mit einer plötzlichen Bewegung, die Axel an ein Reptil erinnerte, drehte der Mann den Kopf und betrachtete das kleine Kästchen, das von der Schreibtischlampe beleuchtet wurde.

»Die Schatulle Ihres Großvaters, wie ich sehe. Sie haben sie also doch noch öffnen können.«

Die Liste mit den Namen brannte in seiner Jackentasche. Axel zwang sich, nicht dorthin zu schauen.

»Skrak. Interessante Person. Und kooperativ.«

Der Mann richtete seinen Blick wieder auf Axel.

»Sagen Sie mir, wie Sie heißen und was Sie hier wollen?«

Axel wiederholte seine Frage und bemühte sich, möglichst ruhig zu klingen. Es schien ihm ganz gut zu gelingen. Aber er spürte, wie sich die Muskeln in seinem Gesicht zusammenzogen. Sein Körper füllte sich mit Adrenalin.

»Ich hätte dieses Problem natürlich auf eine andere Weise gelöst.«

Ioan Petrescu steckte die rechte Hand unter die Jacke und holte eine Pistole heraus.

Axel starrte in die Mündung. Das also verstand man unter dem Waffenfokuseffekt.

Eine Glock 17, 9 mm Kaliber. Er kannte das Modell aus seiner Zeit beim Militärdienst. Es war die Dienstwaffe, die sie als Reservewaffe zum AK 5 verwendet hatten, als er bei der königlichen Wache am Schloss eingesetzt war. Damals hatte er sie jeden Tag getragen, es war zur Selbstverständlichkeit für ihn geworden, genau wie das Tragen des Helms oder des Waffenrocks. Jetzt konnte er nicht mehr aufhören, sie anzustarren. Eine Pistole hier an seinem Arbeitsplatz, zwischen Ordnern, Mikrofonen und alten Kaffeebechern kam ihm unwirklich und hyperrealistisch zugleich vor. Alle seine Sinne schienen geschärft. Wahrscheinlich hatte das Adrenalin Körper und Gehirn in Alarmbereitschaft versetzt, denn er konnte sogar erkennen, dass die Seriennummer abgefeilt war. Er nahm an, dass Ioan Petrescu die Waffe schon vorgespannt hatte und sofort schießen konnte. Es blieb ihm jedenfalls nicht genug Zeit, sich auf ihn zu stürzen, um ihn zu entwaffnen. Was ohnehin ein absurder Gedanke war, denn obwohl der Mann gut sechzig Jahre alt war, sah er so aus, als könnte er Axel ohne Weiteres jeden einzelnen Knochen brechen.

»Setzen Sie sich.«

Der Mann zeigte auf Axels Stuhl und zog gleichzeitig Stinas Stuhl unter dem Schreibtisch heraus. Er legte die Pistole neben die Schatulle.

»Mein Auftraggeber hat sehr viel Geduld mit Ihnen gehabt, Axel Sköld. Sehr viel mehr als üblich. Ich bin hier, um Ihnen mitzuteilen, dass diese Geduld jetzt am Ende ist.«

Er sah auf die Pistole und dann auf das kleine Kästchen.

»Entweder schnüffeln Sie weiter, dann müssen wir diese hier benutzen.«

Ioan Petrescu zeigte auf die Pistole.

»Oder Sie entscheiden sich, Ihre Recherchen aufzugeben …«

Er deutete jetzt auf die Schatulle.

»… und folgen vielleicht dem Beispiel Ihres Großvaters und arbeiten für uns. Man hat mir zu verstehen gegeben, dass Sie eine Funktion in der Organisation übernehmen könnten.«

Der Mann nahm das Kästchen und führte alle Bewegungen, die nötig waren, um es zu öffnen, in rascher Folge aus. Dabei war er sicher doppelt so schnell wie Axel kurz zuvor. Während er den Deckel öffnete, fuhr er fort.

»Damit eröffnet sich Ihnen eine andere Welt. Mit ganz anderen Möglichkeiten.«

Es überraschte Axel selber, wie wütend er war. Und je wütender er wurde, desto lauter wurde seine Stimme.

»Sie wollen also, dass ich Ihrem geheimen Club beitrete? Den Illuminati, oder wie nennen Sie sich? Dass ich die Dinge vor den Menschen geheim halte, anstatt sie aufzudecken? Dass ich die Macht vor dem Volk schütze, statt andersherum. Sie wollen, dass ich alles aufgebe, woran ich glaube?«

Axel verstummte und dachte, dass er zu weit gegangen war. Es war nicht der richtige Zeitpunkt für Vorwürfe und Wutausbrüche.

Aber Ioan Petrescu reagierte mit einem gleichgültigen Seufzen.

»Ermüdende Propaganda. Ich habe schon viele sogenannte Idealisten gesehen.«

»Im Osten? Hinter dem Eisernen Vorhang? Denn von dort kommen Sie doch, Ioan Petrescu?«

Axel konnte sich nicht bremsen. Er redete mehr, als er wollte, der Mann provozierte ihn.

»Okay, wir haben genügend Zeit für eine historische Abschweifung. Was Sie die freie Presse nennen, ist nur eine Fußnote in der Geschichte des Journalismus, eine Abart, die mit der allgemeinen Schlaffheit der 68er-Linken Einzug hielt. Die IB-Affäre und der ganze Kram … das hat ein paar Journalisten ernährt, ihnen persönliche Vorteile gebracht unter dem Vorwand, das Volk zu informieren. Es hat der Nation geschadet. Uns, die wir das wirklich große Bild vor Augen haben, gezwungen, vorsichtiger zu handeln. Jetzt müssen wir das Land gegen äußere Feinde verteidigen und gegen Leute wie euch, Journalisten mit einem zu großen Ego. Ihr geht doch über Leichen für eine Schlagzeile, ganz egal, ob es einer fremden Macht nützt …«

Petrescu stand auf, der Monolog schien ihn befeuert zu haben.

»Ja, ich habe hinter dem Eisernen Vorhang gearbeitet. Und was ich dort gelernt habe, gilt immer noch. Es gibt kein links oder rechts. Es gibt nur die Starken und die Schwachen. Sie ahnen gar nicht, wie sehr unsere Freunde in der Sowjetunion all diese militärischen Geheimnisse geschätzt haben, die dank euch Journalisten an die Öffentlichkeit kamen. Ihr habt eure schwachen Länder nur noch schwächer gemacht.«

»Trotzdem stehen Sie jetzt hier. Im Westen. Und die starke Sowjetunion ist verschwunden.«

»Und Sie glauben, dass es an der Offenheit, an Glasnost und Perestroika lag? Ist Ihnen schon einmal aufgefallen, dass wir, die wir die wirkliche Macht besaßen, den Osten aufgegeben hatten und damit die Mauer zum Einsturz brachten?«

»Und bei Ihren neuen Auftraggebern fühlen Sie sich wohler?«

Axel spürte, dass er in seine Rolle als Reporter hineingeschlüpft war. Die Angst wurde verdrängt, und die Neugier übernahm. Wenn er weiter auf die richtigen Knöpfe drückte, konnte er dem Mann vielleicht die Pistole abnehmen.

Und was würde er damit tun? Eine Pistole auf jemanden zu richten, ohne bereit zu sein, auch den Abzug zu drücken, gehörte zu den gefährlichsten Sachen, die man tun konnte, so hatte er es während des Militärdienstes gelernt. Er war damals neunzehn Jahre alt gewesen und hatte nie daran gezweifelt, dass er abdrücken würde. Wenn es die einzige Möglichkeit in der Situation war und die Bedrohungslage es ganz einfach und nachvollziehbar machen würde. Aber jetzt, wo er die Bedrohung genauso deutlich spürte wie den Schweiß unter seinen Achseln, war er sich nicht mehr so sicher. Und von dieser Unsicherheit lebten Handlanger wie er. Er würde entwaffnet werden und …

Der Mann schien seine Gedanken zu lesen. Er blickte auf die Pistole, die immer noch neben der Schatulle lag.

»Entweder entscheiden Sie sich für dieses kleine Kästchen und schlagen den vernünftigen Weg ein, oder ich darf wählen, und dann entscheide ich mich hierfür.«

Er legte seine rechte Hand, die in einem eleganten Lederhandschuh steckte – Lagerfeld, dachte Axel in einem absurden Gedankenblitz – auf die Waffe. Drehte sie langsam. Als der Lauf zur Ruhe kam, war er auf Axel gerichtet.

Axel starrte in die Mündung. Der Rest der Welt verschwand. Es ging nur noch ums Hier und Jetzt. *Wie eine scheiß Achtsamkeitsübung auf Steroiden.*

Der Mann nahm die Pistole, steckte sie rasch in die Innentasche seiner Jacke und eilte mit hastigen Schritten durchs Büro, glitt die kurze Treppe hinauf und verschwand durch die Tür.

Nachricht überbracht.

Dem Kunden zugestellt.

Axel schloss die Augen. Sein Körper begann zu zittern. Er versuchte nicht, sich zu beherrschen, ließ sich stattdessen mitreißen. Er schluchzte. Adrenalin wurde ausgeschüttet, und die Wärme und die Tränen und das Schütteln strömten in Wellen über ihn hinweg. Die Nase lief. Er weinte, wie er es nicht mehr getan hatte, seit er die Nachricht vom Tod seiner Mutter bekommen hatte.

Am Ende beruhigte er sich. Putzte sich die Nase.

Als plötzlich sein Handy klingelte, schreckte er vom Stuhl auf.

Stina Forss.

»Hallo? Bist du okay?«

»Mann, hast du mich erschreckt.«

»Ich? Du hast mich in Angst und Schrecken versetzt. Du wolltest nach spätestens dreißig Minuten hier sein, und jetzt sind schon fünfunddreißig vergangen. Ich dachte schon, dir wäre etwas passiert.«

Er erwog für einen Augenblick, nichts von dem zu erzählen, was gerade passiert war, ließ die Idee aber fallen. Keine weiteren Geheimnisse. Stina steckte selbst schon tief mit in der Sache, und er brauchte jetzt alle Hilfe, die er bekommen konnte.

»Dieser Auftragsmörder war gerade hier. Er hatte eine Pistole.«

»Er war im Büro? Hat er dich *bedroht*?«

»Ja, aber er hat mir auch angeboten, für … sie … zu arbeiten.«

»Axel, ich rufe sofort die Polizei an. Das ist doch total krank. Und du kommst sofort zu mir!«

Er hörte an ihrer Stimme, dass sie den Tränen nahe war.

»Ja, mach das, frag nach Karolina Palm. Sag ihr, dass ich mich bald bei ihr melden werde.«

»Bald? Du kommst doch direkt hierher?«

»Ich muss nur noch eine Sache erledigen, Stina. Sie haben mir ein Angebot gemacht. Das bedeutet, dass man mir eine gewisse Frist einräumt. Die muss ich geschickt nutzen. Wo war diese Anwaltskanzlei noch mal, die du gefunden hattest?«

»Axel, was soll der Scheiß?«

Er hörte, wie ihre Stimme brach. Im Hintergrund rief David »sagma nich, Mama«.

»Ich fahre nur hin und sehe nach, ob es dort irgendjemanden oder irgendetwas gibt, das die Existenz dieser Organisation beweist. Direkt danach komme ich zu dir. Kammakargatan hattest du gesagt, und welche Nummer? Komm schon, Stina!«

»Das kann doch wohl nicht wahr sein … Nummer 7. Lass das Telefon an, denn ich sage Karolina Palm, dass sie dich sofort anrufen soll.«

»Danke. Hör zu … alles wird gut. Wir sehen uns gleich.«

Als er sich auf das Fahrrad schwang, wünschte er sich, nur halb so optimistisch zu sein, wie er hatte klingen wollen, als er sich von Stina verabschiedete.

KAPITEL 44

Die Sonne war hinter den Wolken verschwunden, und Regen zog auf. Axel entschied sich trotzdem, über die Skeppsbron durch Gamla Stan zu fahren, bereute es aber sofort, als er den Wind zu spüren bekam, der über das Wasser Fahrt aufgenommen hatte. Als er am Schloss vorbei und über die Strömbron fuhr, ließ sich das Fahrrad kaum noch vorwärtsbewegen, so sehr er sich auch in die Pedale stemmte. Am Kungsträdgården fuhr er im Windschatten, sodass das letzte Stück am Sveavägen entlang einfacher zu bewältigen war. Allerdings begannen dort die ersten Tropfen zu fallen. Also erhöhte Axel das Tempo noch einmal, um dem Regen zu entkommen.

Die Fahrradfahrt hatte das Adrenalin verbrannt, und die Zweifel kehrten zurück. War es wirklich eine gute Idee, diese Anwaltskanzlei aufzusuchen? Alles, was er hatte, war ein Name, und auch wenn der in Schweden sehr ungewöhnlich war, gab es durchaus mehrere Personen mit dem Nachnamen Raab. Trotzdem hatte er das Gefühl, auf der richtigen Fährte zu sein. Und er hatte da auch so seine Vermutungen, was seinen Großvater betraf. Männliche Intuition vielleicht. Er lächelte über die Formulierung und fragte sich, wann sie ihren Durchbruch in der schwedischen Sprache feiern würde. Vermutlich nie. Er bog vom Sveavägen in die Kammakargatan ab.

Die Fassade war so anonym, wie es bei einem fünfstöckigen Gebäude in Stockholm überhaupt möglich war. Grauer Stein in einer tristen Sechzigerjahre-Architektur, in der Funktion alles bedeutete und der Rest Diskretion war. Er betrat das Treppenhaus und entnahm dem Kanzleischild, dass Raabs

Büro ein halbes Stockwerk höher lag. Vor der Eichentür mit dem adretten Türschild zögerte er kurz, doch schließlich betätigte er die Klingel. Er beschloss, zumindest hineinzugehen und sich die Lokalitäten anzusehen. Wieder war es die Neugier. Er wusste, dass sie ihm schon oft geholfen hatte. Diesen zusätzlichen Schritt zu machen, um das Gespräch zu bekommen, das seine Sendung noch ein bisschen besser machte. Jetzt fragte er sich, ob er nicht vielleicht einen Schritt zu weit gegangen war.

Das Schloss knackte, und er trat ein.

Der Empfang war in hellen Farben gehalten, und die Frau hinter dem Schalter war blond und hübsch und trug Perlenohrringe.

»Hallo. Ich würde gern Rechtsanwalt Raab sprechen.«

Die Frau lächelte ihn an.

»Wie ist Ihr Name? Ich glaube nicht, dass Sie einen Termin haben?«

Axel zögerte. Wenn Raab in die Angelegenheit verwickelt war, spielte es keine Rolle, was er sagte. Sie hatten ihn ohnehin voll unter Kontrolle. Und wenn er sich irrte, wäre es ebenfalls egal, was er sagte.

»Axel Sköld. Sie haben recht, ich habe keinen Termin, aber ich bin mir ziemlich sicher, dass der Herr Rechtsanwalt mich erwartet.«

Die Sekretärin reagierte nicht auf seine Antwort. Axel dachte an Porzellan, als er sie betrachtete. Als wäre sie eine Puppe. Hübsch. Hart.

»Ich fürchte, wir kommen nicht weiter, wenn Sie keinen Termin haben.«

»Dann hätte ich gerne einen Termin.«

Seine Antwort kam prompt, und ihr Lächeln wurde breiter, nicht kleiner oder steifer.

»Dann werde ich mal sehen, was ich für Sie tun kann. Im

Augenblick ist der Kalender von Herrn Raab jedenfalls ausgebucht.«

»Im Augenblick? Und wie lange dauert dieser Augenblick voraussichtlich?«

»Das ist leider unmöglich vorherzusehen, aber ich lasse ihm ausrichten, dass Sie einen Termin vereinbaren möchten, und dann melden wir uns, wenn wir einen passenden Zeitpunkt finden.«

Axel schaute sich um. Links vom Empfangsschalter befanden sich eine Garderobe und zwei Toiletten. Rechts ein langer Korridor mit vielen geschlossenen Türen. Die letzte Tür war nur angelehnt. Konnte man von dort nicht Stimmen hören?

Er versuchte zuzuhören, wurde aber von der Sekretärin unterbrochen.

»Wie können wir Sie erreichen?«

Er sah sie an. Nichts an ihrem Verhalten verriet irgendetwas darüber, ob seine Theorie zu Raab stimmte. Der Empfangsschalter bot ebenfalls keine Anhaltspunkte. Ihren Computerbildschirm konnte er nicht sehen. Keine einzige Spur. Trotzdem war er sich plötzlich ganz sicher, dass irgendetwas an diesem Ort nicht stimmte. Das Paradox der Aluhutträger. Nur weil nichts darauf hindeutete, dass man recht hatte, hieß das noch lange nicht, dass man sich irrte. Es konnte sich in Wirklichkeit ja auch genau andersherum verhalten: Der Mangel an Beweisen zeigte gerade, dass man recht hatte.

»Er weiß, wie er mich erreicht.«

»Wie bitte?«

Axel drehte sich hastig um und eilte zur letzten Tür im Flur. Es dauerte eine Weile, bis die Dame am Empfang reagierte, aber dann rief sie ihm hinterher.

»Wohin wollen Sie? Sie können nicht einfach …«

Er hörte, wie sie aufstand und ihm hinterhereilte, aber da

hatte er die Tür schon erreicht. Er riss sie auf und ging hinein und erwartete alles Mögliche, nur nicht das, was er sah.

Der Raum war leer. Ein schwarzer Bürostuhl hinter einem weißen Schreibtisch. Keine Menschenseele.

»Was erlauben Sie sich!«

Die Empfangsdame hatte ihn erreicht. Sie war rot im Gesicht und sah aufrichtig verärgert aus. Und gleichzeitig ein bisschen verängstigt. Vor ihm oder vor der Reaktion ihres Chefs, wenn er von ihrer Nachlässigkeit erfuhr?

»Tut mir leid. Ich weiß nicht, was gerade in mich gefahren ist.«

Axel murmelte die Entschuldigung, während er zurückging. Sie folgte ihm schweigend. In der Tür drehte er sich noch einmal zu ihr um.

»Richten Sie ihm aus, dass ich mich wieder melde, sobald ich Bescheid bekomme. Er weiß, was ich meine.«

Sie nickte nur. Die Porzellanmaske saß wieder an ihrem Platz.

*

Draußen auf der Straße klingelte Axels Handy. Er hatte die Nummer nicht gespeichert, aber er erkannte sie wieder, und ihm wurde warm ums Herz. Endlich rief sie an.

»Wir müssen uns sehen.«

Hauptkommissarin Karolina Palm verschwendete keine Zeit mit Höflichkeitsfloskeln. Gefahr im Verzug, hieß es nicht so bei der Polizei?

»Ja. Soll ich zu dir ins Präsidium kommen?«

Er sah auf die Uhr. Kurz vor vier.

»Oder hast du schon Feierabend gemacht?«

»Vielleicht sollten wir es zunächst besser informell halten.«

»Gut. Ich bin gerade auf dem Weg zu Stina Forss. Wir können uns bei ihr treffen.«

Er gab ihr die Adresse von Stinas Wohnung in Aspudden, und sie vereinbarten, dass sie sich dort in einer halben Stunde treffen würden.

Der Rückenwind sorgte dafür, dass er vor Karolina Palm eintraf. Als er die Tür öffnete, wurde er ganz fest von David umarmt, so wie immer, und danach genauso fest und etwas länger von Stina, was ein bisschen überraschender war.

»Karolina Palm ist auf dem Weg hierher. Ich hoffe, das ist okay für dich?«

Axel zog seine nasse Jacke und seine ebenso nassen Schuhe aus.

»Natürlich. Du schläfst heute Nacht hier, keine Widerrede. Die Sache ist ernst, das ist dir hoffentlich klar.«

Stina betrachtete ihn mit einem verstörten Blick. Vielleicht war er zu lange allein gewesen, aber als er die Angst in ihren Augen sah, ließ er sich anstecken. Oder vielmehr verstand er es jetzt. Es war wirklich Gefahr im Verzug.

»Pieln, Assl! Pieln?«

Und dann war da noch jemand, der es nicht verstand.

»Möchtest du spielen, David?«

Axel war dankbar für die Unterbrechung. Jetzt konnte er alle Gedanken an Profikiller und 9 mm Glocks zur Seite schieben, die ihm plötzlich durch den Kopf schossen. Der kleine Junge begann zu strahlen, als hätte er einen Eisgutschein für den Rest seines Lebens gewonnen.

»Jaa, komm Assl! Komm Assl!«

Sie vertrieben sich die Zeit, bis Karolina Palm kam, indem sie dreizehn Runden eines Farbenspiels spielten, bei dem man unterschiedliche Ballons sammelte und von dem David nie genug bekommen konnte. Außerdem gewann er, ohne dass Axel außergewöhnlich oft absichtlich verlieren musste.

Die Farben waren felsenfest in Davids Gehirn verankert. Axel wunderte sich zum x-ten Mal darüber, wie das menschliche Gehirn eigentlich funktionierte oder, wie in Davids Fall, nicht funktionierte. Axel versuchte ihm nebenher beizubringen, wie man die Farben aussprach. Gelb und Blau gingen gut, aber Rot konnte David nicht einmal ansatzweise aussprechen.

Stattdessen zeichnete er mit den Fingern auf den Lippen. Rot. Okay, so löst du also das Problem. Ich werde dich nicht unter Druck setzen, dachte Axel.

Ungerührt von dem Experiment, dem er ausgesetzt war, sammelte David die Luftballons, legte sie erneut auf den Tisch und sah Axel zum vierzehnten Mal mit derselben eifrigen Miene an.

»Mea? Assl! Mea pieln!«

Es klingelte an der Tür, und Axel signalisierte ihm, dass es Zeit war, mit dem Spiel aufzuhören.

Vor lauter Enttäuschung brüllte David laut los.

»Neeeeeh. Mea pieln!«

»Komm, David, ich kann mit dir spielen. Wir gehen in dein Zimmer.«

Stina kümmerte sich um den protestierenden David, der immer noch lieber mit Axel spielen wollte. Aber der hatte jetzt andere Dinge im Kopf. Er öffnete die Tür und ließ Karolina Palm herein.

»Was ist denn hier los?«

Karolina warf Axel einen fragenden Blick zu, der zuerst gar nicht verstand, was sie meinte. Dann wurden ihm Davids lautstarke Proteste bewusst, die aus seinem Zimmer drangen, und Stinas vergebliche Bemühungen, ihn zu beruhigen. All die Schreie, die mit Davids Leben verbunden waren, gehörten für ihn mittlerweile zum Alltag. Die Worte, die David fehlten, machte er durch Lautstärke wett. Er ahnte, dass Karolina schreiende Kinder eher mit kaputten Familienverhältnissen und unerfreulichen Polizeiermittlungen in Verbindung brachte.

»Das ist nur David, Stinas Sohn. Er hat Probleme mit Veränderungen.«

Das reichte offensichtlich nicht als Antwort, wie er aus ihrem skeptischen Blick schloss – es reichte nie.

»Er hat eine Entwicklungsstörung, seine Reaktionen fallen daher heftiger aus.«

Das reichte immer. Das Wort Entwicklungsstörung hatte einen geradezu magischen Effekt. Ein Stempel, der den Leuten das Gefühl gab, sie würden es verstehen. Karolina Palm zog sich den Mantel aus.

»Du musst mir alles erzählen, Axel. Keine Spielchen mehr.«

Er zeigte auf den Küchentisch.

»Selbstverständlich. Ich habe keine geheimen Pläne.«

Er fuhr erst fort, als sie sich gesetzt und Augenkontakt aufgenommen hatten.

»Ich habe ein verdammt großes Problem.«

Ohne ihn aus dem Blick zu verlieren, holte Karolina Palm ihr Handy heraus und schaltete die Aufnahmefunktion ein.

»Von Anfang an, bitte.«

Axel holte sein eigenes Aufnahmegerät heraus und stellte das Mikrofon zwischen ihnen auf. Er warf Karolina Palm einen fragenden Blick zu, und sie nickte. Er drückte auf »rec« und begann, wie er es gewohnt war, mit einer Frage.

»Was weißt du über den Tod des Börsenmaklers Ragnar von Scheele?«

»Dass er vermutlich keine natürlichen Ursachen hatte. Seine Frau hat heute Mittag die Polizei angerufen, aber Säpo hat den Fall übernommen. Wie kannst du schon von diesem Fall wissen?«

Axel holte den Brief heraus, den er in der Innentasche seiner Jacke stecken hatte, und legte ihn vor Karolina Palm auf den Tisch.

»Weil Ragnar von Scheele mir alles schon erzählt hatte, bevor er starb.«

Karolina las den Brief und fotografierte ihn mit ihrem Handy. Dann hörte sie sehr aufmerksam zu, als Axel erzählte, wie er den Auftrag von Ragnar von Scheele bekommen hatte. Sie wollte auch den Vertrag sehen, den er unterschrieben hatte. Die Summe, die ihm angeboten worden war, erstaunte sie offensichtlich, aber sie sagte nichts. Axel nahm an, dass Karolina im Aufnahmemodus war. Sie war für das Zuhören zuständig, er für das Reden. Er erzählte von dem Zettel mit den Namen, den er mit der Unterstützung von Professor Vilhelm Skrak aus der Schatulle seines Großvaters hatte holen können. Er beschrieb seine Reise nach Boston und spielte ihr die Interviews mit Martin O'Connor und Ann Miller vor, in denen sie davon berichteten, wie die Briefe aus der Boston Public Library gestohlen worden waren.

Schließlich erzählte er ihr, wie er bemerkt hatte, dass sie sein Telefon abhörten. Sie bat ihn darum, ihr sein Handy zu zeigen.

»Es liegt noch im Büro. Ich habe mir ein neues besorgt.«

Sie nickte. Das war logisch.

»Wir kümmern uns später darum, hoffentlich können wir noch Spuren sichern.«

Er berichtete von seiner Heimreise aus den USA und legte bis ins Detail dar, wie das Treffen mit Ioan Petrescu in seinem Büro abgelaufen war. Karolina Palm stellte Fragen über sein Aussehen und über die Art, wie er mit seiner Waffe umgegangen war, und nickte, als würde sie tatsächlich verstehen, was Axel meinte, als er das übertrieben beherrschte Bewegungsmuster des Mannes beschrieb.

»Das stimmt gut mit einigen Typen überein, die ich aus der NI kenne.«

»Der nationalen Einsatzgruppe?«

»Genau. Einer von ihnen hat diese Ninja-Warrior-Challenge gewonnen, die ein Fernsehsender im letzten Sommer in Ladugårdsgärdet veranstaltet hat. Er war unfassbar durchtrainiert. Lebensgefährlich im Nahkampf.«

Axels Puls beschleunigte sich. Er erinnerte sich an das Gefühl, das ihn erfasst hatte, als er einen knappen Meter von dem Mann entfernt stand, der ihn mit Wolfsaugen musterte. *Als könnte er mir ohne Weiteres jeden einzelnen Knochen brechen.*

»Lass mich ganz offen mit dir reden, Axel.«

Karolina Palm beugte sich über den Tisch.

»Du bist mit allergrößter Wahrscheinlichkeit einem Profikiller über den Weg gelaufen. Es ist vermutlich pures Glück, dass du bis jetzt überlebt hast. Aber ich muss dir ehrlicherweise auch sagen, dass wir nicht besonders viele Anhaltspunkte haben. Deine Beschreibung ist gut, aber er ist darauf trainiert, sich bedeckt zu halten. Unsere beste Spur ist vermutlich das hier.«

Sie zeigte auf die Kontonummer, die Ragnar von Scheele ihm in seinem Abschiedsbrief mitgeteilt hatte.

»Aber das Wirtschaftsdezernat ist nicht gerade bekannt dafür, besonders schnell zu arbeiten. Sie brauchen ihre Zeit, um etwas auszubuddeln. Dein Hackerfreund, Xerox …«

»Xenon.«

»Er ist vermutlich sehr viel schneller. Versuch, wieder Kontakt mit ihm aufzunehmen, dann werden wir sehen, was wir darüber hinaus noch tun können.«

Karolina Palm betrachtete die beiden Aufnahmegeräte, die auf dem Tisch lagen. Sie schaltete ihr Handy aus und zeigte auf Axels Aufnahmegerät.

Ohne ein Wort drückte er auf »Stopp«.

»Wie du weißt, bin ich im Präsidium auf Probleme gestoßen, seit ich mit diesem Fall befasst bin. Wenn an dem, was du mir erzählt hast, auch nur das Geringste dran ist, gibt es jeden Grund zu der Annahme, dass es bei uns ein Leck gibt. Oder etwas noch Schlimmeres …«

»Das scheint dich nicht zu wundern?«

Sie schwieg. Sah durch Stinas Küchenfenster. Es war schon vor langer Zeit dunkel geworden, und die orange leuchtenden Straßenlaternen schaukelten im Wind.

Stina, die David endlich zum Einschlafen gebracht hatte, kam in die Küche und schaltete den Wasserkocher ein, um einen Tee für Karolina und Axel zu kochen. Die beiden nahmen das Angebot dankend an. Axel stand unter Hochspannung. Er wusste, dass Karolina kurz davorstand, hochsensible Informationen preiszugeben. Sie war fit und sah jünger aus, als sie eigentlich war. Aber sie wirkte auch müder als noch vor ein paar Wochen. Karolina sah ihm in die Augen.

»In den letzten Wochen musste ich immer wieder darüber nachdenken, warum mein Chef mich wegen so einer Kleinigkeit zur Schnecke gemacht hat. Ich hatte ja nichts anderes getan, als deine Bilder an meinen Kontakt bei der Säpo zu schicken. Klar war das an den Vorgesetzten vorbei, aber auch kein wirklich großes Ding. Es erinnert mich daran, wie du von deinen Chefs beim Radio behandelt worden bist.«

»Davon weißt du schon?«

»Stina hat es mir verraten.«

Stina schenkte ihnen Tee ein und nickte.

»Wir machen es so. Ich kenne einen ehemaligen Polizisten … wegen irgendwelcher disziplinarischen Angelegenheiten musste er gehen und arbeitet jetzt selbständig. Ich rufe ihn an, er wird für euren Schutz verantwortlich sein. Wenn ich eine offizielle Untersuchung zu diesem Fall starte, wird sie direkt von der Säpo übernommen, und mir wird wahrscheinlich zu all dem Ärger, den ich sowieso schon habe, wieder die Hölle heißgemacht. Außerdem glaube ich, dass die Säpo gerade gebremst wird oder sogar selber bremst … Ich muss vorsichtig agieren. Bis mein Bekannter hier ist, bleibe ich bei euch.«

KAPITEL 45

Lova Magnusson zupfte das perfekte Kleid zum dritten Mal zurecht. Sie sah zu den Türen des Turmzimmers hinüber. Bald würden sie sich öffnen, und sie würde zum ersten Mal das Dienstbüro des schwedischen Ministerpräsidenten sehen. Sie hatte in der Boulevardpresse Artikel über die extravagante Inneneinrichtung gelesen. Ein Schreibtisch aus Kirschholz, Sessel aus blauem Leder. Sie wusste nicht, warum ihr ausgerechnet diese Details im Gedächtnis geblieben waren, aber es klang teuer. Zuerst musste sie allerdings die obligatorischen Minuten im Vorzimmer warten, damit sie lernte, wo ihr Platz war. Die Machtsprache war so fantasielos. Sie seufzte.

Exakt zehn Minuten nach der verabredeten Zeit öffneten sich die Türen, und Ministerpräsident Ulf Göransson kam heraus, um sie zu begrüßen. In höchst eigener Person, dachte sie noch, bevor sie einander mit einem formellen Handschlag begrüßten.

»Lova! Schön, dass Sie Zeit für ein Treffen hatten.«

»Selbstverständlich … Ulf.«

Er gefror kurz in seinen Bewegungen, bevor er mit einem Lächeln antwortete.

»Setzen Sie sich. Wollen wir das Sofa nehmen?«

Er zeigte auf zwei dreisitzige Sofas aus dunkler Eiche mit blau gemustertem Textilbezug. Lova zuckte zusammen. Sie versuchte, nicht zu zeigen, was sie dachte, aber in ihrem Kopf tauchten Bilder an die Begegnung mit Lars Lilliehorn auf. Mit einer gewissen Willensanstrengung kehrte sie mental zu Göranssons Sitzgruppe zurück.

»Ich werde direkt zur Sache kommen.«

Ulf Göransson betrachtete sie über den Tisch hinweg, zurückgelehnt und mit übereinandergeschlagenen Beinen. Sie saß auf der Sofakante, die Knie anständig aneinandergelegt.

»Wir müssen an der Finanzfront ein paar Gänge zurückschalten.«

Sie schwieg. Ließ ihn reden. Er hatte ja versprochen, direkt zur Sache zu kommen.

»Ich weiß, dass Ihre Vorschläge zunächst auf großes Interesse gestoßen sind.«

»Die Unterstützung der Wähler war großartig«, erwiderte sie selbstbewusst.

Ihre Popularität war in die Höhe geschnellt, je öfter sie betont hatte, »die wirklichen Betrüger jagen« zu wollen. Aber sie ahnte, dass er darüber weit weniger erfreut war als sie selbst.

»Keine Frage. Andererseits ist es natürlich kein Wunder, dass man auf der positiven Seite der Wählergunst steht, wenn man das Amt von einem Minister übernimmt, der seiner Aufgabe nicht auf die beste Art und Weise nachgekommen ist.«

Lova versuchte, eine verständnisvolle Miene aufzusetzen. Tammer hatte sich komplett blamiert und konnte froh sein, wenn er nicht angeklagt wurde. Was sie jetzt erleben durfte, war das oft beschworene diplomatische Geschick des Ministerpräsidenten.

»Das versteht sich von selbst. Aber man kann trotzdem eine deutliche Unterstützung für die neue und aggressivere Finanzpolitik in den Umfrageresultaten erkennen.«

Sie wusste, dass sie den Ministerpräsidenten damit herausforderte. Deshalb beschloss sie, erneut in die weibliche Rolle zu schlüpfen, und griff nach der Wasserkaraffe, die auf dem Tisch stand. Sie warf ihm einen fragenden Blick zu. Er nickte kurz, und sie schenkte beiden ein Glas Wasser ein, sorgsam darauf bedacht, mit seinem Glas zu beginnen.

Sie tranken in einer gespannten Stille. Die Fensterscheiben

waren bestimmt aus schusssicherem Glas, dachte Lova und spürte für einen Augenblick die enorme Verantwortung, die auf einem Regierungschef lastete.

»Lassen Sie es mich anders formulieren.«

Der Ministerpräsident schlug jetzt einen anderen Ton an und beugte sich vor.

»Wir müssen uns der Linie unserer EU-Nachbarn stärker anpassen. Wenn wir unseren Finanzbehörden Befugnisse geben, die in einer internationalen Perspektive außergewöhnlich erscheinen, flieht das Kapital.«

Lova ahnte es. Das Kapital bestimmt, die Politiker führen aus. Plötzlich saßen sie und der Ministerpräsident nicht mehr im selben Boot.

»Ich bin mir sicher, dass wir noch etliche EU-Länder auf unsere Seite ziehen können. Ich habe schon einen vielversprechenden Meinungsaustausch mit den Finanzministern aus Dänemark und Finnland gehabt.«

»Lønn und Luokkamäki.«

Sie ignorierte seine Bemerkung. Sie hatte ihr bestes Argument noch im Köcher. Sie sah Ulf Göransson direkt in die Augen. Mit diesem Blick, der oft einen Effekt auf eine bestimmte Sorte Männer hatte, die die Aufmerksamkeit liebten. Mit sanfterer Stimme fuhr sie fort.

»Die Panama Papers haben die Wähler in der ganzen Welt aufgebracht, nicht zuletzt hier in Europa. Wenn wir in Schweden diese politische Chance ergreifen, um einen neuen Standard zu etablieren, wie weit der Einblick in Kapitalanlagen gehen darf, könnten wir im Herbst damit doch sehr gut in unsere EU-Ratspräsidentschaft starten. Wir könnten die EU führen, nicht nur auf dem Papier, sondern auch durch unsere – Schwedens – Art, die Wirtschaft zu führen.«

Zuerst dachte sie, dass ihre Argumentation und vor allem auch ihre Technik funktionieren würden. Sie redete und strahlte das Ego des Ministerpräsidenten förmlich an. Aber am Ende bekam sie nicht das Lächeln als Antwort, das normalerweise die Bestätigung dafür war, dass der Mann ihr gegenüber ihrer Schmeichelei und Anziehungskraft zum Opfer gefallen war. Stattdessen wandte Ulf Göransson sich ab.

»Ich glaube, es würde Ihnen guttun, wenn Sie erst einmal einen Monat auf Ihrem Ministerposten gesessen haben, bevor Sie anfangen, Europa die Bedingungen zu diktieren.« Er sah sie mit einer ganz neuen Miene an. Sein Gesicht hatte harte Konturen bekommen. »Und mir meine Rolle als Vorsitzender im Rat der EU.«

Ihr wurde klar, dass sie zu weit gegangen war. Ihr wurde auch klar, dass sie jetzt zurückrudern musste, und zwar schnell, auch wenn sie keine Ahnung hatte, warum er so heftig reagierte.

Sie hatten die einmalige Chance, ein neues politisches Kapitel aufzuschlagen. Ulf Göransson galt als klug und handlungsfähig, weil er die alten Garden – zu denen auch Tammer gehört hatte – mit Politikern der neuen Schule ersetzt hatte, die eine nachhaltige globale Wirtschaft im Auge hatten – so wie sie. In den Meinungsumfragen schoss ihre Beliebtheit zwar nach oben, aber auch Ulf Göransson gewann dadurch. Warum war er dann so starrköpfig? Erneut musste sie an die Begegnung mit Lilliehorn denken. Es gab einen Grund dafür, der ihr verborgen blieb.

War es vielleicht einfach so, dass die vier Großbanken an ihr vorbei direkt zum Ministerpräsidenten gegangen waren? Zu Papa, um zu petzen? Das würde sie später klären, denn ganz egal, was dahintersteckte, die aktuelle Situation war offensichtlich. Ministerpräsident Ulf Göransson spielte den Chef, wenn auch einen miserablen Chef. Und dem Chef gehorchte man.

»Tut mir leid, es war nicht meine Absicht, so zu klingen, als wäre ich … Ich fürchte, mir fehlt einfach noch die Erfahrung und …«

Sie sah sich um und versuchte den Eindruck zu erwecken, dass sie von den Räumlichkeiten beeindruckt war. Was ihr schwerfiel, denn ihr eigenes Büro im Arvfurstens palats war eigentlich sehr viel eleganter. Das Turmzimmer machte den Eindruck, als wäre es allzu lange von alten Männern bewohnt und eingerichtet worden.

»Ja, an Umgebungen wie diese habe ich mich noch nicht so richtig gewöhnt.«

Ulf Göransson schien sich ein wenig zu beruhigen. Als er erneut das Wort ergriff, klang er wesentlich milder.

»Ich bin davon überzeugt, dass wir uns hier noch bei vielen Anlässen gegenübersitzen werden. Sie werden also genug Zeit bekommen, sich daran zu gewöhnen.«

Er hielt inne, und sein Lächeln kehrte zurück. Die Streitaxt war begraben.

»Verlassen Sie sich in dieser Frage einfach auf meine Urteilskraft. Zwei Schritte vor, einer zurück. So geht der politische Tanz. Und es ist ein langsamer Tanz, schließlich wollen wir die gesamte Mandatsperiode durchhalten.«

Er stand auf. Stellte sich ans Fenster, in der Absicht, mit seinem dunklen Anzug und im Gegenlicht eine beeindruckende Silhouette abzugeben. Ein Staatsmann, der auf seine Nation blickt. Aber Lova hatte eher den Eindruck, dass er ein Mann war, auf dem ein großer Druck lastete.

Dann wurde sein Ton schärfer:

»Morgen um neun erwarte ich Ihren Vorschlag, wie wir weitermachen können, ohne das Bankgeheimnis anzutasten.«

Er musste sie nicht anblicken, um ihr klarzumachen, dass er das Treffen als beendet betrachtete. Als sie den Raum verließ, spürte sie ein starkes Unbehagen. Ulf Göransson hatte sich so verhalten, als wäre er das Sprachrohr eines anderen.

Das Gruseligste an der Begegnung mit dem Ministerpräsidenten war jedoch, dass es sich genauso abgespielt hatte, wie von Lars Lilliehorn angekündigt. Er hatte ihr gesagt, dass sie einbestellt werden und in einer Sitzgruppe sitzen würde und schließlich gezwungen wäre, hinsichtlich des Bankgeheimnisses einen Rückzieher zu machen.

Wie konnte Lars Lilliehorn davon wissen? Welche Kontakte hatte er?

Sie überlegte, welche Möglichkeiten ihr blieben. Den Forderungen des Ministerpräsidenten nachzukommen, wäre ein persönlicher Rückschlag für sie. Sie war sehr offensiv mit der Ankündigung aufgetreten, das Bankgeheimnis schwächen zu wollen. Es war die wichtigste Waffe im Kampf gegen die großen Steuerbetrüger. Die Reform nicht durchzuziehen würde von den Wählern als Schwäche gedeutet werden. Aber ihre Linie fortzusetzen, im Widerspruch zu den Maßgaben des Ministerpräsidenten, wäre politischer Selbstmord. Außerdem würde sie sich damit auch diejenigen zum Feind machen, die sowohl hinter Lars Lilliehorn als auch hinter dem Ministerpräsidenten zu stecken schienen. Lova hasste es, sich Vorschriften machen zu lassen. Und dass sie noch nicht einmal wusste, von wem, erschreckte sie mehr, als sie zugeben wollte.

KAPITEL 46

Es war eine historische Situation in einem außergewöhnlichen Rahmen. Aber wenn Lars Lilliehorn sich seines Platzes bei diesem Treffen würdig erweisen wollte, musste er sich so verhalten, als wäre das alles hier die selbstverständlichste Sache der Welt und von höchster Wichtigkeit. Genau, wie C es tat. Der Mann, der so sehr einem Falken glich, saß am Kopfende des Tisches. Er nickte den anderen mit ernster Miene zu. Lilliehorn nahm an, dass C ihnen Respekt zollen wollte, indem er jeden einzeln begrüßte, allerdings so zügig wie möglich, um die Zügel nicht aus der Hand zu geben. Schließlich war C hier der Anführer.

Lilliehorn, der ganz hinten an der langen Tischseite saß, die den großen Fenstern zugewandt war, versuchte so gut wie möglich mitzubekommen, um wen es sich bei den anderen Männern am Tisch handelte. Er erkannte den Vorstandsvorsitzenden einer Großbank, einen ehemaligen Außenminister, Rechtsanwalt Raab natürlich, Wiktorsson, der in den Achtzigerjahren Oberbefehlshaber der Streitkräfte gewesen war, aber auch den Chefredakteur der bürgerlichsten Tageszeitung sowie den ehemaligen Chef des militärischen Nachrichtendienstes und den Richter Wolfgang Creutz.

Auf der anderen Seite des Tisches meinte er den Aufsichtsratsvorsitzenden Possler von Saab Dynamics zu erkennen sowie einen Mann, den Sven-Åke Tammer und er bei BAE Systems in London besucht hatten, als es um die Schlussverhandlungen bei der Übernahme von Bofors ging. Links von C saß ein Mann, den er nicht kannte, von dem Lilliehorn wegen seiner hellbraunen Haut und des tiefschwarzen Haars aber annahm, dass er aus dem Nahen Osten stammte. Ein Husten von Creutz verriet seine Erkrankung. Selbstverständlich saß er trotzdem mit am Tisch. Ein solches Ereignis verpasste man nicht einmal wegen seiner eigenen Beerdigung, dachte Lilliehorn.

Jetzt mahnte C zur Stille. Das leise Gemurmel, das bisher im Salon des Wennergrenska palatset zu hören gewesen war, erstarb.

»Dieses Haus hat sehr viele großartige Versammlungen mit großartigen Menschen erlebt, seit Gerichtsrat Tillberg diese Villa richten ließ, Axel Wenner-Gren sie übernahm und schließlich in Carl-Eric Björkegrens Glanztagen …«

Ein anerkennendes Gemurmel und Nicken breitete sich um den Tisch aus, als C die Finanzmagnaten Wenner-Gren und Björkegren erwähnte.

»Natürlich hat die Villa auch prominente Gäste beherbergt, als sie als Botschaft für den Iran und für Südkorea diente. Ich wage aber dennoch zu behaupten, dass unser heutiges Treffen alles andere in den Schatten stellt.«

C ließ seinen Blick über die Männer am Tisch wandern. Mehrere von ihnen nickten zustimmend.

»Wir sprechen selten über unsere eigene Bedeutung oder unsere Position, und auch heute Abend werde ich diese Tradition nicht brechen. Lassen Sie mich einfach nur sagen, wie sehr ich mich darüber freue, dass wir uns hier versammeln dürfen – auch wenn dies so selten geschieht –, und einen großen Dank an den derzeitigen Besitzer des Hauses richten, der uns sehr kurzfristig das Palais dafür zur Verfügung gestellt hat.«

Erneut ein anerkennendes Murmeln, und der Mann zur Rechten von C lächelte zurückhaltend. Lilliehorn wusste, dass es sich um den ehemaligen Vorstandsvorsitzenden einer Bank handelte, war aber überrascht, dass er der Besitzer des Wennergrenska palatset war. Er hatte geglaubt, dass er der südkoreanischen Botschaft gehörte. Lilliehorn war beeindruckt von dieser Zusammenkunft bedeutender Männer. Er schämte sich beinahe dafür, wie eingeschüchtert er war. Endlich war er einer von ihnen.

»Meine Herren, ich weiß, dass Sie alle wenig Zeit haben, und dieses Treffen sollte nicht länger dauern als wirklich nötig.«

»Gut, Cederström, denn wir sollten wirklich zur Sache kommen.«

Die Worte kamen von dem Mann mit den schwarzen Haaren, und Lars Lilliehorn spürte, wie sich die Stimmung im Raum änderte. Er war sich nicht sicher, ob es daran lag, dass der Mann den Namen Cederström aussprach, wahrscheinlich gab es mehrere Personen an diesem Tisch, die ihn bisher nicht gekannt hatten. Oder lag es daran, dass der Mann Cederström mit einem solchen Mangel an Respekt begegnete?

»Die Entwicklungen in der letzten Zeit sind sehr dramatisch«, fuhr der Mann fort. »Wie viel Geld hat uns dieser Börsenmakler und seine Anlagen in Panama gekostet? Eins Komma zwei Milliarden Dollar? Wir haben unsere Aktivitäten auf eine Weise einschränken müssen, die mich sehr nachdenklich macht.«

»Danke für deine offenherzigen Bemerkungen, Hakim.«

Cederström hatte erneut das Kommando übernommen. Lars Lilliehorn war erstaunt, dass er den Mann nicht zurechtgewiesen hatte, der ihm ins Wort gefallen war und offensichtlich Hakim hieß.

»Diese prekäre Situation ist also der Grund für diese Versammlung.«

»Ja, und unsere neue Finanzministerin macht die Sache noch komplizierter. War es wirklich so gut, Tammer gehen zu lassen, Lilliehorn?«

Die Frage kam von dem Mann, den Lars Lilliehorn mit

der britischen Rüstungsfirma BAE Systems in Verbindung brachte. Er sprach zurückhaltend, aber die Kritik war für Lilliehorn unüberhörbar. Bevor er antworten konnte, ging Raab dazwischen.

»Das war wohl kaum Lilliehorns Entscheidung. Tammer hatte sich unmöglich gemacht und damit keine Zukunft in der politischen Welt. Aber das weißt du doch, Bagge, oder etwa nicht?«

Der Mann schwieg. Lilliehorn überlegte, ob er etwas sagen sollte. Vielleicht würde es ihm als Schwäche ausgelegt, wenn er sich nicht verteidigte? Außerdem war die Stimmung in der Versammlung inzwischen ernster geworden. Das erschreckte ihn und machte ihn noch unsicherer. Bevor Lilliehorn entschieden hatte, was er tun sollte, hatte Cederström wieder das Wort ergriffen.

»Es ist ein äußerst unglücklicher Umstand, dass die Panama Papers nicht nur einen spürbaren finanziellen Rückschlag nach sich gezogen haben, sondern auch die neue Finanzministerin auf närrische Ideen gebracht haben.«

»Diese Scheißpartei. Alles Waldwichtel und Volltrottel in Sachen Ökonomie.«

Der Einwurf kam vom ehemaligen Oberkommandierenden und wurde mit zustimmendem Gemurmel quittiert.

»Ja, es ist zwar äußerst unwahrscheinlich, dass sie mit ihren Vorschlägen durchkommt, aber wenn sie das Bankgeheimnis abschafft, dann wissen wir alle, was uns erwartet.«

Es wurde still.

»Das darf einfach nicht passieren.«

Die Stimme gehörte Olof Possler, dem Aufsichtsratsvorsitzenden von Saab Dynamics. Lilliehorn hatte schon mehrere Male mit ihm zu Abend gegessen, immer in Gesellschaft von Sven-Åke Tammer, aber er hätte nie vermutet, dass er einen Stuhl an diesem Tisch innehatte. Possler war ein grauhaariger

Mann mit randloser Brille und einer dunkelblauen Krawatte. Auch sein Blick war grau, und ihm wurde in der Runde mit Respekt begegnet. Er fuhr in demselben zurückhaltenden Ton fort.

»Das erinnert mich an die Lage, in der wir uns 86 befanden. Damals wurden wir von einem ranghohen Politiker bedroht, der unser Land an den Osten verkaufen wollte. Die Entscheidung, die wir damals trafen, war extrem, aber ich glaube, dass alle, die damals dabei waren, heute mit ihrem Ergebnis zufrieden sind.«

Lilliehorn deutete das Schweigen als Zustimmung. Ihm war klar, dass sie über Palme sprachen, und er bekam eine Gänsehaut auf Armen und Nacken. Er selbst war 1986 siebzehn gewesen und hatte bislang nur aus Cederströms und Raabs Andeutungen geschlossen, dass die Organisation die Ereignisse um den Mord beeinflusst hatte. Und jetzt hörte er zum ersten Mal, wie jemand offen über das sprach, was damals passiert war.

Cederström ergriff erneut das Wort.

»Ich bin davon überzeugt, dass sich eine solche Situation nicht wiederholen muss.«

»Sie haben der neuen Ministerin also einen Maulkorb verpasst?«

Erneut war es Hakim, der Cederström herausforderte. Er begegnete seinem Blick und antwortete mit ruhiger Stimme.

»Unser lieber Ministerpräsident hat ihr ins Gewissen geredet, außerdem hat Lilliehorn ihr relevante Informationen darüber zukommen lassen, wie eine Finanzministerin handeln sollte, wenn sie länger im Amt bleiben will, nicht wahr, Lars?«

Lilliehorn räusperte sich kurz, es war das erste Mal, dass er sich in dieser Gesellschaft äußerte, und er versuchte, selbstbewusst und mit fester Stimme zu sprechen.

»Ja, ich habe in ihrem Büro vorbeigeschaut und ihr in

kurzen Worten erklärt, was passiert, wenn man nicht richtig zuhört. Ich habe sie darüber hinaus darauf vorbereitet, dass Ulf Göransson noch einmal ein ernstes Wort mit ihr reden würde.«

»Sie glauben also, dass der Pressereferent eines abgedankten Finanzministers der neuen Finanzministerin beibringen kann, wie man das Amt zu führen hat, nachdem ihr Vorgänger es ja ganz offensichtlich nicht gewusst hat?«

Hakims Stimme triefte vor Sarkasmus. Lilliehorn sah Cederström an. Würde er dieses aufsässige Verhalten dulden? Wer war dieser Hakim eigentlich? Olof Possler mischte sich erneut ein.

»Dann lassen Sie uns hoffen, dass sie ihrer Vernunft gehorcht. Und Hakim, Ihr Ton wird nicht geschätzt. Allerdings teile ich Ihre Sorgen. Nach meiner Einschätzung sollten wir eher proaktiv handeln, wenn sie ihre Meinung nicht ändert. Lilliehorn, Sie können von uns allen hier die politische Lage am besten einschätzen … Inwieweit ist die Finanzministerin eine Überzeugungstäterin?«

»Das ist sie absolut, würde ich sagen. Sie hat entdeckt, dass ihre Rhetorik ankommt. Den Wählern gefällt ihre Botschaft, dass jetzt die wirklichen Betrüger und das Großkapital gejagt werden. Deswegen wird sie den eingeschlagenen Weg auch weitergehen.«

»Teilt der Rest der Grünen diese politischen Ansichten?«

Lilliehorn zögerte mit der Antwort. Er ahnte, was seine Analyse bedeuten würde, und er fürchtete sich davor. Aber in dieser Gesellschaft gab es keine Alternative. Man sagte die Wahrheit.

»Nein. Bevor Lova Magnusson diese Ideen aufbrachte, hat keiner von ihnen in solchen Begriffen gesprochen. Die Grünen sind historisch gesehen ja eine schwache Partei, wenn es um Wirtschaft geht.«

Olof Possler schloss die Augen. Die Versammlung wartete auf seine Deutung der Lage.

»Alles deutet also darauf hin, dass niemand diese Politik fortsetzen wird, falls Lova Magnusson verschwindet. Jeder von uns weiß, wie verletzlich Ideen sind, die nur an eine Person geknüpft sind. Cederström … Wenn sie nicht vernünftig wird, muss sie weg. So einfach ist das.«

Cederström verriet mit keiner Miene, was er dachte. Er richtete ganz lakonisch eine Frage an die Runde.

»Jemand dagegen?«

Die Stille hallte wie ein Schrei in Lilliehorns Kopf.

KAPITEL 47

Stina starrte ungeduldig auf ihr Handy. Achtzehn Minuten nach sechs. Immer noch keine Antwort auf ihre letzte SMS. Sie fror und war sauer. Vor dem Eingang zum Arvfurstens palats blies der Wind. Der Pressereferent der Finanzministerin hatte wegen eines exklusiven Interviews mit der Ministerin angefragt, woraufhin Stina ihr Frühstück heruntergeschlungen hatte und aufgebrochen war. Obwohl es noch früh war, und trotz der dramatischen Ereignisse des Vortags. Weil sie ausnahmsweise die Wohnung voller Babysitter hatte, konnte sie David dort beruhigt zurücklassen.

David war ohnehin schon wach und hatte Karolina Palm mit voller Andacht gezeigt, wie man Haferflocken in einen Maßbecher schüttete und anschließend in den Kochtopf. Der Morgen war allerdings überschattet von den Todesdrohungen, Berufsmördern im Büro und einer geheimen Verschwörung mit Wurzeln im unzufriedenen Adel des achtzehnten Jahrhunderts. Stina schüttelte den Kopf und versuchte, an ihr bevorstehendes Interview mit der Finanzministerin zu denken.

Die Eingangstüren waren immer noch verschlossen. Der Empfang war erst ab neun Uhr besetzt, aber der Pressereferent hatte versprochen, dass Lova Magnusson sie um Viertel nach sechs empfangen würde und eine wichtige Neuigkeit für sie hätte. »Eine dicke Schlagzeile«, so hatte er es angekündigt. Sie hatte trocken gekontert, dass sie für das Radio arbeitete, wo es keine Schlagzeilen gab. Trotzdem stand sie immer noch hier und fror. Was konnte denn so wichtig sein, dass die Finanzministerin sie schon um Viertel nach sechs treffen wollte?

Gegenüber dem Palast, auf der anderen Seite des Gustav Adolfs torg, fielen die ersten Sonnenstrahlen auf die Königliche Oper. Das Haus war inzwischen umgebaut worden, aber es war immer noch der Ort, an dem Gustav III. ermordet worden war. Wenn man Axel glaubte, dann war es dieselbe Organisation, die auch Palme, einen Rüstungskontrollinspekteur und eine Journalistin umbringen ließ und jetzt auch ihn bedrohte. Wenn Karolina Palm nicht so besorgt gewesen wäre, hätte Stina vielleicht an der psychischen Gesundheit ihres Kollegen gezweifelt. Der Druck, dem Axel nach seinem Putsch gegen den Schwedischen Rundfunk ausgesetzt gewesen war, hätte bereits ganz andere Menschen vernichten können. Er wäre nicht der Erste, der sich in der finsteren Welt der Verschwörungstheorien verloren hätte, nachdem er auf solch heftige Kritik gestoßen war. Auf genau diese Weise wurden Aluhutträger schließlich erzeugt. Sie kamen mit einer halbgaren Idee, und statt die angemessene Kritik anzunehmen, verteidigten sie ihr Konzept, und es störte sie kein bisschen, dass sie über keinerlei Argumente verfügten. Axel tickte allerdings anders. Sie konnte es sich nicht genau erklären, aber sie spürte es. Er war nicht verrückt, kein Opfer übermächtiger äußerer Kräfte. Er hatte eine Fährte gewittert.

Außer einem Mann im karierten Hemd, der direkt vor der Oper parkte, war der Platz menschenleer. Das Gleiche galt für die Brücke zum Reichstagsgebäude. Ein paar Möwen hockten auf dem Pferd, auf dem Gustav II. Adolf thronte. Sie saßen dort vollkommen regungslos und schienen im Gegenlicht mit dem Standbild zu verschmelzen. Endlich klickte hinter ihr das Schloss. Der Pressereferent öffnete die Tür, Stina schaltete ihr Aufnahmegerät ein und wollte hineingehen. Aber dazu kam es nicht.

»Was für ein wunderbarer Morgen! Wollen wir das Ganze nicht hier im Freien machen?«

Die Finanzministerin schob sich an ihrem Pressereferenten vorbei nach draußen und gab Stina die Hand.

Stina hatte genug Männer und Frauen in wichtigen Positionen getroffen, um die letzte Bemerkung nicht mit einer Frage zu verwechseln. Stattdessen lächelte sie und passte sich dem Tempo der Ministerin an. Lova Magnusson spazierte zur Brücke hinüber, die zum Helgeandsholmen führte. Der Pressereferent folgte mit zehn Schritten Abstand, zusammen mit zwei Männern in dunklen Anzügen. Stina dachte nur kurz über diese etwas absurde Prozession nach, zu deren Teil sie geworden war, und fragte sich, ob der Personenschutz ernsthaft glaubte, dass dunkle Anzüge eine angemessene Kleidung waren, wenn man mit dem Stockholmer Alltagsleben verschmelzen wollte. Aber da kaum ein Mensch unterwegs war, spielte das im Augenblick ohnehin keine Rolle. Sie konzentrierte sich stattdessen auf die Arbeit und das Interview. Lova Magnussons Auftreten an diesem Morgen kam ihr seltsam vor. Die informelle und charmante Art, mit der ihr die Ministerin in der Gärtnerei begegnet war, schien wie weggeblasen.

Mitten auf der Brücke blieb die Finanzministerin stehen und schaute über das Wasser zum Grand Hotel hinüber. Sie schien sich zu sammeln.

Dann drehte Lova Magnusson sich zu Stina und dem wartenden Mikrofon um.

»Ich habe im Einverständnis mit dem Ministerpräsidenten Ulf Göransson die endgültige Version unserer Reform des schwedischen Bankwesens ausgearbeitet. Sie beinhaltet eine Verschärfung der politischen Kontrolle der Akteure in unserer Wirtschaft, wie es sie bisher noch nie gegeben hat, und die Regierung betrachtet sie als unbedingt notwendig, damit wir in der Zukunft Skandale, wie sie zuletzt etwa die Panama Papers an die Oberfläche gespült haben, vermeiden können.«

»Sie sagen die endgültige Version, was genau haben Sie denn beschlossen?«

Der Pressereferent, der das Interview mit ein paar Schritten Abstand verfolgte, holte ein Blatt Papier heraus und gab es Stina. Ihr war sofort klar, dass sie für einen Putschversuch eingespannt wurde. Es war früh am Morgen. Wenn das *Eko-Journal* ein Interview mit der Finanzministerin sendete, würde es dauern, bis andere Redaktionen eigene Interviews arrangieren konnten. Stina hatte den starken Verdacht, dass niemand aus der Regierung Zeit haben würde. Was wiederum alle anderen Journalisten zwingen würde, aus dem einzigen Interview zu zitieren, das es gab. Aus dem Interview, das sie gleich führen würde. Deshalb überschüttete man sie mit Informationen, die sie so schnell gar nicht verarbeiten konnte. Denn ein schlecht informierter Journalist führte automatisch schlechte Interviews. Und sie versuchten offensichtlich, etwas zu verbergen. Was genau stand nicht in diesem Papier?

Stina überflog den Text und versuchte, sich nicht davon stressen zu lassen, dass sie die Finanzministerin warten ließ.

»Ich kann es ganz kurz mündlich zusammenfassen. Das ist ja ohnehin besser fürs Radio, oder?«

Stina mochte die Bedingungen für dieses Interview nicht, aber sie nickte und hielt der lächelnden Ministerin das Mikrofon hin.

»Wir haben also beschlossen, der Finanzaufsicht in einer Reihe von Punkten größere Befugnisse zu geben. Die Behörde kann nunmehr Ordnungsgelder in Milliardenhöhe verhängen. Sie kann verschiedene Register mit den Daten der Finanzverwaltung abgleichen und auf diese Weise Steuerbetrüger entlarven. Das sind die mit Abstand wichtigsten Maßnahmen, die eine schwedische Regierung in den letzten fünfzig Jahren im Finanzsektor eingeführt hat.«

»Sie sagen, dass Register abgeglichen werden sollen. Das

ist eine sehr umstrittene Frage. Wie stellt die Regierung sicher, dass unsere Persönlichkeitsrechte unangetastet bleiben, wenn sie verschiedenen Behörden die Möglichkeit zu einer solchen Zusammenarbeit geben?«

Lova Magnusson setzte eine ernste Miene auf. Als hätte sie es geübt, dachte Stina.

»Das ist der schwierige Teil unseres Vorschlags. Aber wir sind davon überzeugt, dass sowohl die Finanzaufsicht als auch die Finanzverwaltung befähigt sind, diese Entscheidungen auf bestmögliche Weise selbst zu treffen.«

»Weshalb sind Sie davon so überzeugt? Was soll denn weitere Behörden daran hindern, diese Register ebenfalls abzugleichen? Das kann zu einem Staat führen, der zu viel Kontrolle über den einzelnen Bürger hat, was wiederum in Machtmissbrauch münden kann.«

Stina verfluchte sich selbst, dass sie keine besseren Fragen stellen konnte. Sie war zu ungenau, aber sie war auch nicht vorbereitet, und das nutzte die Finanzministerin aus.

»Von Orwell und *1984* sind wir hier ganz weit entfernt, und das wissen die Bürger auch. Aber die Persönlichkeitsrechte sind wichtig, und ich habe nicht die Absicht, Sie mit dem Argument zu beleidigen, dass »niemand etwas zu befürchten hat, der nichts zu verbergen hat«. Wir haben gesehen, wozu allzu mächtige Staaten in der Lage sind, wenn sie zu viele Informationen über ihre Bürger besitzen.«

»Sie meinen, wenn fremdenfeindliche Parteien die Macht übernehmen wie in Finnland, Ungarn oder Polen?«

»Wir wollen jetzt keine außenpolitische Diskussion vom Zaun brechen.«

Lova Magnusson lachte kurz, was Stina als ein Ausweichmanöver auffasste.

»Es gibt Risiken bei zu starken Staaten. Aber bis jetzt ist der Staat zu schwach gewesen. Wir müssen alle bereit sein, dem Staat mehr Macht zu geben, damit wir den Finanzsektor kontrollieren können. Die Regierung setzt hier nur den Willen der Wähler um, dessen Unterstützung wir aus allen Umfragen ablesen können, und bläst zur Jagd auf die großen Steuerhinterzieher.«

Als die Finanzministerin und ihr Gefolge sich wieder auf den Rückweg machten, blieb Stina noch eine Weile zurück, um das Dokument zu Ende zu lesen. Die Möwen waren von der Statue aufgeflogen und kreisten über ihr. Sie hielten sie wahrscheinlich für einen Angler, oder sie hofften auf den Mann mit dem karierten Hemd, der das Gefolge fotografierte, als es ihm auf der Brücke entgegenkam.

Da sah sie es. Das, was nicht im Text stand.

»Entschuldigung, eine letzte Frage«, rief sie der Gruppe hinterher.

Drehte sich die Ministerin widerwillig oder einfach nur langsam um.

»Ja?«

Lova Magnusson ließ sich nichts anmerken. Sie war zu hundert Prozent kontrolliert. Gerade Haltung. Selbstsicheres Lächeln.

Stina eilte zu ihr.

»Entschuldigung, es hat eine Weile gedauert, den Text zu lesen … Aber ich finde darin nichts zum Bankgeheimnis?«

Es wurde still. Der Pressereferent sah demonstrativ auf seine Uhr, aber das focht Stina nicht an. War das Lächeln der Finanzministerin nicht etwas steif?

Das, was jetzt passierte, das Zögern, die Stille, die Steifheit, zeigte ihr, dass sie ins Mark getroffen hatte.

Das Bankgeheimnis war aus der Reform herausgefallen.

»Mussten Sie als Finanzministerin etwas zurücknehmen, was Sie vorher versprochen hatten? Wollen Sie das Bankgeheimnis nicht mehr aufheben?«

Lova Magnusson wandte sich dem Wasser zu. Sie schien mit sich selbst zu ringen.

»Tut mir leid«, sagte sie schließlich. »Wir sind hier im Ministerium anscheinend nicht ganz ausgeschlafen gewesen. Natürlich wird es auch in dem Entwurf stehen. Kann dieser Punkt auf Seite zwei gerutscht sein, Henrik?«

Die Frage überrumpelte den Pressereferenten, der jetzt versuchte mitzuspielen.

»Ja, die Seite steckt vermutlich noch im Drucker, tut mir furchtbar leid.«

Sein Blick flackerte zwischen Stina und seiner Chefin hin und her.

»Um das ganz klarzustellen … Die Regierung wird also das Bankgeheimnis bei solchen Konten aufheben, die im Verdacht stehen, mit Geldwäsche oder anderen illegalen Geschäften zu tun zu haben?«

Erneut ein kurzes Zögern aufseiten der Ministerin.

»Selbstverständlich. Der Verdacht muss natürlich wohlbegründet sein, aber wir werden weiter die wirklich großen Steuerhinterzieher jagen.«

Obwohl der Wortlaut und der Sinn im Großen und Ganzen derselbe war wie bei Lova Magnussons erster Schlussreplik dieses Interviews, klang die Antwort jetzt deutlich weniger überzeugend.

Auf dem Weg zum Sendehaus fragte sich Stina, was während des Interviews passiert war. Dass die mit Abstand wichtigste Maßnahme, die Aufhebung des Bankgeheimnisses, so weit unten im Text gelandet war, dass es zufällig auf eine zweite Seite rutschte und im Drucker »vergessen« wurde, war eine ganz offensichtliche Lüge. Die Frage war nur, warum die Finanzministerin dieses Versprechen gebrochen hatte? Wer hatte sie dazu gezwungen? Die Anweisung kam wahrscheinlich vom Ministerpräsidenten. Aber warum? Und die wichtigste Frage: Was hatte Lova Magnusson dazu bewegt, mitten im Interview zu beschließen, dieser Anweisung zu trotzen?

KAPITEL 48

Der Mann, der um Punkt neun an der Tür klingelte, duckte sich, als er Stinas Wohnung betrat.

»Das hier ist Micke, von dem ich euch gestern erzählt habe«, sagte Karolina Palm. »Er wird für euren Personenschutz zuständig sein, bis ich eine dauerhafte Lösung organisiert habe.«

Axel drückte Mickes Hand. Sein Händedruck und sein Blick waren wie aus Beton. Micke hatte eine rötliche Haut und hellblondes Haar. Er erinnerte Axel an jemanden, dem er beim Militär begegnet war. Wachsoldat Lundquist. Das Kampfschwein. Er sang Lieder, in denen die Huren der Feinde vergewaltigt wurden. Ein kompletter Idiot, aber ein begnadeter Scharfschütze.

Vielleicht war er genau so jemand, den sie jetzt brauchten.

Eines der Vorurteile wurde sofort versenkt.

»Häää!«

David ging langsam auf Micke zu und wirkte ungewöhnlich schüchtern. Vielleicht lag es daran, dass seine Mutter nicht zu Hause war, dachte Axel.

»Ja, hallo, wer bist DU denn?«

Micke wandte sich direkt an David und nahm ihn ganz überraschend in die Arme.

David begann zu grinsen und zeichnete die Gebärde für »groß«.

Bevor Axel übersetzen konnte, signalisierte Micke zurück: »Ja, ich bin groß, aber nur, weil ich alt bin. Fünfunddreißig Jahre. Wie alt bist du?«

Davids Lächeln wurde noch breiter, und er antwortete stolz. »Acht.«

Anschließend packte er Micke entschlossen an der rechten Hand und zog den Personenschützer zu seinem Duplo-Gebäude. Ein Kampfschwein, das Gebärdensprache konnte. Karolina Palm war schon auf dem Weg nach draußen und gab Axel ein paar letzte Instruktionen.

»Micke klebt heute wie ein Pflaster an euch. Ich habe gehört, dass du mit David ins Kino wolltest? Macht das, es ist gut, sich in öffentlicher Umgebung zu bewegen, und am helllichten Tag seid ihr am sichersten. Aber fahrt danach direkt nach Hause und lass Micke das Steuer übernehmen.«

»Was hat er für eine Ausbildung?«

Axel musste ängstlicher ausgesehen haben, als er wollte. Karolina legte eine Hand auf seinen Oberarm, um ihn zu beruhigen. Was ihn nur noch nervöser machte.

»Er ist Gebirgsjäger, Nahkampfexperte und Polizist der Bravo-Gruppe. Wenn du heute jemanden bei dir haben willst, dann Micke.«

Axel wusste, dass die Bravo-Gruppe eine Spezialeinheit der südschwedischen Polizei für die Bekämpfung von Bandenkriminalität war. Sie besaß den Ruf, ganz eigene Auffassungen davon zu haben, welche Maßnahmen im Rahmen des Gesetzes möglich waren. Wenn dieser Micke dort gearbeitet und es fertiggebracht hatte, herausgeworfen zu werden, war er vermutlich eine Person, die zu allem Möglichen in der Lage war. Aber wenn Karolina Palm für ihn die Hand ins Feuer legte, musste er auch ein außerordentlich guter Polizist sein.

Auf der Autofahrt ins Einkaufszentrum Heron City gab Axel seine Versuche auf, Micke auszuhorchen. Zum einen ließ Micke alle Fragen einfach an sich abprallen, war einsilbig, antwortete nicht. Der eigentliche Grund aber war, dass David in ihm einen neuen Lieblingsmenschen gefunden hatte. Er saß auf seiner Sitzerhöhung, ausnahmsweise auf dem Beifahrersitz, und kommentierte alles, woran sie vorbeifuhren, mit Gebärden und lachte lauthals, wenn Micke die Worte aussprach. Auto. Lastwagen. Grünes Auto. Rotes Auto. Gelber Bagger. Axel lehnte sich auf der Rückbank zurück. Er versuchte es zu genießen, dass es David gut ging, und nutzte die Zeit, um einen Plan zu entwerfen.

*

»Pens Lalaaa!«, rief David, als der Film vorbei war.

»War es ein gruseliger Film?«

»Pens Lalaaaa! Ruusich!«

»War es gruselig?«

Axel machte sich Sorgen. Hatte er sich für den falschen Film entschieden?

»Nääääääää!«

Plötzlich hatte David wieder sein typisches Riesenlächeln im Gesicht. Axel lachte, weil er es mochte, wenn David Witze machte, denn es zeigte die Intelligenz, die sich im mystischen Gehirn dieses Jungen versteckte. Aber er lachte auch aus purer Erleichterung. Es war seine Idee gewesen, mit David ins Kino zu gehen. Stina war zuerst skeptisch gewesen. David mochte keine lauten Geräusche, und *Laban, das kleine Gespenst* dauerte auch nur eine halbe Stunde, aber für David war es nicht leicht, so lange still zu sitzen.

»Pens Lalaaa lie … pens!«

»Ja, Laban ist ein liebes Gespenst.«

Sie standen auf und gingen zu Micke, der an einem der Eingänge gestanden und sie bewacht hatte. Axel hatte ihren Leibwächter während der Vorstellung beinahe vergessen. David hatte sich den Mund mit Popcorn vollgestopft, und als er nach der Hälfte des Films anfing, unruhig hin und her zu rutschen, hatte Axel einen Lutscher herausgeholt, den er in der

Tasche hatte. Das hatte bis zum Ende des Films gereicht, und David platzte vor Stolz, als sie schließlich wieder bei Micke ankamen. Er gestikulierte »lang« und »Film«.

Micke antwortete: »Du bist ein großer Junge, wenn du so lange Filme gucken kannst«, und Axel fand, dass Davids Lächeln den ganzen fünften Stock von Heron City hätte beleuchten können.

Sie gingen an dem Stand mit den lachhaft teuren Heliumballons vorbei, und natürlich wollte David dorthin. Axel wurde weich.

»Ich lasse ihn einen Ballon kaufen, dann verschwinden wir, okay?«

Micke nickte.

»Bleibt einfach hier. Ich muss kurz auf die Toilette.«

Axel holte die einhundertfünfzig Kronen heraus, die der Ballon kosten sollte, und gab David das Zeichen für »kaufen«. Der Junge setzte die ernste Miene auf, die er immer hatte, wenn etwas Wichtiges geschehen würde. Er gab dem Verkäufer die Geldscheine und musterte gründlich das Angebot. Axel wusste, dass es ein Lightning-McQueen-Ballon werden würde, tat aber ganz überrascht, als er Davids Entscheidung lobte. Er signalisierte »schön« und »Ballon« und bekam die Antwort »schnell« und »Auto«, allerdings mit Schwierigkeiten. Davids eine Hand war mit dem Ballon beschäftigt, und er kreischte entzückt, als er merkte, dass er wegfliegen würde.

Axel machte ein Foto von dem Jungen, drehte sich um und schickte das Bild an Stina. Er teilte ihr kurz mit, wie gelungen der Kinobesuch gewesen war, und drückte auf »Senden«. Er warf einen Blick zu den Toiletten, dann drehte er sich wieder zu dem Jungen um. Er gefror zu Eis.

Jemand stand neben David.

Axel sah ihn aus den Augenwinkeln, und im Unterbewusstsein hatte er es schon begriffen, bevor sein Gehirn bestätigte, wer es war. David war mit seinem Ballon sieben, acht Meter weitergelaufen, lehnte sich an das Glasgeländer und schaute hinunter. Neben ihm stand jetzt der Mann, der in Axels Büro gewesen war. Ioan Petrescu. Der Profikiller.

*

Stinas Telefon klingelte. Sie lächelte, als sie das Bild sah. Las Axels Nachricht und versuchte, diesen Fortschritt zu genießen. So kämpfte sie sich mit David durch das Leben. Jeder Entwicklungsschritt brauchte enorm viel Zeit. Was für andere Kinder – die Normalbehinderten – ganz natürlich war, konnte David nur sehr schwer lernen. Dreirad fahren. Den Buchstaben F aussprechen. Sich mit Seife zu waschen. Windelfrei werden.

Stina hatte manchmal das Gefühl, dass sie ihm unendlich viel Hilfe, Unterstützung und Energie gab und es immer noch zu wenig war. Das schlechte Gewissen nagte an ihr, als würde ständig eine Stimme sagen: »Solltest du nicht mehr tun?«

Sie schaute sich erneut das Bild auf dem Handy an. David lachte zu dem Ballon mit diesem ewigen roten Disney-Auto hinauf. Sie durfte nicht vergessen, Axel das Geld für die Kinokarte zu geben, aber für den Ballon musste er selbst geradestehen. Sie kicherte und ertappte sich dabei, dass sie sich gut fühlte. Dann schaute sie sich das Bild genauer an. Im Hintergrund stand eine Person. Sie kam ihr bekannt vor, doch sie wusste nicht, wo sie sie schon einmal gesehen hatte.

Er stand ein paar Meter hinter David. Sie sah das Gesicht im Profil, der Blick war auf etwas anderes gerichtet, aber sie hatte trotzdem das Gefühl, dass seine Aufmerksamkeit David galt. Als würde er … Jetzt fiel ihr ein, woher sie ihn kannte. Es war der Mann mit dem karierten Hemd, der Finanzministerin Lova Magnusson während des Interviews fotografiert hatte.

Sie war sich sicher, dass sogar der Gesichtsausdruck genau derselbe war. Als würde er heimlich lauschen.

*

Bevor Axel reagieren konnte, hatte der Mann David schon gepackt. Für einen absurden Augenblick glaubte Axel, dass er sich in einem kranken Traum befand. Petrescu hob den Jungen unter den Armen hoch und warf ihn in die Luft. David schrie nicht. Er lachte laut.

Der nächste Wurf war ein bisschen höher. David liebte dieses Spiel. Aber zu Hause in Davids Wohnung war die Decke zwei Meter vierzig hoch. Im fünften Stock des Einkaufszentrums war sie mindestens doppelt so hoch, und der Mann, der David in die Luft warf, hatte einen kräftigen Rücken und kräftige Arme. Axel war wie gelähmt und betrachtete entsetzt, wie Davids kleiner Körper zum vierten Mal in den Armen des Mannes landete. Ein fünfter Wurf. David verließ die Arme, und während er in der Luft schwebte, drehte Ioan Petrescu den Kopf und sah Axel direkt in die Augen. Er fing David auf, ohne seinen Blick von Axel abzuwenden. Dann, mit einer Bewegung, die wie ein choreografiertes Ballettstück aussah, drehte er seinen Körper um 90 Grad und hielt David mit ausgestreckten Armen über das Geländer.

Der Junge lachte immer noch so heftig, dass ihm fast die Luft wegblieb. Er zappelte mit den Beinen, und Axel wurde klar, dass ihn Ioan Petrescus fester Griff um den Brustkorb kitzelte. Unten gingen Menschen, aber niemand sah nach oben. Axel ertappte sich bei dem Gedanken, dass er hier nur ein Schauspiel betrachtete, dass das alles nicht echt war. Eine Person, die einen achtjährigen Jungen in einem Einkaufszentrum über ein Geländer hielt, das sich fünfzehn Meter über dem Boden befand. *So etwas passiert in Schweden nicht.*

Petrescu hielt David fest. Unendlich langsam wandte er sich wieder Axel zu. Er formte überdeutlich die Worte »tick tack tick tack« mit den Lippen.

David lachte nicht mehr. Er sah nach unten und jammerte.

Davids Schluchzen brach den Zauber. Axels Körper begann sich zu bewegen. Er ging drei Schritte nach vorn und halbierte den Abstand zwischen ihnen.

Der Profikiller erstarrte und grimassierte mit hochgezogenen Augenbrauen ein »Ups«.

Der Griff löste sich.

Axel schloss die Augen.

*

Als er Davids Lachen hörte, öffnete er die Augen wieder. Der Junge stand neben ihm. Er machte die Gebärden für »lustig« und »ängstlich«. Axel legte seine Arme um den kleinen Körper und flüsterte beruhigend.

»Ja, das war ja ein verrücktes Spiel! Was für einen lustigen Onkel du da getroffen hast!«

Über Davids Schulter sah er, wie der Profikiller verschwand. Der Mann fuhr in aller Seelenruhe die Rolltreppe hinunter. Axels Herz galoppierte, aber er zwang sich, die Tränen zurückzuhalten, die in ihm aufstiegen. Er durfte David keine Angst machen. Axels Zorn richtete sich auf Micke und seinen Toilettenbesuch. Wenn das hier Karolina Palms Vorstellung von Personenschutz war, dann waren sie wirklich verloren. Aber instinktiv spürte er, dass etwas nicht stimmte. Er nahm David an der Hand und eilte zu den Toiletten. Plötzlich hörte er einen Schrei. Axel blickte auf die Tür zu den Toiletten und sah, dass etwas unter ihnen hindurchfloss und sich auf dem roten Fußboden des Kinos ausbreitete. Erst glaubte er, dass Wasser über den roten Boden floss und der Schrei von der Person stammte, die den Wasserhahn zu weit aufgedreht hatte. Aber die Flüssigkeit bewegte sich auf eine träge Weise. Ganz anders als Wasser.

Ein junger Mann öffnete die Tür mit einem Knall und hielt sich die Hand vor den Mund.

»Da liegt ein … Mensch … er … da ist so viel Blut …«

Axel schoss ein weiterer absurder Gedanke durch den Kopf, *du bist nicht mehr fünfzehn und alt genug für Erwachsenenfilme.* Dann drehte er sich um und nahm David fester an der Hand. Er entschied sich gegen die Rolltreppe und zwang sich, langsam zum Fahrstuhl zu gehen, während er versuchte, sich ruhig mit David über Ballons, Lightning McQueen und Laban, das Gespenst, zu unterhalten.

Die Schlüssel von Mickes Auto steckten noch in seiner Hosentasche, *in diesem verdammten Blutbad.* Also nahm Axel den ersten Bus, der draußen hielt. In Skärholmen stiegen sie in die U-Bahn um, und Davids Tag entwickelte sich paradoxerweise immer besser. Axel zwang sich, in Davids Welt zu bleiben, in der die U-Bahn die reinste Glückspille war, und gab sich Mühe, nicht an das Bild mit der Blutlache zu denken, die auf dem roten Fußboden weiter anwuchs.

Als sie im Zug saßen, wählte er Karolina Palms Nummer.

Sie meldete sich sofort, aber noch bevor Axel etwas sagen konnte, fiel sie ihm ins Wort.

»Du hast doch Kammakargatan 7 gesagt, oder?«

Ihr Kommentar brachte ihn aus dem Konzept.

»Was? Bist du in der Anwaltskanzlei?«

»Das hatte ich jedenfalls gedacht. Aber hier gibt es keine Kanzlei.«

»Aber ich war doch gestern dort! Kammakargatan 7. Anwaltskanzlei Raab, eine halbe Treppe hoch?«

»Da stehe ich gerade. Das Einzige, was es hier gibt, ist ein Solarium namens Mr Suntastic. Der Typ am Empfang sagt, dass sie seit 1993 in diesen Räumlichkeiten sind. Was treibst du da eigentlich, Axel?«

KAPITEL 49

Als Stina wieder einfiel, wo sie den Mann gesehen hatte, den Axel auf dem Foto in seiner SMS eingefangen hatte, versuchte sie ihn anzurufen. Es dauerte eine Weile, bis Axel ans Telefon ging. Er klang gestresst, sagte nur, dass sie sich im Büro treffen würden. Dieser Vorschlag konnte nur bedeuten, dass etwas Unerwartetes passiert war.

Sie lief zum Karlaplan und nahm die U-Bahn nach Södermalm. Im Zug traf eine Flash-Nachricht ein: »Tödlicher Unfall im Einkaufszentrum«. Die Informationen waren knapp, ein Mann war in Heron City böse gestürzt und hatte sich den Kopf an der Toilette aufgeschlagen. Die Leute waren schockiert. Viele hatten die Leiche gesehen, und mehrere Personen sagten aus, dass »überall Blut« gewesen sei. Die Polizei gab nur ein kurzes Statement ab. Man habe derzeit keine Hinweise auf ein Verbrechen.

Eine übermächtige Welle der Müdigkeit schlug über Stina zusammen. Sie erkannte die Symptome wieder, die vom Stress verursacht wurden, wenn ihr wegen David wieder einmal alles über den Kopf wuchs. Der Psychologe der Beratungsstelle hatte ihr einmal erklärt, dass dies das erste Stadium eines Burnouts sein konnte und dass Eltern von behinderten Kindern besonders oft betroffen waren. Vor allem alleinerziehende Eltern.

Die vergangenen vierundzwanzig Stunden hatten Stina angefressen. Sie hatte alle Arten von Überraschungen wirklich satt. Hatte es satt, dass alles ständig zu eskalieren schien.

Als sie um die Ecke in die Ölandsgatan ging und einen Mann an die Tür ihres Büros klopfen sah, handelte sie, ohne nachzudenken. Keine unerwarteten Ereignisse mehr.

»Was hämmern Sie hier so an die Tür? Merken Sie nicht, dass niemand da ist?«

Der Mann, der sich vor die Tür gehockt hatte, um hineinsehen zu können, richtete sich auf und entfaltete seinen enormen Körper. Stinas Wangen liefen rot an.

»Fräulein Forss? Sie überraschen mich! Eine solche Sprache habe ich nicht mehr gehört, seit ich Rittmeister Schylanders Tagebuch gelesen habe.«

Vilhelm Skrak gluckerte, und Stina entschuldigte sich.

»Was machen Sie denn hier?«

»Können wir uns drinnen unterhalten?«

Skrak schien, trotz seiner amüsierten Miene, ziemlich unter Stress zu stehen. Sie nickte und schloss auf.

»Wo steckt denn Ihr nicht ganz so wohlerzogener Kollege?«

»Axel? Er ist auf dem Weg hierher. Das war ein ziemlich schlimmer Tag …«

Besser konnte Stina es nicht beschreiben.

»Ich werde einen Kaffee kochen. Sie sehen aus, als könnten sie eine kräftige Tasse gebrauchen.«

Vilhelm Skrak verschwand in die Küche. Stina erwartete, dass er bald aufgeben und nach ihr rufen würde, aber eine italienische Luxus-Kaffeemaschine zu bedienen, schien dem Geschichtsprofessor keine Mühe zu bereiten.

Sie ließen sich in der Sitzgruppe nieder, und Vilhelm Skrak räusperte sich. Dann flog die Eingangstür auf. Ein lachender David kam mit Axel an der Hand hereingestürmt.

»Mama! Pens Lalaaaa!«

Axel und Stina tauschten erschrockene Blicke aus, und Stina hielt David viel länger im Arm, als er es eigentlich wollte.

*

Axel war noch völlig verwirrt, und er war erleichtert, David endlich bei Stina abgeben zu können. Sein Herz pochte noch immer heftig. Wenn nicht einmal ein ausgebildeter Leibwächter dazu in der Lage war, wer sollte sie dann schützen können? Und in all dem Chaos stand jetzt auch noch der korpulente Professor Vilhelm Skrak hier und betrachtete ihn mit bedeutungsschwangerer Miene.

»Skrak? Was machen Sie denn hier?«

»Ah! Sköld! Normalerweise begrüßt man seine Gäste freundlicher, und sei es nur gespielt. Aber ich freue mich ebenfalls, Sie zu sehen!«

Doch länger schien Skrak seine Fassade nicht mehr aufrechterhalten zu können. Die Bedrohung war zu offensichtlich. Er fuhr leiser fort.

»Können wir hier ungestört sprechen?«

Während Stina David das iPad gab, nachdem sie ihm eine YouTube-Playlist mit Filmen von den öffentlichen Verkehrsmitteln geöffnet hatte, unterhielten sich Axel und Skrak leise weiter.

»Wir haben keine Zeit. Sie werden bald hier sein«, sagte Axel.

»Verstehe, dann werde ich Ihnen erzählen, was ich gefunden habe. Ihr Großvater war mit Sicherheit ein Teil dessen, was später Die Achtzehn genannt wurde. Aber es ist ein bisschen komplizierter.«

Der Professor wirkte freudig erregt. Axel gefiel das nicht. Wenn sein eigener Großvater Mitglied der Organisation war, die ihn jetzt umbringen wollte, war das nichts, worüber man sich freuen sollte. Skrak sah sich um.

»Haben Sie zufällig die Schatulle hier?«

Axel drehte sich um und nahm das kleine Kästchen, das immer noch auf dem Schreibtisch stand, offen, so wie Ioan Petrescu es hinterlassen hatte. Vilhelm Skrak nahm es vorsichtig entgegen und sah sich den Deckel besonders genau an.

»Wonach suchen Sie?«

»Geheimfächer …«

»Aber Sie haben das Fach doch schon gefunden?«

Stinas Stimme klang ungeduldig. Axel konnte sie verstehen. Sie wollte wissen, was Axel und David in Heron City zugestoßen war.

»Wir haben eines der Geheimfächer gefunden, ja.«

Es klickte, und der Deckel teilte sich in Skraks Händen in zwei gleich große Hälften. Ein weiterer Zettel fiel heraus.

»In der Tat eine echte Ingelsten-Schatulle!«

Es war ein Brief. Die Handschrift war die seines Großvaters. Axel las mit verblüffter Miene.

Für Axel, denn bestimmt bist du es, der diese Zeilen liest? Und ich möchte dir gratulieren, denn es gibt nicht viele, denen es gelingt, das zweite Geheimfach in einer von Gösta Ingelstens Schöpfungen zu finden. Du sollst Folgendes wissen: Die Liste, die du im ersten Geheimfach gefunden hast, enthält die Namen von Personen, die hohe Stellungen in unserer Nation bekleiden. Und es ist kein Zufall, dass sie diese Positionen innehaben. Sie verdanken es der Gesellschaft, die sich Die Achtzehn nennt. Auch ich war einige Jahrzehnte in der Organisation aktiv. Diese Namen habe ich bei dem einzigen mir bekannten Treffen der Leitung dieser Organisation erfahren. Das war hier auf Odensviholm, und ich weiß es, weil ich es war, der die Aufgabe hatte, dieses Treffen zu organisieren. Der Krieg war gerade zu Ende gegangen, und eine neue Strategie für die Friedenszeit musste erarbeitet werden. Seitdem diene ich der Gesellschaft als rechte Hand, ich löse die praktischen Probleme, man könnte mich also einen einfachen Knecht nennen. Ich habe Einsicht, aber keine Entscheidungsbefugnis, wenn man es formell ausdrücken möchte.

In letzter Zeit habe ich allerdings angefangen, am Sinn und Zweck der Organisation zu zweifeln. Woher nimmt man sich das moralische Recht, an unserer demokratischen Gesellschaft vorbei zu regieren?
Die Werte, auf denen Die Achtzehn sich gründen, scheinen ins achtzehnte Jahrhundert zurückzugehen, und dabei spielte unser Ahne Henric Gyllenskiöld eine entscheidende Rolle. (Im neunzehnten Jahrhundert wurde das Gyllen aus unserem Namen gestrichen, aber wir sind Nachfahren in direkter Linie. Es fließt blaues Blut in deinen Adern, Axel, welche Rolle das auch immer spielen mag.)
Was als gesunder Protest gegen die Obrigkeit begann, hat sich mittlerweile ins Gegenteil verkehrt. Sie sagen, dass sie im Dienst der Nation handeln, und meinen, dass dies im Verborgenen stattfinden sollte. Aber – und das ist natürlich kein Zufall – ihre Zugehörigkeit zu den Achtzehn hat immer ihren privaten Interessen und Unternehmungen genützt.
Ich bin nie zu einem Entschluss gekommen, was ich mit diesem Wissen anfangen sollte. Und jetzt ist es zu spät für mich. Ich schreibe dies in meinem fünfundsiebzigsten Lebensjahr. Dieser Sünder ist spät aufgewacht. Verzeih mir, dass ich dir das Wenige, was ich weiß, auf diese Art weitergebe. Vielleicht wirst du es auch niemals lesen. Aber es ist der letzte Versuch eines Toren, sein schlechtes Gewissen zu besiegen …

»Jetzt hör doch endlich auf zu lesen.«

Stinas Stimme war voller Ungeduld und Angst.

»Du hast recht, entschuldige.«

»Was ist im Heron passiert?«

Stina hielt ihr Handy mit zitternder Hand und zeigte auf den Mann hinter David.

»Ich habe ihn im Regierungsviertel gesehen, als ich die Finanzministerin interviewte. Wer zum Teufel ist dieser Mann, Axel?«

Axel sah zu David hinüber, der mit Kopfhörern am iPad saß und YouTube-Videos guckte.

»Okay, ich werde es euch sagen. Wir stecken mittlerweile alle in derselben Scheiße.«

Er erzählte von Micke und wie Ioan Petrescu David bedroht hatte. Er zögerte, als er zu dem Moment kam, an dem Petrescu David über das Geländer gehalten hatte. Sollte er Stina dieses Detail ersparen? Er kam zu dem Schluss, dass es ein Fehler wäre.

Sie beugte sich vor und jammerte, als sie hörte, was ihr Sohn erlebt hatte. Axel versuchte ihr zu sagen, dass David die Situation nicht verstanden hatte, aber sie starrte ihn mit blanken Augen an, die langsam schwarz wurden. Er hatte das Leben ihres Sohns aufs Spiel gesetzt.

»Entschuldige, Stina. Es tut mir wirklich leid. Du hast jedes Recht, wütend auf mich zu sein. Ich habe euch beide enttäuscht.«

Sie sah nach draußen. Sah ihn nicht an. Die Arme vor der Brust verschränkt. Die Stimme hohl.

»Und wie wütend ich bin.«

Sie sah ihn an.

»Aber nicht auf dich. Sondern auf diesen verdammten Ioan Petrescu, oder wie er nun heißt, der uns diese Dinge antut. Es ist ja nicht deine Schuld.«

Sie schluchzte. Vilhelm Skrak, der die ganze Zeit zugehört hatte, ohne eine Miene zu verziehen, gab ihr sein Taschentuch. Er räusperte sich, wurde aber abgelenkt, als der Drucker plötzlich zu brummen begann.

»Endlich«, rief Axel. »Die Telefonzelle!«

»Jetzt haben Sie wohl endgültig das bisschen Verstand verloren, das Sie noch hatten.«

Axel scherte sich nicht um Skrak. Er freute sich über jedes Stück Normalität. Aber mehr noch freute ihn der Anblick des Papiers, das der Drucker soeben ausspuckte.

»Stina, du erinnerst dich doch an Xenon? Der Hacker, den ich für das Scientology-Feature interviewt hatte?«

»Du warst im Ausland, um ihn zu treffen.«

»Genau. Er hilft uns jetzt. Ich kann das nicht richtig erklären, weil ich es selbst nicht verstehe, aber auf meinem Computer befindet sich eine Art Spyware, die Petrescu und seine Auftraggeber …«

»Die Achtzehn«, warf Skrak ein.

»Ja, so sollten wir sie ab jetzt wohl nennen. Die Achtzehn können alle Aktivitäten auf meinem Computer verfolgen und auf meine gespeicherten Daten zugreifen. Ich weiß nicht, wie sie es geschafft haben, in unser Netzwerk zu kommen …«

»Die Techniker!« Stina sah jetzt noch wütender aus. Sie erzählte von dem Besuch, den sie bekommen hatte, als Axel in Boston war. »Diese verdammten Arschlöcher! Sie haben David sogar Schokolade angeboten!«

Axel betrachtete das Papier, das er aus dem Drucker gezogen hatte. Er konnte nachvollziehen, wie Stina sich fühlte, er hatte schon einige Einbruchsopfer interviewt. Wertgegenstände zu verlieren war hart, aber der wirkliche Schaden bestand meist darin, dass man sich in seinem eigenen Zuhause nicht mehr sicher fühlte. Stina war zwei Personen aus der Organisation begegnet, als sie sich an ihrem Computersystem zu schaffen machten, um sie ausspionieren zu können. Sie hatten sie an der Nase herumgeführt. Aber es gab immer noch einen Streifen Licht am Horizont.

»Xenon hat einen schwachen Punkt in ihrer Überwachung entdeckt. Anscheinend ist der Drucker hier so primitiv, dass er ihn unbemerkt hacken konnte. Er hat mich zu Tode erschreckt, als er das erste Mal ansprang.«

»Sie haben also einen sicheren Kommunikationskanal öffnen können.«

Axel meinte, einen leisen Hauch von Bewunderung in Vilhelm Skraks Stimme zu hören. Er verschwand allerdings auch schnell wieder.

»Aber wir sind eigentlich eher daran interessiert, was er geschrieben hat.«

Axel las laut vor.

Axel. Deine »Freunde« haben ein System entwickelt, mit dem sie mehrere Computer überwachen. Sie sind dabei genauso vorgegangen wie bei deinem Gerät, sie sind über den Router gegangen und haben denselben Port benutzt (1791, aber lass alles unberührt, wir kümmern uns später darum). Der Router der Finanzministerin ist auf dieselbe Weise angegriffen worden. Wir hatten den Verdacht, dass sie mit der Politik, die sie angekündigt hat, auf Widerstand stoßen würde. Sie hat jetzt eine beunruhigende Mail bekommen. (Wir überwachen jetzt die Überwacher, hehe.)
Sie soll eine Person treffen, die angeblich den Finanzausschuss der dänischen Regierung vertritt, aber wir sind uns sicher, dass es ein Fake ist. Die Mail kommt von einer IP-Adresse, auf die wir oft gestoßen sind, als wir die Internetverbindungen von Ioan Petrescu untersucht haben. Es besteht also das große Risiko, dass er selbst sich mit Lova Magnusson verabredet hat. Sie werden sich heute um 13.00 Uhr im Rosenbadpark treffen.
Glaub nicht, dass diese Organisation davor zurückschreckt, eine Finanzministerin aus dem Weg zu räumen. Nach deiner Theorie haben sie schließlich schon einen Ministerpräsidenten umgebracht.

/Xenon

PS: Die Kontonummer, die du geschickt hast, taucht in mehreren unterschiedlichen Akten in unserem System auf. Es sieht so aus, als könnten wir auf diese Weise jede Menge Akteure und Personen miteinander verknüpfen. Wir brauchen noch etwas Zeit.

Axel sah auf die Uhr. Zwölf Uhr dreißig.

»Scheiße, Lova trifft Ioan Petrescu schon in einer halben Stunde.«

»Wie kannst du dir sicher sein, dass das auch stimmt?« Stina sah besorgt aus.

»Das bin ich nicht. Aber darauf will ich es nicht ankommen lassen.«

»Was hast du vor? Die Polizei einschalten?«

Axel lachte voller Verzweiflung.

»Nein, das ist ja bisher nur schiefgegangen, oder?«

»Aber Karolina Palm, vielleicht?«

Sie wurden von einem neuen Ausdruck unterbrochen.

Sie haben das Treffen gerade auf 12.45 vorverlegt.

Axel drehte das Papier um, schrieb hastig »WAS SOLL ICH TUN?« und drückte auf »quick scan«. Vilhelm Skrak verfolgte die Prozedur mit interessierter Miene, entschied sich aber, den Mund zu halten. Stina holte ihr Handy heraus.

»Was ist die Nummer von Karolina Palm?«

Ein weiterer Ausdruck tauchte auf. Sie starrten mit hypnotisierten Blicken auf das Papier, das aus dem Drucker auftauchte.

Fahr hin. Benutzt nicht eure Telefone. Dein neues Handy ist wahrscheinlich auch nicht sicher. Du bist vermutlich derjenige, der als Erster da sein und das Treffen verhindern kann. Verlasst euch nicht auf die Polizei.

Wenn du das Handy tauschst, kannst du mich anrufen. Meine Nummer ist dieselbe wie letztes Mal, nur mit der 12 am Schluss.

»Scheiße!«

Axel spürte, wie das Adrenalin sich in seinem Körper ausbreitete. Wie kurz vor einer Radiosendung, die noch nicht fertig war. Nur jetzt war der Stress um den Faktor tausend erhöht.

»Hier. Nehmen Sie mein Auto.«

Vilhelm Skrak hielt ihm seinen Autoschlüssel hin.

»Es steht am Ringvägen, in der Nähe der Kreuzung bei Åhléns Kaufhaus.«

Axel nahm den Schlüssel mit einem dankbaren Nicken an und warf Stina einen fragenden Blick zu.

»Was werdet ihr tun?«

Sie antwortete mit ihrer Reporterstimme. So konnte sie Zeitdruck und Stress am besten bewältigen.

»Wir gehen nach Hause. Du kannst Lova Magnusson holen, und wir treffen uns bei mir, dann rufen wir Karolina Palm von Skraks Handy an.«

»Aber ihr Handy scheint doch auch abgehört zu werden!«

»Mist. Dann fahren wir alle zum Polizeipräsidium. Da muss es doch sicher sein.«

Axel sah Stina an. *Wer's glaubt*. Er nickte trotzdem.

»Okay, fahrt dorthin. Aber wir müssen die Story veröffentlichen. Wenn unsere Geschichte die Medien erreicht und sie eine offizielle Nachricht daraus machen, würde ich mich sehr viel sicherer fühlen.«

Er schrieb eine Mailadresse auf einen Zettel, klappte sein MacBook zusammen und gab alles Stina.

»Auf dem Desktop liegt ein Audiofile. Schick es an diese Adresse. Aber von deinem eigenen Computer aus.«

KAPITEL 50

Der dunkle Volvo-SUV glitt die Götgatan entlang. Ioan fuhr. Carl saß neben ihm und bemühte sich, nach vorn zu gucken, nicht zu neugierig auf den Fahrer zu wirken. Aber er musste fragen. Es ging schließlich um den Auftrag.

»Wie wollen Sie es machen?«

Ioan richtete die Augen weiter auf den Verkehr. Ließ die Frage mehrere Sekunden in der Luft hängen.

»Wenn er allein ist, kümmere ich mich um ihn. Ihr sorgt dafür, dass niemand etwas sieht.«

»Und wenn es mehrere sind?«

»Dann übernehmt ihr die anderen. Wir werden das vor Ort klären.«

»Vor Ort?«

Eckermann mischte sich vom Rücksitz aus ein.

Ioan runzelte verärgert die Stirn.

»Ich meine, das wird ziemlich laut.«

Carl konnte nachvollziehen, dass Eckermann nervös war. Waffen im Krieg zu verwenden, war eine Sache. Sie waren in ihrer Zeit auf dem Balkan in etwa zwanzig Kampfhandlungen verwickelt gewesen. Automatisches Feuer und Schlimmeres. Verglichen mit diesem Mist war eine gewöhnliche Pistole vernachlässigbar. Aber in einer friedlichen städtischen Umgebung würde ein Schuss Aufmerksamkeit erregen, da hatte Eckermann recht. Schade nur, dass er sich bei allen anderen Dingen irrte. Ein solcher Job wurde nicht mit Schusswaffen erledigt.

Ohne sich umzudrehen, sagte Carl mit neutraler Stimme.

»Dienstwaffe Nummer zwo, Eckermann.«

Das Auto rollte in die Ölandsgatan. Carl holte sein Jagdmesser aus der Jackentasche.

*

Stina Forss hatte David den Sicherheitsgurt angelegt, obwohl dieser protestierte, weil er nicht auf den Kindersitz durfte. Sie hatte sich ebenfalls auf die Rückbank des Taxis gesetzt und die Tür hinter sich zugezogen, als sie das dunkle Auto kommen sah. Über die Schulter von Vilhelm Skrak erkannte sie den Fahrer des entgegenkommenden Autos wieder. Derselbe Mann, den sie am Morgen gesehen hatte, als sie die Finanzministerin interviewte. *Das Arschloch, das ihren Sohn in fünfzehn Meter Höhe über das Geländer gehalten hatte.*

Neben ihm saß einer der Handwerker und starrte sie an.

»Scheiße, sie kommen.«

Sie schrie es laut. David reagierte ausnahmsweise nicht darauf, dass sie fluchte. Wie konnte ein Gehirn auf dem Weg in die totale Panik ein solches Detail bemerken?

»Jetzt hören Sie mir ganz genau zu.«

Vilhelm Skraks Stimme dröhnte durch das Taxi.

»Fahren Sie den absolut schnellsten Weg zum Königlichen Schloss. Ausnahmsweise geht es hier wirklich um Leben und Tod.«

Der Taxifahrer warf einen ungläubigen Blick erst auf Stina, dann auf David und schließlich auf Skrak. Das Taxi stand immer noch still. Skraks Gesicht war hochrot, und er fuhr mit leiserer Stimme durch zusammengebissene Zähne fort.

»Sorgen Sie dafür, dass es Leben heißt und nicht Tod.«

Der dunkle Volvo war jetzt stehengeblieben, nur fünf Meter von ihnen entfernt, mitten auf der Fahrbahn. Die Ölandsgatan war schmal, es war unmöglich für sie, an ihnen vorbeizukommen.

Drei Türen wurden geöffnet. Ebenso viele Männer stiegen aus. Derjenige, der auf der Rückbank gesessen hatte, der zweite Handwerker, hielt ein Messer in der Hand.

»Fahren Sie rückwärts, Mann!« Skraks Brüllen erschreckte David, der zu weinen begann. Aber es hatte den gewünschten Effekt. Der Taxifahrer legte den Rückwärtsgang ein und gab endlich Gas. Erst vorsichtig, aber als die Männer zu laufen begannen, beschleunigte er mit immer größeren Augen.

Stina hatte den Arm um David gelegt, der ungehemmt schrie. Er konnte nicht wissen, was vor sich ging, aber die lauten Geräusche der Reifen, des Motors, Skraks Brüllen und die ruckartigen Bewegungen des Autos machten den Jungen hysterisch.

Das Taxi setzte mit hoher Geschwindigkeit um die Ecke auf die Östgötagatan zurück. Für einen kurzen Augenblick befürchtete Stina, dass der Fahrer die Kontrolle über den Wagen verloren hatte. Sie sah die Ecke des Gebäudes am Fenster vorbeisausen und begriff, dass sie auf dem Bürgersteig fuhren.

Die drei Männer hatten das Taxi fast erreicht, das mit quietschenden Reifen auf der Östgötagatan nach Süden beschleunigte. Stina schrie, als ein Männerkörper gegen die rechte Seite des Autos knallte. Sie beugte sich über David und versuchte ihren Sohn zu umarmen, um ihn vor der Welt zu beschützen. Vor ihrem Fenster sah sie einen Mann mit Handschuhen, der versuchte, den Türgriff zu erreichen. Sie drückte den Knopf der Türverriegelung herunter. Das Tempo des Wagens war zu hoch, und so gab der Mann auf, nachdem er vergeblich versucht hatte, in das Auto zu gelangen. Sie nahmen die Kurve nach rechts auf den Ringvägen mit quietschenden Reifen und bogen dann erneut nach rechts auf die Götgatan ab. Als sie an der Ölandsgatan vorbeikamen, sahen sie erneut zwei Männer, die auf sie zuliefen.

*

Ioan Petrescu legte den Gang ein und fluchte leise. Carl und der junge Mann durften das Problem mit Axels Kollegin und dem fetten Professor lösen. Er selbst hatte eine andere Prioritätenliste. Axel stand darauf ziemlich weit oben. An erster Stelle stand allerdings ein anderer Name. Er sah auf die Armbanduhr. Zwölf Uhr siebenunddreißig.

Acht Minuten bis zum Rosenbadpark. Der Verkehr lief gleichmäßig. Keine Probleme, es rechtzeitig zu schaffen.

Er ließ den blauen SUV mit den erlaubten fünfzig Stundenkilometer die Götgatan entlangrollen.

KAPITEL 51

Der Oktoberhimmel war schwarz. Böige Westwinde hatten den freundlichen Morgen in einen klassischen Herbsttag verwandelt. Rotgelbes Laub wurde von den Kastanien im Rosenbadpark gerissen und zwang Lova Magnusson, sich zu ducken, als es auf sie zu fegte. Es war Viertel vor eins, und außerhalb des Parks wartete ein Auto auf sie.

Sie hatte ihr Ministeramt noch nicht einmal einen Monat inne, ärgerte sich aber jetzt schon darüber, dass das Auto nicht über die versenkbaren Poller auf der Strömgatan hinweggefahren war, um sie am Eingang abzuholen. Vielleicht hatte er noch keine Genehmigung beantragt, dachte sie. Wobei es natürlich gut ist, nicht zu viel Aufmerksamkeit zu wecken. Inoffizielle Begegnungen zwischen Regierungen.

Lova ging zu dem wartenden Volvo. Immer dunkel. Immer das neueste Modell. Immer frisch gewaschen. Aber ausgerechnet an diesem Auto stimmte irgendetwas nicht …

Erst als sie sich auf dem Rücksitz anschnallte, wurde ihr klar, was es war. Dieser Wagen hatte weiße Nummernschilder. Kein blaues Diplomatenkennzeichen. Die Zentralverriegelung klickte. Die Erkenntnis. Die Türen konnten nicht mehr geöffnet werden. Der Wagen rollte los, und erst jetzt sah sie den Mann, der hinter dem Steuer saß.

Er begegnete ihrem Blick im Rückspiegel.

»Frau Ministerin. Wie schön, dass Sie pünktlich sind.«

»Du?«

*

»Bleiben Sie am Südgewölbe stehen. Da vorne, guter Mann!«

Vilhelm Skrak zeigte mit der Hand auf den Eingang zum Königlichen Schloss, der ihnen am nächsten war. Das Taxi fuhr an der Leibrüstkammer vorbei den Schlosshügel hinauf. Als es vor dem pompösen Eingang stehenblieb, der offensichtlich Südgewölbe genannt wurde und neben dem der Eingang zur Leibrüstkammer wie der Kellereingang aussah, der er im Grunde ja auch war.

Skrak bezahlte das Taxi in bar mit einem Fünfhundertkronenschein und ließ den Fahrer die zweihundertzehn Kronen Wechselgeld behalten.

»Es ist Ihr Verdienst, dass es Leben wurde. Das wird Ihnen niemand mehr nehmen können.«

»Soll ich die Polizei rufen?«

Skrak schnaubte verächtlich. Er stieg aus, und bevor er die Beifahrertür zuschlug, beugte er sich in den Wagen und starrte den Fahrer an.

»Konnte die Polizei Gustav III. retten?«

Stina und David waren auch ausgestiegen. David hatte sich beruhigt, aber sein kleiner Körper zitterte noch. Stina drehte sich um und sah den Schlosshügel hinunter, während das Taxi wegfuhr. Sie erwartete, die beiden Männer die Straße hinaufrennen zu sehen. Aber dort waren nur ein paar Touristen, die dem windigen Wetter trotzten. Die Männer waren nicht da. *Noch nicht*. Es lief ihr kalt den Rücken herunter, aber sie versuchte sich zu konzentrieren.

»Was machen wir hier, Professor Skrak?«

Der Professor warf ihr und David einen kurzen Blick zu. Eine Einschätzung der Lage.

»Wenn wir das Kostbarste schützen wollen, was wir besitzen, bauen wir besondere Räume.«

Er eilte los, und Stina und David mussten beinahe rennen, um ihm folgen zu können.

»Im Schloss heißen sie natürlich nicht Räume.«

Er öffnete die Tür und ging eine Steintreppe hinunter.

»Wir nennen sie Kammern. Diese hier soll eine der sichersten in ganz Schweden sein.«

Erst jetzt begriff Stina, wohin sie unterwegs waren. Vilhelm Skrak wollte sie nicht mit in sein Büro nehmen. Dem Geschichtsprofessor war ein besserer Ort eingefallen, an dem sie Schutz suchen konnten.

Die Königliche Schatzkammer.

*

»Ich war leider gezwungen, dich auf diese Weise abzuholen. Ich hoffe, du kannst mir verzeihen …«

Er steuerte das große Auto mit allzu hoher Geschwindigkeit durch viel zu enge Straßen. Lova wusste, dass er sich auf das Fahren konzentrieren musste und deswegen verstummt war. Aber es war ihr egal, welche Probleme er mit dem Verkehr hatte. Sie auf diese Art einfach in sein Auto zu locken und hier festzuhalten, wo sie gerade mit wichtigen Dingen beschäftigt war, würde unweigerlich zu einem der für sie typischen Wutanfälle führen. Oder beruhten diese Gefühle darauf, dass sie … Angst hatte?

»Ja, es könnte ein bisschen so aussehen, als hätte ich dich … entführt. Hoppla!«

Das Auto, ein Volvo XC90, prallte gegen einen Bordstein, und die Federung protestierte.

»Scheiße. Was für ein blödes Ungetüm. Entschuldige. Aber wir beide müssen reden. Und das können wir hier nicht.«

Der Aufprall sorgte endgültig dafür, dass sie explodierte. Mit scharfer Stimme sagte sie:

»Halt sofort den Wagen an. Das ist vollkommen unakzeptabel. Ich weigere mich, unter diesen Bedingungen zu reden.«

»Das sage ich ja, wir müssen hier weg.«

Sie sah seine Augen im Rückspiegel. In den letzten fünfundvierzig Sekunden waren einige schreckliche Dinge passiert, aber der Schrecken, den sie in Axels Augen sah, übertraf alles.

KAPITEL 52

»Jetzt pass mal auf, David, ich zeige dir jetzt einen echten Schatz!«

Vilhelm Skrak öffnete die Türen zur Königlichen Schatzkammer mit seinem Schlüssel, aber David hatte genug Aufregendes für ein ganzes Leben hinter sich und wollte keinen Schatz sehen.

»Maaaaa-ma!«

Das Geräusch ging ihr unter die Haut. Sein heulendes Gejammer konnte sie verrückt machen. Er beklagte sich, wenn er sein iPad nicht bekam, nicht fernsehen oder keine Pizza essen durfte. Aber dieses Mal steigerte es nur ihre Entschlossenheit. Dass ihr Sohn jammerte, weil er von einem Mann mit einem Messer in der Hand gejagt wurde, war sehr vernünftig, und sie würde dafür sorgen, dass es aufhörte. Trösten und beschützen. Etwas anderes kam in ihrer Welt nicht vor.

Skrak schien einzusehen, dass David sich weder vom Zepter Eriks XIV. noch vom Reichsschwert Gustav Wasas beeindrucken lassen würde. Er schloss die Türen und eilte weiter.

»Aber Professor Skrak, warum müssen wir nach hier unten?«

Stinas Gehirn hatte mittlerweile einen Gang hochgeschaltet.

»Das ganze Schloss ist von Wachen umgeben. Es sollte doch reichen, wenn wir sie über die Lage unterrichten und dann oben bei Ihnen im Büro abwarten, bis alles vorbei ist.«

Skrak grunzte, wenn er seine Körpermasse bewegte. Die Geschwindigkeit, die er dabei an den Tag legte, war imponierend. Er navigierte zwischen den Vitrinen hindurch und blieb erst stehen, als sie an Lovisa Ulrikas diamantbesetzter Krone vorbeigekommen waren. Er stand zwischen der Vitrine und dem gewebten Bildteppich, der dahinter an der Wand hing. Er antwortete ihr, ohne den Blick von dem Bildteppich abzuwenden.

»Axel mag vielleicht ein bisschen die gesunde Vernunft fehlen, aber ich glaube trotzdem, dass er recht hat, was diese Organisation namens Die Achtzehn betrifft.«

Er starrte weiter mit voller Konzentration auf den gewebten Bildteppich. Er zeigte einen rot gekleideten Mann mit einem goldenen Bart, der Stina an Gustav Wasa erinnerte.

»Was hat dieser Hacker geschrieben, welcher Port ist gehackt worden? Entschuldigen Sie, wenn ich diese moderne Linguistik nicht beherrsche, ich fühle mich in der Grammatik des achtzehnten Jahrhunderts eher zu Hause als in der heutigen elektronischen Kommunikation.«

Skrak drehte sich um und lächelte hastig. Dann strich er mit seiner rechten Hand über den Rand des Bildteppichs, dort wo das Reichswappen abgebildet war.

»Ich habe selbst kaum verstanden, was Xenon geschrieben hat, aber ich bin mir sicher, dass es Port 1791 war. Sowohl in unserem Büro als auch bei der Finanzministerin.«

»1791. Es kann sich natürlich um einen Zufall handeln …«

»Wie? Was meinen Sie?«

Vilhelm Skrak steckte jetzt seinen ganzen rechten Arm hinter den Bildteppich. Die Hand bewegte sich um eine Ausbuchtung hinter dem Gewebe, sie kreiste unter dem Reichswappen, einem Schild, das in vier Felder aufgeteilt war und in dessen Mitte etwas abgebildet war, das wie ein Leuchter aussah. Plötzlich bewegte sich die Hand nicht mehr, und man hörte ein gedämpftes Klicken.

Stina wusste nicht, was sie zu erwarten hatte, aber sie war enttäuscht. Nichts geschah.

»Kommen Sie schon. Worauf warten Sie?«

Vilhelm Skrak hob den Bildteppich hoch, und Stina verstand. Ein Stück der Backsteinwand hatte sich geöffnet und war in einen versteckten Raum hineingeschwungen. Eine Kammer in der Schatzkammer.

Vorsichtig nahm sie David an der Hand und folgte Skrak durch die Tür.

Es war ein kleiner Raum mit Backsteinwänden, die genauso aussahen wie im restlichen Keller. Er war von modernen Lampen beleuchtet, die sich hinter einer Leiste an der Decke befanden, und auf zwei Tischen in den hinteren beiden Ecken standen grüne Lampen von der Art, wie Stina sie aus Bibliothekslesesälen kannte.

Skrak schloss die Tür hinter sich. Dann fuhr er mit seinen Überlegungen fort.

»1791 kann man auf mehrere Arten aussprechen. Eintausendsiebenhunderteinundneunzig. Oder wie die Jahreszahl. Siebzehnhunderteinundneunzig. Und dann kann man sich fragen, ob das ein Zufall ist. Denn laut der Briefe, die Axel und ich gelesen haben, fängt alles in diesem Jahr an. Die Achtzehn wurden 1791 gegründet.«

Stina starrte Vilhelm Skrak an.

»Das ist doch krank. Wie können Sie sich überhaupt an solche Details erinnern?«

Skrak musste lachen und ging zu dem kleinen Kühlschrank, der in der Kammer stand.

»Ich fürchte, das ist ein Teil meiner Genetik. Ich habe ein ausgezeichnetes Zahlengedächtnis, und als Geschichtsprofessor kann ich keine vierstellige Zahl mit einer Eins an erster Stelle betrachten, ohne an eine Jahreszahl zu denken.«

»Aber Sie haben immer noch nicht erklärt, warum wir uns hier verstecken müssen. Draußen steht doch die königliche Wache mit geladenen Waffen.«

»Sie bewachen zwar das Schloss, aber sie stehen unter militärischem Befehl. Die ganze Organisation ist von Offizieren gegründet worden, die genug vom König hatten. Die Verbindungen zwischen Den Achtzehn und dem Militär scheinen seitdem eher enger geworden zu sein.«

»Sie denken an die ganzen Skandale, in die unsere Rüstungsindustrie verstrickt war? Meinen Sie, dass Die Achtzehn dahinterstecken?«

»Ich meine gar nichts, aber die Verbindungen zwischen der Rüstungsindustrie und der Regierung – oder wer auch immer das Land regiert – waren immer schon außergewöhnlich eng. Vielleicht haben Sie schon mal den Ausdruck ›der militärisch-industrielle Komplex‹ gehört?«

»Öfter, als mir lieb ist.«

»Dann wissen Sie ja Bescheid, und ich muss Ihnen nicht genauer erklären, warum ich denke, dass wir uns nicht einmal auf die königliche Wache verlassen können.«

Er beugte sich über die kleine Kühlschranktür, die mit dunkler Eiche verkleidet war.

»Irgendwelche Wünsche aus der Minibar?«

Skraks Gesicht war ein einziges Lächeln, als er sich umdrehte und ihr eine offene Tür mit Bierflaschen, Weinflaschen und Whisky-Flachmännern zeigte. Die Situation war so absurd, dass sie die Fassung verlor und zu lachen begann.

»Du lieber Himmel, Skrak, Sie haben ja alles hier!«

»Die Kammer wurde ursprünglich angelegt, um eine Belagerung durch fremde Mächte zu überstehen. Wir haben im Laufe der Jahre ein paar Modernisierungen durchgeführt …«

Er zeigte auf den Kühlschrank, die Lampen und einen Computer.

»Aber im Grunde dient es immer noch demselben Zweck. Wir werden hier eine Weile zurechtkommen. Wir können alle grundlegenden Bedürfnisse des modernen Menschen erfüllen: Essen, Getränke und Internet.«

KAPITEL 53

»Halt das Auto an und lass mich raus.«

Lova flehte Axel an, der den dunkelblauen SUV über die Centralbron zum Söderledstunnel steuerte.

»Tut mir leid, aber das geht nicht. Hör mir jetzt zu …«

»Ich habe keine Zeit, dir zuzuhören! Ich treffe mich mit einem Vertreter der dänischen Regierung …«

»Um genau 12.45 Uhr, wo ich dich abgeholt habe, ich weiß.«

Sie verstummte. Woher konnte Axel von dem Treffen wissen? Sie hatten strikte Geheimhaltungsregeln beachtet. Verschlüsselte Mails auf ihrem Dienstcomputer.

»Axel, du machst mir Angst.«

»Ich kann mir denken, dass du es unheimlich findest, aber du hast einen mächtigen Feind. Es war kein dänischer Attaché, mit dem du verabredet warst.«

»Was redest du da? Hans Poulsen-Øy ist ein guter Freund, und ich kenne ihn seit vielen Jahren. Wir treffen uns öfter.«

»In einem Auto? Mobile Meetings? Spielt ihr Agent, oder was?«

Sie schwieg. Er hatte den Nagel auf den Kopf getroffen. Die ganze Heimlichtuerei um das Treffen war ihr auch sonderbar vorgekommen, aber sie hatte gedacht, dass es mit ihrem neuen Amt als Ministerin zu tun hatte. Als Hans geschrieben hatte, dass sie ohne Personenschutz kommen solle, hatte sie ein winziges, aber deutliches Unbehagen ergriffen, dass auch danach nicht mehr verschwunden war.

Axel bog im Tunnel nach rechts ab und fuhr auf die südliche Ringstraße.

»Xenon hat sich gemeldet.«

Lova schwieg weiter. Es kam ihr vor, als wäre eine Ewigkeit vergangen, seit sie sich im *Katten* in Gamla Stan getroffen und über den Mann gesprochen hatten, der sich mit der Scientology-Kirche angelegt hatte und ihr später jede Menge Informationen zuspielte, nachdem sie in die Politik gegangen war.

»Er hat mich gewarnt. Die Organisation, der ich auf der Spur bin, überwacht mich. Und sie hat sich auch in deinen Computer gehackt. Du stehst auf ihrer Liste.«

»Ihrer Liste?«

Der Ärger kochte sofort hoch.

»Großer Gott, Axel, erst kommst du mit deiner kranken Geschichte über den Palme-Mord und dann das hier?«

»Meine kranke Geschichte? Du hast mir doch das Videoband gegeben, auf dem Ioan Petrescu zu sehen war?«

»Was für ein Petrescu?«

*

Axel holte tief Luft. Das würde dauern.

Er ordnete sich in die Spur ein, die auf die E4 nach Süden führte, während ihn ein beinahe identisches Auto links überholte. Es ging ganz schnell, aber Axel bemerkte zwei Dinge. Der Mann am Steuer hielt eine Pistole in der Hand – und er kannte ihn nur zu gut.

»Schau mal nach links. Da hast du Ioan Petrescu.«

Lova ließ einen erstaunten Schrei hören.

Axel lehnte sich über das Lenkrad und bog so scharf nach rechts ab, wie er es bei neunzig Stundenkilometern wagen konnte. Lovas Schrei stieg eine Oktave an und ging in einen Fluch über. Die Reifen quietschten, und die Radaufhängung protestierte. Für eine Zehntelsekunde glaubte Axel, dass das Auto sich überschlagen würde. Alles schien in Zeitlupe abzulaufen. Wie aus einer anderen Welt hörte er hupende Autos und das Geräusch von Vollbremsungen. Schließlich gewann er die Kontrolle zurück, und es gelang ihm, den Wagen ganz nach rechts auf die Abfahrt zum großen Kreisverkehr in Årsta zu manövrieren. Axel stieg auf die Bremse, reduzierte die Geschwindigkeit auf fünfzig und nutzte eine Lücke, um in den Kreisverkehr zu kommen. Er nahm die zweite Ausfahrt und überquerte die Autobahn, die er gerade verlassen hatte. Unten auf der Fahrbahn sah er Ioan Petrescus dunkelblaues Auto, das weiter nach Süden in Richtung E4 fuhr. Petrescu war auf die rechte Spur gewechselt, aber die nächste Ausfahrt kam erst in Liljeholmen. Sie hatten Zeit genug, um zu verschwinden. Axel brüllte Lova an.

»Gib mir dein Handy.«

Sie antwortete mit leerer Stimme.

»Das war er wirklich, oder?«

Er hatte den Verdacht, dass ihr gar nicht richtig bewusst war, dass sie ihm ihr Handy gab, und erst recht nicht, warum.

»Ja, er beobachtet uns beide schon lange.«

Axel bemerkte, dass Lovas iPhone 7 in einer eleganten Silberhülle steckte. Er fuhr an den Großmarkthallen von Årsta vorbei, beschleunigte auf neunzig, wo siebzig erlaubt war, ließ das Fenster herunter und warf das Handy hinaus.

»Scheiße, was soll das?«

»Es ist verwanzt, und außerdem verfolgen sie deine GPS-Position.«

»Sie?«

»Also, hör mir bitte zu, dann kann ich es dir erklären.«

»Okay, aber kannst du freundlicherweise den Versuch beenden, uns totzufahren?«

»Glaub mir, mein Fahrstil ist im Augenblick unsere kleinste Sorge.«

Axel schielte auf das Armaturenbrett. Es war 12.58 Uhr. Vor noch nicht einmal einer halben Stunde hatte er sich von Stina,

David und Skrak in ihrem Büro verabschiedet. Er wünschte sich, dass er sie anrufen und sich vergewissern könnte, dass es ihnen gut ging, aber er hatte sein neues Handy weggeworfen. Jetzt hatte er nur noch sein altes im Handschuhfach, ohne Energieversorgung. Der einzige Vorteil eines alten iPhone war, dass man die Batterie noch herausnehmen konnte.

»Das Interview heute Morgen, das Stina Forss mit dir geführt hat?«

Lova nickte.

»Da war ein Mann in der Nähe. Stina hat ihn gesehen.«

»Auf dem Helgeandsholmen? Nein, da waren nur wir ... Oder ...«

Lova legte die Stirn in Falten, und plötzlich erinnerte sich Axel, wie sie in seinem Zimmer auf dem Bauch lag und ihre Mathe-Hausaufgaben machte. Mit dem Bleistift im Mundwinkel. Das Buch auf dem Boden. Dieselbe konzentrierte Furche zwischen den Augenbrauen.

»Nein, sie hat recht, da kam ein Mann, der ...«

Sie begegnete Axels Blick im Rückspiegel, die blauen Augen aufgerissen.

»War das auch Ioan Pe...«

»Ioan Petrescu, ja. Er muss das Interview gehört haben und war offensichtlich nicht zufrieden damit. Worüber habt ihr gesprochen?«

»Ich habe die Reform erläutert, die die Regierung umzusetzen beabsichtigt und die es uns erlaubt, Steuerhinterzieher besser zu verfolgen.«

Sie schwieg, und Axel glaubte erst, sie würde das Thema wechseln.

»Stina Forss ist unheimlich clever. Wir hätten uns jemand anderes aussuchen sollen.«

»Warum? Was ist passiert?«

»Wir hatten einen Plan, wir wollten die Nachricht im

Eko-Journal senden, damit alle anderen sie von dort übernehmen müssen.«

Axel rollte langsam an eine rote Ampel vor den Messehallen heran. Er sah in die Rückspiegel und auf die Reichsstraße 226, auf die sie jetzt einbogen. Die doppelspurige Straße, auf der man siebzig fahren durfte, brachte sie weiter nach Süden. Es gab Zufahrten in der Höhe von Älvsjö und eine weitere südlich von Huddinge, wo Ioan Petrescu zu ihnen stoßen konnte. Aber dafür musste er wissen, dass sie nach Süden fuhren, und bedeutend schneller unterwegs sein als sie. Die Ampel sprang auf Grün, und Axel gab kräftig Gas. Der SUV beschleunigte zügig auf hundert. So schnell konnte er fahren, ohne unnötige Aufmerksamkeit auf sich zu ziehen.

»Wir haben in einem Punkt einen Rückzieher gemacht.«

»Und das wolltet ihr vor Stina verbergen?«

»Genau, aber das ging natürlich gründlich schief. Wegen deiner verdammten Kollegin.«

Sie lächelten einander kurz über den Rückspiegel an.

»Worum ging es dabei?«

»Um das Bankgeheimnis.«

Axel pfiff.

»Genau. Als wollte man einen Elefanten in einem Fiat verstecken. Das hätte mir eigentlich vorher klar sein müssen …«

»Und was ist passiert?«

»Ich habe es auf meine Kappe genommen. Manchmal kann man kleine Kompromisse schließen, wenn die Dinge wirklich wichtig sind.«

»Das Bankgeheimnis wird also abgeschafft?«

»Ja, das habe ich am Ende gesagt.«

»Und das hat Ioan Petrescu wohl gehört?«

»Zu dem Zeitpunkt habe ich mir darüber keine Gedanken gemacht, aber so muss es gewesen sein.«

Sie kamen an der Zufahrt hinter Huddinge vorbei. Bis jetzt

noch keine Spur von Ioan Petrescu und seinem Auto. Axels Plan war, über kleinere Straßen nach Süden zu fahren. Zumindest bis Södertälje. Die Chance, diese Situation zu überleben, wurde größer, wenn sie den Schauplatz wechselten.

»Wer wollte dich zwingen, das Bankgeheimnis unangetastet zu lassen?«

Lova antwortete nicht.

Sie kamen am Krankenhaus von Huddinge vorbei, und die Straße verengte sich auf zwei Spuren. Axel bremste, und ein klaustrophobisches Gefühl ergriff von ihm Besitz, als die Geschwindigkeit auf sechzig sank. Was wäre, wenn Petrescu ihnen hinter der Straßenkuppe bei Tullinge auflauerte? Ihm schauderte bei dem Gedanken an ein wartendes Auto mit dem bewaffneten Killer am Steuer.

»Komm schon, wer war es?«

»Göransson.«

Lovas Stimme klang hart.

»Ministerpräsident Ulf Göransson? Aber seine Partei hat dank deines Vorstoßes gegen die Banken doch auch gewonnen?«

Axel sah sie an. Plötzlich verstand er. Staatsminister Ulf Göransson hatte seiner Finanzministerin die Anweisung gegeben, diesen Punkt fallen zu lassen. Nicht weil er es wollte, sondern weil ihn jemand gezwungen hatte.

KAPITEL 54

Die Scheibenwischer erzeugten einen monotonen Rhythmus, in den sich ab und zu das Rauschen der Reifen mischte, wenn sie durch eine Pfütze im kaputten Asphalt fuhren. Der alte Stockholmsvägen war der langsamere Weg, und obwohl Axel hundert fuhr, wo zwischen den Ampeln siebzig erlaubt war, hatten sie keine Chance, früher in Södertälje anzukommen. Wenn Ioan Petrescu darauf setzte, dass sie nach Süden unterwegs waren, würde er dort warten. Sie fuhren der Bestie direkt ins Maul.

Lova war es trotz ihres engen Kleids gelungen, zwischen den Sitzen hindurchzuklettern, und sie saß jetzt neben Axel. Sie bat ihn, alles zu erzählen, und er lieferte ihr die unzensierte Version. Director's cut.

Sie hörte schweigend zu, und es fiel ihr offensichtlich schwer, alle Details der Geschichte zu verstehen. Sie hörte neugierig zu, als er von dem Mann im beigefarbenen Anzug berichtete, der so bedrohlich gewirkt hatte, als Axel beim Schwedischen Rundfunk einbestellt worden war, um sich für seinen Coup zu verantworten. Sie schnaubte verächtlich, weil der Mann Axel vorgeworfen hatte, eine Bedrohung für die Innere Sicherheit Schwedens darzustellen.

»Das klingt doch total krank. Bist du sicher, dass er vom MSB war?«

»Das hat jedenfalls Åsa gesagt, meine Redakteurin. Und sie weiß normalerweise Bescheid.«

Er berichtete von der öffentlichen Entschuldigung, die er unterschreiben musste, und wie er danach mehrere Tage lang auf der Schäreninsel gesessen und sich selbst bemitleidet hatte. Sie freute sich, als er über die Fischerhütte seines Vaters sprach, aber als er auf den Börsenmakler Ragnar von Scheele zu sprechen kam, kehrte die nachdenkliche Furche auf ihrer Stirn zurück.

»Du hast also das Geld genommen und produzierst einen Podcast?«

»Rein technisch betrachtet habe ich bislang nur das Geld genommen.«

Er warf ihr einen kurzen Blick und ein ebenso hastiges Lächeln zu, dann zwang ihn das Wetter, sich auf die Straße und das Lenkrad zu konzentrieren. Überall lag Herbstlaub, und es regnete heftig. Die Spurrillen im Asphalt der Reichsstraße 225 erhöhten das Risiko für Aquaplaning. Auch wenn der Volvo mit ESP und Vierradantrieb ausgestattet war und sicher auch mit jeder weiteren erdenklichen Funktion, die dazu diente, menschliche Schwächen zu kompensieren, wurde der Wagen bei dem Versuch, mit über hundert Stundenkilometern voranzukommen, aus den Kurven gedrückt.

Sie näherten sich Södertälje und dem Flaschenhals an der Brücke über den Kanal Richtung Süden. Dies war der strategische Punkt, an dem man sie aufhalten konnte.

»Der Podcast ist noch nicht fertig, aber ich sammle gerade Material für eine Hammerstory. Hör dir erst mal an, was ich in der Boston Public Library gefunden habe.«

»Du warst in der Boston Public Library?«

»Von all dem, was ich dir erzählt habe, imponiert dir das am meisten?«

»Nein, ich dachte nur … Du bist in die USA geflogen, um zu recherchieren? Da hast du dich ja wirklich festgebissen.«

»Ehrlich gesagt hatte ich keine Wahl.«

Er erzählte, wie er die Schatulle seines Großvaters gefunden und wie der schräge Geschichtsprofessor ihm geholfen hatte, das Geheimfach zu öffnen. Er nannte ihr die Namen, die sein Großvater auf den Zettel geschrieben hatte, aber die sagten Lova nichts, sie wusste nur, dass Creutz, Rabe, Cederström und Ribbing klassische Adelsnamen waren.

Axel versuchte zu erklären, was in Boston geschehen war. Wie Ann Miller ihm geholfen hatte, nachdem die gesuchten Dokumente gestohlen worden waren, und wie sie schließlich bei einer Ahnenforschungsgesellschaft gelandet waren, wo er alle Briefe doch noch hatte lesen können.

»Dieser Henric Gyllenskiöld hat also auf dem Postweg eine Kriegsakademie gegründet?«

»Ich glaube, dass vor allem seine Kameraden zu Hause in Schweden die Ideen aufgegriffen haben, von denen er schrieb. Sie hatten alle zusammen in der Neuen Welt gekämpft. Sie waren Offiziere, kannten das Militär von innen, und sie waren reich. Axel von Fersen hatte sich zum Beispiel 1783 das Amt des Obersten im Royal Suédois-Regiment gekauft. Warum sollten sich diese Männer von einem König in der Alten Welt einschränken lassen?«

»Das also sind Die Achtzehn?«

»So nennen sie sich wohl – höchst inoffiziell. Anscheinend verspotteten sie damit die ihrer Ansicht nach kopflose Art, wie Gustav III. die Schwedische Akademie ins Leben rief. Ich habe in einem der Briefe gelesen, wie sehr sie sich darüber aufregten, dass es achtzehn Mitglieder sein sollten, nur weil der König die Eingebung hatte, dass das Wort achtzehn schöner klingen würde als zwanzig.«

»Gar nicht so einfach, für einen solchen Beschluss Zustimmung im Volk zu finden.«

»Zu der Zeit brauchte sich ein König allerdings auch keine Gedanken zu machen, ob seine Entscheidungen populär waren.«

»Aber der Mord in der Oper hat doch gezeigt, dass es trotzdem … lebenswichtig war?«

Ein Schild zeigte an, dass sie noch drei Kilometer von Södertälje entfernt waren. Axel dachte nach. War es wirklich nötig, Lova noch mehr Angst zu machen, indem er ihr seine eigenen Sorgen mitteilte? Vielleicht gab es gar keinen Grund dafür. Er hatte keine Ahnung, wie so ein Auftragsmörder dachte. Aber es wäre besser, mit offenen Karten zu spielen, alle Informationen und Entscheidungen offenzulegen. Er brauchte Lova an seiner Seite.

Plötzlich kam ein Gedanke auf, den er nicht abstellen konnte. War die Enttäuschung in der achten Klasse der Grund dafür, dass er ihr nicht vertraute? Aber dass sie weggezogen war, konnte er ihr wohl kaum zum Vorwurf machen. Sie waren dreizehn und den Entscheidungen ihrer Eltern hilflos ausgeliefert gewesen. Trotzdem erinnerte er sich, dass er maßlos enttäuscht gewesen war. Sie war von einem Tag auf den anderen einfach verschwunden, aber seine Adresse hatte sich doch nicht geändert. Warum hatte sie ihm nicht geschrieben? Oder ihn angerufen?

Er bog in die Auffahrt zur E4 ein. Jetzt war es zu spät, falls irgendein Auto die Straße an der Brücke versperrte. Es gab keine weiteren Anschlussstellen mehr.

»Jetzt drück die Daumen, dass dieses Arschloch nicht schon an der Brücke ist.«

»Dieser Petrescu? Warum sollte er? Weiß er, wohin wir unterwegs sind?«

»Nein, das hoffe ich zumindest. Dein Handy haben wir weggeworfen, und meins liegt ohne Batterie im Handschuhfach.«

Sie waren mittlerweile so nahe, dass sie die Pfeiler der Brücke erkennen konnten, aber die Straße machte noch eine Kurve, sodass Axel die Autos immer noch nicht sehen konnte. Der Verkehr war mäßig. Es war halb zwei, und es waren noch nicht viele Pendler unterwegs. Auf beiden Fahrspuren kam man flüssig voran. Axel hielt die Geschwindigkeit bei hundertzehn.

Endlich hatten sie freie Sicht auf die Brücke. Ioan Petrescu fuhr einen dunklen Volvo-SUV, aber Axel sah nur kleinere Autos auf den beiden Fahrspuren. Sie überquerten die Brücke und ließen die Abfahrt nach Strängnäs hinter sich. Die hässliche Fassade des Scandic Södertälje flog an ihnen vorbei, als Axel auf hundertfünfunddreißig beschleunigte, und ihre Hoffnung wuchs. Vielleicht würden sie doch noch mit heiler Haut davonkommen.

Er erzählte weiter, wie er nach Hause gereist war, wo ihn die Nachricht von Ragnar von Scheeles Tod erwartet hatte. Von dem schrecklichen Brief, in dem von Scheele beschrieb, wie er vergiftet worden war und aus welchen Gründen.

»Von Scheele war also davon überzeugt, dass Ioan Petrescu ihn vergiftet hat?«

»Ja, mit Polonium im Tee, genau wie der KGB es mit Litwinenko gemacht hat.«

»Und er war auch davon überzeugt, dass Petrescu Palme ebenfalls ermordet hat?«

»Da war er etwas unklarer, aber er meinte, dass die Organisation, für die er gearbeitet hat, sowohl hinter dem Mord an Palme steckte als auch für den Tod von Algernon und Falck verantwortlich war. Er hatte ja mein Feature gehört und meinte, dass ich auf der richtigen Spur war.«

»Und bei dieser Organisation handelt es sich also um … Die Achtzehn?«

»Ja. Man kann allerdings sagen, dass sie ihre Zielsetzungen im Laufe der Zeit geändert haben. Mein Großvater meinte in einem Brief, den ich vor Kurzem gefunden habe, dass die Gruppe korrumpiert worden sei. Sie hätten ihre Macht nur noch dazu verwendet, hohe gesellschaftliche Positionen zu besetzen und persönliche Vorteile daraus zu ziehen. Anscheinend besetzen sie Spitzenposten in der Wirtschaft und anderswo. In der Politik. Oder der Verwaltung. Weiß der Teufel, wo genau, aber auf jeden Fall an der Spitze.«

Das Auto pflügte sich mit einhundertvierzig durch den Regen. Der Oktobernachmittag ging in den Abend über. Der Wind nahm zu.

Er sah, wie Lova zu verarbeiten versuchte, was er ihr gerade erzählt hatte. Sie war still und schaute nach vorn, ohne auf die Straße zu achten. Schließlich wandte sie sich ihm zu und sagte mit neuer Energie in der Stimme:

»Du fährst, als hättest du einen Plan. Wohin sind wir unterwegs, und wie kommen wir aus dieser Sache wieder raus?«

KAPITEL 55

Ioan Petrescu saß in seinem Auto, das er in der Höhe von Årsta hinter dem festungsartigen Gebäude der Überwachungsfirma Nokas an der Anschlussstelle zur E4 geparkt hatte. Ein unbekanntes Gefühl hatte ihn ergriffen. Er sah bekümmert zu der Glaspyramide auf dem Dach hinauf, neben der die sogenannten Helikopter-Räuber bei ihrem spektakulären Coup vor ein paar Jahren gelandet waren. Das Glas, durch das sie damals eingedrungen waren, war immer noch dort.

Alles blieb beim Alten.

Zu wenig veränderte sich.

Das würde sein Auftraggeber wohl auch über ihn denken. Vielleicht zu Recht.

Er erinnerte sich an die Straßen in Bukarest und den erstickenden Geruch der minderwertigen Kohlekraftwerke. Er war dreizehn Jahre alt und hielt ein Messer in der Hand. Der Tourist hielt weder Dollars noch Lei in seinen Händen. Nicht mehr. Aber das Messer war rot und der Tourist tot.

Ioan wurde von etwas Unbekanntem eingekreist: Angst. Was vielleicht ein zu starkes Wort war. Vielleicht eher ein Unbehagen. Aber die Situation war dieselbe. Er musste seinem Herrn schlechte Nachrichten überbringen.

Er war Ioan Petrescu. Der Mann, der Karriere in der Securitate gemacht, den KGB an der Nase herumgeführt und seinen neuen Auftraggebern jahrelang gedient hatte. Er hielt sich nicht mit Selbstmitleid auf, noch weniger mit Kritik an seiner Eignung.

Er wählte die Nummer und bekam nach dem ersten Klingelton eine Verbindung.

»Ein Problem.«

»Mit wem?«

»Mit beiden.«

Es wurde still. Das Unbehagen kehrte zurück. Sollte er ins Detail gehen? Dann würde er nervös wirken. Gar nicht gut. Er beschloss, den Auftraggeber den Gang des Gesprächs bestimmen zu lassen.

»Inwiefern?«

»Sköld war vor mir dort. Er hat sie abgeholt, bevor ich ankam. Ich bin ihnen gefolgt, habe sie aber am Kreisverkehr von Årsta verloren.«

»Ortung?«

»Nein, sie müssen ihr Handy zerstört haben. Seines auch.«

»Woher wusste Sköld von dem Treffen?«

»Keine Ahnung. Möglicherweise hat es die Ministerin ausgeplaudert.«

»Oder?«

»Wir haben ein Leck.«

Der Mann am anderen Ende der Leitung schnaubte.

»Das hat sich ja zu einem echten VSD entwickelt. Eigentlich bist du dafür da, solche Probleme für uns zu lösen.«

Ioan schwieg. Sein Auftraggeber hatte recht.

»Sie sitzen jetzt also im selben Auto. Hast du eine Ahnung, wohin sie wollen?«

»Möglicherweise, ja.«

»Na dann. Kümmer dich drum.«

»Alle beide?«

»Ja. Kann es nicht wie die Tat eines Wahnsinnigen aussehen? Dieser verrückte Reporter, der schon den Schwedischen Rundfunk hintergangen hatte, dreht jetzt völlig durch und entführt die Finanzministerin. Der Typ scheint doch eine Psychose zu haben, oder? Da kann alles passieren.«

»Klingt nachvollziehbar.«

Vielleicht würde er am Ende doch noch alles regeln können. Aber das Vertrauen war verbraucht. Das hier würde sein letzter Job sein. Diese Erkenntnis war ein Schock und seltsam befreiend zugleich. Aber es gab da noch einen weiteren losen Faden.

»Stina Forss und der Professor …«

»Darum können sich die anderen kümmern. Du hast schon genug zu tun, wenn ich das richtig sehe.«

Das Gespräch war beendet. Ioan hatte den Verdacht, dass sie das letzte Mal miteinander gesprochen hatten. Wenn er die Sache ordentlich zu Ende brachte, musste er nur noch bezahlt werden. Was danach passierte, hing in hohem Maße davon ab, wie er diesen VSD löste. Er ließ den Motor an und nahm das Handy in die Hand. Es konnte nie schaden, sich einen Überblick zu verschaffen.

*

Es summte in der Tasche. Carl blickte auf den mit Kopfstein gepflasterten Slottsbacken. Ohne auf das Display zu sehen, nahm er das Gespräch an.

»Status.«

Es war Ioan. Nur ein einziges Wort, und trotzdem hörte Carl sofort, dass der Mann ungewöhnlich angespannt klang.

»Sie haben ein Taxi zum Schloss genommen. Wir sind ihnen zu Fuß gefolgt, aber sie konnten entkommen.«

»Und jetzt?«

Carl blickte zu dem kleinen Café im Eingang der Finnischen Kirche hinüber. Eckermann hatte seinen Computer auf dem Schreibtisch aufgeklappt. Sie tauschten Blicke, und Eckermann drückte einen Finger in seine Handfläche.

»Sie bewegen sich nicht mehr.«

»Im Schloss?«

Carl räusperte sich.

»Unsere Geräte und die Karten sagen uns, dass das Signal aus der Schatzkammer kommt.«

»Das ist unerwartet.«

»Ja, aber sie können nichts machen, solange sie sich dort aufhalten.«

»Das wissen wir nicht, Carl, oder? Und was wir nicht wissen …«

»Davon gehen wir nicht aus.«

»Im Augenblick arbeiten wir also im VSD-Modus.«

Sie legten auf.

Eckermann war zu Carl ans Fenster gekommen. Er hatte nur den letzten Satz gehört.

»Was zum Teufel ist VSD?«

»Verdammter Scheißdreck«, sagte Carl.

KAPITEL 56

Fünfzig Meter von der Finnischen Kirche entfernt und fünfzehn Meter unter der Erdoberfläche trank David sein drittes Trinkpäckchen mit italienischem Orangensaft. Stina betrachtete ihren Sohn sorgenvoll. Wo sollte David hier auf Toilette gehen? Dieser Raum hinter der Schatzkammer hatte einen gut gefüllten Kühlschrank, bequeme Stühle, zwei Bänke mit Decken, auf denen man ruhen konnte, und einen Computer mit Internetanschluss. Eine Toilette sah sie allerdings nicht.

Auf einer tieferen Ebene machte Stina sich Sorgen, was diese Situation mit David machen würde. Im Augenblick wirkte ihr Sohn vollkommen zufrieden. Es gab reichlich von dem teuren Orangensaft, und David konzentrierte sich darauf, den kleinen Strohhalm in das dafür vorgesehene Loch des vierten Trinkpäckchens zu stechen. Stina beneidete ihren Sohn nur selten, aber heute wünschte sie sich, dass ihr Gehirn ebenso leicht von einem Getränkekarton in Beschlag genommen werden könnte. Oder von was auch immer, wenn sie so nur den Horror der Autofahrt vergessen konnte. Der dumpfe Aufprall des Männerkörpers gegen die Seitentür. Das Kreischen der Reifen. Der Gestank von verbranntem Gummi. Das Messer in der Hand des Mannes. Der konzentrierte Blick. Konzentriert darauf zu töten. Sie und David zu töten.

Ihr war schlecht, und sie zwang sich, an etwas anderes zu denken. Irgendetwas.

»Wie lautet das Passwort?«

Vilhelm Skrak kam zu ihr und tippte sechzehn Zeichen

ein, die sie nicht einmal dann hätte erkennen können, wenn sie konzentriert zugesehen hätte.

Sie zog die Schreibtischschublade heraus und fand einen USB-Stick. Es erstaunte sie, dass sie die Geistesgegenwart besessen hatte, ihre Handtasche aus dem Taxi mitzunehmen. Als sie das Schloss erreichten, hatte sie sich nur darauf konzentriert, David in Sicherheit zu bringen, aber der urbane Fjällräven-Hybrid stand auf dem Boden neben dem Eingang zum Raum, und Axels MacBook schaute zwischen den Handgriffen heraus.

Sie fand die Audiodatei direkt auf dem Desktop, wie Axel es ihr gesagt hatte. Sie trug den Namen »von Scheeles letzter Wille«.

Sie steckte den USB-Stick in das Gerät, kopierte die Datei und hielt inne. Wenn Axel mit seiner Behauptung recht hatte, sollte das, was sie jetzt tat, für diejenigen zu sehen sein, die den Computer überwachten. Und was passierte mit Geräten und Speichermedien, die an einen infizierten Computer angeschlossen wurden? Skrak schien ihre Gedanken zu lesen.

»Schauen wir mal, was der Rechner der Krone leisten kann. Wir haben ihn mit einem eigenen Sicherheitssystem ausgerüstet.«

Der Bürostuhl knarrte besorgniserregend, als er sich zu ihr umdrehte und den USB-Stick nahm.

Er steckte ihn in eine Box, von der Stina annahm, dass es ein üblicher USB-Hub war, der seinerseits am »Rechner der Krone« hing, wie der Computer in diesem Raum offensichtlich genannt wurde.

Ein Dialogfenster öffnete sich auf dem Bildschirm. Stina konnte nicht den ganzen Text sehen, aber sie entzifferte »spyware detected« und sah, wie Skrak auf den Button »delete spyware« klickte.

»So, damit ist unser Rechner sicher. Ich befürchte allerdings – auch wenn ich kein Spezialist auf diesem Gebiet bin –, dass die Organisation bemerkt hat, dass Sie die Datei auf einen externen Speicher kopiert haben.«

»Weil Axel ihr einen so sprechenden Namen gegeben hat, ist er bestimmt davon ausgegangen, dass sie die Datei ohnehin schon kannten.«

»So wie es aussieht, werden wir ziemlich viel Zeit totzuschlagen haben. Vielleicht sollten wir uns die wilden Theorien ihres hitzköpfigen Kollegen mal anhören?«

»Gute Idee, ich habe selbst noch nicht alle Verbindungen begriffen. Aber erst müssen wir die Datei per E-Mail verschicken.«

Sie holte den handgeschriebenen Zettel heraus, den sie von Axel bekommen hatte, und löste Skrak auf dem Stuhl ab. Sie öffnete das Mailprogramm, hängte die mp3-Datei an und tippte die Mailadresse ein. Die Adresse bestand aus anscheinend zufällig aneinanderreihten Ziffern und Buchstaben. Ihr war klar, dass Xenon der Empfänger sein musste, und sie fand es schade, dass Axel ihr nicht sagen konnte, was mit der Datei geschehen würde. Weil sie die Mail von einem Computer mit hoher Sicherheitsstufe verschickte und sie außerdem davon ausging, dass Xenon mehr als alle notwendigen Vorsichtsmaßnahmen ergriffen hatte, beschloss sie, dass sie auch eine kurze Mitteilung schreiben konnte.

Wir sind in Sicherheit. Skrak, David und ich. Wir verstecken uns in einem geheimen Sicherheitsraum in der Königlichen Schatzkammer. Kannst du dafür sorgen, dass Karolina Palm davon erfährt, und zwar AUSSCHLIESSLICH sie? Wir können uns auf niemand anderen verlassen.

Damit hatte sie alles getan, was sie tun konnte. Die Datei war auf dem Weg. Sie atmete durch. Ein Problem weniger.

»Mama! Saaaaaaaf!«

Sie sah zu David hinüber. Er saß genauso zufrieden wie jener König aus, der vor ihm auf diesem Sessel gethront haben mochte, und hatte die Saftkartons vor sich aufgereiht. Stina zählte fünf.

Höchste Zeit, das nächste Problem auf der Liste anzugehen.

*

»Er wird doch Nummer fünf genannt? Der am Ausgang zum Lejonbacken?«

Eckermann spähte zu dem Wachsoldaten hinüber, der in seinem Häuschen vor dem Eingang zur Schatzkammer stand.

Carl erinnerte sich nicht. Es waren mehr als zwanzig Jahre vergangen, seit sie beide bei der Königlichen Wache gewesen waren. Er selbst hatte der drei Mann starken Patrouille angehört, die zum Ausrücken bereitstand, wenn einer der sieben Wachsoldaten am Schloss über Funk einen Alarm auslöste.

»Verdammte Ironie, jetzt kommen wir, die dieses Schloss einmal bewacht haben, selber nicht hinein.«

Eckermann redete einfach weiter, ohne sich darum zu kümmern, dass Carl nicht darauf einging. Sein Kollege war gestresst.

Natürlich war es pure Ironie. Sie standen ja auf derselben Seite. Eigentlich. Aus Carls Sicht gab es nur zwei Seiten. Diejenigen, die für die Nation waren, und alle anderen. Und wenn man für die Nation Schweden eintrat, war man dagegen, dass Geheimnisse an die andere Seite verraten wurden. Wüssten diejenigen, die jetzt am Schloss Wache standen, was er wusste, würden sie ihn und Eckermann in Nullkommanichts hereinlassen. Verdammt, diese Wachsoldaten wären froh, eine solche Operation unterstützen zu dürfen.

Das Problem war nur, dass sie keine Ahnung hatten.

Carl hatte eine Idee. Es gab doch Kontakte, die man nutzen konnte.

Er wählte Josefssons Nummer.

Drei Minuten später zeigte sich ein Lächeln in Carls Gesicht.

Wenn man die richtigen Personen miteinander in Kontakt brachte, war das Militär ein sehr effektiver Apparat.

KAPITEL 57

Axel bog in das große Gewerbegebiet am Ortseingang von Västervik ein. Es hatte aufgehört zu regnen. In der Höhe von Norrköping hatte Lova alle Fragen gestellt, die ihr eingefallen waren. Ab Söderköping hatten sie sich darüber unterhalten, wie sie weitermachen sollten. An der Abfahrt nach Valdemarsvik hatten sie bereits eine Allianz gebildet. Danach hatte vor allem Lova das Wort geführt.

Sie stiegen aus dem Wagen aus wie ein x-beliebiges Paar, das auf der Suche nach ein paar Sonderangeboten war. Lovas elegante Kleidung weckte allerdings eine gewisse Aufmerksamkeit. Die Kassiererin im Rusta war um die zwanzig. Axel hoffte, dass sie zu der verlorenen YouTube-Generation gehörte, die niemals Fernsehnachrichten sah, aber die junge Frau erkannte die Finanzministerin sofort.

Als Lova die Isomatten, das Zelt und die Schlafsäcke in bar bezahlte, konnte die schwarzhaarige Verkäuferin sich nicht zurückhalten.

»Ich hatte so gehofft, dass Sie den Bon unterschreiben würden, damit ich ein Autogramm von Ihnen habe!«

Lova lächelte ihr offizielles Ministerlächeln.

»Ich hoffe, dass Sie uns Ihre Stimme geben!«

»Ich wähle Sie! Ich wähle die Grünen nur, weil ich Sie so mag. Sie sind so cool. Und Sie haben vollkommen recht damit, dass diese ganzen reichen Arschlöcher …«

Die Kassiererin lief rot an. Sie war offensichtlich doch nicht so schlecht erzogen, als dass sie vor der Finanzministerin herumfluchte.

Lova sah sie an, und Axel erinnerte sich an diesen Blick

aus ihrer Jugend. Er verriet, dass sich hinter der Fassade des blonden Engels etwas Dunkles verbarg.

»Sie haben schon recht. Es sind reiche … *Arschlöcher*.«

Sie brach in ein befreites Lachen aus, in das die junge Frau einstimmte. Vor allem wohl aus Verwunderung, dachte Axel.

Auf dem Weg zum nächsten Fachgeschäft auf ihrer Liste kommentierte Axel knapp:

»Bald weiß ganz Västervik, dass die Finanzministerin hier auf einem Einkaufsbummel unterwegs ist.«

»Tut mir leid, Axel, aber ich kann nichts dafür, dass ich so bekannt und gern gesehen bin.«

Sie lachte ein weiteres Mal, und der Stress und die Anspannung waren für einen kurzen Augenblick vergessen.

In dem Fall konnten sie ihre Popularität auch ausnutzen. Als sie im Handyladen neben der Clas Ohlson-Filiale standen, zwinkerte Axel dem Verkäufer verschwörerisch zu, so wie man es wahrscheinlich von einem Reporter erwartete, der verdeckt arbeitete.

»Wir brauchen zwei Prepaid-Handys.«

Der Mann hinter dem Schalter grinste und holte zwei Samsung-Modelle.

»Kann mir gut vorstellen, dass Sie unter dem Radar arbeiten müssen. Wie war es eigentlich, haben Sie oder der Schwedische Rundfunk den Beitrag gelöscht?«

Axel lächelte steif, ohne die Frage zu beantworten.

»Oder ist das ein sensibles Thema?«

»Nein, nein«, log er.

Lova lenkte das Gespräch auf die Handys, die sie mit jeweils fünfhundert Kronen aufladen ließen. Sie riefen einander probehalber direkt im Laden an. Axel fragte den Verkäufer, wie gut die Abdeckung bei den SIM-Karten von Telia war, die sie gekauft hatten.

»In der Stadt dürften Sie keine Probleme haben, aber wie

ich sehe, wollen Sie in die Natur, und da draußen ist das Netz manchmal nicht ganz so gut. An der Küste funktioniert Telia von allen Anbietern am besten, im Landesinneren sind alle gleich schlecht.«

Er lächelte ein, wie Axel annahm, Seht-mal-wie-ehrlich-ich-bin-Verkäuferlächeln. Sie bedankten sich und hatten das Geschäft fast schon verlassen, als seine Abschiedsworte sie zum Innehalten bewegten.

»Dann wünsche ich viel Vergnügen und ein gemütliches Nachtlager.«

Es machte sich eine gequälte Stille breit, die Axel überraschte. Hitze stieg ihm in die Wangen. Er drehte sich um und bemerkte, dass Lova sich ein kleines Stück von ihm entfernt hatte.

Bevor Axel sich in eine wirre Rechtfertigungsrede verstrickte, um dem Verkäufer zu versichern, dass es sich hier ganz und gar nicht um eine Liebesbeziehung handelte, deutete der Verkäufer mit einem Nicken auf die Schlafsäcke und das Zelt.

»Das Wetter soll ja wieder besser werden.«

Sie beschlossen, sich zu trennen. Lova würde zum ICA Maxi gehen, um Proviant zu kaufen, und Axel zum Bau- und Einrichtungsmarkt Clas Ohlson. Nachdem sie sich über die typischen Geschlechterrollen amüsiert hatten, meinte Lova, sie freue sich darauf, endlich wieder mal einen Ausflug vorbereiten zu dürfen. Das habe sie seit ihrer Zeit auf dem Gymnasium nicht mehr gemacht. Axel lächelte dankbar und hoffte, dass er in der Technikabteilung fündig werden würde.

Es war schon fast fünf, als sie fertig waren und sämtliche Lebensmittel und die ganze Ausrüstung im Kofferraum verstaut hatten. Axel fuhr zurück zur E22. Der Wind hatte sich überraschend schnell gelegt. Es wurde dunkel, und die Wolken verzogen sich. Er schielte zu Lova auf dem Beifahrersitz hinüber. Sie hatte die ganze Geschichte mit großer Fassung ertragen. Vor weniger als fünf Stunden war sie in ein Auto gestiegen, in dem sie einen dänischen Kollegen vermutet hatte, und jetzt saß sie hier an der Seite eines skandalumwitterten Journalisten, der außerdem ein Kindheitsfreund war. Axel versuchte sich zumindest einzureden, dass sie nicht mehr als das waren. Kindheitsfreunde. Er schüttelte irritiert den Kopf. Was tat das jetzt schon zur Sache. Lova hatte sich überraschend schnell auf die neue Situation eingestellt. Sie war es auch gewesen, die vorgeschlagen hatte, hierher zu fahren. Eine Idee, die er ihr niemals zugetraut hätte. Ihm war sofort klar gewesen, dass sie sich selbst aus dieser Klemme befreien mussten. Die Polizei einzuschalten war keine Option.

Warum war sie sich so sicher?

Vielleicht besaß sie selbst ein Puzzleteil, das die Geschichte ergänzte. Hatte sie vielleicht vorher schon von Den Achtzehn gehört?

Sie rollten über die hohe Verkebäcksbrücke, und Axel bog nach Gunnesbo ab.

Lova musste sein Kopfschütteln bemerkt haben. Sie sah ihn mit einem fragenden Blick an. War dort ein kleines Lächeln in ihren Augen? In den Mundwinkeln? Ein Grübchen in der rechten Wange?

»Was ist?«

»Nichts.«

Er parkte vor Östers Bootshaus und zog die Handbremse an. Bevor er die Tür öffnete, sah er ihr direkt in die Augen.

»Du weißt, dass dies eine ziemlich verrückte Situation ist, nicht wahr?«

Sie nickte.

»Ich bin bereit. Wir tun, was wir tun müssen. So einfach ist das.«

Er nickte ebenfalls, drehte sich um und öffnete die Tür. Er

konnte sich beim besten Willen nicht vorstellen, wie sie behaupten konnte, dass das alles einfach wäre. Aber sie machte wahrscheinlich dasselbe wie er in solchen Situationen. Redete es sich selbst ein, bis sie daran glaubte.

Bevor er die Taschen zum Steg trug, schaltete er eines der neuen Telefone ein. Er schrieb eine kurze SMS an Xenon und hoffte, dass Stina die Datei mit dem Feature geschickt hatte.

Xenons Antwort kam sofort.

Ich habe die Datei bekommen und auf eine geheime Website gelegt. Ich kann sie publizieren, wann immer du willst, und jedem einen Link auf die Seite schicken, den du mir nennst.

Axel dachte nach. Dann rief er Xenon an. Es war einfacher, mit ihm zu sprechen, und wenn es sicher war, eine SMS zu schicken, dann konnte man auch gefahrlos anrufen. Xenon nahm das Gespräch sofort an.

»Wie geht es Stina und David? Und Skrak? Sind sie in Sicherheit?«

»Ja. Sie befinden sich im Königlichen Schloss.«

»In Skraks Büro?«

»Sie hat geschrieben, dass sie sich in einem Schutzraum in der Schatzkammer befinden. Jetzt will sie, dass ich die Polizistin Karolina Palm alarmiere.«

Axel dachte einen Augenblick darüber nach. Irgendetwas musste Skrak dazu bewegt haben, nicht in seinem Büro Zuflucht zu suchen. Es war anscheinend nicht sicher genug. Axel war klar, dass die Zeit knapp wurde.

»Ich möchte, dass Karolina Palm den Link zu meinem Feature bekommt. Aber ich kann mich nicht darauf verlassen, dass sie reagiert.«

»Dann musst du dafür sorgen, dass sie keine andere Wahl

hat. Sie darf nicht die Einzige sein, die diese Informationen bekommt, und sie muss darüber informiert werden, dass jemand anderes auch davon weiß. Ich würde es an jemanden aus derselben Organisation schicken. Kennst du einen entschlossenen Polizisten, der keine Angst vor seinen Chefs hat?«

»Vielleicht, aber da gibt es keine Garantien. Ich schicke dir die Kontaktdaten. Meine Sendung ist allerdings noch nicht komplett fertig, ich möchte die letzten Entwicklungen unbedingt mitnehmen. Ich werde den Schluss also in ein paar Stunden einsprechen. Dann kann ich auch mitteilen, wo Stina, Skrak und David sich gerade befinden. Kannst du eine technische Lösung einrichten, die ich mit dem Handy erreichen kann? Dann hängst du das, was ich dir über das Telefon berichte, einfach an das Ende des Features?«

Bei Xenons Antwort musste er lächeln, und seine verhärteten Schultern entspannten sich ein wenig.

»Die Technik, die du beschreibst, gibt es schon. Sie nennt sich Anrufbeantworter. Ruf einfach diese Nummer an und sprich es drauf. Die Sendung wird ein echter Hammer. Ich glaube, ich weiß jetzt auch, wie ich das Interesse der Polizei wecken kann.«

KAPITEL 58

Karolina Palm starrte mit leerem Blick durch das Fenster ihres Büros. Sie versuchte verzweifelt, die Kontrolle zurückzubekommen. Micke war tot, und sie konnte den Kollegen nicht erzählen, warum er ermordet worden war. Man wartete noch auf die Ergebnisse der Obduktion, aber das war sowieso nur eine Formalität. Die Ermittlungen würden mit aller Wahrscheinlichkeit eingestellt werden. Man ließ verlautbaren, dass Micke gestolpert und auf den Hinterkopf gestürzt sei. Die Überwachungskamera, die normalerweise in der Toilette lief, sei außer Betrieb gewesen, man wisse noch nicht, für wie lange, aber nichts deute darauf hin, dass ein Verbrechen begangen worden sei.

Als Karolina die Nachricht von dem Todesfall bekommen hatte, war ihr jedoch sofort klar gewesen, dass es sich um eine Hinrichtung gehandelt hatte. Nachrichten verbreiteten sich schnell im Polizeipräsidium, auch wenn es ehemalige Kollegen betraf. Mit einer SMS von einer unbekannten Nummer hatte Axel Sköld den Mord bestätigt. Er war Ioan Petrescu begegnet. Axel schrieb kurz, wie David bedroht worden war und dass er jetzt auf der Flucht war. Mehr wagte er nicht zu schreiben, da er befürchtete, dass ihr Telefon abgehört wurde. *Ihr* Telefon. Im Polizeipräsidium. Karolina hatte noch nie etwas Vergleichbares erlebt, aber sie ahnte, dass sein Misstrauen nicht unbegründet war. Sie fühlte sich in eine unmögliche Lage gedrängt. Sie besaß Informationen über einen Mord an einem ehemaligen Kollegen, aber sie konnte diese Informationen nicht offenlegen. Wenn herauskam, dass sie Micke gebeten hatte, den Personenschutz für Axel zu übernehmen, würde sie ihre Arbeit verlieren. Er war bereits gekündigt und hatte kein Recht mehr, eine Waffe zu tragen. Trotzdem hatte sie, eine hochrangige Chefin in der Nationalen Operativen Abteilung, ihn mit einer Dienstpistole ausgestattet und beauftragt, den Personenschutz für Axel Sköld zu übernehmen.

Ihr graute davor, dass ihre Beteiligung auffliegen könnte. Und mit jeder Sekunde, in der sie ihre Kollegen, die mit der Ermittlung beauftragt waren, im Dunkeln ließ, gab sie dem Mörder eine größere Chance zu entkommen. Aber am schlimmsten war, dass sie einen Freund direkt in die Arme einer Mordmaschine geschickt hatte.

Ihr Handy summte. Sie kannte die Nummer auf dem Display nicht.

In einem Anfall von Selbstquälerei nahm sie das Gespräch an.

»Palm.«

»Öhman.«

Es konnte nur ein Kollege sein, der einen Nachnamen mit der Nennung eines anderen Nachnamens beantwortete, aber sie wusste nicht, wer er war, auch wenn ihr die Stimme bekannt vorkam.

»Entschuldigung, aber haben wir schon einmal zusammengearbeitet?«

»Nein. Aber wir haben einen gemeinsamen Nenner.«

Er verstummte, und sie verstand. Seine Stimme klang belegt.

»Micke?«

»Ja, wir haben ein paarmal zusammengearbeitet. Ich bin in Huddinge stationiert. Beim Zugriff auf das Clublokal der Bandidos hier draußen, im Zusammenhang mit dieser Rätz-Affäre, war Micke mit seiner Truppe dabei und half, den Bodensatz zusammenzukehren. Später haben wir beim Helikopterraub gemeinsam auf den Hubschrauber gezielt. Er kam mit der ersten Patrouille von Norden, und ich war mit der ersten Einheit aus dem Süden da. Sie waren ja damals die Einsatzleiterin. Wir waren ziemlich frustriert, weil wir keine Genehmigung bekamen, das Feuer auf den Helikopter zu eröffnen, aber Micke sagte die ganze Zeit, dass Sie genau wüssten, was zu tun war. Er hat Sie sehr geschätzt.«

»Okay.«

Was wollte dieser Öhman eigentlich?

»Ich wollte nur anrufen und … Wenn jemand einen Kollegen angreift, also, er war ja gefeuert worden, aber einmal Kollege, immer Kollege. Man wird verdammt wütend.«

Karolina erstarrte.

»Ihn angreift? Es war doch ein Unfall!«

Er lachte bitter.

»Micke soll gestolpert sein und sich den Kopf an der Toilette aufgeschlagen haben? Und die Überwachungskamera war kaputt? Wir reden hier über Micke, kommen Sie!«

Sie schwieg. Sie hörte ihn schluchzen.

»Ich habe Sie in dem Radiofeature auf P3 über den Arlandaraub gehört«, sagte er. »Das ist der zweite gemeinsame Nenner, den wir haben. Ich wurde für die Sendung über den Helikopterraub interviewt.«

Daher kannte sie die Stimme.

»Diese Sendungen hat doch derselbe Reporter produziert, der auch das Feature über den Mann mit der Schirmmütze gemacht hat, oder?«, fuhr er fort. »Dieser Axel Sköld?«

Ihr gefiel nicht, wie sich das Gespräch entwickelte. Was wollte er ihr damit sagen? Vielleicht war das der wirkliche Grund von Öhmans Anruf. Vielleicht war er an Ermittlungen zu Mickes Tod beteiligt? Wusste Öhman, dass sie Micke als Leibwächter eingesetzt hatte?

Karolina nahm den Hörer an das andere Ohr. Er war feucht vom Schweiß.

»Entschuldigen Sie, aber ich weiß immer noch nicht, wie sie heißen … also mit Vornamen.«

»Niklas Öhman, aber alle sagen Öhman. Draußen in Huddinge sind wir vier Niklasse, deswegen …«

Er ließ den Satz in der Luft hängen. Vermutlich, um nicht von der Frage abzulenken, die er gestellt hatte. Der Frage nach Axel. In einem Verhör war es das A und O, die Initiative nicht zu verlieren. Polizisten, die Polizisten ausfragten.

»Ich rufe zurück, hier passiert gerade etwas.«

Bevor er antworten konnte, hatte sie aufgelegt.

Das gab ihr zumindest ein bisschen Zeit. Und es war auch keine Lüge. Sie hörte ein bekanntes Summen vom Tisch zu ihrer Rechten. Sie lächelte schief. Dass der Drucker Lärm machte, war kaum ein Grund, den Hörer aufzulegen.

Ihr Lächeln gefror. Der Drucker war direkt an ihren Computer angeschlossen. Niemand im Netzwerk der Abteilung konnte auf ihn zugreifen. Und ihr Computer war im Ruhezustand. Auf dem schwarzen Bildschirm war das rotierende Wappen der Polizei zu sehen. Als sie auf die Leertaste tippte, blinkte der Bildschirm auf, aber alle Programme waren geschlossen, so wie sie es hinterlassen hatte. Sie hatte keinen Druckauftrag abgeschickt. Es gab nicht einmal ein geöffnetes Dokument, das gedruckt werden könnte. Wie hypnotisiert beobachtete sie, wie sich ein DIN-A4-Blatt aus dem Drucker schob und im Ausgabefach landete.

KAPITEL 59

Der Außenbordmotor brummte auf niedriger Drehzahl. Das Aluminiumboot hielt eine Geschwindigkeit von knapp fünf Knoten, als Axel aus Östers Bootshaus hinausfuhr. Lova saß am Bug. Das Gepäck füllte beide Stauräume vor und hinter der Mittelbank. Axel fühlte sich mit jedem Meter, den er zurücklegte, sicherer. Der Verkebäcksviken war glatt wie ein Spiegel, und das Motorengeräusch wurde von nichts anderem begleitet als dem Rauschen der Bugwelle. Die Herbstsonne lag tief über dem Horizont, und die Wolken waren Fetzen, die in ein dramatisches Rosa getaucht waren. *Wolken in Abendkleidung*. Ein Satz aus der Kindheit. Stammte er von seinem Vater oder seinem Großvater? Die Ereignisse in Stockholm kamen ihm wie Schlagzeilen aus erfundenen Zeitungen vor. Hätte er nicht die Finanzministerin des Landes an Bord, er hätte weiterhin auf dem ganzen Weg zur Fischerhütte die Wirklichkeit wegträumen können.

Als sie das Meer erreichten, gab Axel Vollgas. Es dauerte eine Weile, bis das voll beladene Buster sich wieder gerade legte, aber schließlich flogen sie über den blanken Wasserspiegel. Axel nutzte die Gelegenheit, sich Lova genauer anzusehen. Sie hatte das Gesicht nach vorne gewandt und schien den Fahrtwind im Haar zu genießen. Sie hatte neue Kleidung im Sportgeschäft gekauft, ohne sie vorher anzuprobieren. Eine grüne Fjällräven-Jacke und hellbraune Haglöfs-Hosen mit verstärkten Knien. Axel fand, dass sie auch in Freizeitkleidung wie ein Mannequin aussah, so wie sie das eine Bein auf den Sitz hochgezogen und das andere gegen das Hellegat gestemmt hatte. Sie flohen um ihr Leben. Trotzdem blieb sein

Blick eine Sekunde länger an ihrer Wange hängen, die entblößt wurde, als der Fahrtwind ihr Haar nach hinten wehte. Wahnsinn. Er musste sich zwingen, sich auf das zu konzentrieren, was sie erwartete.

Sie glitten ruhig durch den Schilfkanal bis an die Brücke. Lova machte das Boot mit einem Webeleinenstek am Poller fest, was Axel vermuten ließ, dass sie schon öfter auf See gewesen war.

Er sah an ihrem offenen Gesicht und dem beinahe federnden Gang, dass sie neugierig auf die alte Fischerhütte war.

»Hier seid ihr also jeden Sommer hingefahren.«

Er nickte und trug die große Gasflasche an Land.

»Die Fischerhütte deines Großvaters, nicht wahr?«

»Ja, er hat sie 1945 für eine Mora-Uhr erworben.«

»Das muss ja eine besondere Uhr gewesen sein.«

»Eigentlich nicht.«

Er schwieg, als er nach dem Schlüssel griff, der unter dem Fensterbrett links von der Tür versteckt war.

»Aber die Hütte war damals in noch schlechterem Zustand.«

Er schloss auf, und Lova schaute mit neugieriger Miene hinein.

»Gemütlich.«

Dann sah sie ihn an.

»Und du machst wirklich mit?«

Altern Blicke irgendwann? Er erinnerte sich, wie sie ihn in der Schule angesehen hatte. Nach der Disco bei Amanda. Er versuchte ruhig und analytisch zu klingen, als er antwortete.

»Ich bin mir nicht sicher, ob dein Plan funktioniert, aber ich bin mir sicher, dass es die beste Idee ist, die wir haben. Wir müssen es so machen.«

Sie warf ihm einen forschenden Blick zu. Als wollte sie herausfinden, ob er sich wirklich so sicher war, wie er sagte. Und offensichtlich war es ihm gelungen, sie zu überzeugen.

»Na dann«, sagte sie, hob die Gasflasche hoch und schleppte sie in die Fischerhütte.

Axel holte die Tüte von Clas Ohlson heraus und packte das Zubehör für den Kamin aus, das er gekauft hatte. Es war genauso umständlich zu installieren, wie er befürchtet hatte, und während er die Schrauben und Kabel löste und die Bauanleitung auf seinem Handy verfluchte, ging ihm ständig derselbe Satz durch den Kopf.

Es ist ja nicht so, als hätten wir so furchtbar viele andere Ideen?

Nach zwei Stunden waren sie schließlich zufrieden. Sie verließen die Fischerhütte, und bevor Axel die Tür hinter sich abschloss, nahm er die alte Taschenlampe eines Vaters mit hinaus, die auf dem Fensterbrett stand. *Betrachte es als einen Luxus, den man sich in der Not gönnen kann.* Die Melancholie griff nach Axel, aber er schob sie mit derselben Bewegung fort, mit der er auch das Boot von der Brücke schob. Jetzt war nicht die Zeit für Emotionen und Erinnerungen.

Er ließ den Motor bei niedriger Drehzahl tuckern, während sie durch die kleine, runde Bucht glitten. Sein Großvater und sein Vater hatten sie immer den »Bodden« genannt. Axel nahm an, dass ein moderner Mensch die geschützte binnenseeartige Bucht eher als Lagune bezeichnen würde.

Sie fuhren um die Landzunge herum und zogen das Boot auf die flachen Klippen. Im Treibholz fanden sie drei ausreichend große Äste. Nachdem sie das Boot ausgeladen hatten, zogen sie es auf die Äste und anschließend ein paar Meter oberhalb der Strandlinie unter die Erlen. Axel legte Fichtenzweige über das Heck, und Lova nickte zustimmend vom Ufer herüber.

Sie trugen ihr Gepäck durch den Wald, bis sie das andere Ufer erreichten, von dem sie Aussicht über den Bodden hatten. Quer über das Wasser konnten sie die Fischerhütte sehen. Wenn sie sich am Waldrand aufhielten, konnten sie das

Haus beobachten, ohne selbst entdeckt zu werden. Das Boot lag hinter ihnen im Versteck und konnte jederzeit für einen möglichen Rückzug genutzt werden. Axel versuchte sich daran zu erinnern, was er sonst noch während des Militärdiensts gelernt hatte, gab aber auf. Das hier musste reichen.

Lova schubste ihn zur Seite, als er nach der Zelttasche griff.

»Das macht Spaß, das mache ich.«

Er war zu überrascht, um eine geistreiche Antwort zu finden.

»Wirf lieber die Sturmküche an. Ihr Jungs kocht ja gerne, sobald ihr draußen seid. In der Wildnis.«

Das Letzte sagte sie mit übertrieben dramatischer Stimme.

»Und noch lieber bekommen Finanzministerinnen das Essen serviert«, grummelte er.

»Was hast du gesagt?«

»Gar nichts.«

»Genau das habe ich auch gehört.«

Sie baute das Zelt beeindruckend schnell auf, aber er wollte sich nichts anmerken lassen und zeigte direkt auf die aufblasbaren Isomatten, als sie fertig war.

Sie streckte ihm die Zunge raus, übernahm die Aufgabe aber trotzdem.

Eine rosa Zunge zwischen roten Lippen.

Er richtete seine volle Konzentration darauf, mit dem Löffel in perfekten Kreisen die kochende Suppe umzurühren.

*

Auf einer knapp einhundert Meter entfernten Schäre östlich der Fischerhütte war ein dreibeiniger Apparat zum Leben erwacht, die blaue Diode war angesprungen, und die Antenne begann wieder zu senden.

Die Straße war leer, als das Handy piepte, und Ioan verringerte die Geschwindigkeit auf die zugelassenen neunzig Stundenkilometer, warf die Zigarette aus dem Fenster und griff nach dem Gerät.

Axel Skölds Handy war wieder eingeschaltet. Die Menschen waren so leicht zu durchschauen. Sie flohen immer nach Hause. Wenn man Menschen jagte, musste man herausfinden, wo sich ihr eigentliches Zuhause befand. Dorthin kehrten sie zurück. Früher oder später.

Sköld war keine Ausnahme. Er hatte es sogar schneller getan, als Ioan angenommen hatte.

Und jetzt hatte ihn die Sicherheit, die ein Zuhause bot, leichtsinnig gemacht. Das Signal auf dem Bildschirm zeigte eine genaue Position. Es war an der Zeit, diese Angelegenheit endgültig abzuschließen.

Ioan Petrescu trat aufs Gaspedal.

KAPITEL 60

»Öhman.«

Er hatte sofort nach dem ersten Klingeln abgehoben.

»Hier ist nochmal Karolina Palm.«

Sie sah auf das Papier, das aus dem Drucker gekommen war. Konnte sie sich auf das verlassen, was sie gelesen hatte? Es kam ihr unglaublich seltsam vor. Sie nahm an, dass es möglich war, sich in das Netzwerk der Polizei zu hacken, aber warum kommunizierte man dann über einen Drucker? Und dennoch … wenn all das stimmte, war Niklas Öhman einer der Wenigen, mit dem sie sprechen konnte. Sie wollte Zeit gewinnen und hoffte, dass Öhman den ersten Schritt machen würde.

»Wo waren wir stehengeblieben?«

»Ich wollte über Axel Sköld sprechen. Darüber, dass wir beide schon mit ihm zu tun hatten.«

Es wurde still. Sie wartete ab. Sie ging davon aus, dass sie schon mehr Verhöre durchgeführt hatte als er. Und genau so funktionierte das nämlich.

»Also … Axel ist wirklich okay. Meinen Sie nicht auch?«, sagte Öhman. »Ich finde, dass Sie beim Arlandaraub gut gearbeitet haben, obwohl es ein Fall war, bei dem ihr gescheit… also, bei dem niemand verurteilt wurde.«

Sie lachte kurz auf.

»Schon okay, Sie können es ruhig als gescheitert bezeichnen.«

»Also, es ist ja polizeilich aufgeklärt. Wir wissen ja beide, wer es getan hat.«

»Den Begriff ›polizeilich aufgeklärt‹ gibt es nicht, oder waren Sie krank, als auf der Polizeihochschule durchgenommen wurde, dass wir keine Richter sind?«

»Solche Details sind wohl nicht so meine Sache.«

Da war etwas, was er nicht sagte, und sie ahnte, was es war. Es war an der Zeit, die Taktik zu ändern.

»Vorhin klang es noch so, als hätte es einen anderen Grund für Ihren Anruf gegeben«, sagte sie daher.

Er zögerte, aber nur kurz.

»Ich glaube, wir müssen uns sehen. Das klingt vielleicht seltsam, aber ich habe eine Mitteilung bekommen. Ein unbekannter Informant möchte, dass wir uns treffen.«

»Ein UI möchte, dass wir uns treffen?«

»Ich habe die erste Hälfte einer Internetadresse bekommen, auf der sich weitere Informationen befinden. Sie haben angeblich die andere Hälfte.«

Karolina Palm sah auf das Papier, das vor ihr lag, und stellte die Frage, auf die sie die Antwort schon wusste.

»Und hat dieser unbekannte Informant die Mitteilung auf eine bestimmte Weise geschickt?«

Öhman antwortete nicht sofort. Dann verstand er.

»Sie haben es auch bekommen, nicht wahr?«, sagte er schließlich.

»Wir sehen uns an dem Ort, den der Informant vorgeschlagen hat.«

*

Der Geruch der Nudelsuppe überzeugte Axel davon, dass er seinen Magen niemals würde überreden können, Nahrung aufzunehmen. Der Stress wirkte auf die wohlbekannte Art, und das Toilettenhäuschen lag auf der Insel gegenüber. Als er Lova essen sah, ganz unbeeindruckt von der albtraumhaften Situation, in der sie sich befanden, versuchte er sich zusammenzureißen und war überrascht, wie gut es ihm schließlich doch schmeckte. Sie betrachtete ihn mit diesem ruhigen Blick.

»Es gibt nichts Appetitanregenderes, als von einem Profikiller gejagt zu werden, nicht wahr?«

Ohne wirklich nachzudenken, antwortete er:

»Doch, eine Sache fällt mir noch ein.«

Sie senkte die Augen. Aber er war derjenige, der errötete.

»Entschuldige, der Stress schlägt auf meinen Humor.«

Sie sagte nichts, und er wechselte das Thema.

»Ich werde jetzt anrufen. Ich gehe ins Zelt, ich glaube, dort ist die Akustik besser.«

»Smarte Methode, den Abwasch zu schwänzen.«

»Ein klassisches Manöver, das mache ich auch auf der Arbeit öfter so. Ich decke Geheimorganisationen mit Wurzeln im achtzehnten Jahrhundert auf, und Stina Forss spült.«

»Als ich zuletzt hingeschaut habe, hat Stina Forss einen Minister abgesetzt, und du bist rausgeschmissen worden.«

»Deine Scherze gewinnen unter Stress aber auch nicht an Qualität.«

Er kroch ins Zelt, holte das Handy heraus und drückte auf die zuletzt gewählte Nummer.

Die Klickgeräusche der Schaltstellen in Europa lösten einander ab. Dann erklang die Ansage mit Xenons Stimme. Axel musste unfreiwillig lächeln, als er sich daran erinnerte, wie Xenon ihm erklärt hatte, wozu man einen Anrufbeantworter benutzt. Nach dem Piepton begann Axel zu sprechen.

Er redete ununterbrochen, sieben Minuten lang.

Anschließend schickte er eine Nachricht an Xenon.

»Fertig. Schneiden und veröffentlichen. So schnell wie möglich.«

Jetzt musste er sich auf seine Freunde verlassen.

*

Im geheimen Fluchtraum der Schatzkammer empfing Stina eine Mail von Xenon. Er schrieb ihr, dass Axel und Lova einen Plan hatten und dass er die letzten Details regeln würde. Karolina Palm würde informiert werden. Stina hoffte, dass alles rechtzeitig geschah. Der Stress kroch in sie hinein, und sie war froh, dass David eingeschlafen war. Eine Unruhequelle weniger. Sie betrachtete den Topf, den Skrak unter einem der Sofas gefunden hatte. Eine antike Lösung inmitten der modernen Technik. Für ein Schloss erschien es ihr angemessen, aber in dem kleinen Raum stank es jetzt nach Urin.

»Wie lange sind wir jetzt schon hier?«

Vilhelm Skrak, der neben David im Sitzen eingeschlummert war, wachte auf und sah auf die Uhr.

»Es ist bald halb acht … Über sechs Stunden also schon.«

Stina hatte das Gefühl, dass die Wände näher an sie herankrochen.

»Wir müssen hier raus, Skrak. Wir können nicht einfach hier herumsitzen.«

»Das ist zu riskant. Ich denke, wir sollten Axels Plan folgen.«

»Was heißt schon Plan. Er scheint ja eher zu improvisieren.«

Stina stand von ihrem Stuhl vor dem Computer auf. Sechs Schritte. Dann musste sie kehrtmachen. Der Raum kam ihr wie eine Zelle vor.

Vilhelm Skrak zog vom Sofa auf den Bürostuhl um. Er öffnete ein Fenster auf dem Bildschirm.

»Mal sehen, ob wir eine Umgebungsanalyse bekommen …«

Stina schaute dem Professor über die Schulter. Es war ein erstaunlich scharfes Bild der Kameraüberwachung. Sie sah den gepflasterten Platz mit dem großen Obelisken. Ein paar Touristen machten Fotos, direkt in Richtung Kamera. Sie nahm an, dass die Überwachungskamera in der Mitte der Südfassade des Schlosses hing. An der Unterkante des Bilds sah sie den Wachsoldaten, der vor dem Schilderhaus am Eingang zur Schatzkammer stand. Drei weitere Wachen trafen in Marschformation ein. Weiße Helme, Gamaschen und Handschuhe. Bajonette an den Sturmgewehren. Ablösung, dachte Stina. Da draußen drehte sich die Welt weiter, als wäre nichts gewesen.

Alles wirkte ruhig.

Trotzdem merkte sie Skrak an, dass etwas nicht stimmte. Er atmete heftiger.

»Jetzt werden wir sehen, wie sicher dieser Raum ist.«

»Warum sagen Sie das?«

Skrak zeigte auf die drei Soldaten, die auf den einzelnen Wachsoldaten zugingen.

»Das ist der Wachwechsel?«

»Nein, der findet zu jeder geraden Stunde statt. Sechzehn Uhr, achtzehn Uhr, zwanzig …«

Stina verstand. Das hier war etwas anderes. An der oberen Bildkante schlossen sich zwei Männer den vier Soldaten an. Stina hätte am liebsten geschrien. Es waren die Männer, die ihr Taxi verfolgt hatten. Aber die Wachsoldaten machten keine Anstalten, sie zu ergreifen. Ganz im Gegenteil: Sie schienen den Männern zuzuhören. Als würden die beiden Männer den Befehl führen.

*

Niklas Öhman erkannte sie sofort, als sie sich beim *Seven Eleven* am Hornstull trafen.

Karolina nahm an, dass es an der Pressekonferenz lag, die sie im Fall Anna Lindh gegeben hatte. Der Höhepunkt ihrer Karriere. Sie war dabei gewesen, als sie den Täter im Verhörraum knackten. Obwohl sie total am Ende war, hatte sie es geschafft, ernst und gleichzeitig erleichtert auszusehen, als sie der versammelten Weltpresse erklärte, dass sie dem Mörder ein Geständnis entlockt hatten. An ihrem fünfzigsten Geburtstag benutzten ihre Kollegen das Bild für einen gefälschten Zeitungsartikel, um ihren Diensteifer aufs Korn zu nehmen. Aber sie wusste, dass das Bild Respekt hervorgerufen und ihrer Karriere einen Schub gegeben hatte. Sie nahm an, dass Niklas Öhman es auch gesehen hatte.

Sie irrte sich.

»Hallo. Ich glaube, ich hatte einen Workshop zu Konfliktlösungsstrategien bei Ihnen. Ich weiß nicht, ob Sie sich daran erinnern?«

»Draußen in Södertörn? Du lieber Gott! Das ist ja bestimmt …«

»Fünfzehn Jahre her.«

Er setzte ein Lächeln auf, das wohl so etwas ausdrücken sollte wie: Die Zeit vergeht, aber man sieht es mir nicht an. Rein mathematisch folgerte sie, dass er älter als fünfunddreißig sein musste, aber sie hätte ihn auf nicht älter als siebenundzwanzig geschätzt. Er war durchtrainiert. Nichts Ungewöhnliches für einen Polizisten. Aber er war auch verdammt hübsch, wie eines dieser Unterwäsche-Models. Und das war eher außergewöhnlich. Aber erst als er ihr den Barhocker an der hohen Fensterbank ganz hinten im *Seven Eleven* herauszog und aufstand, bis sie sich gesetzt hatte, begriff sie, dass er tatsächlich einen eher ungewöhnlichen Typ des Polizisten vertrat. Höflich auf eine selbstverständliche Art, die auf Oberklasse hindeutete. Trotzdem erinnerte sie sich nicht an ihn als Kursteilnehmer. Allerdings hatte sie diesen Workshop auch zwanzig Jahre lang gegeben.

Obwohl sie ihm gleich das Du anbot, schien er ihr angesehen zu haben, dass sie sich nicht an ihn erinnerte. Falls er deswegen enttäuscht war, versteckte er es gut.

Sie bat ihn, sich auf dem Computer einzuloggen, und holte

ihren Ausdruck heraus. Als sie die Papiere nebeneinanderlegten, ergaben sie tatsächlich eine komplette URL-Adresse. Niklas Öhman tippte sie in das Adressfeld des Browsers ein.

»Du wunderst dich vielleicht, warum wir das hier tun und nicht im Polizeipräsidium.«

Er verlor den Bildschirm nicht aus den Augen, als er antwortete.

»Nicht fragen – lieber später um Entschuldigung bitten?«

»Das hast du aber nicht in einem meiner Kurse gelernt.«

Er drückte die Eingabetaste.

»Tut mir leid, aber das war genau die Einstellung, die mich am weitesten gebracht hat.«

Jetzt lächelte er, starrte aber weiter auf den Monitor.

Sie sah, warum.

KAPITEL 61

Ioan Petrescu stellte sein Auto neben dem schmutzig blauen Vereinsheim ab, das gleichzeitig als Hafenbüro diente. Der Schotterplatz am Notholmsvägen war von aufgebockten Segelbooten eingerahmt. Die Motorboote standen weiter entfernt in einem eigenen Bereich, gerade Reihen mit Neureichen-Kuttern. Er ging über einen der beiden Schwimmstege. Fast ganz am Ende lag ein Segelboot, dessen Besitzer das Wochenende verpasst haben musste, an dem der Hebekran kam. Das Boot war bereit, an Land gehoben zu werden, aber der Plan war anscheinend im Sande verlaufen. Ioan schüttelte den Kopf und sandte einen dankbaren Gruß an alle miserablen Planer und Verfechter eines nostalgischen Schwedenbilds. Er lebte von den Leuten, die in ihrer Überzeugung verharrten, dass Schweden ein sicheres Land sei.

Nachdem er Palme erschossen hatte, war das Land für mehrere Stunden wie gelähmt gewesen. Niemand hatte geglaubt, dass mitten in Stockholm ein Ministerpräsident ermordet werden konnte. Die bekannteste Person des Landes hatte nicht einmal einen Personenschutz. Und in diesen Freizeithafen in Västervik war er hineingeglitten, ohne auf ein einziges Hindernis zu stoßen. Und jetzt stand er hier, an einem Segelboot, das mindestens eine halbe Millionen Kronen kosten dürfte. Er ging jede Wette ein, dass es sogar vollgetankt war. Und das war noch nicht einmal das Beste. Denn außerhalb des Segelboots lag das, was er wirklich brauchte. Eine Targa 23 mit Kabine. Tempo, Heizung und Komfort. Bestimmt bis zu einer Million Kronen wert. Das Motorboot war mit zwei Palsteks festgemacht. Nicht einmal ein Vorhängeschloss.

Dieses Land gab und gab.

Die Astrid Lindgren-Idylle saß so tief, dass Ioan sich fragte, ob sie staatlicherseits schon vorgeburtlich in jede Seele eintätowiert worden war. Schweden war zwar ein sicheres Land, das musste er einräumen, es gab verhältnismäßig wenig Terrorismus, Korruption, organisiertes Verbrechen und Katastrophen, die auf Schlamperei oder Fehlkonstruktionen zurückzuführen waren. Aber Schweden war auch nicht ganz von all dem verschont geblieben. Das Problem der Schweden bestand darin, dass sie es nicht glauben wollten. Als die Fähre Estonia sank, oder wenn ein Bestechungsskandal aufflog oder eine Botschaft in die Luft gesprengt wurde, hörte man jedes Mal: »Das kann doch bei uns nicht passieren! Nicht in Schweden!« Hier aß man Kebab, sah *Let's Dance* und rümpfte die Nase, wenn ein Ministerpräsident es wagte, über Sozialtourismus zu reden.

Ioan ging an Bord und brach mit minimalem Lärm die Schiebetür an der Backbordseite auf. Der Motor brauchte zwar einen Zündschlüssel, aber es war mittlerweile leichter, ein Boot kurzzuschließen als ein Auto. Weniger Elektronik, sicherere Kabel, die sogar Feuchtigkeit aushielten. Der Motor brummte los, und das Armaturenbrett meldete sich mit gedämpfter Abendbeleuchtung. Kompass, Hodometer, GPS. Alles funktionierte fehlerfrei. Die Treibstoffanzeige stand auf halb. Er holte sein Handy heraus und übertrug die Koordinaten der Ortungs-App in das GPS des Boots. Acht Seemeilen. Die Spitzengeschwindigkeit des Boots lag sicher bei über dreißig Knoten, und die See war still. Die Ausfahrtsrinne von Västerviks Hafen durch den Lucernafjärden war allerdings auf acht Knoten, begrenzt. Höchstens eine Stunde, wahrscheinlich weniger. Dann würde diese Geschichte endlich ein Ende haben.

*

Karolina Palms Sorgen waren nicht kleiner geworden. Ganz im Gegenteil. Und Niklas Öhman schien sich auch nicht wohl in seiner Haut zu fühlen.

»Egal, was wir machen, es bringt uns in Teufels Küche, oder?«

»Das ist leider eine korrekte Analyse.«

Die Internetseite, auf die die zusammengefügte Adresse sie geleitet hatte, enthielt eine Audiodatei. Sie war achtunddreißig Minuten lang, und sie hatten sich Karolinas Headset geteilt, um sie sich auf dem Computer von *Seven Eleven* gemeinsam anzuhören. Axel hatte die Aufnahme mit der Bemerkung abgeschlossen, dass dieselbe Audiodatei um Mitternacht an die wichtigsten Nachrichtenredaktionen gemailt werden würde. Er hoffe, dass er zu der Zeit noch am Leben sei.

Karolina schüttelte den Kopf.

Wenn sie handelten, würden sie mindestens gegen vier Paragraphen des Polizeigesetzes verstoßen. Und das würde sicher nicht nur als Dienstvergehen betrachtet werden. Andererseits: Was wäre, wenn sie nicht reagierten? Und es käme heraus, dass sie es gewusst hatten, ohne etwas zu unternehmen? Dann wäre es ihre kleinste Sorge, von der Presse in die Mangel genommen zu werden. Der Hass ihrer Kollegen würde unvorstellbar sein, und das Ende ihrer Karrieren vorprogrammiert. Sie fluchte.

»Soll ihn doch der Teufel holen.«

»Die Sache ist nur …«

Karolina sah Niklas an. Er schien eine Entscheidung gefällt zu haben.

»Nachdem ich mich bereiterklärt hatte, für sein Feature über den Helikopter-Raub zur Verfügung zu stehen, hat er meinen Hintergrund überprüft. Ich habe ja eine Verurteilung wegen Körperverletzung, nachdem wir damals diesen Hells-Angels-Typen verhaftet hatten, ihren Chief of Arms, draußen in Haninge, du erinnerst dich bestimmt daran?«

»Ja, das war wohl ein bisschen … chaotisch.«

Karolina wusste, dass sie fünf Panzerfäuste und ein Maschinengewehr in einer Lagerhalle gefunden hatten, und mit mehr Glück als Verstand hatten sie einen heftigen Schusswechsel in dem Gewerbegebiet vermeiden können. Allerdings hatten sie dafür ein paar Zwangsmittel anwenden müssen, um ihre Kundschaft ruhigzustellen. Einige Polizisten waren dabei zu weit gegangen. Es hagelte Anklagen. Niklas war der Einzige, der tatsächlich verurteilt worden war.

»Da Axel das Urteil kannte, meinte er, darüber auch in seiner Sendung berichten zu müssen. Jedenfalls dann, wenn er mich interviewen würde.«

Sie wartete schweigend auf die Fortsetzung.

»Ich meine, das war schon ziemlich komisch. Der Einsatz hatte sieben Jahre zuvor stattgefunden. Das hatte nichts damit zu tun, wie ich bei dem Helikopter-Raub vorgegangen war. Ich bereute es sofort, mich für ein Interview zur Verfügung gestellt zu haben. Aber am nächsten Tag rief er an und sagte, er sei zu dem Schluss gekommen, dass ich recht gehabt hätte. Er hat es in seiner Sendung nicht angesprochen.«

Sie nickte.

»Er ist zwar Journalist, aber auch … ein guter Typ.«

Sie nickte erneut.

Sie wusste, dass sie sich beide entschieden hatten.

Scheiße.

KAPITEL 62

Ioan Petrescu schaltete die Positionslichter am Heck und am Bug ein und legte ab.

Das Boot vibrierte auf eine weiche und zuverlässige Art, als er den Rückwärtsgang einlegte und aus der Box am Schwimmsteg herausfuhr. Er sah die blinkenden Bojen, die zur Fahrrinne führten, ganz deutlich. Recht und Ordnung. Das war eine weitere Sache, die er an diesem Land liebte.

Er zündete sich eine Zigarette an und gestattete sich selbst den seltenen Luxus, über seine eigene Situation nachzudenken. Er nahm an, dass die Bootsfahrt ihn melancholisch machte. Er hatte das Fahrwasser ganz für sich allein. Die Saison war vorbei, und in diesem Teil der Schärenküste wurde es ohnehin niemals voll, nicht einmal bei einer Hitzewelle in den Sommerferien.

Er beneidete sie. So einfach war das. All diese Menschen, die ihren Kindern und Enkelkindern dieselben Märchen vorlasen. Die die Idee hochhielten, dass sich der verlässliche Staat um seine Bürger kümmerte. Das Volksheim. Ein Begriff, den er noch nie gehört hatte, bevor er nach Schweden kam. Zuerst hatte er laut gelacht. Es war ganz offensichtlich ein Machtinstrument, Propaganda für das Volk, um es in falscher Sicherheit zu wiegen. Später, nachdem er Rumänien und die Securitate endgültig verlassen und schon über ein Jahr in Schweden gewohnt hatte, wusste er nicht mehr, ob mit ihm oder mit dem schwedischen Volk etwas nicht stimmte. Alle sprachen vom Volksheim, als wäre es etwas durch und durch Gutes. Und alle waren in der Partei oder stimmten für sie. Die Sozis bekamen zwar immer nur fünfzig Prozent bei den Wahlen, aber er konnte ja sehen, wie es lief. Wer bei Wohnungsbaugenossenschaften, den Monopolmedien oder im Gesundheitsbereich Karriere machen wollte, musste der Partei angehören. Es war genau wie zu Hause in Rumänien. Trotzdem hielten sich alle für frei.

Das war vielleicht der geschickteste Trick von allen. Die schwedische Regierung hatte die totale Kontrolle über das Land, aber die Bewohner sahen es nicht. In Rumänien hätten sie sofort gewusst, dass sie belogen wurden. Sie wussten nicht immer, wie und von wem sie belogen wurden und was genau die Lüge war, aber weil sie sich sicher sein konnten, dass auf jeden Fall gelogen wurde, gewöhnten sie sich schnell eine sehr kritische Einstellung an. Ermüdend, zugegeben. Aber trotzdem ehrlicher als das schwedische Modell.

Wirkliche Freiheit gab es in Schweden genauso wenig wie hinter dem Eisernen Vorhang in Rumänien. Man konnte nicht frei über sein Leben bestimmen oder es wesentlich ändern. Alle waren gefangen im Hamsterrad der Produktion. Hier fuhren sie nur etwas hübschere Autos.

Als sich die ersten Risse zeigten und in den Achtzigerjahren die Deregulierung erzwungen wurde, hatte der Auftraggeber Kontakt zu ihm aufgenommen. Zu dem Zeitpunkt hatte Ioan bereits verstanden, wie weit verbreitet diese Lüge war. Nicht einmal der Ministerpräsident des Landes wusste genau, wer die Fäden zog. Der Regierungschef war eine Galionsfigur, mit der die Fassade aufrechterhalten wurde.

Als er allerdings zu fragen gewagt hatte, aus welcher Richtung der Auftraggeber kam, von links oder rechts, hatte man ihn mit unverhohlener Verachtung gemustert.

»Rechts und links sind Erfindungen, über die wir die Massen diskutieren lassen. In der Geschichte gibt es nur zwei Faktoren, nach denen sich die Welt einteilen lässt. Stark und schwach. Was wir brauchen und deshalb für unsere Nation erschaffen, ist Stabilität. Instabilität führt zu Chaos, und Chaos stört die Interessen einer jeden Nation. Deshalb heuern wir dich an. Du bist ein Garant für Stabilität.«

Das Handydisplay leuchtete auf.

SMS von Carl.

Situation klärt sich. Wiktorsson hat die Initiative übernommen. Wir werden »assistieren und bei der Jagd auf die psychisch labile Frau, die in die Königliche Schatzkammer eingebrochen ist, behilflich sein«. Wir gehen jetzt rein.

Ioan antwortete mit einem kurzen »ok« und spürte, wie die Spannung von ihm abfiel. Wiktorsson. Der alte Oberbefehlshaber hatte beschlossen, sein Netzwerk zu benutzen. Die Situation rund um die Personen in der Schatzkammer sah jetzt schon viel besser aus. Carl hatte daran gedacht, auch den offiziellen Grund ihrer Operation zu kommunizieren. Es musste funktionieren. Falls die Geschichte unglücklicherweise an die Medien geraten würde. Was Ioan bezweifelte. Wenn Wiktorsson sich einmischte, verschwanden die Spuren danach normalerweise.

Er schob den doppelten Gashebel nach vorne und wunderte sich über die Dynamik des Boots. Er wurde sanft, aber unnachgiebig in den weißen Ledersessel gedrückt und sah, dass er fast vierzig Knoten fuhr.

Noch vier Seemeilen.

Nur wenige Minuten entfernt.

Er zog die Hebel zurück und ließ das Boot knapp dreißig fahren.

Marschgeschwindigkeit.

Stabilität.

KAPITEL 63

Hauptmann Kent Andersson war im Dienst gewesen, als U-137 auf Grund lief. Er hatte den Befehl an einer Straßensperre geführt, die während der ersten Tage nach der Tschernobyl-Katastrophe bei Forsmarks Kernreaktor errichtet worden war. In den letzten Jahren hatte er außerdem das Gebiet um den Radio- und Fernsehmast bei Borås gesichert, als dieser sabotiert worden war. Hauptmann Andersson war, mit anderen Worten, während seiner fast vierzigjährigen Dienstzeit Zeuge vieler bemerkenswerter Situationen geworden. Aber das Telefongespräch, das er vor zehn Minuten geführt hatte, übertraf das alles. Mit Abstand.

Er hatte sich im Offiziersraum der Königlichen Wache aufgehalten und sich darüber gefreut, dass es an diesen ersten beiden Tagen fast keine Zwischenfälle gegeben hatte. Natürlich hatte die Patrouille in der Nacht zum Samstag ein paarmal ausrücken müssen. Einmal hatte ein Posten gemeldet, dass er mit einem Laserpointer geblendet worden war, beim anderen Mal hatte ein Betrunkener an die Fassade des Kommandantenflügels uriniert. Aber solche Vorkommnisse zählten für ihn eigentlich nicht. Die Soldaten in seinem Regiment, der Infanteriebrigade 12, hatten das dagegen alles spannend gefunden. Sie wollten zu Hause in Eksjö etwas zu erzählen haben.

Dann aber hatte sein privates Handy gesummt, und eine Stimme, die er bislang nur aus dem Fernsehen kannte, hatte seinen Namen gesagt.

Als ihm klar wurde, dass es sich nicht um einen Scherz handelte und tatsächlich der frühere Oberbefehlshaber Karsten Wiktorsson am Apparat war, folgte die nächste Überraschung. Wiktorsson hatte ihm befohlen, mit zwei zivilen Polizisten zusammenzuarbeiten, die auf der Suche nach mehreren Individuen waren, die in die Königliche Schatzkammer geflohen waren. Wiktorsson hatte erklärt, dass sie natürlich auch auf weitere Polizisten warten könnten, aber die Personen in der Schatzkammer schienen verwirrt zu sein und hätten außerdem ein Kind bei sich. »Vermutlich ist eine der Personen eine Frau, die von einer Psychose betroffen ist. Es muss um jeden Preis eine Geiselsituation vermieden werden. Eine psychisch instabile Frau, ein Kind und dazu noch im königlichen Schloss. Ja, Andersson, Sie verstehen sicherlich, was das für eine unangenehme Geschichte werden kann, wenn die Massenmedien dahinterkommen, und das Ganze unter Anderssons Kommando, sozusagen. Das könnte eine ansonsten einwandfreie Karriere in den Dreck ziehen.«

Hauptmann Andersson gefiel die Wendung nicht, die das Gespräch am Schluss genommen hatte, aber er verließ sich in diesem Fall auf Wiktorssons Urteilskraft. Karsten Wiktorsson war eine Legende in den Streitkräften. Trotzdem klang das, was er gehört hatte, nicht so ganz stimmig. Er würde sich jedenfalls nicht in eine unbekannte Situation stürzen, ohne sie vorher selbst gründlich zu analysieren. Deswegen hatte er den Befehl über die Patrouille übernommen und war mit ihr zu Posten Nummer fünf marschiert.

Sie wurden von zwei Männern empfangen, die sich als Kriminalinspektoren Jonsson und Lundholm vorstellten. Er studierte Jonssons Dienstausweis. Er sah echt aus. Andererseits hatte Hauptmann Andersson noch nie zuvor einen Polizeiausweis gesehen. Er bat die beiden Polizisten um einen Lagebericht.

»Das ist eine ziemlich ungewöhnliche Situation, aber ich glaube, wir können sie am besten klären, indem wir schnell gemeinsam handeln.«

Es war vor allem Jonsson, der das Wort zu führen schien.

»Um wie viele Personen handelt es sich?«

»Um drei. Ein Mann, eine Frau und ein Kind.«

»Und die Frau? Wie ich es verstanden habe, ist sie psychisch labil?«

Hauptmann Andersson warf Jonsson einen besorgten Blick zu. Er begegnete ihm mit derselben Miene.

»Das stimmt, und es ist sogar noch schlimmer. Das Kind ist ihr eigenes, ein achtjähriger Junge, der leider behindert ist und sich vollständig in der Gewalt der Mutter befindet.«

Das entschied die Frage. Das Schloss stand noch weitere vierunddreißig Stunden unter seiner Verantwortung. In der Zeit sollte keine verrückte Mutter ihrem Kind wehtun. Vor allem keinem behinderten Kind. Hauptmann Andersson setzte die Patrouille zur Schatzkammer in Bewegung.

KAPITEL 64

Der Erdbeergeruch schickte Axel auf einen nostalgischen Trip in sein Kinderzimmer. Lova kaufte immer noch dasselbe Kaugummi. Auch jetzt lagen sie auf dem Bauch, nebeneinander. Aber statt die Kinderzeitschrift *Kamratposten* auf seinem Teppich zu lesen, schauten sie aus dem offenen Zeltgiebel über den Bodden hinweg zur Fischerhütte.

Mit der Dunkelheit nahm auch die Oktoberkälte zu. Er hatte Lova seine Jacke geliehen und versuchte zu verbergen, dass er selbst fror. Er hoffte, dass ihr Duft in der Jacke hängenbleiben würde.

»Warum bist du einfach verschwunden?«

Falls die Frage sie überrumpelt hatte, ließ sie es sich nicht anmerken. Sie schaute weiter durch den Feldstecher.

»Mein Vater hatte eine neue Stelle bekommen.«

Die Taktik, durch Schweigen eine Antwort hervorzulocken, versagte. Ebenso wie die Bemühungen, die Verbitterung seines dreizehnjährigen Ichs nicht an die Oberfläche steigen zu lassen.

»Auf dem Mond, oder wo? Du hättest zumindest einen Brief schreiben können.«

Sie ließ den Feldstecher sinken.

Hörte auf zu kauen, aber der Erdbeergeruch war stärker als ein Parfum.

»Schlimmer. Saudi-Arabien.«

Sie rutschte ein Stück von ihm weg. Ganz offensichtlich vermintes Gelände. Trotzdem musste er es herausfinden.

»Erzähl schon. Ich wusste nur, dass dein Vater bei Scania in Södertälje gearbeitet hat.«

»Das dachte ich auch. Aber er hatte eine Stelle in Linköping bekommen, ohne es mir zu erzählen. Da hat auch Saab-Scania eine Fabrik.«

»Aber nicht für LKW?«

»Genau. Er war zur Flugzeugproduktion versetzt worden. Rüstung. Er war offensichtlich besonders qualifiziert, und dafür bezahlten sie gut.«

Sie sah wieder auf das Wasser hinaus. Wich seinem Blick aus.

»Eines Tages saßen meine Mutter und er also am Tisch und warteten auf mich, als ich aus der Schule kam. Es war alles schon entschieden. Sie versuchten es als *Märchen* zu verkaufen: Wüste, Skorpione, Dromedare … Es spielte natürlich keine Rolle, wie wütend und traurig ich war. Zwei Tage später zogen wir um. Ich habe nie erfahren, warum ich nichts erzählen durfte.«

Sie drehte sich zu ihm um, und Axel sah, dass ihr die Tränen in den Augen standen.

»Einmal habe ich es geschafft, mit einem Brief an dich den ganzen Weg zum Postamt zu gehen, ohne dass mich jemand aufhielt. Aber mein Vater hatte Mittagspause, und zufällig saß er im Restaurant gegenüber und aß. Ich hatte ihn noch nie so …«

»Als er dich mit dem Brief erwischt hatte?«

»Genau. Erst dachte ich, dass er wütend war, oder vollkommen außer sich, aber später hatte ich das Gefühl, er war vor allem … ängstlich.«

Sie wischte sich das Gesicht mit den Fingern trocken.

Ihre feuchten Wangen glänzten im Licht der Taschenlampe.

Axel spürte eine Erleichterung, wie er sie seit Jahren nicht mehr empfunden hatte. Lova hatte tatsächlich Briefe geschrieben. Und wollte sie auch verschicken. Er konnte nicht anders, er musste mehr erfahren. Wie ein streunender Hund, der im Hinterhof die Reste aus den Mülleimern fraß.

»Was hast du in dem Brief geschrieben?«

Sie lächelte mit traurigen Augen.

»Das ist doch über hundert Jahre her. Seitdem ist so viel passiert.«

Er sah weg. Tat so, als würde er zur Fischerhütte spähen.

»Jetzt erzähl mir nicht, dass du dich nicht erinnerst.«

Er lachte, um die Spannung ein bisschen abzubauen.

»Doch. Ich erinnere mich.«

Er sah ihr in die Augen. Dunkelblau in der Abenddämmerung.

»*Ich konnte deinen Kuss nie erwidern. Warte auf mich!*«

Er berührte ihre Wange mit den Fingerspitzen. Hielt den Atem an. Der Ehering an ihrer Hand. Den sie beide ignorierten. Er wollte etwas sagen, konnte die Worte aber noch einfangen. Worte würden jetzt alles zerstören. Aber es war ein anderes Geräusch, das den Augenblick verdarb und alles, wohin sie unterwegs waren. Das Brummen eines entfernten Motorboots. Das Geräusch wurde immer lauter.

Ioan Petrescu war auf dem Weg.

KAPITEL 65

In seiner Eigenschaft als Chef der diensthabenden Königlichen Wache trug Hauptmann Andersson die Verantwortung für sämtliche Schlüssel des Schlosses. Bis 1994 war das eine schwere Aufgabe im doppelten Sinne. Es handelte sich um gut vierzig Schlüssel, einige von ihnen mehr als zehn Zentimeter lang, und der Schlüsselbund wog über drei Kilo. Mittlerweile waren die Schlösser ausgetauscht, und er brauchte nur noch seine elektronische Schlüsselkarte, um den Eingang zur Schatzkammer zu öffnen.

Andersson legte die Karte an das Lesegerät, und der Riegel öffnete sich mit einem leisen Summen. So leise wie möglich schob er die Tür mit dem Fuß auf. Er ging als Erster hinein, dicht gefolgt von den übrigen drei Soldaten. Er hielt seine Dienstpistole in der Hand, die anderen hatten ihre Sturmgewehre im Anschlag, die Bajonette zeigten in Schussrichtung. Dahinter erahnte Andersson die beiden Polizisten, die ebenfalls ihre Dienstpistolen gezogen hatten.

Die Schatzkammer war abgedunkelt, und es dauerte eine Weile, bis Andersson den Überblick hatte, den er sich wünschte. Der Raum war kleiner, als er ihn von den Besuchen während seiner Schulzeit in Erinnerung hatte, aber laut der Karte, die er gerade noch studiert hatte, stimmte alles. Auch wenn in den Vitrinen die Reichskleinodien funkelten, war er enttäuscht. Der Raum war menschenleer.

»Raum gesichert.«

Jakobsson, der größte der drei Soldaten aus der Patrouille, gab das Klarzeichen.

Hauptmann Andersson wandte sich den zwei Polizisten zu.

»Haben wir vielleicht falsche Informationen bekommen?«

Kriminalinspektor Jonsson ließ seinen Blick in die dunkleren Ecken des Raums wandern.

»Nein. Wir sind uns sicher, dass die drei Individuen in diesen Raum geflüchtet sind.«

»Gibt es einen anderen Ausgang?«

»Wohl kaum.«

Hauptmann Andersson bewegte die Hand in einem Halbkreis.

»Alle Wände sind aus Ziegel. Meterdick, damit sie das Gewicht des Schlosses tragen können.«

Die beiden Polizisten sahen sich um. Verwundert, dachte Andersson. Aber er erinnerte sich an das Telefongespräch. Ein Mann wie Wiktorsson würde sich nicht wegen einer Nebensächlichkeit so ins Zeug legen. Er konnte das Gefühl nicht abschütteln, dass irgendetwas faul war.

Die Polizisten standen nahe beieinander und unterhielten sich leise. Andersson konnte nichts verstehen.

»Still«, fauchte Jonsson.

Alle horchten. Jetzt herrschte erneut volle Konzentration.

Es klang wie ein Jammern. Leise. Aber deutlich, fand Hauptmann Andersson, und alle sechs hörten, woher es kam. Sie betrachteten die hintere Wand. Sie war mit einem Bildteppich geschmückt.

*

Stina Forss versuchte vergeblich, ihren Sohn zum Schweigen zu bewegen. David ertrug es nicht, wenn sie ihm die Hand vor den Mund hielt. Trotzdem ließ sie sie dort. Es war die einzige Chance. Vilhelm Skrak versuchte, ihm ein neues Trinkpäckchen zu geben, aber mittlerweile stand David kurz vor der Panik und wollte nur noch Stinas Hand loswerden.

Sie wusste, dass er ihre Unruhe spürte, und flüsterte ihm zu:

»Ruhig, mein Süßer, ruhig. Wir müssen nur noch ein ganz kleines bisschen das stille Spiel spielen.«

Sie sah erneut auf den Computerbildschirm, drückte Davids Kopf an ihre Brust, während sie in eine andere Richtung blickte. Die Männer hatten ihn gehört. Sie bewegten sich vorsichtig zur Wand.

»Sie werden die Tür nicht finden.«

Skrak flüsterte es ihr zu, während er Davids Kopf tätschelte. Der Junge wand sich verzweifelt unter den Händen des Professors. Der kleine Körper schwitzte immer stärker. Die Panik nahm zu, und Stina wollte ihn nicht länger festhalten. Wollte nicht, dass sie gefunden wurden. Wollte nicht hier sein.

»Und wenn sie feststellen, dass es eine Tür gibt, wissen sie nicht, wie man sie öffnet.«

Skraks Stimme war angespannt, und sie liebte ihn dafür, dass er versuchte, ihnen Mut zu machen. Aber sie glaubte ihm kein Wort. Es würde dauern, aber sie würden hereinkommen.

David konnte einen Arm unter ihren schieben und drückte ihre Hand von seinem Mund weg.

»Mama, nicht so feeeest!«

Die Stimme schnitt durch den Raum, und Stina sah auf dem Bildschirm, wie die Männer draußen darauf reagierten. Sie liefen die letzten Schritte zur Wand, und zwei der schwer bewaffneten Soldaten schoben den Wandteppich zur Seite.

»Hallo da drinnen, hören Sie uns? Wir möchten diese Situation friedlich beenden. Kommen Sie heraus, dann helfen wir Ihnen mit dem Jungen.«

Stina beobachtete die Männer immer noch über den Bildschirm. Sie identifizierte die Dienstabzeichen auf den Schulterklappen des Mannes, der gesprochen hatte. Hauptmann. Weil er darüber hinaus nicht mit einem Sturmgewehr bewaffnet war, schloss sie, dass er den Befehl hatte. Sie sah Skrak an und schüttelte den Kopf. Nicht antworten.

Jetzt hörte sie eine neue Stimme. Einer der Männer, die hinter den Soldaten standen, trat an die Wand. Stina erkannte ihn als denjenigen wieder, der sie fast noch erreicht hatte, als sie im Taxi saßen.

»Mein Name ist Kriminalinspektor Jonsson. Ich bin mit dem Kollegen Lundholm hier. Wir wollen Ihnen so gut wie möglich aus dieser Situation heraushelfen. Können Sie bestätigen, dass Sie alle drei am Leben sind?«

Stina schwieg weiter. Skrak folgte ihrem Beispiel. David wand sich in ihren Armen, aber jetzt war ihr Griff steinhart.

»Wenn wir keine Bestätigung von einem von Ihnen bekommen, müssen wir mit Gewalt eindringen. Das Kindeswohl steht für uns an erster Stelle. Haben Sie verstanden?«

Stina sah zu Skrak. Sie zog die Augenbrauen in einer fragenden Miene hoch. Skrak schüttelte den Kopf. Er formte das Wort »Bluff« mit den Lippen.

Sie sahen, wie die Polizisten sich zurückzogen und an den Befehlshaber wandten.

»Es sieht so aus, als müssten wir sprengen. Ich gehe davon aus, dass Sie Zugang zu C4 oder etwas Ähnlichem haben?«

KAPITEL 66

Ioan schaltete die Positionslichter aus, und kurz bevor er in die Bucht glitt, auch den Motor. Die Fischerhütte war ein Schatten in Grautönen. Die Oktoberdämmerung schloss sich um den Wald und die Felskuppen, aus denen die Insel bestand, aber auf dem Wasser schien noch ein schwaches Licht vom sternklaren Himmel.

Lautlos näherte sich das Motorboot dem Steg. Er senkte den Anker vorsichtig auf die Wasseroberfläche herab und ließ den Draggen dann hinter dem Heck absinken. Das Nylonseil lief zwischen Daumen und Zeigefinger. Er bremste die Fahrt des Bootes mit einem sanften Griff um die Ankerleine ab, machte sie an der Achterklampe an der Steuerbordseite fest und tastete sich auf dem Deck nach vorn, um den Bug an dem flachen Steg festzumachen, der von der Fischerhütte ins Wasser hinausragte.

Es war immer noch alles still. Niemand rührte sich in der Hütte.

Der Steg war feucht. Ioan setzte seine Füße mit lang eingeübter Präzision und Vorsicht. Er ging eine Runde um die kleine Hütte herum, aber die Gardinen waren vorgezogen, sodass er nicht durch die Fenster hineinsehen konnte. Irgendetwas kam ihm seltsam vor. Er kam nicht darauf, was es war, reagierte aber trotzdem darauf. Manche nannten das den sechsten Sinn. Ioan glaubte allerdings eher, dass seine ganze Erfahrung unbewusst alle Informationen seiner fünf wirklichen Sinne zusammenfügte. Das Resultat war allerdings das gleiche: Irgendetwas stimmte nicht.

Er sah nach unten auf sein Handy. Die Ortungs-App bestätigte den Befund. Axel Skölds Handy befand sich genau dort, wo er sich gerade aufhielt.

Ioan Petrescu wurde bewusst, dass er alt geworden war. Vorsichtig war er schon immer gewesen, aber wenn es hart auf hart kam, hatte er immer als Erster und am schnellsten gehandelt. Jetzt fragte er sich, ob sich die Vorsicht in etwas anderes verwandelt hatte. In Angst?

Er hockte sich vor die geteerte Tür und holte sein Werkzeug aus der Brusttasche. Das Schloss besaß eine grobe Mechanik und war sicherlich fünfzig Jahre alt. Die Schwierigkeit bestand nicht darin, es zu knacken, sondern dass der rostige Riegel knirschte und die beiden wecken würde. Ioan verwendete ein paar Tropfen Schmieröl aus seinem Werkzeugetui und drehte anschließend langsam die Zylinder, bis er das wohlbekannte Knacken hörte.

Bevor er die Tür aufschob, zog er die Pistole. Durchgeladen hatte er bereits auf dem Boot, um nicht von dem Geräusch verraten zu werden, wenn er sich seinen Objekten näherte. Er weigerte sich, sie Opfer zu nennen. Die Waffe fühlte sich plötzlich schwerer an als das knappe Kilo, das sie wog. Die Energie, die sie ihm normalerweise gab, war auch kaum zu spüren. Sich an schlafende Personen heranzuschleichen, erfüllte ihn plötzlich mit … Ekel? Er riss sich zusammen und konzentrierte sich auf seinen Auftrag. Als Garant für Stabilität. Das war sein Job. Seine Identität.

Mit einer kontrollierten und äußerst langsamen Bewegung schob er die Tür mit dem rechten Fuß und dem Lauf der Pistole auf. Die Augen hatten sich an die nächtliche Dunkelheit gewöhnt, und er hatte keine Probleme, sich in der Hütte zu orientieren. Rechts befand sich eine Kochecke und ein Etagenbett. Beide Betten waren leer. Direkt vor sich sah er einen Ofen. Links zwei Betten, die im rechten Winkel um einen einfachen Klapptisch aufgestellt waren. In den Betten sah er die

Konturen zweier Körper. Er ging zwei Schritte in die Hütte hinein, die so klein war, dass er sich bereits in ihrer Mitte befand.

Ganz hinten in seinem Kopf klingelte eine Alarmglocke. Zuerst nur leise. Sie wurde nur gedämpft, weil er Axel Skölds Handy mitten auf dem kleinen Tisch liegen sah. Seine Ortungs-App hatte ihm die korrekten Daten übermittelt. Er war am richtigen Ort.

Aber irgendetwas stimmte in dieser Hütte nicht. Die Alarmglocken in seinem Kopf schellten immer lauter.

*

Axel nahm Lova den Feldstecher aus der Hand und drückte ihn gegen die Augen. Ioan Petrescu war in seiner Fischerhütte, und er hatte nur ein Ziel. Er wollte Axel und Lova ermorden.

Trotzdem zögerte Axel.

Ihr Plan war genau von diesem Szenario ausgegangen. Das Handy sollte den Mann veranlassen, in das Haus einzudringen. Und jetzt sollte ihre Falle zuschnappen.

Er sah auf die App im Handy.

Plötzlich spielte sein Gehirn Teile eines Radioprogramms ab, das er erstellt hatte. Es ging um Maschinengewehre, die während des Ersten Weltkriegs zum ersten Mal auf Kampfflugzeuge montiert worden waren. Mehrere Piloten bezeugten, dass das Töten damit viel einfacher geworden war. Nicht nur von der praktischen Seite aus betrachtet, sondern einfach, weil jetzt eine Maschine das Morden übernahm. Viele der Zeugen sagten das ganz unverblümt. »Die Maschine hat getötet. Ich fliege nur und drücke auf einen Knopf.«

Axel hatte selbst eine ferngesteuerte Todesmaschine gebaut. Der Gaskamin konnte jetzt mit einer App auf seinem neuen Handy gestartet werden. Der Funke, der dafür nötig war, würde allerdings nicht nur die Flamme entzünden, denn sie hatten eine zusätzliche Gasflasche in den Kamin gestellt, deren Ventil seit fast vier Stunden geöffnet war. Der Funke würde also auch die Gaswolke entflammen, die den Mann in der Fischerhütte umgab.

Sein Daumen blieb über dem Start-Button hängen.

»Mach schon, Axel!«

Lova blickte ihm eindringlich in die Augen, ihre Wangen waren gerötet.

»Scheiße, Lova … wir sind doch keine Mörder!«

Er zischte die Antwort hinaus. Sein Atem ging schwer. Der Stress umklammerte seine Brust.

»Axel, verdammt! Wir haben keine Wahl!«

Er sah sie verzweifelt an. Sie hatte recht. Aber er kämpfte dagegen an. Hat man nicht immer eine Wahl?

Sie atmete ein und ließ die Luft langsam wieder ausströmen, kontrollierte ihre Bewegungen. Flüsternd diskutierte sie mit ihm.

»Das ist Notwehr. Der Mann dort drüben ist der Mörder, nicht wir. Du weißt doch selbst, wen er alles umgebracht hat. Und genau das hat er jetzt auch mit uns vor. Und was hat er mit Stinas Sohn gemacht?«

Das Bild tauchte sofort in Axels Kopf auf. Wie Ioan Petrescu David in fünfzehn Meter Höhe über das Geländer im Heron City gehalten hatte.

Zorn wallte in ihm auf. Er senkte den Daumen nicht langsam. Er presste ihn mit ganzer Kraft auf das Handy.

KAPITEL 67

Ioan Petrescu verstand jetzt, warum der Alarm in seinem Kopf nicht verstummen wollte. Die beiden Körper in den Betten vor ihm bewegten sich nicht. Sie atmeten nicht. Mit dem Pistolenlauf schob er die Decke in dem Bett zurück, das ihm am nächsten war. Er schnaubte verächtlich. So simpel.

Ioan überließ nicht das kleinste Detail dem Zufall, also ging er um den Tisch herum zum anderen Bett. Dort zog er die Decke mit der Hand weg. Er wusste bereits, was er dort sehen würde. Kissen. Verärgert schüttelte er den Kopf, versuchte sein Gehirn damit auf Trab zu bringen. Was bedeutete das? Der Alarm heulte mit verstärkter Kraft.

Sein Blick fiel auf das Handy auf dem Tisch. *Sie wussten es.* Sie hatten damit gerechnet, dass er das Handy bis hierher verfolgen würde. Sie hatten ihn hergelockt. Aber warum? Warum lockt man einen Jäger an? Die Erkenntnis folgte unmittelbar auf die Frage. Weil er die Beute war.

*

Axel drückte auf den Button und hielt den Atem an. Erst nach ein paar Sekunden merkte er, dass er auch die Augen geschlossen hatte. Der OK-Button blinkte. Die App hatte registriert, dass er den Gaskamin anzünden wollte. Aber …

»Scheiße!«

Lena fauchte ihren Frust heraus.

»Warum höre ich nichts? Axel?«

»Ich weiß nicht. Die App bekommt anscheinend keinen Kontakt zum Kamin. Es wird kein Funke erzeugt!«

Axel hämmerte mit dem Daumen auf den OK-Button.

»Kein Funke?«

Lovas Stimme klang seltsam hohl. Weit entfernt.

Sie hatten dicht nebeneinander gelegen und geflüstert. Jetzt stand Lova plötzlich auf. In der Hand hielt sie die Taschenlampe.

»Scheiße, was machst du da, Lova?«

»Wenn er seine Pistole in der Hütte abfeuert …«

Sie schaltete die Taschenlampe an und richtete sie auf ihren Körper. Axel konnte seinen Schrei nicht zurückhalten.

*

Ein angsterfülltes *Nein!* hallte über das Wasser. Ioan Petrescu reagierte instinktiv, drehte sich zum Geräusch. Die Waffe, die er in der Hand hielt, folgte der Bewegung. Durch das Fenster sah er, woher der Schrei kam. Axel Sköld musste auf der anderen Insel auf ihn gewartet haben. Er war weniger als einhundertfünfzig Meter entfernt. Er legte den Finger auf den Abzug, atmete langsam aus, der Zeigefinger passierte den Druckpunkt, an dem die eingebaute Sicherung der Glock außer Betrieb gesetzt wurde. Durch das Visier sah er deutlich die erleuchtete Jacke. Der Alarm im Kopf ließ nicht nach. Er hob das Korn ein Stückchen an, wusste, dass die Kugel auf einer so langen Strecke sinken würde. Versuchte alle Warnungen auszublenden. Drückte den Abzug ein bisschen weiter, die Luft in den Lungen war bald verbraucht, aber er wollte nicht einatmen. Ein guter Schuss gelingt nur beim langsamen Ausatmen.

Vier Dinge geschahen jetzt beinahe gleichzeitig.

Erstens gelang es ihm endlich, das Warnsignal zuzuordnen, das ihm sein Gehirn unablässig gesendet hatte, seit er in der Hütte war. Der Geruch. Es war Gas.

Zweitens wurde Ioan Petrescu klar, dass Lova Magnusson,

die auf der anderen Insel stand und ihre Jacke beleuchtete, ihn zum Schießen bewegen wollte.

Drittens konnte er seinen Zeigefinger nicht mehr daran hindern, die Bewegung zu Ende zu führen, die er so viele Male eingeübt hatte. Eine verfeinerte Technik, fünfzig Jahre lang trainiert, um in einer kritischen Situation niemals dem Zweifel das Kommando zu überlassen.

Ioan Petrescus Muskelgedächtnis war sein Verderben.

Der Schuss löste sich.

Viertens und letztens erfasste ihn ein gigantischer Feuerball.

KAPITEL 68

Irgendetwas an den beiden Polizeiinspektoren kam Kent Andersson seltsam vor. Vielleicht weil sie nur so kurz mit den Menschen hinter der Mauer verhandelt und lieber gleich über die Beschaffung von Sprengstoff gesprochen hatten. Und auch dass sie das C4 erwähnt hatten, war sonderbar. Als wüssten sie, dass die Armee Zugang dazu hatte.

»Hier im Keller gehen wir vorsichtig mit Sprengmitteln um. Schließlich befindet sich das Königliche Schloss über uns.«

Er warf einen vielsagenden Blick auf die Backsteingewölbe über ihnen.

Kriminalinspektor Jonsson räusperte sich und konnte seine Ungeduld nicht verbergen.

»Ich dachte, Wiktorsson hätte Ihnen klargemacht, wie wichtig es ist, dass wir diese Operation zügig abschließen. Wir wollen um jeden Preis einen Skandal vermeiden, der auch das Königshaus betreffen würde, das müssen Sie doch einsehen!«

»Aber ich kann doch kein Loch ins Schloss sprengen? Wie soll ich denn erklären, wenn das Fundament nachgibt und der halbe Adjutantenflügel zusammenbricht?«

Jonsson machte einen Schritt auf ihn zu. Er fauchte seine Antwort mit kaum verhohlenem Zorn.

»Sie müssen noch ganz andere Sachen erklären, wenn die Boulevardpresse herausbekommt, dass unter Ihrem Kommando eine Geiselsituation im Königlichen Schloss außer Kontrolle geraten ist. Sie bringen ein Kind in Lebensgefahr, indem sie es einer psychotischen Frau überlassen. Sie werden erklären müssen, warum Sie ein Gebäude für wichtiger halten als das Leben eines Jungen.«

Mit jedem Satz rückte Jonssons Gesicht näher an ihn heran. Schließlich waren ihre Gesichter nur noch Zentimeter voneinander entfernt.

»Und Sie werden erklären müssen, warum Sie alle diese Entscheidungen getroffen haben, obwohl ein Kriminalinspektor Sie ausdrücklich aufgefordert hat, das Gegenteil zu tun.«

»Aber erst müssen Sie beide einiges erklären.«

Andersson drehte sich zu der neuen Stimme um, die durch die Kammer hallte. Er sah, dass die anderen es ebenfalls taten. Sie waren überrumpelt worden. Alle zusammen.

Die Treppe hinunter und in die Schatzkammer hinein bewegten sich, wie Andersson schnell feststellte, sechs Personen. Sie trugen schwarze Kleidung und Armbinden, auf denen das Emblem der Polizei zu sehen war. Die nationale Einsatzgruppe, dachte Andersson. Vorneweg eine Frau um die fünfzig, die ihr blondes Haar zu einem Pferdeschwanz gebunden hatte und die Pistole auf Jonsson richtete. Sie näherte sich und ließ ihr Ziel nicht aus den Augen.

»Sie könnten zum Beispiel erklären, warum Sie und Ihr Kumpan sich als Polizisten ausgeben?«

Hauptmann Andersson drehte sich zu Jonsson um. Und Jonsson wandte sich seinem Kollegen zu. Plötzlich war es sehr still. Andersson gefiel nicht, wie die Situation sich entwickelte. Er beschloss, das Kommando zu übernehmen, hob seine Waffe und lud sie durch.

*

Axel warf sich auf Lova. Sie fielen auf die Granitklippen. Es gelang ihm, sie zum Waldrand zu rollen, während er die Patrone über sie hinwegzischen und in einen Baum hinter ihnen einschlagen hörte. Dann sah er, wie das Dach und die Wände der Fischerhütte seines Großvaters in die Luft flogen. Eine gewaltige Stichflamme schleuderte Bretter und Teerpappe in den Nachthimmel. Es sah aus wie im Film. Seine Sommerhütte. Die Fischerhütte seines Großvaters. Das Haus, in dem sein Vater ihm beigebracht hatte, wie man Knoten schlug, Seekarten las und mit dem Holzherd umging. Die süßen Erinnerungen der Kindheit vernichtet in einer Gasexplosion. Er lachte hysterisch. Er konnte es nicht unterdrücken. Er nahm an, dass es der Schock war, aber es half ja nichts, dass er den Grund dafür kannte … Der Stress, der sich im Laufe eines Monats aufgebaut hatte, das Gefühl von Einsamkeit und extremer Bedrohung, alles brannte in ihm ab, und übrig war nur noch dieses Teufelslachen.

»Axel, halt die Klappe!«

Es war die Ohrfeige und nicht die Worte, die ihn zum Schweigen brachte.

Erstaunt sah er Lova an. Sie hatte ihn geschlagen. Und zwar kräftig.

Sie beachtete ihn nicht mehr. Er folgte ihrem Blick und erstarrte.

Ein Körper rollte aus der Fischerhütte zum Steg hinunter. Von Flammen erleuchtet.

Schwarzer Rauch qualmte in den Himmel, und Kaskaden von Funken stoben in die Höhe.

Lova zog an seinem Arm.

»Komm. Wir müssen verschwinden.«

KAPITEL 69

Auf der anderen Seite der Vitrine mit Lovisa Ulrikas diamantbesetzter Silberkrone standen vier Soldaten der Schlosswache, drei von ihnen waren mit dem Sturmgewehr 5 der Streitkräfte bewaffnet, der vierte hatte eine Glock gezogen, genau wie die zwei Männer, die neben ihm standen. Sie zielten auf Karolina Palm und ihre Männer. Sie selber hatte eine 9 mm Sig Sauer, die fünf Polizisten, die sie begleiteten, waren zusätzlich mit einer Heckler & Koch MP5 ausgestattet. Weil der Abstand nur knapp zehn Meter betrug und sämtliche Personen an ihren Waffen ausgebildet waren, war das Ergebnis eines möglichen Schusswechsels unkalkulierbar. Wahrscheinlich würden die meisten von ihnen sterben, dachte Karolina. Mit anderen Worten: Sie musste verdammt besonnen vorgehen. Und sie hoffte, dass das auch allen anderen klar war.

»Wer führt den Befehl über die Königliche Wache?«, fragte sie, so ruhig sie vermochte.

»Ich.«

Der Mann mit der Glock hatte geantwortet. Ein schnurrbärtiger Kerl um die fünfundfünfzig. Gut. Erfahrung. Das schmälerte das Risiko für überhastete Entscheidungen.

»Woher wissen Sie, dass diese beiden Männer Polizisten sind?«

»Sie haben mir ihre Ausweise gezeigt. Das ist mehr, als Sie getan haben.«

Treffer.

»Sie haben mit größter Wahrscheinlichkeit eine gefälschte Legitimation gesehen. Ich werde jetzt ganz langsam meine eigene herausziehen. Ich habe sie in der Innentasche.«

Sie steckte die Hand übertrieben langsam unter die Jacke, ließ die linke Hand aber an der Waffe. Der Lauf zeigte nach wie vor auf den Kommandanten.

Sie hielt den Ausweis hoch und warf ihn dem Schnurrbart zu.

Er betrachtete ihn. Und lachte plötzlich.

»Was ist denn an dieser Situation so komisch?«

Ihre Stimme war eiskalt.

»Jetzt sehe ich zum zweiten Mal einen Polizeiausweis. Das erste Mal erst vor wenigen Minuten. Da war es der von Jonsson. Jetzt weiß ich, dass sie unterschiedlich aussehen, aber ich weiß immer noch nicht, wem von beiden ich vertrauen kann. Wessen Ausweis ist echt?«

*

Karolina Palm war die gesamte Lage noch einmal durchgegangen, bevor sie mit ihrer Mannschaft in die Schatzkammer gegangen war.

Sie wusste, dass Stina Forss, ihr Sohn David und Professor Vilhelm Skrak dorthin geflohen waren, um zwei Profikillern zu entkommen. Das hatte sie dem Audiofile entnommen, den Niklas Öhman und sie sich angehört hatten. Axel Skölds Radiofeature. Sie wusste, dass Öhman mit einer Truppe Bereitschaftspolizisten aus Huddinge kam, aber sie hatte keine Ahnung, ob sie gut waren. Oder warum sie die Ausrüstung der Einsatzgruppe trugen. Sie wollte auch nicht fragen. Denn vor allem anderen war sich Karolina bewusst, dass sie sich verdammt beeilen musste, wenn sie die Gruppe in der Schatzkammer und die Finanzministerin des Landes retten wollte. Ja, und Axel Sköld natürlich auch.

Deshalb hatte sie auch nur wenige Sekunden auf der Treppe hinunter zur Schatzkammer gewartet, bevor sie mit ihrer Truppe hineingegangen war. In dieser kurzen Zeit hatte sie allerdings mitbekommen, dass sich ein Mann als Kriminalinspektor ausgab. Karolina schloss, dass es sich vermutlich um einen der beiden Profikiller handelte. Es gab noch keinen offiziellen Polizeieinsatz, es war keine Meldung gemacht worden, kein anderer Polizist wusste, dass sich Menschen in der Schatzkammer versteckt hatten. Es war also der erste Hinweis darauf, dass die angeblichen Polizisten unten in der Schatzkammer logen. Sie richtete ihre nächste Frage also an einen von ihnen.

»Jonsson, so hießen Sie doch?«

Der Mann starrte sie ausdruckslos an. Sein Kollege nahm seine Waffe fester in den Griff.

»Kriminalinspektor Jonsson? Das haben Sie doch gesagt, oder?«

Jonsson sagte immer noch nichts. Karolina sah den Wachkommandanten fragend an.

»Stimmt, so hat er sich vorgestellt.«

»Und wie heißen Sie?«

»Hauptmann Kent Andersson.«

»Okay, Hauptmann Andersson. Die Jungs hinter mir sind alle ausgebildete Polizisten. Schwedens Beste. Fragen Sie irgendeinen von ihnen, warum Jonsson *kein* Polizist ist.«

Hauptmann Andersson schien ihren Gedanken zu folgen. Und sie zu verstehen. Er drehte sich zu Jonsson um und senkte seinen Lauf. Die Waffe zeigte nicht mehr auf Karolina. Dann fragte er unverblümt:

»Sie an der Treppe. Warum nicht?«

»Wir haben keine besonderen Dienstgrade für Kriminalpolizisten mehr«, antwortete eine dunkle Stimme. »Sie sind vor vielen Jahren abgeschafft worden. Das wissen alle richtigen Cops.«

Der Kollege hinter ihm ergänzte:

»Außerdem benutzen sie Glocks. Die Dienstwaffe der Polizei ist die Sig Sauer. Das weiß auch jeder echte Cop.«

Es war, als hätte jemand »Sesam öffne dich« gesagt. Die drei Sturmgewehre wurden in einer einzigen Bewegung von den Polizisten am Eingang zu den beiden Personen geschwenkt, die wussten, dass ihr Bluff aufgeflogen war.

Und dann … wurde das Sesam-öffne-Dich Realität.

Hinter ihnen bewegte sich der große Bildteppich. Die Wand schien lebendig zu werden, und das Gewebe wurde zur Seite gezogen. Plötzlich stürmte ein achtjähriger Junge heraus und direkt in die Arme von Karolina Palm.

»Ka-oooo-liiiia!«

»David! Komm zurück!«

Stina Forss erschien, und als Letzter schob sich Professor Skrak aus dem Versteck.

»Halt!«

Die Soldaten schrien Stina an und stürzten auf sie zu, um sie vom Jungen fernzuhalten.

»Ruhig bleiben. Alle zusammen. Ganz langsam. Ich habe dich, David.«

Karolina kämpfte mit dem klammernden David, wobei sie versuchte, so viel Ruhe auszustrahlen, dass die anderen ihrem Beispiel folgen konnten. Aber ihre Bemühungen wurden von einer Donnerstimme torpediert.

»Was seid ihr denn für zweitklassige Wachsoldaten! Greift euch diese verdammten Scharlatane!«

Skraks Gesicht war hochrot angelaufen, und er gestikulierte wild.

Als die Situation sich kaum dreißig Sekunden später bereits beruhigt hatte, waren die Männer schon verschwunden. Man hörte Schritte vom oberen Ende der Treppe. Sie spürte den Puls des Jungen galoppieren und sah die Angst in Stinas Augen. Sie hatten es immer noch eilig.

KAPITEL 70

Die gesamte Ausrüstung, die sie gekauft hatten, wurde zum Slalomkurs, als sie zum Boot auf der anderen Seite der Insel zurückrannten. Zweige zerbrachen unter ihren Stiefeln, ein trockener Fichtenast riss Axels Wange an der Stelle auf, wo Lova ihn geohrfeigt hatte. Er überholte sie, kurz bevor sie das Buster erreichten. Hinter ihnen hörte er einen Motor starten. Einen sehr viel größeren und stärkeren Motor.

»Fass hier an!«

Er schlüpfte in die Rolle des Kapitäns. Jetzt mussten sie auf See. *Hier gelten Befehl und Gehorsam, Diskussionen sind verboten. Eine Person ist verantwortlich für Sicherheit und Navigation.* Die Stimme seines Vaters hallte durch Axels Kopf, und er nahm an, dass diese Regeln auch galten, wenn man von einem Profikiller verfolgt wurde.

Sie zogen das Boot ins Wasser, und er kletterte mit sicheren Schritten zum Heck. Lova verstand, ohne dass er etwas sagen musste. Sie schob das Boot mit voller Kraft vom Ufer weg und setzte sich so weit wie möglich nach vorne in den Bug. Er tastete sich heran und fand die Sperre für den Außenborder, öffnete sie, klappte den Motor hinunter und zog mit weit gespreizten Beinen an der Startleine.

»Scheiße!«

»Axel. Ernsthaft. Jetzt?«

Zum ersten Mal startete der Fünfzehn-PS-Außenborder nicht.

Und man hörte deutlich den Motor eines zweiten Boots auf der anderen Seite der Insel aufheulen. Ioan Petrescus Boot konnte jederzeit hinter der Landzunge auftauchen.

Axel zog ein weiteres Mal an der Leine. Endlich reagierte der Motor mit einem sanften Surren. Als wäre nichts gewesen. Er legte den Rückwärtsgang ein, und das Boot glitt hinaus. Er warf einen kurzen Blick auf den Benzinschlauch, bevor er sich auf die Heckbank setzte, die Pinne mit einem schnellen Schwung umlegte und gleichzeitig Gas gab. Das Boot legte eine kräftige Kurve hin, und Lova musste wie ein Rodeoreiter nach der Festmacherleine greifen, um nicht über Bord zu gehen.

In Axels Kopf waren alle Felsen und Schären gespeichert. Das war sein Fahrwasser. Das sollte ein Vorteil sein. Er wusste allerdings nicht, auf welche Weise er ihn ausnutzen konnte. Ioan Petrescu hatte ein schnelleres Boot. Einen stärkeren Motor. Sie würden es niemals zurück zum Auto schaffen, bis dahin war es zu weit.

Axel schlug einen neuen Kurs ein.

»Was machst du?«

Lova schrie, und er hörte die Angst in ihrer Stimme.

Er versuchte gar nicht, seine eigene zu verbergen.

»Ich glaube, ich habe einen Plan.«

Es war windstill, aber die Wellen des vorausgegangenen Sturms schlugen immer noch an die Strände. *Alter Seegang* hatten sein Vater und sein Großvater es genannt. Das war mit das Schlimmste, das Axel als Kind erlebt hatte. Große, ruhige Wellen, die unaufhaltsam zu Speichelfluss, Müdigkeit und Seekrankheit führten. Aber jetzt glichen die Wogen die Nachteile von Axel und Lova aus. Als sie das Gatt zum Bodden passierten, an dem bis eben gerade und seit drei Generationen die Fischerhütte gelegen hatte, sahen sie, wie Ioan Petrescus Boot zum Fahrwasser hinausmanövrierte. Er hatte einen Scheinwerfer auf dem Dach der Steuerhütte eingeschaltet und ließ das Suchlicht über den Strand und den Wald wandern, in dem sie gelegen und ihm aufgelauert hatten. Als das Buster vorbeidonnerte, entdeckte Petrescu sie sofort, und seine Targa nahm Tempo auf. Die Wellen hinderten das große Boot allerdings daran, volle Fahrt aufzunehmen. Axel und Lova flogen dagegen voran. Axel war es egal, wie hart die Landungen zwischen den Wellen waren, er trieb das Boot mit der ganzen Geschicklichkeit voran, die ihm dreißig Sommer auf dem Meer gegeben hatten. Dass die Nieten im Rumpf leiden konnten, war ihm vollkommen egal. Hauptsache, das Boot hielt noch dieses letzte Stück.

Bis zu Sjökvists Kanal.

Die Targa folgte in ihrem Kielwasser. Er sah, wie sich das grüne und rote Licht der vorderen Positionsleuchte in Lovas Augen spiegelte. Sie saß im Bug und sah nach hinten. Axel bemerkte, dass das Licht immer heller wurde, der Verfolger kam näher. Das laute Gebrüll des Außenbordmotors am Buster vermischte sich mit dem tieferen Knurren des jagenden Boots. Axel drehte sich um. Das Armaturenbrett erleuchtete das Cockpit, und Ioan Petrescus verbranntes Gesicht, das von unten angestrahlt wurde, sah so noch furchteinflößender aus.

Die Nacht war heller, seit sie die Wälder und die Inseln hinter sich gelassen hatten. Draußen auf dem offenen Wasser war die See ruhiger. Ihre rasenden Boote rissen eine Furche aus vergänglichem Lärm und Chaos auf. *Wenn er uns umbringt, wird alles einfach weitergehen.*

Axel war klar, dass dieser Gedanke in zweifacher Hinsicht galt. Es gab keine Häuser, keine Menschen hier. Sankt Annas Schärengarten mit seinen Eiderenten, Aalen, Felsen und Wellen würde schon in einer Stunde vergessen haben, dass sie überhaupt existiert hatten. Und Ioan Petrescus Auftraggeber würden ebenso effektiv dafür sorgen, dass Lova und er von allen vergessen wurden. Das würde ein bisschen mehr Arbeit machen – den Tod einer Finanzministerin erklärt man nicht so leicht. Er vermutete, dass man ihren Tod ihm anlasten würde, einem äußerst zweifelhaften Journalisten, der sie entführt hatte. Man würde ihm ihren und seinen eigenen Tod anhängen.

Sie flogen an einem westlichen Kardinalzeichen vorbei, einem Seezeichen, das Axel selbst seinerzeit zusammen mit der Küstenwache neu gesetzt hatte, und deshalb wusste er, dass es bei Vollgas nur noch zwei Minuten bis zum Ziel waren.

Er warf einen Blick nach hinten. Sie würden es niemals schaffen.

Ioan Petrescu hatte die Steuerbordtür des Cockpits geöffnet. Axel sah, wie der Mann sich halb nach draußen stellte und seinen rechten Arm hob. Die Mündung der Pistole blitzte im Licht des Scheinwerfers auf.

Axel klammerte sich an den Gashebel der Pinne und schob ihn kräftig zur Seite. Das Boot wurde in eine steile Linkskurve geworfen. Dieses Manöver war das Einzige, bei dem das Buster der Targa überlegen war.

Ein Boot mit Ruderpinne legt sich schärfer in die Kurve als ein Boot mit Steuerrad. Axel hatte wieder die Stimme seines Vaters im Ohr und hielt die Pinne so weit weg wie möglich. Das Boot krängte heftig, und Lova klammerte sich fest. Sie war vollkommen still. Verließ sie sich auf ihn?

Ioan Petrescu hatte ihn aus den Augen verloren, als Axel zur Seite ausbrach, und stand jetzt wieder im Cockpit, wo er das Steuerrad so weit wie möglich nach links schwang. Aber der Wendekreis der Targa war größer. Axel schöpfte wieder Hoffnung.

Er hielt das Buster in der Kurve, bis sie einen vollen Kreis beschrieben hatten und wieder am Seezeichen waren. Dann nahm er erneut Kurs auf Sjökvists Kanal. Ioan Petrescus Boot hatte in der langen Kurve an Tempo verloren und musste am Seezeichen außerdem kräftig ausscheren, um nicht in die Brandung zu geraten.

Vielleicht haben sie bei der Securitate keine Navigation gelehrt. Axels Selbstvertrauen wuchs. Es war ein Heimspiel für ihn. Jetzt galt es, den Kanal zu erreichen.

Der Puls und das Adrenalin pumpten durch Axels Körper. Er hielt den Gashebel in der rechten Hand und hielt nach den ersten Steinen Ausschau. Er wusste, dass er ungefähr auf dem richtigen Kurs war. Diese Strecke war er mehr als dreißig Mal in ebenso vielen Sommern gefahren, aber die Dunkelheit machte es schwer, die Entfernungen richtig einzuschätzen. Sie sollten auf halbem Wege zwischen dem Seezeichen und dem Stein sein, der die Einfahrt zu Sjökvists Kanal markierte. Höchstens noch eine Minute. Das ruhige Wasser und der sternenklare Himmel verbesserten die Sicht. Jederzeit konnte der hohe Stein sich aus dem Wasser erheben. Er hatte für Alex immer wie eine kleinere Version der Hinkelsteine ausgesehen, die Obelix durch die Comics trug.

»Axel, pass auf!«

Lova schrie und sah direkt an ihm vorbei. Er drehte sich um und hörte den Knall. Ioan Petrescu lag 50 Meter hinter ihm und hatte gerade einen Schuss abgefeuert. Die Kugel war in der Backbordseite des Achterspiegels eingeschlagen, nur wenige Zentimeter vom Motor des Buster entfernt. Axel duckte sich. Ganz nach unten in den Rumpf setzen konnte er sich nicht, da er so keine Sicht mehr nach vorne hätte.

Er scherte nach links aus, dann nach rechts und wiederholte die Bewegung, sodass das Boot durch das Wasser schaukelte. Der nächste Schuss schlug trotzdem direkt in der Reling auf der Backbordseite ein. Das Selbstvertrauen, das er bis eben gerade noch verspürt hatte, schwand und wurde durch fröstelnde Angst ersetzt. Es gab tatsächlich noch ein schlimmeres Gefühl, als in die Mündung einer geladenen Pistole zu sehen: das Geräusch, wenn aus derselben Pistole geschossen wurde.

Endlich sah er den Stein, nach dem er gesucht hatte. Sie

waren zu weit nach Norden abgekommen, zu weit nach rechts. Aber das war auch ein Vorteil. Er hielt das Boot ein paar Sekunden lang weiter auf dem falschen Kurs, dann schob er die Ruderpinne kräftig nach rechts, erneut war es unmöglich für Ioan Petrescu, mit der rechten Hand außerhalb des Cockpits zu schießen, aber dieses Mal war der Mann vorbereitet und legte seinen Kurs ebenso schnell um. Die Geschwindigkeit der Targa war jetzt niedriger, sie ließ sich besser manövrieren und lag nur zwei Bootslängen hinter dem Buster. Axel konnte Ioan Petrescu deutlich erkennen. Sein Blick war grau und kalt.

Bevor er wieder nach vorne sah, erkannte er, dass Ioan Petrescu sich darauf vorbereitete, den nächsten Schuss abzugeben. Jetzt war das verfolgende Boot nur noch fünfundzwanzig Meter entfernt. Bei diesem Abstand schoss ein Profi nur selten daneben. Sie passierten den Stein in voller Fahrt, und Axel wurde bewusst, dass er niemals schneller als mit fünf Knoten durch Sjökvists Kanal gefahren war. Jetzt schoss das Buster mit der Höchstgeschwindigkeit von gut zwanzig Knoten durch die Rinne im småländischen roten Granit. Sie war im Zweiten Weltkrieg ausgesprengt worden und an manchen Stellen nur knapp drei Meter breit. Die Heckwellen wurden gegen die steilen Kanten geworfen, die den Kanal an beiden Seiten abgrenzten. Axel spürte, wie ihm vor Anstrengung der Schweiß auf die Stirn trat. Beim kleinsten Fehler an der Ruderpinne würden sie auf Land krachen, und er war sich nicht sicher, ob sie das überleben würden. Der Kanal war beinahe einhundertfünfzig Meter lang und wurde am Ende breiter. Das war ihre einzige Chance. Er erlaubte sich einen kurzen Blick nach hinten. Auch Ioan Petrescu schien der Wahnsinn ihrer Verfolgungsjagd bewusst zu sein, und er hielt das Steuerrad fest in beiden Händen. Allerdings hatte er sich dem Buster genähert und lag nur noch eine Bootslänge hinter ihnen.

»Scheiße, Axel, was machst du da?«

Lova hatte Panik im Blick. Ihre Stimme versagte beim Schreien, und den halben Satz flüsterte sie nur.

Er wollte erwidern, dass sie sich auf ihn verlassen solle, bekam aber nur ein einziges Wort heraus.

»Warte …«

Dann knallte es.

KAPITEL 71

Das Blaulicht erleuchtete den schwarzen Wald auf Kolmården. Die Tachonadel stand auf hundertfünfzig, aber Stina spürte im ganzen Körper, dass sie zu langsam waren. Auf dem Rücksitz saß David und lehnte sich an Vilhelm Skrak. Beide schliefen tief. Sie versuchte leise zu sprechen, als sie sich mit Karolina Palm unterhielt, die am Steuer saß.

»Wie viele Polizisten wissen von dieser Sache? Karolina? Sag schon!«

Karolina zögerte mit der Antwort. Stina sah, wie sie instinktiv in den Rückspiegel zu den anderen sah.

»Es sind nur wir, oder? Du und diese andere Einheit hinter uns? Fünf Bullen aus Haninge?«

»Huddinge.«

»Großer Gott! Geht das nicht ein bisschen offizieller? Die Finanzministerin des Landes schwebt in Lebensgefahr, und du sagst, dass kein anderer Polizist etwas weiß?«

Karolina Palm nahm den Blick nicht von der Straße. Es ging auf Mitternacht zu, und der Verkehr war mäßig. Die wenigen Autos, die sie sahen, wichen sofort auf die rechte Spur aus, als sie das Blaulicht sahen. Sie näherten sich Norrköping.

»Offiziell sind wir auf einem Übungseinsatz, die Einheit aus Huddinge und ich. Du, David und Skrak werden in keinem Bericht erwähnt werden.«

Stina betrachtete sie und sah ein, dass Hauptkommissarin Palm sich auf niemanden verließ.

»Aber Axels Geschichte glaubst du schon?«

»Immerhin hatte er recht mit der Behauptung, dass ich euch in der Schatzkammer finden würde, oder?«

Karolina lächelte Stina das erste Mal an, die es erwiderte, aber nur ganz flüchtig. In der Königlichen Schatzkammer eingesperrt zu sein, verfolgt von bewaffneten Profikillern, war nichts, was sie mit Humor betrachtete. Aber es hatte sich beinahe unwirklich schön angefühlt, als Karolina Palm und ihre Kollegen gekommen waren, um sie zu befreien.

Die Königliche Wache mit dem wütenden Hauptmann Andersson an der Spitze hatte den falschen Polizisten nachgesetzt. David, Skrak und Stina hatten sich in einen der Mannschaftsbusse setzen und nach vielen Stunden zum ersten Mal wieder sicher fühlen können. Aber der Trost, den sie zunächst in der Anwesenheit der uniformierten Polizisten gefunden hatte, wich nach und nach einer neuen Skepsis. Was konnten sechs Polizisten gegen jene Organisation ausrichten, die Axel beschrieben hatte?

»Jetzt mal im Ernst, Karolina. Wie sieht dein Plan aus? Willst du eine geheime Verschwörung mit Hilfe von fünf Kollegen, einem Geschichtsprofessor und einer Journalistin hochnehmen?«

»Im Augenblick habe ich nur eine Priorität.«

Karolina sah plötzlich ganz ernst aus.

»Ich möchte Axels Leben und das unserer Finanzministerin retten. Das mit dem Plan kommt später. Jetzt müssen wir erst mal rechtzeitig ankommen.«

Die Antwort war alles andere als beruhigend für Stina, aber ihr war klar, dass sie nicht mehr verlangen konnte. Die Tachonadel stand jetzt auf hundertsechzig. Stina fand es immer noch zu langsam.

KAPITEL 72

Axel hatte sich so auf einen weiteren Pistolenschuss eingestellt, dass er sich duckte, als der Knall kam. Aber es war eine andere Art von Knall.

Hinter ihnen hob die Targa mit dem vorderen Teil des Rumpfs von der Wasseroberfläche ab. Als der Bug des Boots wieder landete, legte er sich quer und scherte kräftig nach Backbord aus, ohne dass Ioan Petrescu gegensteuern konnte. Vermutlich war der Propeller von der Achse gerissen worden, als er auf Grund stieß. Das Boot schlug ans Ufer und prallte gegen die senkrechte Felswand, die sich hinter dem Schilf erhob. Dann fiel es wieder in den Kanal, aber der Rumpf war schwer beschädigt worden. Im Bug klaffte ein langer Riss an der Backbordseite. Als sie wieder im Wasser lag, bekam die Targa eine kräftige Schlagseite und nahm Wasser auf.

Axels Falle hatte zugeschlagen.

Genau dort, wo der Kanal breiter wurde und das Schilf begann, wurde die Rinne flacher. Axel hatte als kleines Kind oft im Kanal gebadet und wusste, wo die Schwelle lag. Bei normalem Wasserstand war es hier höchstens sechzig Zentimeter tief. Die alten Prahme, die benutzt wurden, um gebrochene Steinblöcke von den Schären zum Festland zu transportieren, brauchten nicht mehr als einen halben Meter Tiefe bei voller Last. Axels Buster kam mit wesentlich weniger aus. Eine Targa dagegen brauchte mindestens einen Meter freies Wasser unter dem Kiel.

Es war bei aller Zerstörung ein beeindruckendes Bild. Aber Axel achtete kaum auf das Wrack. Seine Aufmerksamkeit richtete sich ausschließlich auf den Mann, der aus der offenen

Schiebetür des Cockpits geschleudert worden war. Ioan Petrescus Körper lag zwischen der verunglückten Targa und dem Buster leblos im Wasser. Ohne darüber nachzudenken, was er tat, war Axel vom Gas gegangen und hatte das Boot im breiteren Teil des Kanals gewendet. Mit minimaler Fahrt näherte er sich dem Unfallort.

»Axel, was hast du vor?«

»Wir müssen herausfinden, ob er tot ist.«

»Nein, das müssen wir nicht. Wir müssen von hier verschwinden!«

Lovas Gesicht war rot angelaufen. Er hörte an ihrer Stimme, wie wütend sie war. Der Schock, dachte er. Sie hat Angst. Er antwortete, so ruhig er es konnte.

»Wenn er überlebt, werden wir niemals sicher sein.«

Er sah, dass sie noch etwas sagen wollte, aber sie biss sich auf die Zunge und ließ nur einen unterdrückten Fluch hören.

Axel stellte die Schaltung auf Leerlauf und griff nach dem Bootshaken, der an Steuerbord unter der Reling steckte. Langsam glitt das Boot näher an Ioan Petrescu heran. Axel stand mit den Beinen auf beiden Seiten der Mittelbank. Seine ganze Aufmerksamkeit war auf den treibenden Körper gerichtet. Bevor sie gegen ihn stießen, streckte er den Bootshaken aus und erwischte ihn am Kragen. Er zog den Mann, der auf dem Bauch lag, heran, und Lova half ihm, den Körper an die Längsseite des Boots zu ziehen. Das Buster schaukelte besorgniserregend, aber gemeinsam gelang es ihnen, den Körper an Bord zu ziehen und vorne auf den Boden zu rollen.

Axel warf einen Blick auf seine Armbanduhr. Fast Mitternacht. Deadline. Aber wann würde die Kavallerie zur Verstärkung kommen? Als er auf den Mann hinuntersah, der vor Kurzem noch scharf auf Lova und ihn geschossen und *mit David jenseits des Geländers jongliert hatte* – immer und immer wieder sah er dieses Bild von dem lachenden Jungen hoch über dem Steinboden des Einkaufszentrums –, kam ihm sein Plan plötzlich lächerlich vor. Wie konnte ein Podcast irgendeine Rolle in einem echten Kampf um Leben und Tod spielen?

»Kannst du fahren? Zurück zum Festland?«

Lova nickte. Sie setzte sich auf die Heckbank und legte den Gang ein. Das Boot begann sich mit langsamer Fahrt zu bewegen.

Axel drehte den Mann um, damit er herausfinden konnte, ob er noch am Leben war. Der Körper war, obwohl die Kleidung klatschnass war, erstaunlich leicht.

Das Gesicht war kreidebleich. Die Augen geschlossen. Axel beugte sich vor und legte den Zeige- und den Mittelfinger an Ioan Petrescus Hals. Ein schwacher Puls. Der langsam kräftiger wurde. Zu spät sah er nach, ob der Mann noch bewaffnet war. Petrescus linke Hand traf ihn in dem Augenblick, in dem er Lovas Schrei hörte. Sie musste so überrascht gewesen sein, dass sie unwillkürlich am Gashebel gedreht hatte und das Boot mit einem Ruck nach vorne schoss. Die Bewegung und der Faustschlag reichten aus, um Axel nach hinten zu schleudern, wo er ein Stück von Ioan Petrescu entfernt ins Boot fiel. Der Mann keuchte vor Anstrengung, und seine Augen flackerten zwischen Axel und Lova hin und her. Sie war wieder vom Gas gegangen und griff nach dem Bootshaken. Axel war klar, dass sie nach einer Waffe suchte, aber es hatte keinen Sinn mehr. In Ioan Petrescus rechter Hand lag die Pistole. Er schwenkte sie von Lova zu Axel.

»Sie verstehen anscheinend nicht einmal die deutlichsten Befehle«, keuchte Petrescu, während er versuchte, sich aufzurichten. Seine Beine gehorchten ihm nicht.

»Sie sind nicht einmal ansatzweise in der Position, hier irgendwelche Scheiß-Befehle zu geben«, schrie Axel und versuchte, Kraft aus dem Adrenalin zu schöpfen, das in ihm aufstieg. Es tat gut, die Wut herauszulassen.

Ioan Petrescu zog nur leicht die Augenbrauen hoch und lachte trocken.

»Aus meiner Perspektive – und das ist die Perspektive von der richtigen Seite einer geladenen Pistole aus – bin ich genau in der Situation, in der man Befehle erteilt.«

»Sie glauben, dass Sie etwas Gutes für das Land tun, indem Sie Ihren Herren gehorchen. Aber in Wahrheit haben Sie überhaupt keine Ahnung, was eine Nation ausmacht.«

»Oh, Sie wollen Politikwissenschaften betreiben? Sind Sie denn so blind in diesem Land …?«

»Wir sollen blind sein? Sie kommen aus dem verdammten Propagandaapparat des Kommunismus. Dann schlossen Sie sich einem neuen totalitären Regime an. Denn das ist Ihre Organisation! Die Achtzehn oder wie auch immer sie sich nennen. Sie glauben, sie handeln zum Wohle des Volks, aber verhalten sich selbst, als gehörten sie nicht dazu. Als wären sie etwas Besseres?«

Ioan Petrescu betrachtete ihn amüsiert. Es erinnerte ihn daran, wie ein Mann seinen spielenden Hund betrachtete. Mit einer gewissen Nachsicht, bis er die Leine wieder anzog und weiterging.

Was ihn noch wütender machte.

»Sie sind wie ein verdammter Fanclub, irgendwelche Hooligans, die behaupten, dass Funktionäre und Spieler kommen und gehen, sie aber Bestand haben. Und dass deshalb eigentlich sie der Verein sind.«

»Ein interessanter Vergleich. Und nicht vollkommen irrelevant.«

Der Mann warf einen vielsagenden Blick auf seine Waffe.

»Ich habe die Kraft und den Willen, Gewalt anzuwenden.«

Ioan Petrescu stöhnte, und es gelang ihm, sich auf den Sitz am Bug zu hieven. Er betrachtete die Überreste der Targa, die hinter ihnen lagen. Trotz der Dunkelheit waren die Umrisse des großen Motorboots deutlich zu erkennen, schief und verdreht.

»Haben Sie vielleicht den Artikel über Edward Snowden gelesen? Ich meine den in der *Washington Post*, der sich mit den Folgen seiner sogenannten Enthüllungen beschäftigt?«

Axel hatte keine Ahnung, warum Ioan Petrescu darüber sprach, aber er nahm an, dass das Thema etwas in ihm angesprochen hatte. Und Axel musste die Diskussion am Leben erhalten. Vielleicht verzögerte er nur das Unausweichliche, aber wenn er sich entscheiden musste, sofort erschossen zu werden oder fünf Minuten später, fiel ihm die Wahl leicht.

»Ich habe jede Menge Artikel über Snowdens Enthüllungen gelesen. Es war ein großartiger und unglaublich mutiger Journalismus, der über wirklichen Machtmissbrauch berichtete.«

Ioan Petrescu schnaubte verächtlich.

»Jetzt enttäuschen Sie mich aber. Sie haben meine Frage ganz genau verstanden, antworten aber auf eine völlig andere. Wie irgendein beliebiger Provinzpolitiker, der ein Medientraining besucht hat. Wenn Sie das noch einmal versuchen, erschieße ich die Finanzministerin zuerst.«

Die Pistole wurde auf Lova gerichtet, und Axel wagte es nicht, sich zu ihr umzudrehen, aber er hörte, dass sie lauter atmete.

»Könnte die Frau Ministerin so freundlich sein, uns von hier wegzubringen. Zurück nach Västervik in gemächlichem Tempo.«

Er gab den Befehl mit einem Lächeln im Gesicht, das die Augen aber nicht erreichte.

»Nun zurück zu der Frage. Haben Sie den Artikel gelesen, nach dem ich Sie gefragt hatte? Der sich mit den Folgen befasst, die Snowdens Enthüllungen bei den Leuten hatte, die Sie das Volk nennen?«

»Nein.«

Axels Antwort entsprach der Wahrheit. Er wusste, dass Edward Snowden Informationen aus der CIA geleakt hatte, bei der er angestellt war. Geheime Dokumente, die zeigten, dass die USA mit ungesetzlicher Überwachung und illegalen Abhörmethoden im Internet arbeiteten. Aber den Artikel, auf den Ioan Petrescu sich bezog, hatte er nicht gelesen.

»Nein, denn er fand nicht so große Verbreitung. Jetzt raten Sie mal, wie viele Amerikaner erklären konnten, was genau Snowden eigentlich aufgedeckt hatte?«

Axel sagte nichts.

»Weniger als drei Prozent. Die übrigen siebenundneunzig Prozent des amerikanischen Volkes wussten es nicht, oder es war ihnen egal. Einige antworteten darüber hinaus, dass sie ihn für einen Landesverräter hielten. Dass er unamerikanisch gehandelt habe. Sie Journalisten glauben, dass das Volk es so möchte – aber das will es gar nicht. Das Volk will es nicht wissen. Nicht verstehen. Sie wollen jeden Freitag ihre Tacos, *Let's Dance* im Fernsehen und irgendwann in ihrem Leben ein neues Auto kaufen. Und genau das geben wir ihnen. Stabilität. Einen Grund, auf dem die Nation ruhen kann. Ruhe und Ordnung, damit die Bürger ein gesundes Leben mit realistischen Träumen führen können.«

»Und ganz zufällig wurden Ihre Auftraggeber stinkreich, weil sie uns armen, unaufgeklärten Teufeln geholfen haben … Sie versuchen, Ihre perverse Sicht auf die Macht nur zu legitimieren. Was Sie da schildern, ist Faschismus, nichts anderes.«

Petrescu seufzte über Axels Wutausbruch.

»Sehen Sie denn nicht, wie die gewählten Volksvertreter sich benehmen? Wie sie sich in den sozialen Medien verhalten? Reichstagsabgeordnete verwenden eine Sprache, die ihres Amtes vollkommen unwürdig ist. Sie debattieren mit irgendwelchen dahergelaufenen Schriftstellern. Sie heben Idioten auf ein absurdes und unwürdiges Niveau. Wenn wir die Macht wirklich diesen infantilen Menschen überlassen würden, was glauben Sie, würde dann passieren? Sie würden uns in einen Krieg mit Russland stürzen, nachdem sie eine Woche lang mit Putin getwittert hätten. Sie ahnen ja gar nicht, wie viele außenpolitische Krisen wir vermeiden, indem wir Twitter und Facebook filtern.«

Petrescu betrachtete sie mit frischer Energie.

»Sie können es gerne Faschismus nennen, wenn es Sie amüsiert. Die Geschichte hat gezeigt, dass wir richtig gehandelt haben. Schweden hat seit über zweihundert Jahren keinen Krieg mehr geführt. Es hat uns allerdings ein paar Opfer gekostet, diesen Frieden aufrechtzuerhalten.«

Er richtete die Pistole nach wie vor auf Lova. Sie warf ihm einen seltsamen Blick zu. Axel sah, dass er wie in Zeitlupe seine rechte Hand fester um den Griff schloss. Er zitterte in seiner nassen Kleidung, konnte die Waffe aber dennoch ruhig halten. Das Ziel saß zwei Meter vor ihm. Niemand schießt bei dieser Entfernung daneben.

Am Lauf hing ein Wassertropfen, der nicht fallen wollte.

Ioan Petrescu lächelte freudlos.

»Sie sind nicht die erste Ministerin, die uns aufhalten wollte. Vielleicht auch nicht die letzte. Aber Sie gehen alle demselben Schicksal entgegen. Das kann vielleicht ein Trost für Sie sein.«

Lova betrachtete ihn weiter mit demselben traurigen Blick. *Als würde sie nachgeben*. Dann schluckte sie, schloss die Augen und nickte zweimal. *Akzeptierte ihr Todesurteil*. Petrescu senkte die Waffe ein paar Millimeter. Gab es da einen Zweifel in seinen Augen?

Dann fiel der Wassertropfen. Axel verstand es plötzlich. Die Waffe war nass.

Er handelte blitzschnell. Stemmte sich mit den Füßen gegen die Bank und warf seinen langen Körper direkt auf Ioan Petrescu und die Waffe.

»Nein, Axel!«

Lova schrie. Aber sie konnte ihn nicht mehr aufhalten. Axel stürzte sich auf Petrescu im selben Augenblick, in dem der Schuss sich löste.

Scheiße. Ich habe mich geirrt, dachte Axel, bevor der Schmerz und dann die Dunkelheit ihn einschlossen.

KAPITEL 73

»Ich kann dich hören, aber sprich nicht so verdammt schnell. Beruhige dich, Stina. Atme durch.«

Urban Ringstam tastete nach der Brille auf dem Nachttisch. Stina Forss sprach langsamer, aber die Aufregung in ihrer Stimme blieb.

»Du musst einen Übertragungswagen nachschicken. Das ist in der Nähe von Västervik, er muss also vom Studio Kalmar kommen.«

»Ich weiß, wo Västervik liegt, Stina, aber erzähl mir bitte noch einmal in aller Ruhe, warum ich überall im Land Sendeleiter wecken soll, damit sie einer meiner Reporterinnen ihre Ü-Wagen schicken sollen?«

Er hörte, wie sie Luft holte. Das Geräusch der Frustration gefiltert durchs Handy. Er sah auf seinen Radiowecker. 00.49. Das würde eine lange Nacht werden.

»Jetzt solltest du langsam mal in Fahrt kommen, Urban. Hör zu und schreib auf, was ich dir sage: Wir brauchen hier einen Ü-Wagen. Es hat ein Attentat auf Finanzministerin Lova Magnusson gegeben, und ich bin die einzige Medienvertreterin vor Ort, die einzige Medienvertreterin, die etwas davon weiß. Ich befinde mich bei Gunnebo – G U N N E B O – südlich von Västervik mit einer Einsatzgruppe der Polizei, aber hier enden die Spuren.«

Urban Ringstam war jetzt hellwach. Er wählte die Nummer des Leiters des *Eko-Journals* auf seinem Diensthandy, während er gleichzeitig versuchte, mehr Details aus Stina Forss herauszuquetschen. Wie zum Teufel war sie dort hineingeraten?

»Bis jetzt ist es Axel Sköld gelungen, Lova Magnusson zu

schützen, aber anscheinend wird draußen in den Schären Jagd auf sie gemacht. Die Einsatzgruppe organisiert gerade ein Boot … Warte.«

Stina Forss' Stimme verschwand. Urban Ringstam hörte, wie sie mit einer anderen Person sprach, verstand aber kein Wort. Plötzlich meldete sich jemand an seinem anderen Handy. Er bat darum, mit dem Chef von Radio Kalmar verbunden zu werden.

Dann war Stina wieder da.

»Urban. Es kommt ein Boot auf uns zu. Es sieht aus wie ein kleines Motorboot. Es ist dunkel … Verdammt, es ist Lova Magnusson, die es steuert.«

»Stina, was passiert dort? Erzähl mir, was du siehst.«

»Ich sehe gar nichts. Urban, besorg jetzt endlich diesen Ü-Wagen!«

*

Mehrere Gesichter betrachteten Axel aus einem Winkel, den er zunächst ziemlich seltsam fand. Dann wurde ihm klar, dass er auf der Erde lag. Ein enormer Schmerz pochte in seinem Kopf. Am Rande seines Sichtfelds näherte sich Blaulicht. Er führte die Hand zur Stirn und spürte einen dicken Druckverband.

»Nicht bewegen, jetzt kommen die Profis.«

Die Stimme half ihm, das Gesicht einzuordnen. Niklas Öhman. Die Polizei. Hatte der Plan funktioniert? Axel versuchte, sich umzudrehen. Wo war Lova? Und Ioan Petrescu? Was war in diesem Boot passiert?

»Wo sind wir? Alle?«

Niklas lächelte ein wenig und sprach mit übertrieben langsamer Stimme. Als wäre Axel ein kleines Kind.

»Wir sind bei Gunnebo. Offensichtlich hast du hier irgendwo dein Boot liegen? Lova wusste nicht mehr, wo genau.«

Bevor Axel antworten konnte, fuhr Niklas Öhman im selben ruhigen Tonfall fort.

»Wir haben dein Feature gehört. Karolina Palm ist auch hier. Und Stina Forss. Sie sitzen dort hinten bei Lova Magnusson. Stina wird Karolina und Lova Magnusson gleich interviewen, wenn ich es richtig verstanden habe.«

Axel versuchte, alles zu begreifen. Sein Kopf tat weh, und er wollte sich übergeben, und gleichzeitig wurde ihm ganz warm in der Brust. Hatten sie es geschafft?

»Wo ist Ioan Petrescu? Der Killer?«

Ein Schatten flog über Niklas Öhmans Gesicht. Axel sah, wie er sich umsah, als würde er jemanden suchen. Karolina Palm. Seine Vorgesetzte. War das eine sensible Information? Die Wärme in Axels Brust wich einer sekundenlangen Kälte. Der Killer hatte überlebt.

Niklas sah ihn wieder an.

»Ihr wart nur zu zweit im Boot.«

Weiter kamen sie nicht, weil sie von zwei Rettungssanitätern in gelben Warnjacken unterbrochen wurden, die Axel vorsichtig auf eine Trage legten.

»Axel!«

Lova lief zum Rettungswagen, mit Stina im Schlepptau. Beide sprangen hinein, ohne erst um Erlaubnis zu fragen.

Vielleicht erlaubten es die beiden Sanitäter, weil eine der Frauen die Finanzministerin war. Oder sie bemerkten die Freude in Axels Gesicht. Er wandte sich an Stina.

»Du bist hier? Es hat also alles geklappt?«

Stina, die sich erst jetzt bewusst zu werden schien, dass sie ein Mikrofon in der Hand hielt, legte es zur Seite und griff mit beiden Händen nach Axels Hand.

»Ja, alles hat funktioniert. Deine Nachricht hat Xenon erreicht, und er hat alles an Karolina und Niklas weitergeleitet. Sie haben uns aus dem Schloss geholt … in letzter Sekunde. Aber wie geht es dir? Was ist da draußen passiert?«

Axel tastete nach Lova. Er fand schließlich ihre kalte Hand. Er sah sie an, und sie erwiderte sein Lächeln, entzog sich aber seiner Berührung. Er musste sie fragen.

»Was war da los im Boot?«

Sie sah durch die offene Heckklappe des Rettungswagens. Wich sie seinem Blick aus?

»Du warst los, Axel.«

Sie sah ihn an, und jetzt entdeckte er die Wärme in ihren Augen.

»Du hast dich auf ihn geworfen, als er schoss. Du warst wie ein …«

»Panther?«

»Verrückter!«

Lova lächelte leise. Sie berührte Axels wilde Locken kurz mit ihrer Hand. Fing noch einmal an.

»Du hast ihn ins Wasser gestoßen. Dabei musst du dich an einem scharfen Gegenstand verletzt haben, an der Rudermanschette oder einer Klampe, denn du hast angefangen zu bluten. Da war so viel Blut. Und ich hatte nichts, mit dem ich dich verbinden konnte. Ich habe meine Jacke genommen. Aber da war immer mehr Blut … und dann versuchte ich nur noch, hierher zurückzufinden.«

»Was ist mit Ioan Petrescu passiert?«

Lova sah erneut weg. Ihre Stimme war dünn, als sie endlich antwortete.

»Er ist versunken. Erst war er so schrecklich, dann ist er versunken. Das war auch schrecklich. Als er ins Wasser fiel, hat er nach deiner Jacke gegriffen, aber er erwischte nur deine Taschenlampe. Sie leuchtete, als er sank. Ich sah, wie die Lampe schwächer und schwächer wurde. Es war total unwirklich. Er war wie eine reglose Puppe, die langsam vom Meer umschlossen wurde.

Axel fand ihre andere Hand. Sie war mit einer dicken Bandage umwickelt.

»Er hat dich getroffen?«

»Ja. Aber nur in die Hand. Wenn du ihn nicht gestoßen hättest, wäre ich nicht mehr am Leben.«

Sie schluchzte.

Es wurde still. Sie sah ihn wieder an. Und flüsterte.

»Das Allerschrecklichste war, dass ich diesen Anblick genoss. Es klingt furchtbar, Axel … Aber es stimmt. Es fühlte sich schön an, ihn verschwinden zu sehen.«

KAPITEL 74

Um 1.35 Uhr verstummte Sheryl Crow plötzlich, als sie gerade zum zweiten Mal den Refrain von »If It Makes You Happy« auf P4 anstimmen wollte.

»Wir unterbrechen unser laufendes Programm für eine außerplanmäßige Nachrichtensendung. Auf Schwedens Finanzministerin ist ein Attentat verübt worden, wir schalten direkt zu Stina Forss vom *Eko-Journal*, die sich mit Finanzministerin Lova Magnusson in … ja, wo befinden Sie sich eigentlich, Stina Forss?«

»In Gunnebo südlich von Västervik, und ich stehe hier neben einer Finanzministerin, die abgesehen von einer leichten Schussverletzung unversehrt ist, nachdem sie vor wenigen Stunden noch in ein Drama auf offener See verwickelt war. Lova Magnusson, was ist da draußen eigentlich passiert?«

»Ich kann Ihnen nicht bis ins Detail schildern, was hier passiert ist, aber ich kann …«

Es wurde still. In einer Liveübertragung wirkte jede stumme Sekunde doppelt so lang.

Axel folgte dem Gespräch von seiner Liege im Rettungswagen aus. Die Hecktür stand offen, und direkt davor hatte Stina Forss den Ü-Wagen platziert, den das Studio in Kalmar geschickt hatte. Die falunroten Bootshäuser unten am Strand wurden vom Blaulicht der beiden Mannschaftsbusse beleuchtet. Stina hatte Lova und Karolina ans Mikrofon geholt. Es war eine hastig organisierte Direktsendung, und Axel war klar, dass Stina ein kleines Wunderwerk bei ihrem Chef vollbracht haben musste, damit er ihr überhaupt einen Ü-Wagen geschickt hatte.

Die Finanzministerin fuhr fort, aber Axel hörte, dass ihre Stimme jetzt anders klang. Sie klang weniger offiziell und mehr wie Lova.

»Gestern Nachmittag wurde ich zu einem Treffen mit einer Person gelockt, die in das Computernetz des Außenministeriums eingedrungen war und diesen Termin dort eingetragen hatte. Glücklicherweise erreichte mich der Journalist Axel Sköld vor dieser Person, und er überzeugte mich, ihn zu begleiten. Wir mussten aus Stockholm fliehen, und bei einer Verfolgungsjagd mit dem Auto gelang es uns, diesen Mann abzuhängen.«

Es wurde wieder still. Stina entschied sich, die nächste Person einzubeziehen. Sie stieg in den Rettungswagen, um ihn mit dem Mikrofon erreichen zu können.

»Bei mir ist auch Axel Sköld, der Journalist, der den Angriff auf die Finanzministerin ganz allein abgewehrt hat. Sie liegen mit einem Verband am Kopf in einem Rettungswagen. Was können Sie über die Ereignisse berichten?«

»Erstens war ich nicht allein. Ich kann dem schwedischen Volk versichern, dass wir eine Finanzministerin haben, die vollauf imstande ist, sich selbst zu verteidigen.«

Ein Lächeln missglückte ihm. Die Muskeln in seinem Gesicht gehorchten nicht.

»Und zweitens wurden sie und ich von derselben Person gejagt. Es handelt sich um einen Profikiller, der seine militärische Ausbildung in Rumänien erhalten hat, aber seit über dreißig Jahren im Dienst einer schwedischen Organisation steht.«

»Über die Details sprechen wir später. Sie haben heute um Mitternacht einen Podcast veröffentlicht, in dem Sie Ihre Theorie darstellen?«

Sie schwieg, um ihm die Gelegenheit zu einem Kommentar zu geben.

»Ja, Sie finden bei allen größeren Nachrichtenredaktionen einen Link zu meinem Podcast, aber das Wichtigste ist, dass wir dieser Attacke entkommen sind, ohne dass eine schwedische Ministerin ermordet wurde.«

Stina stieg aus dem Rettungswagen und wandte sich erneut Lova Magnusson zu.

»Wir haben Meldungen bekommen, nach denen es draußen auf einer Insel kräftig gebrannt hat, und laut der Polizei hier vor Ort haben Sie das Boot in den Hafen gesteuert. Axel Sköld hatte das Bewusstsein verloren, und Sie haben eine Schusswunde in der Hand. Was ist dort draußen auf dem Meer eigentlich passiert?«

»Es ist nicht so leicht, an all das zurückzudenken. Ich glaube, ich werde psychologische Hilfe benötigen …«

Lova und Axel schauten einander an. Stina ergriff die Gelegenheit, um den Hörern die Umstände des Interviews zu erklären.

»Ich war der einzige Journalist, der einen Tipp von Axel Sköld bekommen hatte, und konnte deshalb so früh vor Ort sein – zusammen mit einer Spezialeinheit der Polizei. Ich bitte um Entschuldigung, falls manche Hörer dies alles etwas verwirrend finden. Die Lage ist im Augenblick immer noch unklar … aber neben mir hier unten an den Bootshäusern steht jetzt Hauptkommissarin Karolina Palm. Sie waren die erste Einsatzleiterin hier vor Ort. Wie ist das Lagebild?«

»Mir wurde ein Link zu diesem Podcast geschickt, und gemeinsam mit einem Kollegen hörte ich mir Axel Skölds Radiobeitrag an. Ich muss erwähnen, dass wir bereits früher mit Axel Sköld Kontakt hatten und dass wir ihm vertrauten. Wir waren natürlich sehr alarmiert, als er uns darüber informierte, dass die Finanzministerin bedroht wurde.«

Axel verstand, was Karolina vorhatte. Sie erhöhte seine Glaubwürdigkeit gegenüber den Zuhörern, vor allem indem sie klarstellte, dass sie als Polizistin auf einen sehr glaubwürdigen Hinweis reagiert hatte. Je mehr die Leute von seiner Zuverlässigkeit und Professionalität überzeugt waren, desto schwieriger wurde es für ihre Chefs, ihren Einsatz zu kritisieren. Er genoss die Worte, die die Hörer jetzt erreichten. Die Revanche. Er hasste sich selbst dafür, wie er dieses Gefühl liebte. Sollte er nicht darüberstehen?

»Und als Sie hier eintrafen, was haben Sie da vorgefunden?«

»Ja, Sie waren ja selbst dabei. Wir sahen alle, wie die Finanzministerin mit einem kleinen, offenen Motorboot heranfuhr und hier unter uns am Steg anlegte. Sie war bei vollem Bewusstsein, blutete allerdings aus einer, wie sich später herausstellte, Schusswunde an der rechten Hand. Axel Sköld lag bewusstlos im Boot, auch er war verletzt.«

»Was wissen Sie über den Täter?«

»Laut Zeugenaussagen ist er ertrunken. Wir haben die Waffe gesichert und auch die Hülse, die ausgeworfen wurde, als der Mann den Schuss abfeuerte, der die Ministerin in der Hand traf.«

»Laut Zeugenaussagen … das bedeutet, laut den Angaben der Finanzministerin?«

Karolina Palm lächelte matt.

»Ich muss in diesem Fall darauf hinweisen, dass die Ermittlungen nicht öffentlich sind.«

Stina stieg wieder in den Rettungswagen.

»An welche Ereignisse können Sie sich erinnern, Axel Sköld? Laut der Finanzministerin haben Sie ihr das Leben gerettet, als Sie sich vor die Pistole des Täters geworfen haben. Das klingt ja außerordentlich selbstlos und lebensgefährlich zugleich?«

Axel schluckte. Und antwortete.

»Ganz und gar nicht. Ich hatte gesehen, dass die Waffe nass war, und dachte, dass man unmöglich damit schießen konnte, wenn das Pulver in der Patrone feucht wird. Also habe ich einfach mein Glück versucht.«

»Aber sie hatten Pech?«

»Nein, das finde ich nicht. Sie lebt ja.«

Er sah Lova an, und seine Augen füllten sich mit Tränen.

Stina ließ die Stille sprechen, aber nur eine Sekunde. Sie war jetzt in ihrer Reporterrolle und wollte so viel wie möglich aus dieser einzigartigen Interviewsituation herausholen, in der sie sich immer wieder aus dem Rettungswagen und wieder hineinschlängeln musste.

»Lova Magnusson, bevor wir auf Sendung gingen, haben Sie Axel Sköld und mir erzählt, dass Sie gesehen haben, wie der Täter ertrank.«

Ein plötzlicher Schatten zog über Lovas Gesicht, oder hatte Axel sich das nur eingebildet?

»Ich weiß nicht, ob er wirklich ertrunken ist, aber ich sah den Mann untergehen. Er hielt eine Taschenlampe in der Hand, die dabei leuchtete. Das Licht der Lampe wurde immer schwächer, je tiefer er sank, und … Entschuldigen Sie. Ich kann nicht …«

Lova hielt inne und schluchzte. Stina ließ sie zu Atem kommen, aber nur einen kurzen Moment. Sie machte Druck.

»Es gibt immer noch viele offene Fragen bei dieser Geschichte. Warum haben Sie nicht die Polizei kontaktiert, als Sie entdeckt hatten, dass dieser Mann Sie bedrohte?«

Lova räusperte sich nervös.

»Die Frage könnte vielleicht die Polizei beantworten?«

Stina bewegte das Mikrofon zu Karolina.

»Ja, Karolina Palm, wie viel wusste eigentlich die Polizei über die Gefährdungslage, in der sich die Finanzministerin befand?«

»Ja, wie gesagt, die Ermittlungen zu diesem Fall sind nicht öffentlich, aber ich kann so viel dazu sagen, dass ich sofort gehandelt habe, als die Informationen auf meinem Tisch gelandet sind. Deshalb sind auch Niklas Öhman und ich die Polizisten, die jetzt hier stehen.«

Axel staunte, wie Karolina allen Ruhm für sich beanspruchte. Nicht dass es unverdient war, sie war wirklich die einzige Polizistin, auf die er sich hatte verlassen können. Aber es überraschte ihn, denn es war nicht gerade die feine Art. Es sei denn, man hatte eine hohe Führungsposition inne.

Plötzlich verstand er sie.

Sie hatte alles auf eine Karte gesetzt. Und sie wollte diese hohe Führungsposition bekommen. Und das hier war ihre Fahrkarte durch die Glasdecke. Er lächelte und hörte kaum, was Lova auf die Frage nach der gesprengten Fischerhütte antwortete. Stina stellte ihm dieselbe Frage.

»Es war also Ihre Fischerhütte, die heute Nacht explodiert ist? Wie ist es dazu gekommen?«

»Ja, das …«

Er verlor den Faden, als er Lovas strengen Blick sah.

»Wie Lova schon sagte … es fällt schwer, sich an alles zu erinnern. Es waren sehr aufreibende Stunden …«

»Natürlich. Hinter dieser Explosion steckte also der Täter, und er löste sie aus, als Sie sich in der Fischerhütte befanden, so war es doch, Lova Magnusson, oder?«

»Das alles ist gerade sehr anstrengend, aber wir konnten von der Fischerhütte entkommen, und dann … ja, es war eine richtige Verfolgungsjagd mit den Booten, und schließlich lief er auf Grund.«

Lova schluchzte erneut.

»Wir holten ihn in unser Boot, und danach rettete mich Axel.«

Drei marineblaue Volvo XC90 SUV bremsten heftig auf dem Parkplatz hinter ihnen. Zwei Männer in schwarzen Anzügen sprangen aus dem ersten. Aus den anderen stürzten

Männer in Schutzwesten und Helmen mit Sturmgewehren auf Stina zu.

»Säpo. Wir haben den Befehl, die Finanzministerin an einen sicheren Ort zu bringen.«

Lova sah erst die Männer an, dann Axel. Er schüttelte den Kopf. Lova wandte sich den Säpo-Männern zu und benutzte ihre Ministerstimme.

»Ich fahre mit Hauptkommissarin Palm und ihrer Einsatzgruppe.«

»Leider haben wir den Befehl, die Finanzministerin zu beschützen. Es geht um die Sicherheit des Landes.«

Stina schwieg, aber über ihr Mikrofon wurde das Gespräch ausgestrahlt.

Karolina räusperte sich.

»Die Säpo hat die Aufgabe, Angriffe auf die Sicherheit des Landes abzuwehren, allerdings ist in diesem Fall das Verbrechen bereits begangen worden. Jetzt muss ermittelt werden, und da wir bereits begonnen haben, die Aussage der Finanzministerin aufzunehmen, werden wir mit den Ermittlungen auch fortfahren. Selbstverständlich sind wir äußerst dankbar, dass die Säpo uns mit all ihrer Kompetenz unterstützt. Wir nehmen daher auch gerne eine Person aus Ihren Reihen in unser Ermittlungsteam auf.«

Wort und Handlung, das ist im Manne eins, dachte Axel plötzlich. Einer der Lieblingssprüche seines Großvaters, nicht zuletzt, weil er seine Großmutter damit immer bis zum Äußersten hatte reizen können. Jetzt musste er ein erstauntes Lachen unterdrücken. Karolinas offensive Gangart wurde von Lova unterstützt, die sich Karolina anschloss und den Mann von der Säpo kaum eines Blickes würdigte, als sie ihn mit einer letzten Bemerkung abfertigte.

»Damit wäre das entschieden. Folgen Sie uns, wir zeigen Ihnen den Weg.«

Dort gingen Wort und Handlung, dachte er. Und keine von beiden war ein Mann.

Stinas Stimme holte ihn aus seinen seltsamen Überlegungen zurück. Er musste in ein Krankenhaus. Er zitterte vor Kälte unter der staatseigenen gelben Rettungsdecke.

»Finanzministerin Lova Magnusson verlässt den Schauplatz und setzt sich zusammen mit Kommissarin Karolina Palm und ihrer Einsatzgruppe in einen Mannschaftsbus der Polizei. Die Gruppe besteht aus Streifenpolizisten der lokalen Polizeiwache Huddinge, ein weiteres seltsames Detail dieser Geschichte. Für Hörer, die gerade erst zugeschaltet haben: Schwedens Finanzministerin ist vor wenigen Stunden einem Anschlag auf See ausgesetzt gewesen, den sie jedoch wohlbehalten überstanden hat. Dass der Zwischenfall nicht in einer Tragödie endete, ist in erster Linie dem Journalisten Axel Sköld zu verdanken, der nach wie vor hier bei uns ist. Sköld war es gelungen, den Attentäter zu entwaffnen, der anschließend vermutlich ertrunken ist.

Axel Sköld, zunächst einmal: Können Sie uns etwas über die Spezialeinheit sagen, die jetzt für die Sicherheit der Finanzministerin verantwortlich ist?«

»Es handelt sich um äußerst kompetente Beamte, mehr kann ich dazu nicht sagen. Der Anschlag, den wir heute Abend abwehren konnten, ist kein isoliertes Ereignis. Ich zeige in meinem Feature, dem Podcast, dessen Link ich an die Nachrichtenredaktionen verschickt habe, dass er nur ein Teil einer größeren Verschwörung ist, die schon lange unser Land unterwandert hat.«

Stina schien zu zögern. Axel war klar, dass sie auf Anweisungen aus Stockholm wartete, die ihr über Kopfhörer eingespielt wurden. Das Interview lief schon lange genug, der Produzent konnte jeden Augenblick dazwischengehen und sie bitten, es abzuschließen. Axel wusste, dass dieses Thema sensibel war. Mit Axel Sköld, der vom Schwedischen Rundfunk gefeuert worden war, weil er die Existenz dieser Organisation behauptet hatte, ausgerechnet über Die Achtzehn zu sprechen, war eine delikate Angelegenheit.

Stina schien beschlossen zu haben, die Chance zu ergreifen. Sie kam direkt auf den Kern der Sache zu sprechen.

»Wenn ich Ihre Theorie richtig verstanden habe, meinen Sie also, dass der Mann, der heute Nacht auf die Finanzministerin geschossen hat und vermutlich ertrunken ist, dieselbe Person ist, die Olof Palme ermordet hat?«

Axel Sköld antwortete nicht. Er war wieder auf die Liege gesunken. Das Letzte, was er hörte, bevor er erneut das Bewusstsein verlor, war das Geräusch des Polizeihubschraubers, der hinausflog, um die Leiche von Ioan Petrescu zu suchen.

KAPITEL 75

Axel lag auf einem Diwan in Vilhelm Skraks großem Salon. Er sah aus dem Fenster und wurde von der Herbstpracht Stockholms geblendet. Das Sonnenlicht spiegelte sich im Wasser zwischen Schloss und Nationalmuseum. Menschen genossen ihren Sonntagsspaziergang auf dem Kai, und das letzte Laub brannte in Rot auf dem Skeppsholmen. Im Rigg der *af Chapman* flatterten die Signalflaggen.

Axels Blick wanderte zurück in den Saal. Er hatte immer noch nicht verstanden, ob er ein Arbeitsraum oder eine Wohnung war. Als was Professor Skrak ihn betrachtete, war klar. Er servierte Kaffee in einem Silberservice, von dem Axel annahm, dass es eine Antiquität war, und schenkte seinen drei Gästen ein Lächeln. Stina erwiderte es. David sah nicht von seinem iPad auf, nahm aber geistesabwesend einen Keks aus der Schale, die auf dem Tisch stand, und krümelte auf das Kissen, auf dem er saß. Axel ging davon aus, dass auch das Kissen eine Antiquität war, und er erwartete einen säuerlichen Kommentar von Skrak. Der gewaltige Mann nahm einfach eine Leinenserviette und wischte zunächst David und dann das Kissen ab. David war Vilhelm Skrak in der kurzen Zeit, die sie zusammen verbracht hatten, überraschend eng ans Herz gewachsen.

»So, jetzt haben Sie Ihre Enthüllungen offengelegt, Herr Sköld. Bleibt nur noch zu hoffen, dass das Volk Ihre Taten schätzen lernt.«

Vilhelm Skrak hob seine Kaffeetasse zu einem theatralischen Toast und fuhr in einem besorgteren Ton fort.

»Allerdings drängt sich mir das Gefühl auf, dass dem nicht so ist?«

Axel schüttelte langsam den Kopf. In den letzten Tagen hatte er versucht, alles zu lesen, was nach dem Attentat auf die Finanzministerin in den Medien berichtet worden war. Es war ihm gelungen, seine neue Handynummer geheim zu halten, aber sein E-Mail-Konto wurde überschwemmt mit Interviewanfragen. Die meisten interessierten sich für seine Geschichte als heldenhafter Retter der Finanzministerin in einem maritimen Drama, bei dem er einen bewaffneten Mann unter Einsatz seines Lebens überwältigt hatte. Nur zwei Journalisten wollten ihn zu der Geschichte befragen, die er in seinem Podcast enthüllt hatte.

Er hatte den Podcast »Eine unbequeme Theorie« getauft und sich im Nachhinein gefragt, ob es nicht ein misslungener Titel war. Theorie klang nicht besonders handfest, und wenn die Medien seine Enthüllungen überhaupt aufgriffen, dann aus einer sehr kritischen Perspektive. Erneut hatte Axel seine These vorgelegt, dass die drei dramatischen Ereignisse der Achtzigerjahre, bei denen Ministerpräsident Olof Palme, Rüstungskontrollinspekteur Carl-Fredrik Algernon und die Journalistin Cats Falck ums Leben kamen, miteinander zusammenhingen, und zwar in Gestalt des Profikillers Ioan Petrescu. Und derselbe Mann hatte nun versucht, ihn selbst und die Finanzministerin Lova Magnusson zu ermorden. Die letzten sieben Minuten seines Features bestanden aus dem Text, den Axel aus seinem Zelt gegenüber der Fischerhütte über Telefon ergänzt hatte. Es war der Höhepunkt der Sendung, und obwohl es weder Hintergrundmusik noch andere Stimmen gab, war Axels Nervosität im Schlussteil auf eine Weise authentisch, dass es fast an einen SOS-Notruf erinnerte. Aber genau das war es ja im Grunde auch, ein sieben Minuten langer Schrei nach Hilfe, dachte Axel.

»*Dagens Nyheter* kam mir ziemlich vielversprechend vor. In dem Artikel wird die Sache auf den Punkt gebracht.«

»Absolut. Aber der Leitartikel?«

Stina Forss zog ihr Gesicht zu einer angewiderten Grimasse zusammen.

»Das war das Seltsamste, was ich seit dem Stadtbrand in Sundsvall gelesen habe«, meinte sie.

»1888.«

Skrak enthielt sich eines Kommentars und machte eine entschuldigende Geste, *so bin ich eben, ich weiß solche Dinge.*

Dagens Nyheter hat den Schluss des Podcasts für seinen »Hyperrealismus« gelobt, weil man als Zuhörer so »die Größe der Gefahr verstand, in der unsere Ministerin und der Journalist Sköld sich befunden hatten«. Aber in derselben Zeitung war Axels Theorie im Leitartikel zu Hackfleisch verarbeitet worden, obwohl er sie mit Zitaten aus den alten Briefen in Boston gestützt hatte. Axel hatte auch das Gespräch zusammengefasst, das er in seinem Büro mit Ioan Petrescu geführt hatte. Und er hatte geschildert, wie Petrescu David bedroht und dass er – mit höchster Wahrscheinlichkeit – auch hinter dem Mord am Personenschützer Micke gesteckt hatte. Was das betraf, hatte sich der Leitartikler mit der Feststellung begnügt, dass es nur »schwer zu kontrollierende Angaben« waren und dass es »im Augenblick wichtig war, die Ermittlungen der Polizei zu dem Todesfall im Heron City und dem angeblich tödlichen Unfall des Attentäters abzuwarten«. Sein Körper war jedenfalls nicht gefunden worden, obwohl die Polizei die Fahrwasser südlich von Västervik drei Tage lang abgesucht hatte.

Im Leitartikel ging der Redakteur nie so weit, auch Lova Magnusson offen zu beschuldigen, einen Attentäter zusammenfantasiert zu haben. Solche Gerüchte überließ man den sozialen Medien. Die Polizei hatte frühzeitig bekanntgegeben, dass die Fingerabdrücke, die auf der Waffe gefunden worden waren, die er im Buster zurückgelassen hatte, weder mit Lovas noch mit Axels Fingerabdrücken übereinstimmten. Also musste die Waffe von einer dritten Person gehalten worden sein. Trotzdem wurde in Chatforen darüber spekuliert, dass möglicherweise Axel Sköld derjenige war, der versucht hatte, die Finanzministerin umzubringen.

Axel nahm einen Keks.

»Dass das *Svenska Dagbladet* mich fertigmachen würde, war abzusehen. Aber dass sich kaum jemand dafür interessiert, meine Angaben zu überprüfen. Ich war wohl ziemlich naiv, aber ich habe wirklich geglaubt, dass ich ein so interessantes Puzzle gelegt habe, dass andere Journalisten darauf anspringen und nach den letzten fehlenden Teilen suchen würden.«

Das *Svenska Dagbladet* war in seiner Kritik an Axels Podcast am weitesten gegangen. Es machte mit der Schlagzeile »Eine unbequeme Aluhut-Theorie« auf und nannte ihn eine »total auf den Hund gekommene Journalistenfigur, die nur durch seinen Heldenmut auf See gerettet worden war, wofür wir ihm ewig dankbar sein müssen, doch diesem Podcast wünschen wir ewiges Verstummen«.

»Dein Liebesleben ist eben wesentlich interessanter, das musst du doch einsehen.«

Stina warf ihm einen übertrieben romantischen Blick zu. Axel seufzte nur. Es war zu früh für ihn, auch die lustigen oder ironischen Seiten dieser Geschichte zu genießen. Ihm war klar, dass sie auf den Artikel im *Expressen* anspielte, wo zwei Bilder, eines von ihm und eines von Lova, in den ersten beiden Tagen nach dem Attentat die Titelseiten geziert hatten. Zwischen den Bildern hatte ein Redakteur ein rotes Herz eingefügt.

Die Boulevardzeitungen gewichteten ihre Nachrichten nach einem eigenen System, das sich im Wettbewerb mit der Konkurrenz bildete. In diesem Fall ging es darum, wer von ihnen am weitesten dabei ging, eine Liebesaffäre zwischen der »jungen und heißen Erfolgsministerin« und dem »grenzwertigen Skandalreporter« anzudeuten. Das Einzige, was die Blätter halbwegs bremste, war die Tatsache, dass die Finanzministerin verheiratet war.

Eine einzige Zeitschrift nahm zwar nicht unbedingt eine positive, aber immerhin eine neutrale Haltung zu Axels »unbequemer Theorie« ein. Das Recherchemagazin *Relevans* fragte sich, warum der Todesfall Ragnar von Scheeles unter die Geheimhaltung fiel. »Eine historisch einmalige Maßnahme, die mit größter Wahrscheinlichkeit gegen Gesetze verstößt«, meinte der Chefredakteur der Zeitschrift. Eine Reporterin des Magazins hatte den Versuch unternommen, in Ragnar von Scheeles Wohnung einzudringen. Der Mann vom Schlüsseldienst, den sie engagiert hatte, war ganz offensichtlich verärgert über die Tatsache, dass die Reporterin gar nicht an dieser Adresse wohnte, hatte damit gedroht, die Polizei zu rufen. Daraufhin war die Reporterin zu Plan B übergegangen und hatte ein Dosimeter vor von Scheeles Tür gelegt. Die gemessene Strahlung entsprach der doppelten Jahresdosis, der ein Angestellter eines Kernkraftwerks im Laufe eines Jahres ausgesetzt werden durfte, und der Schlosser verließ das Treppenhaus mit der Bemerkung: »Ich sollte wohl nicht die Polizei rufen, sondern lieber gleich das Militär!«

Das Magazin *Relevans* hatte auch einen historisch bewanderten Reporter darauf angesetzt, die schwedischen Offiziere genauer zu betrachten, die im Amerikanischen Unabhängigkeitskrieg gekämpft hatten. Der Reporter hatte festgestellt, dass die Namen Ribbing, Horn, Cederström und Lilliehorn alle in unterschiedlichen historischen Quellen genannt wurden, die mit dem Royal-Suédois-Regiment zu tun hatten. Die Briefe, die Henric Gyllenskiöld geschrieben und die Axel in Boston gefunden hatte, beeindruckten den Reporter als Quellenmaterial, und er nannte sie »historisch bedeutende Dokumente, allerdings nur schwache Beweise dafür, dass es eine Verschwörung gegeben hat«.

Genau wie alle anderen stellte sich auch *Relevans* die Frage, was die Finanzministerin in der nächsten Zeit über die dramatischen Ereignisse auf See, aber auch über diese »unbequeme Theorie« sagen würde.

Denn auch *Relevans* hatte keine Antwort auf diese letzten Fragen. Finanzministerin Lova Magnusson hatte, obwohl seit der Tat mittlerweile eine Woche vergangen war, noch keine einzige Frage beantwortet. Die Regierung war ungewohnt wortkarg gewesen. Der Mediendruck war enorm. Nach drei Tagen wurde Ministerpräsident Ulf Göransson zu einer kurzen Pressekonferenz genötigt. Dort stellte er fest, dass es sich um einen Terrorakt gehandelt habe und dass er als Vertreter der »schwedischen Nation, aber auch der Sozialdemokratie, genug Attentate mit unbekannten Tätern erlebt habe und deshalb in Kürze eine große Anzahl wirkungsvoller Maßnahmen vorschlagen werde, mit denen man die Demokratie in diesem Land verteidige könne«. Der Ministerpräsident war allein aufgetreten und verließ die Pressekonferenz direkt, nachdem er das kurz gefasste Statement vorgelesen hatte. Alle Journalisten, die vor Ort waren, fragten sich, warum die Ministerin, die Opfer eines Attentats geworden war, sich nicht blicken ließ.

Die *Eko*-Redaktion des Schwedischen Rundfunks befand sich in einer schwierigen publizistischen Zwickmühle. Sie besaßen das einzige Interview mit der Finanzministerin, das fleißig wiederholt und noch häufiger zitiert worden war. Besonders oft hatten andere Medien auf die Passage hingewiesen, in der Lova so bildreich beschrieb, wie der Mörder im Wasser versank, während er die Taschenlampe auf sie gerichtet hatte, die immer schwächer wurde, je näher der Körper dem Boden der Ostsee kam.

»Das ist doch total verrückt. Ich habe das einzige Interview mit unserer Finanzministerin geführt, nur wenige Stunden, nachdem sie ein Attentat überlebt hatte, und zum Dank dafür bin ich von der Sache abgezogen worden.«

»Die Geschichte zeigt uns, dass man so mit delikaten Problemen umgeht. Man trennt sie von Personen, die Probleme machen könnten.«

Vilhelm Skrak gluckste über seiner Kaffeetasse.

»Probleme machen? Wenn ich ein Mann gewesen wäre, könnten Sie einen drauf lassen, dass ich den Schwedischen Journalistenpreis für dieses Interview bekommen würde.«

»Was für eine Sprache, meine Dame. Ich mische mich natürlich nicht in die Gender-Debatte ein – ich bin Professor, kein Selbstmörder –, aber Sie können den Preis ja immer noch für Ihr Interview mit dem armen Tammer gewinnen, nicht wahr?«

Axel musste lächeln. Aber Stinas Frustration war berechtigt. Sie alle waren frustriert. Alle drei, die hier auf dem Sofa saßen, wussten, dass Axels Jagd auf Die Achtzehn überhaupt erst der Grund dafür war, dass die Finanzministerin und er selbst bedroht und anschließend beinahe ermordet worden waren. Dass es ein einsamer Wolf gewesen sein soll, wie der Ministerpräsident es in seiner kurzen Ansprache angedeutet hatte, hatte sich in der wenig ambitionierten Berichterstattung der Medien allerdings schon festgesetzt. Die Wenigen, die diese »Wahrheit« bezweifeln konnten, schwiegen nach wie vor.

Karolina Palm war für die Medien, zu denen mittlerweile offenbar auch Stina und Axel zählten, nicht zu erreichen. Axel machte ihr deswegen keine Vorwürfe. Das mit Lova war schlimmer. Auch sie hatte sich fürs Schweigen entschieden. Er musste bei diesem Gedanken besonders trübsinnig ausgesehen haben, denn Stina durchschaute ihn direkt.

»Sie hat immer noch nicht angerufen, oder?«

»Nein. Sie hat bestimmt viel um die Ohren.«

»Ja, aber du hast sie gerettet. Da kann sie sich zumindest mal bedanken. Außerdem solltet ihr alles mal gründlich besprechen, als so eine Art Debriefing. Ansonsten bleibt es unbearbeitet liegen und kann zu posttraumatischem Stress führen.«

»Ja, ich möchte vor allem wissen, was sie über Die Achtzehn denkt. Jetzt hat sie ja gesehen, wozu sie in der Lage sind, und ich bin mir sicher, dass sie mir schon auf der Autofahrt nach Småland geglaubt hat. Irgendwie war sie … Ach, ich weiß nicht, aber ich hatte das Gefühl, dass das, was ich ihr erzählte, mit etwas übereinstimmte, das sie selbst vorher erlebt hatte. Außerdem war sie dabei, als Petrescu alles gestand.«

»Wie bitte, er hat gesagt, dass er für Die Achtzehn arbeitet?«

»Nein, so nannte er sie nicht. Er sagte nur ›meine Auftraggeber‹ oder ›die Organisation‹.«

Stina seufzte enttäuscht.

»Damit kommst du nie zum Ziel, Axel. Es ist unmöglich zu beweisen. Und jetzt ist Ioan Petrescu tot. Damit ist diese Quelle auch erloschen.«

Axel sah schweigend aus dem Fenster. Vilhelm Skrak kniete mittlerweile neben David und half ihm dabei, den YouTube-Kanal zu wechseln, bis er eine Lipizzaner-Vorführung in der Spanischen Reitschule fand. David kreischte jedes Mal vor Begeisterung, wenn Pferde und Reiter an der Kamera vorbeikamen. Diese uralte Tradition in Wien traf auf die moderne Technologie in Form von YouTube und einem iPad, und damit entstand eine Verbindung in einem Gehirn, das niemand richtig verstand. David war vollkommen versunken.

Das Alte. Das Neue. Magie.

Axel umklammerte den Brief seines Großvaters, den er in der Hosentasche hatte.

Stina hatte recht. Als Petrescu starb, verschwand ihre mit

Abstand beste Quelle, um Die Achtzehn auffliegen zu lassen. Jetzt konnte ihnen im Grunde nur noch Magie helfen.

Er sah erneut zu David und lächelte.

Er dachte an Xenon. In der letzten Mail hatte er angedeutet, dass sie etwas zu der Kontonummer der Achtzehn in Panama gefunden hatten.

Ganz unmöglich war es vielleicht doch nicht.

EPILOG

Der erste Schnee kam früh nach Stockholm. Als Axel seinen Mietwagen in die Auffahrt des hellgelben Schlosses lenkte, musste die Antriebsschlupfregelung hart arbeiten, obwohl er nur zwanzig Stundenkilometer fuhr. Schloss Rånäs leuchtete ihm gastfreundlich entgegen, und der Schnee legte sich auf das schwarze Blechdach. Es war Anfang November, aber die Adventsleuchter standen schon in sämtlichen fünfunddreißig Fenstern der westlichen Fassade. Axel hatte sich einen Montag ausgesucht, um das Gedränge von anderen Konferenz- und Hotelgästen zu vermeiden, aber es war trotzdem schwer, einen Parkplatz in der Nähe des Eingangs zu finden.

Er wollte gerade aus dem Wagen steigen, als das Telefon klingelte. »Hallo, ich hatte mich schon gefragt, wann Sie endlich anrufen«, sagte er.

Ein leises Lachen.

»Und jetzt haben Sie die Antwort bekommen.«

»Und wie fanden Sie ihn? Den Podcast?«

»Er war gut, aber, wie alle Ihre Fans auf Facebook schreiben, zu kurz.«

»Ich dachte mir, dass Sie so denken.«

Es wurde still.

Aber Marianne von Scheele war niemand, der Zeit verschwendete, weder ihre eigene noch die anderer Leute.

»Schließlich habe ich ja zu entscheiden, wie gut Sie Ihren Auftrag ausgeführt haben. Ragnar war in diesem Punkt sehr deutlich, wie Sie sich bestimmt erinnern.«

»Ja, der Brief, den er mir geschrieben hat, war kaum anders zu deuten.«

»Gut, dann sind wir uns ja einig. Und mein Urteil über Ihre Enthüllungen lautet, dass Sie in Ihrem Podcast schon sehr weit gekommen sind. Besonders glücklich bin ich darüber, dass Sie dieses Monster Petrescu ausmanövrieren konnten. Aber der Effekt war natürlich nicht der, den mein Mann und ich uns erhofft hatten. Die Achtzehn existieren immer noch und arbeiten weiter. Das ist ein Mangel, der dafür sorgt, dass Ihre Veröffentlichung nicht als vollständig betrachtet werden kann.«

Axel wartete schweigend auf die Fortsetzung.

»Ich habe deshalb beschlossen, fünfhunderttausend Kronen auf Ihr Konto zu überweisen. Die restlichen zweieinhalb Millionen warten darauf, dass Sie Ihre Arbeit fortsetzen und diesen verdammten Mördern endgültig Einhalt gebieten.«

Axel sah durch die Windschutzscheibe des Wagens, ohne ein Wort zu sagen.

»Ist das zufriedenstellend, oder müssen wir darüber diskutieren?«

Ihm war klar, dass eine solche Diskussion nur Zeit kosten würde und er sie ohnehin nicht gewinnen konnte.

»Das scheint mir in Ordnung zu sein. Ich melde mich wieder, wenn ich weiß, wie ich die Recherchen fortsetzen möchte, und ob ich es überhaupt mache.«

Erneut lachte sie leise.

»Sehr gut. Ich habe das Gefühl, dass wir nicht das letzte Mal miteinander gesprochen haben.«

Es klang, als würde sie wissen, wo er sich befand und was er vorhatte. Axel beendete das Gespräch und stieg aus dem Auto. Er sah zu der großen Uhr hinauf, die über dem Eingang zum Schloss hing. Es war kurz vor sechs. Die Bibliothek musste bis morgen warten. Wenn seine Theorie stimmte, hatte dieses Geheimnis über zweihundert Jahre lang gewartet. Eine weitere Nacht würde da auch nichts mehr ausmachen.

Also checkte er ein. Durch das hohe Fenster in seinem Zimmer sah man den großen Garten. Der Teich war nach dem Schneefall zugefroren. Das Eis war glatt und dunkel. Fackeln erleuchteten den Garten. Axel zog sich ein sauberes Hemd und ein Jackett an. Auf dem Weg nach oben hatte er den Speisesaal des Schlosses gesehen und gefolgert, dass hier Pracht und Pomp zu Hause waren.

Das Handy klingelte erneut. Er war hungrig, und die Nummer sagte ihm nichts. Er überlegte, den Anruf zu ignorieren, aber dann siegte die Neugier. Erneut.

Dieses Mal war es tatsächlich Lova.

»Entschuldige, dass ich mich nicht gemeldet habe.«

»Was ist los? Da rettet man das Leben einer Frau und wird anschließend behandelt wie die schlechteste Tinder-Beute der Weltgeschichte.«

Er verfluchte sich selbst, weil er so locker klang und direkt in den Humor flüchtete. Leider funktionierte es.

Lova lachte.

»Bist du auf Tinder?«

»Das war nur bildlich gemeint. Und überhaupt … Würde es eine Rolle spielen, wenn es so wäre?«

Sie schwieg. Wurde wieder ernst.

»Ich möchte mit dir über das sprechen, was dort draußen passiert ist. Und damit meine ich Ioan Petrescu. Was los war, als du mich küssen wolltest, darüber können wir später reden«, sagte er.

Sie lachte erneut.

»Jetzt glaube ich aber, dass dein Gedächtnis verrücktspielt. Du hast versucht, mich zu küssen. Und was Petrescu betrifft. Deshalb habe ich angerufen.«

Aha, deswegen. Er versuchte, sich seine Enttäuschung nicht anmerken zu lassen.

Sie fuhr fort, jetzt mit ihrer Ministerstimme.

»Ich kann nicht mehr über das sprechen, was passiert ist. Ich bin Finanzministerin, und bald werde ich eine leitende Aufgabe übernehmen, wenn Schweden die EU-Ratspräsidentschaft übernimmt. Ich muss mich von dieser Geschichte distanzieren. Sie belastet mich, politisch.«

Er hatte diese Verwandlung bei ihr schon vorher erlebt. Trotzdem war er überrascht davon, wie schnell aus der Lova, die er kannte und mit der er aufgewachsen war, die Finanzministerin wurde. Es waren zwei unterschiedliche Stimmen. Temperamente. *Personen.*

Und was hatte sie gesagt? Leitende Aufgabe?

»Du wirst die Vorsitzende dieser EU-Sache?«

»Ja. Das wurde vor Kurzem entschieden.«

Sie lachte. Nervös?

»Aber normalerweise ist es doch der Regierungschef, der diese Funktion ausübt? Der Ministerpräsident?«

Es war eine Sekunde still. Dann antwortete sie kurz.

»Dieses Mal nicht.«

»Na dann, herzlichen Glückwunsch.«

»Danke.«

Es wurde wieder still.

»Du hast also angerufen, um dich zu distanzieren?«

Sein Tonfall war fragend, und sie wurde wieder zu Lova. Seiner Lova.

»Nein, Axel. Du hast mein Leben gerettet. Das werde ich niemals vergessen. Ich hatte noch nie im Leben eine solche Angst. Wenn ich meine Hand mit der Narbe ansehe, werde ich immer an dich denken.«

Und an den Ring, der an dem Finger steckt. Der Gedanke war so überraschend wie düster. Er wusste es.

»Du weißt, dass ich es immer wieder tun würde. Obwohl ich mich geirrt hatte. Ich dachte, dass seine Waffe zu nass wäre, um damit zu schießen.«

»Das glaube ich dir nicht. Du hattest doch dieselbe Waffe, als du beim Militär warst.«

Die Aussage überraschte ihn. Wie war sie darauf gekommen?

Er antwortete nicht. Das Gespräch näherte sich dem Ende, er spürte ihren Stress. Mit dem Handy am Ohr ging er zu seiner Jacke und nahm den Gegenstand heraus, den er darin aufbewahrte, seit sie sich das letzte Mal gesehen hatten.

»Wenn wir nie wieder darüber sprechen werden, dann möchte ich vorher noch eine Sache wissen, damit ich es abhaken kann.«

»Okay?«

»Stimmt das, was du über seinen Tod gesagt hast?«

»Was meinst du damit?«

»Dass er die Taschenlampe auf dich gerichtet hatte, als er unterging, und du sehen konntest, wie er in der Dunkelheit verschwand?«

»Großer Gott, ich wünschte, dass ich es niemals gesehen hätte. Manchmal wache ich auf, und es ist vier Uhr und dunkel, und ich fühle mich richtig klein …«

Jetzt war sie wieder Lova. Oder? Konnte er wissen, wer sie wirklich war? Der Zweifel traf ihn wie eine kalte Faust in den Magen, als sie fortfuhr.

»Dann ist es immer dieses Bild, das mich verfolgt. Wie er sinkt und sinkt und das Licht immer schwächer wird. Das ist so seltsam. Es ist eine Erleichterung und gleichzeitig das absolut Schlimmste, was ich je gesehen habe.«

Axel sah auf seine linke Hand hinunter und atmete schwer.

»Axel? Bist du noch da?«

»Ja.«

»Was wolltest du wissen? Dass er so gestorben ist?«

»Ich …«

Er schluckte und sammelte Mut für die nächste Frage. Entschied sich dann aber anders.

»Ja. Ich habe meine Antwort jetzt bekommen.«

Nachdem Lova aufgelegt hatte, starrte Axel immer noch auf seine linke Hand. In ihr lag die Maglite-Taschenlampe seines Vaters. Sie hatte seine Tasche nie verlassen.

*

Hinter dem Schreibtisch im Arvfurstens palats drehte sich der Stuhl. Der Mann, der darauf saß, betrachtete sie. Die buschigen Augenbrauen und die prominente Nase erinnerten sie an einen Mann, der einst einem Raubvogel geähnelt hatte, jetzt aber zu alt dafür war. Er drohte die Kontrolle über sein Aussehen zu verlieren, was das erste Zeichen dafür war, dass das Alter zu weit fortgeschritten war. Er hatte sich an die Macht gewöhnt. Und jetzt betrachtete er sie als selbstverständlich.

»Am Ende klang es ein wenig so, als gäbe es ein Problem?«

Sie gab ihm das Handy zurück, das sie sich für das Gespräch geliehen hatte.

»Nein. Ich kenne Axel. Wenn er sagt, dass er eine Antwort bekommen hat, dann ist er zufrieden.«

Lova Magnusson saß im Besucherstuhl ihres eigenen Büros. Ihr war klar, dass diese Machtdemonstration zu dem Spiel gehörte, das der Mann vor ihr so unterhaltend fand. Aber sie wusste, dass auch sie Macht besaß. Das Wissen, das sie über die Organisation dieses Mannes hatte, war die Grundlage dafür. Vor allem, nachdem Axel Sköld sämtliche Journalisten des Landes mit Informationen über Die Achtzehn versorgt hatte. Sie hatte ihre Position als Finanzministerin nicht als Bittstellerin erreicht. Sie nahm den Faden wieder auf, den sie vor dem Telefonat fallen gelassen hatten.

»Ich hatte den Eindruck, Sie wollten vorhin noch etwas mehr berichten über … ich glaube, Ihre Formulierung lautete: ›eine zukünftige Position, die wie auf mich zugeschnitten wäre‹.«

»Ja … jetzt wollen wir den Ereignissen nicht vorgreifen, aber irgendetwas sagt mir, dass Ulf Göransson bald entdecken wird, wie sehr die Unterstützung durch seine Wähler plötzlich zurückgegangen ist. Wann wird denn die nächste Wahlumfrage veröffentlicht?«

»In zwei Wochen.«

»Dann haben wir ja noch viel Zeit.«

Er stand auf, sah auf seine Armbanduhr und knöpfte das Jackett zu. Dann wandte er sich wieder an sie.

»Es gibt wohl nur eine Position, die eine Finanzministerin noch interessieren könnte?«

DANK

Die Geschichte, die Sie gerade gelesen haben, enthält Unwahrheiten, Fantasien, Ereignisse, die von der Wirklichkeit inspiriert sind oder tatsächlich stattgefunden haben. Zu den letztgenannten habe ich in vielen Bibliotheken recherchiert. Deshalb möchte ich meinen Dank zunächst an die Königliche Bibliothek in Stockholm richten. An die Boston Public Library sowie die New England Historic Genealogical Society. Besuchen Sie gerne diese Institutionen, denn sie bewahren sehr viel Wissen und sind darüber hinaus schöne Orte, nicht zuletzt der Lesesaal Bates Hall in Boston.

Das Buch, das Vilhelm Skrak Axel Sköld bei ihrer ersten Begegnung zeigt – *Sweden and the American Revolution* von Adolph B. Benson, erschienen 1926 in New Haven – gibt es wirklich. Dort werden die Seeschlachten beschrieben, über die Skrak spricht. Und wenn man sich näher über das Royal Suédois informieren will, kann ich dieses Buch nur empfehlen, nicht zuletzt wegen des ausführlichen Namensverzeichnisses.

Ich möchte ebenfalls meiner Tante Ann Grönhammar danken, die lange in der Leibrüstkammer gearbeitet hat, wenn auch in einem etwas kleineren Dienstzimmer als Vilhelm Skrak. (Sehen Sie sich die Uniform Karls XII. genau an, die er angeblich zu seinem Todeszeitpunkt getragen hat. In welchem Zustand befindet sie sich eigentlich?)

Großen Dank auch an Zenon Panoussis, von dem ich mir Eigenschaften für Xenon leihen durfte. In diesem Zusammenhang danke ich auch Frans Rosén. Ihr Wissen über Spyware und Drucker war unglaublich bereichernd. Ich sehe meinen Tintenstrahldrucker jetzt mit völlig anderen Augen.

Vielen Dank auch an Fredrik Johnsson und Kristofer Hanson. Mit der Erfindung des Formats *P3 Dokumentär* habt ihr Radiogeschichte geschrieben. Ich bin euch ewig dankbar dafür, dass ich zum inneren Zirkel dieses Projekts gehören darf. In diesem Buch habt ihr sicherlich viele Verbindungen zu unterschiedlichen *P3*-Features entdeckt. Das war eine bewusste Wahl – aus reiner Liebe zu diesem Programm.

Ein besonderer Dank geht an Hannah und Amanda. Ihr habt mir zu der Erkenntnis verholfen, dass dieses Buch wirklich entstehen musste. Eine Idee bedeutet nichts, wenn sie nicht umgesetzt wird. Eure positive Energie während des ganzen Projekts war wirklich unschätzbar. Danken möchte ich auch meinem Agenten Philip. Du hattest recht. Es ist wirklich ein Buch daraus geworden.

Große Dankbarkeit empfinde ich natürlich auch gegenüber dem Bookmark Verlag, insbesondere gegenüber Verlagschef Claes Ericson. Dein Glaube und deine Begeisterung haben mich durch viele Stunden vor der Tastatur getragen. Vielen Dank auch an Stephanie Demmler für deine Unterstützung und deine Strukturiertheit. Eines Tages werde ich dir erzählen, wie der Dialekt hier draußen in Huddinge klingt, damit du, die hier geboren ist, ihn von einem zugewanderten Smäländer lernst.

Die größte Hilfe habe ich allerdings von meiner Lektorin Johanna Mo bekommen. So viele kluge Gedanken, so viel Wissen über Text, Geschichten, Satzgefüge, Figuren – ja, all das, was ein Buch zusammenhält – und immer auf eine freundliche und geduldige Weise vermittelt. Niemals hätte ich gedacht, dass es einen solchen Unterschied macht, eine Geschichte akustisch oder als Text zu erzählen. Danke, Johanna.

Dank auch an alle meine Freundinnen und Freunde, die mir zugehört haben, wenn ich über das Buch sprach, lange bevor überhaupt das erste Kapitel fertig war. Åsa Avdic, Bo-Göran

Bodin, Agnes Cavallin, Mikael Gustafsson, Björn Lundsten, Peter Möller, Fredrik Nilzén, Erik Pettersson, Kristian Sandvall, Hannah Sjöström und Mattias Svedenäs. Ihr habt mich alle davon überzeugt, dass ich schreiben sollte. Wenn ich vergessen haben sollte, jemandem zu danken, dann wendet euch an Mikael. Er weiß, wie es ist, wenn ich etwas vergesse, was ich gesagt habe. (Ich verspreche es dir, Micke, WENN wir ein viertes Kind bekommen, wirst du DEFINITIV Patenonkel. Versprochen.)

Viele von euch haben darüber hinaus den Text gelesen und gute Verbesserungsvorschläge gemacht. Ein besonderer Dank geht deshalb an Tor Billgren, Sebastian Duraffourd, Måns Eriksson, Gustaf Görfelt, Anders Lindberg, Jonas Mejhert, Thomas Pihl und Adam Svanberg. Eure Unterstützung war entscheidend, und unser tägliches Chatten hat euch zu meinen engsten Arbeitskollegen gemacht, als ich schrieb. Ein Privileg für mich.

Schließlich will ich noch dir danken, Anna.

Ohne dich hätte es keinen Sinn, Bücher zu schreiben oder Radiobeiträge zu verfassen. Ich teile alles mit dir. Jetzt und für immer.